Amor inesperado

Primera edición: enero de 2021
Título original: *The Risk*

© Elle Kennedy, 2019
© de la traducción, Sasha Pradkhan, 2021
© de esta edición, Futurbox Project, S. L., 2021
Todos los derechos reservados.
Se declara el derecho moral de Elle Kennedy a ser reconocida como la autora de esta obra.

Diseño de cubierta: Taller de los Libros

Publicado por Wonderbooks
C/ Aragó, 287, 2.º 1.ª
08009, Barcelona
www.wonderbooks.es

ISBN: 978-84-18509-01-8
THEMA: YFM
Depósito Legal: B 910-2021
Preimpresión: Taller de los Libros
Impresión y encuadernación: Black Print
Impreso en España – *Printed in Spain*

ELLE KENNEDY

AMOR INESPERADO

SERIE
LOVE 🖤 ME

Traducción de
Sasha Pradkhan

CAPÍTULO 1

BRENNA

Mi cita llega tarde.

Y ni siquiera estoy siendo muy cabrona. Por lo general, doy a los chicos un margen de cinco minutos. Puedo perdonar cinco minutos de retraso.

A los siete minutos, todavía estoy algo receptiva, sobre todo si la tardanza va acompañada de una llamada de aviso o de un mensaje en el que me informa de que va a retrasarse. El tráfico puede ser terrible. A veces te estropea los planes.

A los diez minutos, ya se me acaba la paciencia. ¿Y si el inútil desconsiderado llega diez minutos tarde y encima no me llama? Que pase el siguiente, gracias. Yo ya me estoy yendo por la puerta.

A los quince minutos, debería darme vergüenza. ¿Por qué diantres sigo en el restaurante?

O, en este caso en particular, en la cafetería.

Estoy sentada en una mesa con banco en el Della's, la cafetería temática de los cincuenta de Hastings, el pueblo al que llamaré casa durante los próximos dos años, pero, con suerte, no me referiré como «hogar» a la casa de mi padre. Puedo vivir en el mismo pueblo que él, pero antes de irme a la Universidad de Briar, dejé claro que no volvería a vivir con él. Ya volé de ese nido. Ni en broma vuelvo a él para someterme a su sobreprotección y horrible manera de cocinar.

—¿Te traigo otro café, cielo? —La camarera, una mujer de pelo rizado con un uniforme de poliéster blanco y negro, me mira con simpatía. Parece estar en la segunda mitad de la veintena. En su chapa identificadora pone «Stacy», y estoy bastante segura de que sabe que me han dejado plantada.

—No, gracias. Solo la cuenta, por favor.

Mientras se aleja, tomo el móvil y le escribo un mensaje rápido a mi amiga Summer. Es todo culpa suya. Y, por lo tanto, debe lidiar con mi cólera.

YO: Me ha dado plantón.

Summer contesta al instante, como si estuviera sentada junto al móvil a la espera de mi informe. De hecho, sin el «como si». Seguro que lo ha hecho. Mi nueva amiga es una cotilla sin remedio.

SUMMER: ¡Dios! ¡¡No!!
YO: Sí.
SUMMER: Qué. Cabrón. Lo siento muchichichichísimo, Bren.
YO: Meh. En parte no me sorprende. Es un jugador de fútbol. Son unos imbéciles redomados.
SUMMER: Pensé que Jules sería diferente.
YO: Pensaste mal.

Aparecen tres puntos que indican que está escribiendo, pero ya sé qué va a responder. Es otra retahíla de disculpas que no me apetece leer ahora mismo. De hecho, solo quiero pagar el café, volver a pie a mi apartamento minúsculo y quitarme el sujetador.

Estúpido jugador de fútbol. Me había maquillado para este imbécil. Sí, era una cita para tomarnos un café por la tarde, pero había hecho el esfuerzo de todos modos.

Bajo la cabeza para rebuscar billetes pequeños en la cartera. Entonces, una sombra se cierne sobre la mesa y doy por hecho que es Stacy, que ha vuelto con la cuenta.

Error.

—Jensen —proclama una insolente voz masculina—. Te han dado plantón, ¿eh?

Pfff. De todas las personas que podrían haber aparecido ahora mismo, esta es la última a la que quiero ver.

Mientras Jake Connelly se acomoda en el banco al otro lado de la mesa, lo saludo con una ligera reticencia y con el ceño fruncido, más que con una sonrisa.

—¿Qué haces aquí? —le pregunto.

Connelly es el capitán del equipo de *hockey* de Harvard, también conocido como el enemigo. Harvard y Briar son rivales, y mi padre es el entrenador de este último. Hace diez años que entrena en Briar y han ganado tres campeonatos con él. «La era de Jensen» fue el titular de un artículo reciente que leí en uno de los periódicos de Nueva Inglaterra. Era una crónica a página completa sobre cómo Briar lo está petando esta temporada. Por desgracia, Harvard también, y todo gracias a la superestrella que está al otro lado de la mesa.

—Pasaba por el barrio. —Hay un brillo divertido en sus ojos verde bosque.

La última vez que lo vi, él y uno de sus compañeros de equipo merodeaban por las gradas del estadio de Briar para espiarnos. Al cabo de poco, cuando nuestros equipos se enfrentaron, les dimos una paliza, hecho que fue tremendamente satisfactorio y que compensó nuestra derrota previa contra ellos en la misma temporada.

—Mmm-hmmm, estoy segura de que estabas en Hastings por casualidad. ¿Tú no vivías en Cambridge?

—¿Y?

—Pues que está a una hora de aquí. —Le dedico una sonrisa de suficiencia—. No sabía que tenía un acosador.

—Me has pillado. Te estoy acosando.

—Me siento halagada, Jakey. Hacía bastante tiempo que nadie estaba tan colado por mí como para conducir hasta otra ciudad para buscarme.

Los labios se le curvan lentamente en una sonrisa.

—Mira, por muy buena que estés…

—Oh, ¿piensas que soy una tía buena?

—… no me gastaría el dinero de la gasolina para venir hasta aquí solo para que alguien me toque las pelotas. Siento decepcionarte. —Se pasa una mano por el pelo oscuro. Lo lleva algo más corto, y la barba de tres días le resalta la mandíbula.

—Lo dices como si tuviera el más mínimo interés en tus pelotas —contesto suavemente.

—Mis pelotas metafóricas. No serías capaz de manejarte con las de verdad —sentencia—. Tía buena.

Pongo los ojos en blanco con tanta intensidad que casi me da un tirón.

—En serio, Connelly, ¿por qué estás aquí?

—He venido para visitar a una amiga. Y me ha parecido un buen sitio para tomarme un café antes de volver a la ciudad.

—¿Tienes amigos? Qué alivio. Te había visto salir por ahí con tus compañeros de equipo, pero suponía que fingen que les caes bien porque eres su capitán.

—Les caigo bien porque soy genial. —Vuelve a mostrar una sonrisa rápida.

Mojabragas. Así es como Summer describió su sonrisa una vez. Juro que esta chica tiene una obsesión insana con la esculpida apariencia de Connelly. Algunas de las frases que ha soltado para describirlo incluyen: sobrecarga de atractivo, explosión de ovarios, terror de las nenas y empotrable.

Solo hace un par de meses que Summer y yo nos conocemos. Pasamos de ser unas desconocidas a mejores amigas en alrededor de, oh, treinta segundos. Quiero decir, se trasladó aquí desde otra universidad después de incendiar por accidente parte de la residencia de su hermandad: ¿cómo no iba a caer rendida a los pies de esta locura de chica? Estudia diseño de moda, es divertidísima y está convencida de que me gusta Jake Connelly.

Se equivoca. El chico es guapísimo, y es un fantástico jugador de *hockey*. Pero también se lo conoce por jugar con las chicas fuera de la pista. Eso no lo convierte en un bicho raro, por supuesto. Muchos deportistas tienen una cantera de chicas que se conforman perfectamente con 1) estar de rollo, 2) no ser exclusivas, y 3) ir siempre por detrás del deporte que el chaval en cuestión practique.

Pero yo no soy una de ellas. No me disgusta estar de rollo, pero las otras dos opciones no son negociables.

Por no mencionar que mi padre me mataría si saliera con el enemigo. Mi padre y el entrenador de Jake, Daryl Pedersen, llevan enemistados varios años. Según mi padre, Pedersen sacrifica bebés a Satán y hace rituales de magia con sangre en su tiempo libre.

—Tengo muchos amigos —añade Connelly, que se encoge de hombros—. Incluida una muy cercana que asiste a Briar.

—Creo que cuando alguien farda de todos los amigos que tiene, normalmente significa que no tiene ninguno. Para compensar, ¿sabes? —Sonrío, inocente.

—Por lo menos no me han dejado plantado.

Se me borra la sonrisa.

—No me han dado plantón —miento. Pero la camarera escoge ese preciso instante para acercarse a la mesa y mandarme la excusa a la mierda.

—¡Has llegado! —Se le llenan los ojos de alivio al ver a Jake, y le brillan tras echarle una buena ojeada—. Empezábamos a preocuparnos.

¿Empezábamos? No sabía que éramos cómplices en esta humillante aventura.

—Las carreteras estaban resbaladizas —dice Jake, y señala con la cabeza hacia las ventanas delanteras de la cafetería. Unos riachuelos de humedad cubren los cristales empañados. Y a lo lejos, la fina línea de un relámpago ilumina el cielo oscuro por un momento—. Hay que ir con mucho cuidado cuando se conduce bajo la lluvia, ¿sabes?

Ella asiente con fervor.

—Las carreteras se mojan mucho cuando llueve.

No me jodas, Capitana Obviedad. La lluvia moja. Que alguien llame al jurado de los Premios Nobel.

Jake frunce los labios.

—¿Te traigo algo de beber? —pregunta ella.

Yo lo fulmino con la mirada.

Jake me responde con una sonrisa pícara antes de girarse hacia ella y guiñarle el ojo.

—Me encantaría tomarme una taza de café... —Entrecierra los ojos para verle la chapa identificadora—. Stacy. Y rellénale la taza a mi cita enfurruñada.

—No quiero más café, y no soy su cita —gruño.

Stacy parpadea, confusa.

—¿Oh? Pero...

—Es un espía de Harvard al que han mandado para que descubra las novedades del equipo de *hockey* de Briar. No le sigas el rollo, Stacy. Es el enemigo.

—Qué dramática —se ríe Jake—. Ignórala, Stace. Solo está enfadada porque he llegado tarde. Dos cafés, y algo de tarta, si no te importa. Un trozo de... —Su mirada se posa en los recipientes de vidrio que hay en la encimera central—. Ay, mierda, no me decido. Todo parece muy apetitoso.

—Sí, lo eres —murmura Stacy para sus adentros.

—¿Qué ha sido eso? —pregunta él, pero su leve sonrisa me indica que la ha oído alto y claro.

Ella se sonroja.

—Oh, ehm, decía que solo nos quedan la de melocotón y la de nuez pecana.

—Hmmm. —Se humedece el labio inferior. Es un movimiento ridículamente *sexy*. Todo él es *sexy*. Y por eso lo odio—. ¿Sabes qué? Un trozo de cada, por favor. Mi cita y yo los compartiremos.

—Definitivamente no lo haremos —digo, entusiasmada, pero Stacy ya se ha apresurado para procurarle la maldita tarta al rey Connelly.

Joder.

—Mira, por mucho que disfrute hablando sobre lo horrible que es tu equipo, esta noche estoy demasiado cansada para insultarte. —Intento disimular mi agotamiento, pero se me cuela en la voz—. Quiero irme a casa.

—Todavía no. —El rollo alegre y socarrón que transmitía se convierte en algo más serio—. No he venido a Hastings por ti, pero ya que estamos tomando un café juntos...

—En contra de mi voluntad —lo interrumpo.

—... hay algo de lo que deberíamos hablar.

—Ah, ¿sí? —Muy a mi pesar, me corroe la curiosidad. La disimulo con sarcasmo—. Me muero de ganas de oír de qué se trata.

Jake se agarra al borde de la mesa. Tiene unas buenas manos. En plan, unas muy buenas manos. Tengo una pequeña obsesión con las manos de los hombres. Si son demasiado pequeñas, pierdo el interés al instante. Si son demasiado grandes y rechonchas, me da un poco de aprensión. Pero Connelly ha sido bendecido con unas manos perfectas. Tiene los dedos largos, pero sin ser huesudos. Las palmas grandes y poderosas, pero sin estar fornidas. Lleva las uñas limpias, pero tiene dos nudillos rojos y agrietados, quizá por una escaramuza en la pista de hielo. No le veo las yemas, pero estoy segura de que tiene callos.

Me encanta sentir cómo unos callos me recorren la piel desnuda, me raspan un pezón...

Uf. No. Prohibido tener pensamientos subidos de tono en las inmediaciones de este hombre.

—Quiero que te mantengas alejada de mi chico. —A pesar de que lo enfatiza al dejar los dientes al descubierto, no se puede considerar una sonrisa. Es demasiado salvaje.

—¿Qué chico? —Pero ambos sabemos a quién se refiere. Puedo contar con un dedo de una mano con cuántos jugadores de Harvard he tonteado.

Conocí a Josh McCarthy en una fiesta de Harvard a la que Summer me arrastró hace un tiempo. Al principio, le dio un berrinche cuando se enteró de que era la hija de Chad Jensen, pero luego reconoció el desacierto en sus maneras, se disculpó por redes sociales, y nos hemos visto varias veces después de eso. McCarthy es mono, un poco torpe y un sólido candidato a follamigo. Como vive en Boston, no existe la posibilidad de que me agobie con muestras de afecto ni de que aparezca en la puerta de mi casa sin avisar.

Está claro que tampoco es una opción a largo plazo. Y eso va más allá de la cuestión de que mi padre me mataría. La verdad es que McCarthy no me excita. Sufre de una grave carencia de sarcasmo, y es un poco aburrido cuando su lengua no está en mi boca.

—Va en serio, Jensen. No quiero que te enrolles con McCarthy.

—Caray, Mamá Oso, aparta esas garras. Es solo algo casual.

—Casual —repite. No es una pregunta, más bien un «no te creo» burlón.

—Sí, casual. ¿Quieres que le pida a Siri que te defina la palabra? Casual significa que no es algo serio. En absoluto.

—Lo es para él.

Pongo los ojos en blanco.

—Bueno, pues es su problema, no el mío.

Pero por dentro me preocupa la franca valoración de Jake. «Lo es para él».

Oh, Dios. Espero que no sea cierto. Sí, McCarthy me escribe muchísimo, pero he intentado no seguirle el juego a menos que se tratara de algo *sexy*. Ni siquiera le respondo con un «LOL» cuando me manda enlaces a vídeos graciosos porque no quiero que me malinterprete.

Pero… ¿Tal vez no he dejado tan claro como creía que solo estamos de rollo?

—Estoy cansado de verlo arrastrarse por ahí como un cachorro enamorado. —Jake niega con la cabeza como agravante—. Está fatal, y esto lo distrae durante los entrenamientos.

—De nuevo, ¿por qué es mi problema?

—Estamos justo en mitad de la temporada. Sé lo que estás haciendo, Jensen, y tienes que parar.

—¿Parar el qué?

—Se acabó el folleteo con McCarthy. Dile que no estás interesada y no lo veas más. Fin.

Hago un puchero a modo de burla.

—Oh, papi. Eres tan estricto.

—No soy tu papi. —Vuelven a curvársele los labios—. Pero podría serlo, si quieres.

—Ay, qué asco. No te pienso llamar «papi» en la cama.

Para demostrar que tiene el don de la oportunidad, Stacy vuelve justo cuando esas palabras salen de mi boca.

Trastabilla al dar un paso. La bandeja cargada que lleva tiembla de manera precaria. La cubertería tintinea. Me preparo, a la espera de que una cascada de café caliente caiga sobre mi cara cuando Stacy se inclina hacia delante. Pero se recupera con rapidez y se vuelve a poner recta antes de que tenga lugar la catástrofe.

—¡Café y tarta! —Su tono de voz es agudo y claro, como si no hubiera oído nada.

—Gracias, Stacy —dice Jake, amable—. Pido perdón por la boca cochina de mi cita. Ya ves por qué no la saco demasiado por ahí.

A Stacy se le enrojecen las mejillas de la vergüenza mientras huye.

—La has traumatizado de por vida con esas fantasías sexuales guarras tuyas —me informa antes de atacar un trozo de tarta.

—Lo siento, papi.

Suelta una carcajada a medio mordisco y unas cuantas migajas le salen disparadas de la boca. Toma la servilleta.

—Te prohíbo llamarme así en público. —Me dedica una mirada traviesa con sus ojos verdes—. Guárdatelo para más tarde.

El otro pedazo, el de nuez pecana, por lo que parece, yace intacto delante de mí. En lugar de eso, opto por el café. Necesito otro chute de cafeína para despertar los sentidos. No me gusta estar aquí con Connelly. ¿Qué pasa si nos ve alguien?

—O a lo mejor me lo guardo para McCarthy —contraataco.

—Qué va. No lo harás. —Se traga otro trozo de tarta—. Vas a cortar lo que tenéis, ¿recuerdas?

Vale, debe dejar de emitir órdenes sobre mi vida sexual como si tuviera algún tipo de voz y voto en el asunto.

—No puedes tomar decisiones por mí. Si quiero salir con McCarthy, lo haré. Si no quiero salir con McCarthy, no lo haré.

—Vale. —Mastica lentamente y luego traga—. ¿Quieres salir con McCarthy?

—Salir, no.

—Bien, entonces estamos de acuerdo.

Frunzo los labios y doy un trago largo.

—Hmmm. Creo que no me gusta estar de acuerdo contigo. A lo mejor cambio de opinión sobre esto de salir… Debería preguntarle si quiere ser mi novio. ¿Sabes dónde puedo comprar un anillo de compromiso?

Jake rompe un trozo hojaldrado del borde con el tenedor.

—No has cambiado de opinión. Te habías cansado de él a los cinco minutos de tenerlo. Solo puede haber dos razones por las que todavía te lo estás tirando: o te aburres o tratas de sabotearnos.

—Ah, ¿sí?

—Sí. Nada capta tu atención durante demasiado tiempo. Y conozco a McCarthy: es un buen chaval. Divertido, dulce, pero, a partir de ahí, todo va para abajo. Que alguien sea «dulce» no es suficiente para una mujer como tú.

—Ya estás otra vez pensando que me conoces.

—Sé que eres la hija de Chad Jensen y que aprovecharías cualquier oportunidad para enredar a mis jugadores. Es probable que nos enfrentemos a Briar en la final de la liga en un par de semanas, y el ganador de ese partido conseguirá acceder automáticamente al torneo nacional de la Frozen Four…

—Ese puesto será nuestro —suelto.

—Quiero a mis chicos espabilados y concentrados en el partido. Todo el mundo dice que tu padre juega limpio. Esperaba que se pudiera decir lo mismo de su hija. —Chasquea la lengua con desaprobación—. Y aquí estás, jugando con el pobre y dulce McCarthy.

—No estoy jugando con él —digo, irritada—. A veces nos enrollamos. Es divertido. Al contrario de lo que puedas pensar, las decisiones que tomo no tienen nada que ver con mi padre ni su equipo.

—Bueno, las decisiones que tomo yo sí que son para mi equipo —replica—. Y he decidido que quiero que te mantengas al margen de mis chicos. —Se traga otro bocado de tarta—. Joder, esto está buenísimo. ¿Quieres un poco? —Me acerca el tenedor.

—Prefiero morir antes que poner los labios en ese tenedor.

Se ríe.

—Quiero probar la de nuez. ¿Te importa?

Lo miro.

—Si la has pedido tú, so memo.

—Guau, estás gruñona esta noche, tía buena. Supongo que yo también lo estaría si me hubieran dado plantón.

—No me han dado plantón.

—¿Cómo se llama y cuál es su dirección? ¿Quieres que vaya a darle una paliza?

Rechino los dientes.

Toma un trozo del postre intacto que tengo delante.

—Madre mía, esta está incluso mejor. Mmmm. Ohhh, qué bueno.

Y, de repente, el capitán del equipo de *hockey* de Harvard gime y gruñe de placer como si representara una escena de *American Pie*. Trato de ignorarlo, pero ese punto traidor entre mis piernas tiene otra idea y se estremece sin parar con los ruiditos sexuales de Jake Connelly.

—¿Puedo irme ya? —gruño. Solo que, un segundo. ¿Por qué le pido permiso? Nadie me tiene como rehén. No puedo negar que estoy ligeramente entretenida, pero este chico también me acaba de acusar de acostarme con sus chavales para arruinar las posibilidades de Harvard de ganar a Briar.

Me encanta mi equipo, pero no hasta ese punto.

—Claro. Vete si quieres. Pero primero escribe a McCarthy para decirle que habéis terminado.

—Lo siento, Jakey. No acato órdenes tuyas.

—Ahora sí. Necesito la cabeza de McCarthy en el partido. Corta con él.

Alzo la barbilla en una pose testaruda. Sí, debo aclarar las cosas con Josh. Creía que había remarcado la naturaleza casual de nuestros encuentros, pero está claro que él ha ido más allá si el capitán del equipo se ha referido a él como «enamorado».

De todos modos, no quiero dar a Connelly la satisfacción de ponerme de su parte. Soy así de quisquillosa.

—Que no acato órdenes tuyas —repito mientras meto un billete de cinco dólares bajo mi taza medio vacía. Con esto debería bastar para pagar mi café, la propina de Stacy y cualquier desajuste emocional que pueda haber sufrido esta noche—. Haré lo que me dé la gana con McCarthy. Tal vez lo llame ahora mismo.

Jake entrecierra los ojos.

—¿Siempre eres tan difícil?

—Sí. —Sonrío, salgo del banco de la mesa y me enfundo la chaqueta de cuero—. Conduce con cuidado de vuelta a Boston, Connelly. Me han dicho que las carreteras se mojan mucho cuando llueve.

Suelta una carcajada suave.

Me subo la cremallera y me inclino hacia delante para acercar la boca a escasos centímetros de su oído.

—Oh, y Jakey… —Juro que oigo cómo se le entrecorta la respiración—. Me aseguraré de guardarte un asiento detrás del banquillo de Briar en los campeonatos de la Frozen Four.

CAPÍTULO 2

JAKE

Son las nueve y media pasadas cuando llego a casa. El apartamento de dos habitaciones que comparto con mi compañero de equipo, Brooks Weston, es algo que jamás podría permitirme solo, ni siquiera con el bonito contrato de debutante que he firmado con los Oilers. Estamos en la planta de arriba del edificio de cuatro plantas, y nuestro piso es increíble: hablo de cocina de chef, ventanas mirador, tragaluces, una terraza trasera enorme e incluso una plaza de garaje privada para el Mercedes de Brooks.

Oh, y el alquiler es gratis.

Brooks y yo nos conocimos un par de semanas antes de empezar el primer año de universidad. Acudimos a un evento del equipo, una cena de las de «conoce a tus compañeros antes del inicio del semestre». Conectamos enseguida y, para cuando nos servían el postre, ya me estaba proponiendo que me fuera a vivir con él. Resultó que tenía una segunda habitación en su apartamento de Cambridgeport. Gratis, insistió.

A él ya le habían concedido el permiso especial para vivir fuera del campus; una ventaja de ser el hijo rico de un exalumno cuyas donaciones se echarían muy en falta si la facultad no lo contentaba. El padre de Brooks movió un par de hilos más y a mí también me dieron el permiso para salir de las residencias. Es cierto que el dinero te allana el camino.

Con el tema del alquiler, primero me opuse, porque no hay nada gratis en esta vida. Pero a medida que conocía a Brooks Weston, más claro me quedaba que para él todo es gratis. El chaval no ha trabajado un solo día de su vida. Sus fondos son infinitos y tiene todo lo que quiere servido en bandeja de plata. Sus padres, o alguno de sus subordinados, le aseguraron este apartamento, e insisten en pagar el alquiler. Así que, durante los últimos tres años y medio, he vivido de manera indirecta cómo es ser un niño rico de Connecticut.

No me malinterpretéis, no soy un gorrón, he intentado darle dinero, pero Brooks no lo acepta y sus padres tampoco. La señora Weston se escandalizó una vez que saqué el tema durante una de sus visitas.

—Chicos, vosotros debéis centraros en la universidad —cacareó—, ¡y no preocuparos por pagar las facturas!

Me tuve que aguantar la risa porque he pagado facturas desde que tengo memoria. Tenía quince años cuando conseguí mi primer trabajo y, en el momento en que cobré mi primer sueldo, se esperó de mí que contribuyera a los gastos de la casa. Compraba comida, me pagaba el móvil, el gas, la factura del televisor, etc.

Mi familia no es pobre. Mi padre construye puentes y mi madre es peluquera; diría que estamos justo entre la clase baja y la clase media. Nunca nos hemos bañado en dinero, así que experimentar el estilo de vida de Brooks de primera mano es estremecedor. Ya me he prometido que en cuanto me asiente en Edmonton y reciba los incentivos en el contrato de la NHL, lo primero que haré será mandarle un cheque a la familia de Weston por los tres años y lo que siga de alquiler sin pagar.

Me vibra el móvil mientras me quito las Timberland de una patada. Lo saco del bolsillo y veo un mensaje de mi amiga Hazel, con quien he cenado antes en uno de los sofisticados salones de Briar.

> **HAZEL:** ¿¿Has llegado bien?? Está lloviendo a cántaros ahí fuera.
> **YO:** Acabo de entrar por la puerta. Gracias otra vez por la cena.
> **HAZEL:** Cuando quieras. ¡Te veo el sábado en el partido!
> **YO:** Genial.

Hazel me manda un par de emoticonos que lanzan un beso. Otros chicos podrían interpretar que hay algo más, pero yo no. Hazel y yo somos completamente platónicos. Nos conocemos desde primaria.

—¡Epa! —grita Weston desde el comedor—. Te estamos esperando, cabrón.

Me desprendo de la chaqueta mojada. La madre de Brooks nos mandó un decorador cuando nos mudamos y se aseguró de comprar todo aquello en lo que no piensan los chicos, como colgadores para chaquetas, colgadores para zapatos y colgadores para utensilios de cocina. Al parecer, los hombres solo tienen en cuenta las cosas que cuelgan cuando se trata de tetas.

Dejo los bártulos en el recibidor y atravieso la puerta que lleva al salón. El apartamento tiene un concepto abierto de distribución, así que mis compañeros están repartidos por la sala de estar y el comedor. Algunos incluso se han sentado en los taburetes de la cocina.

Echo una ojeada. No han venido todos los chicos de la plantilla. Lo dejaré pasar teniendo en cuenta que he convocado la reunión en el último momento. De camino a casa desde Hastings, todavía le estaba dando vueltas a la mofa de Brenna sobre los Frozen Four, los campeonatos que organiza la Asociación Nacional Deportiva Universitaria, y seguía preocupado por cómo está distrayendo a McCarthy. Y eso me ha llevado a hacer una investigación mental de todas las demás distracciones que podrían afectar al equipo. Como soy de los que actúan, he enviado un mensaje de grupo: *Reunión de equipo, en mi casa, ahora.*

La mayoría de la plantilla, y somos casi veinte, ocupa el espacio, por lo que mis fosas nasales se han visto bendecidas con la combinación de fragancias de geles de ducha, colonias y el olor corporal de los cabrones que han decidido no ducharse antes de venir.

—Ey —saludo a los chicos—, gracias por venir.

Como respuesta recibo un par de asentimientos de cabeza, varios «tranquilo, tío» y algunos gruñidos generales.

Solo hay una persona que no responde: Josh McCarthy. Está inclinado contra la pared junto al sofá modular de cuero marrón, con la mirada fija en el móvil. Su lenguaje corporal transmite una pizca de frustración, con los hombros levemente agarrotados.

Es posible que Brenna Jensen todavía lo tenga agarrado por las pelotas. Me peleo con mi propia frustración al pensar en ello. Este chaval no debería estar perdiendo el tiempo. Es un estudiante de segundo año y tiene un físico decente, pero ni de lejos está al alcance de Brenna. Esa chica está como un tren. Sin duda, es una de las mujeres más atractivas sobre las que he posado los ojos. Y tiene una bocaza de esas que hay que callar de vez en cuando. Tal vez presionando otra boca contra la suya... o con una polla entre sus labios rojos.

Oh, mierda. Me deshago de ese pensamiento. Sí, Brenna es preciosa, pero también es una distracción. El caso es que McCarthy no ha levantado la cabeza desde que he entrado en la sala.

Me aclaro la garganta. Fuerte. Él y los otros pocos que todavía estaban con el teléfono levantan la cabeza para prestarme atención.

—Voy a ser breve —anuncio.

—Más te vale —sentencia Brooks desde el sofá. Lleva unos pantalones de chándal negros y nada más—. He dejado a una tía en la cama por esto.

Pongo los ojos en blanco. Por supuesto que Brooks se estaba tirando a alguien. Siempre se está tirando a alguien. Tampoco es que sea el indicado para hablar. Yo también he traído una considerable cantidad de chicas a casa. Me sabe mal por nuestros vecinos de abajo. Aunque, por suerte para ellos, no celebramos demasiadas fiestas. Ser anfitrión es un rollo, ¿a quién le gusta que le dejen la casa hecha un desastre? Para eso están las hermandades.

—Qué especial eres —espeta Dmitry, nuestro mejor defensa, a Weston—. Yo también he abandonado mi cama por esta reunión. Mi cama, fin. Porque estoy puto cansado.

—Todos lo estamos —interviene Heath, un ala derecha de tercero.

—Ya, D, bienvenido al club de los cansados —se mofa Coby, uno de los de cuarto.

Cruzo la sala hacia la cocina, donde tomo una botella de agua. Sí, los oigo. Este último mes ha sido intenso. En todos los partidos de las distintas ligas que he visto se han puesto las pilas con sus respectivos torneos, lo que significa que llevamos un mes entero del *hockey* más competitivo que jamás se haya visto. Todos deseamos llegar al torneo nacional y, si eso sale mal, esperamos una puntuación lo suficientemente buena como para ir a la final. Hay temporadas enteras en juego aquí.

—Sí —coincido, y abro la botella—. Estamos cansados. Apenas puedo mantener los ojos abiertos en clase. Todo mi cuerpo es un gran moretón. Vivo y respiro por estas eliminatorias. Me obsesiono con la estrategia cada noche antes de dormir. —Doy un trago largo—. Pero esto es por lo que nos apuntamos, y estamos muy cerca de recoger los frutos. El partido contra Princeton será el más duro de la temporada.

—A mí no me preocupa Princeton —dice Coby con una sonrisa arrogante—. Ya les hemos ganado una vez este año.

—Muy al principio de la temporada —señalo—. Se han puesto las pilas desde entonces. Han arrasado en los cuartos de final contra Union.

—¿Y? —Coby se encoge de hombros—. Nosotros también lo hicimos.

Tiene razón. La semana pasada jugamos el mejor partido de *hockey* de nuestra vida. Pero ahora estamos en las semifinales. La cosa se ha puesto seria.

—Ya no es al mejor de tres —les recuerdo a los chicos—. Ahora es eliminación directa. Si perdemos, estamos fuera.

—¿Después de la temporada que hemos hecho? —dice Dmitry—. Nos seleccionarán para el torneo nacional incluso si no llegamos a la final de la liga.

—¿Apostarías la temporada entera por eso? —lo reto—. ¿No preferirías tener el puesto garantizado?

—Bueno, sí, pero…

—Pero nada —lo corto—. No dejaré que nuestras esperanzas dependan de que nuestra temporada se considere lo suficientemente buena como para continuar. Voy a apostar por que le demos una paliza a Princeton este fin de semana. ¿Lo entiendes?

—Sí, señor —mascullla Dmitry.

—Sí, señor —repiten algunos de los chicos más jóvenes.

—Ya os he dicho que no tenéis que llamarme señor. Dios.

—¿Quieres que te llamemos Dios? —dice Brooks, que parpadea inocentemente.

—No, eso tampoco. Solo quiero que ganéis. Que ganemos.

—Y estamos tan cerca que casi noto el sabor de la victoria.

Llevamos… mierda, ni siquiera sé cuánto hace que Harvard no gana el campeonato de la NCAA de *hockey*. De todos modos, no lo ha hecho durante mi liderazgo.

—¿Cuánto hace que los Carmesí no ganamos la Frozen Four? —le pregunto a Aldrick, nuestro chico de estadísticas residente. Su mente es como una enciclopedia. Sabe cualquier trivialidad que exista sobre el *hockey*, por minúscula que sea.

—1989 —confirma.

—Ochenta y nueve —repito—. Hace casi tres décadas que no nos coronamos campeones nacionales. Los partidos del Beanpot no importan. La final de la liga no cuenta. Nos centramos en el premio de verdad.

Barro la sala con la mirada de nuevo. Para colmo, McCarthy está mirando el móvil otra vez, y ni siquiera se molesta en disimularlo.

—En serio, ¿sabes qué le estaban haciendo a mi polla cuando has convocado esta reunión? —se queja Brooks—. Había sirope de chocolate de por medio.

Algunos de los chicos aúllan.

—¿Y lo único que querías hacer era soltarnos este discursito digno de *El Milagro?* Porque, sí, lo entendemos —añade Brooks—. Tenemos que ganar.

—Sí, tenemos que hacerlo. Y no necesitamos distracciones. —Le dedico a Brooks una mirada penetrante y, luego, hago lo mismo con McCarthy.

El de segundo se alarma.

—¿Qué?

—Que también me refiero a ti. —Fijo la mirada en la suya—. Déjate de jueguecitos con la hija de Chad Jensen.

La aflicción se refleja en su rostro. No me siento mal por delatar a McCarthy a quien sea que no lo supiera, porque estoy bastante seguro de que todo el mundo ya lo sabía y sus madres también. Lleva su rollo con Brenna como una insignia de honor. No habla del tema en los vestuarios como un cerdo, pero tampoco se calla la boca sobre lo guapa que es la chica.

—Mira, no suelo deciros qué hacer con vuestras pollas, pero estamos hablando de unas pocas semanas. Seguro que las podéis tener guardaditas en los pantalones durante este tiempo.

—¿Entonces no tenemos permiso para follar? —exclama horrorizado Jonah, uno de tercero—. Porque, si es así, me gustaría que fueras tú quien llamara a mi novia para informarla del tema.

—Buena suerte, capitán. Vi es una ninfómana —añade Heath entre risas, en referencia a la chica de Jonah de toda la vida.

—Espera un segundo. ¿Tú no saliste del bar con una pelirroja guapísima la otra noche? —pregunta Coby—. Porque no parece que hagas lo que predicas, hermano.

—La hipocresía es la muleta del demonio —dice Brooks con solemnidad.

Reprimo un suspiro y levanto una mano para que dejen de hablar.

—No digo que no tengáis rollitos; solo quiero que no os distraigáis. Si no puedes organizarte con el rollo, no lo tengas. Jonah, Vi y tú folláis como conejos y nunca ha afectado a tu rendimiento sobre el hielo. Así que, por mí, seguid haciéndolo. Pero tú... —Echo otra mirada severa a McCarthy—. Tú la has liado durante toda la semana en los entrenamientos.

—Qué va —protesta.

Nuestro portero, Johansson, se une a la conversación:

—Has fallado todos los tiros a puerta en el ejercicio de esta mañana.

McCarthy se queda atónito.

—Tú has parado todos mis tiros. ¿Me estáis echando esto en cara porque tú eres un buen portero?

—Eres nuestro mejor marcador después de Jake —responde Johansson, y se encoge de hombros—. Tendrías que haber metido al menos un par.

—¿Y por qué tiene que ser culpa de Brenna que haya tenido un mal día? Yo... —se calla de golpe y se mira la mano. Supongo que ha recibido una notificación.

—Por Dios, acabas de confirmar lo que dice Connelly —ruge Potts, uno de nuestros delanteros—. Deja el móvil. Algunos de nosotros queremos que la reunión se termine ya para irnos a casa y abrirnos una cerveza.

Me giro hacia Potts.

—Hablando de cerveza... Bray y tú tenéis oficialmente prohibido asistir a fiestas de hermandades hasta nuevo aviso.

24

—Venga ya, Connelly —se resiste Will Bray.

—El *beer pong* es divertido, lo entiendo, pero vosotros dos tendréis que absteneros. Por el amor de Dios, Potts, te está saliendo barriga cervecera.

Todos los ojos de la sala se posan en su torso. Lo lleva cubierto por una sudadera de Harvard, pero lo veo en el vestuario cada día. Sé lo que hay debajo.

Brooks me chista con desaprobación.

—No puedo creer que estés avergonzando a Potts por su cuerpo.

Le frunzo el ceño a mi compañero de piso.

—No lo avergüenzo. Solo señalo que todos esos torneos de *beer pong* lo ralentizan en la pista.

—Es verdad —dice Potts, taciturno—. Últimamente, meto mucho la pata.

Alguien se ríe.

—No estás metiendo la pata —le aseguro—. Pero sí, podrías considerar dejar la cerveza un par de semanas. Y tú. —Es el turno de Weston—. Llegó la hora de la abstinencia para ti también.

—Que te den. El sexo me da superpoderes.

Pongo los ojos en blanco. Lo hago mucho con Brooks.

—No hablo del sexo. Me refiero a esa mierda que tomas en las fiestas.

Se le tensa la mandíbula. Sabe perfectamente a qué me refiero, igual que el resto de nuestros compañeros. No es un secreto que a Brooks le gusta consumir alguna que otra droga en las fiestas. Un porrito por aquí, una raya de cocaína por allá. Va con cuidado respecto a las cantidades y a cuándo lo hace, y supongo que el hecho de que la cocaína solo permanece en la sangre durante cuarenta y ocho horas también ayuda.

Pero eso no significa que lo tolere. No es así. Pero decirle a Brooks lo que tiene que hacer es tan efectivo como hablar con una pared. Una vez, amenacé con decírselo al entrenador, pero Weston no estaba dispuesto a detenerme. Juega a *hockey* porque es divertido, no porque le encante el deporte y quiera convertirse en profesional. Podría dejarlo en un abrir y cerrar de ojos, y las amenazas no funcionan con alguien que no teme perder.

No es el primero que tontea con las drogas ocasionalmente, y tampoco será el último. Aunque parece que es puramente recreacional y nunca toma en días de partido. Pero ¿y en la fiesta de después? Hagan sus apuestas.

—Si te pillan con algo de material o no superas un análisis de orina, ya sabes lo que pasa. Así que, enhorabuena, vas a estar oficialmente limpio hasta después de la Frozen Four —le informo—. ¿Lo pillas?

Tras un largo y tenso instante, asiente con la cabeza.

—Lo pillo.

—Bien. —Y me dirijo a los chicos—. Centrémonos en ganar a Princeton este fin de semana. Todo lo demás es secundario.

Coby me pone una mueca de engreído.

—¿Y tú qué sacrificas, capitán?

Frunzo el ceño.

—¿De qué hablas?

—Convocas una reunión de equipo. Le dices al pobre Mc-Carthy que deje de tener sexo, le quitas la droga a Weston, y privas a Potts y Bray de su victoria en el campeonato de *beer pong*. ¿Y tú qué piensas hacer por el equipo?

El silencio inunda el apartamento.

Por un segundo, me quedo sin palabras. ¿En serio? Marco un gol en cada partido como mínimo. Si alguien más lo hace, suele ser gracias a mi asistencia. Soy el patinador más rápido de la costa este y un capitán rematadamente bueno.

Abro la boca para replicar cuando Coby estalla en una risa.

—Tío, tendrías que haberte visto la cara. —Me sonríe—. Tranquilo. Ya haces bastante. Eres el mejor capitán que hemos tenido nunca.

—Sí, sí —coinciden algunos de los chicos.

Me relajo. Pero Coby tiene un poco de razón.

—Mirad, no voy a disculparme por querer que nos centremos, pero lo siento si he sido duro con vosotros. Especialmente contigo, McCarthy. Lo único que pido es que nos concentremos en el juego. ¿Podemos hacerlo?

Unas veinte cabezas asienten.

—Bien. —Doy una palmada—. Podéis retiraros. Descansad y traed vuestras mejores jugadas al entreno matutino de mañana.

Se levanta la sesión y el grupo se dispersa. De nuevo, nuestros vecinos sufren el ruido de los pasos; esta vez, los fuertes pisoteos de dos docenas de jugadores de *hockey* que dan golpes secos por las escaleras.

—¿Puedo volver a mi habitación, papá? —pregunta Brooks con sarcasmo.

Le sonrío.

—Sí, hijo, puedes irte. Echaré la llave.

Me saca el dedo del medio y se precipita hacia las habitaciones. Mientras tanto, McCarthy me espera junto a la puerta.

—¿Qué le digo a Brenna? —pregunta.

No sé si está enfadado, porque su expresión no revela nada.

—Dile que tienes que concentrarte en el torneo. Que os volveréis a ver cuando termine la temporada.

«Nunca se volverán a ver».

No lo digo en voz alta, pero sé que es cierto. Brenna Jensen nunca le perdonaría a nadie que la pusiera «en espera» y, todavía menos, a un jugador de Harvard. Si McCarthy lo termina, aunque sea durante un tiempo, ella lo convertirá en una ruptura definitiva.

—Briar ha ganado tres campeonatos nacionales en la última década —añado, sin emoción—. Nosotros, en cambio, aquí estamos. Sin una sola victoria. Eso es inaceptable, chaval. Así que ya me dirás qué te importa más, ¿que Brenna Jensen te folle la cabeza o derrotar a su equipo?

—Derrotar a su equipo —dice de inmediato.

Sin titubear. Eso me gusta.

—Entonces, vamos a ganarles. Haz lo que tienes que hacer.

Con un asentimiento de cabeza, McCarthy sale por la puerta y la cierro tras él.

¿Me siento mal por ello? Tal vez un poco. Pero cualquiera vería que él y Brenna no están destinados a estar juntos. Ella misma lo ha dicho.

Solo estoy acelerando lo inevitable.

CAPÍTULO 3

BRENNA

—¿Dónde has estado? Te he llamado tres veces, Brenna.

El tono brusco de mi padre siempre me saca de mis casillas. Me habla como a sus jugadores: de forma seca, impaciente e implacable. Me gustaría decir que siempre ha sido así, que me ha ladrado y gruñido toda la vida. Pero sería mentira.

Papá no me grita desde siempre. Mi madre murió en un accidente de coche cuando yo tenía siete años, y mi padre se vio obligado a adoptar el rol materno a la vez que el paterno. Y era bueno con los dos. Me hablaba con todo el cariño y la ternura tanto en el rostro como en la voz. Me sentaba en su regazo, me revolvía el pelo y me decía:

—Cuéntame qué tal el cole hoy, Manzanita. —Mi mote era «Manzanita», por el amor de Dios.

Pero eso fue hace tiempo. Ahora solo soy Brenna y ni siquiera recuerdo la última vez que asocié las palabras «cariño» y «ternura» con mi padre.

—Estaba volviendo a casa bajo un aguacero —le contesto—. No podía responder al móvil.

—¿Volviendo a casa de dónde?

Me bajo la cremallera de las botas en el estrecho recibidor de mi apartamento, que es un sótano. Me lo alquilan Mark y Wendy, una pareja muy agradable que viaja mucho por trabajo. Si a eso le sumamos que tengo una puerta de entrada propia, pueden pasar semanas sin que interaccione con ellos.

—Del Della's Diner. He ido a tomar un café con un amigo —le digo.

—¿Tan tarde?

—¿Tarde? —Alargo el cuello hacia la cocina, que es incluso más pequeña que la entrada, y echo un vistazo al reloj del microondas—. Apenas son las diez.

—¿No tienes esa entrevista mañana?

—Sí, ¿y? ¿Crees que haber llegado a casa a las nueve y media significa que mañana me dormiré? —No puedo evitar el tono sarcástico. A veces, es difícil no ser tan borde como él.

Ignora la burla.

—Hoy he hablado con una persona de la cadena —me cuenta—. Stan Samuels, es el responsable del panel de control principal, un tipo firme. —La voz de mi padre se vuelve ronca—. Le dije que mañana irías y le he hablado bien de ti.

Me ablando un poco.

—Oh. Qué amable por tu parte. Gracias. —Hay gente que se siente rara si alguien mueve hilos por ellos, pero a mí no me supone ningún problema usar los contactos de mi padre si eso me ayuda a asegurar las prácticas. Son hipercompetitivas y, aunque esté más que cualificada para ellas —he trabajado sin descanso—, estoy en clara desventaja por ser mujer. Por desgracia, es un campo con predominancia masculina.

El programa de comunicaciones de Briar ofrece puestos de trabajo para los estudiantes de cuarto, pero espero superarlos a todos. Si consigo unas prácticas de verano en HockeyNet, tendré una posibilidad de seguir trabajando allí durante mi último año. Eso significa una ventaja por encima del resto de mis compañeros y un potencial puesto de trabajo para cuando me gradúe.

Mi meta siempre ha sido convertirme en periodista deportiva. Sí, HockeyNet solo tiene diez años de historia (y los fondos para la originalidad debían de estar bajo mínimos cuando escogieron el nombre), pero la cadena cubre exclusivamente los partidos de *hockey* y, cuando empezó, llenó un gran vacío en el mercado de la cobertura deportiva. Veo la ESPN religiosamente, pero uno de sus mayores fallos es la falta de cobertura del *hockey*. Algo indignante. Quiero decir, en teoría, el *hockey* es el cuarto deporte del país, pero las cadenas más grandes a menudo lo tratan como si fuera menos importante que la NASCAR, el tenis o —me da un escalofrío— el golf.

Sueño con aparecer en las pantallas y estar con esos analistas en la mesa de los mayores, desglosar las partes más destacadas, analizar partidos, decir mis predicciones en alto. El periodismo deportivo es un camino complicado para una mujer, pero conozco el *hockey* y me siento segura con mi entrevista de mañana. La voy a bordar.

—Ya me contarás cómo te va —ordena papá.

—Lo haré. —Mientras cruzo el comedor, mi calcetín izquierdo topa con algo mojado y profiero un aullido.

Papá se preocupa enseguida.

—¿Estás bien?

—Perdón, todo bien. La alfombra está mojada. Supongo que habré derramado algo… —Me detengo en cuanto me fijo en un pequeño charco que hay frente a la puerta corredera que conduce al patio trasero. Todavía llueve, oigo el constante martilleo contra el suelo de piedra—. Mierda. Se está acumulando agua en la puerta trasera.

—Eso no está bien. ¿A qué nos enfrentamos? ¿El desagüe dirige agua hacia la casa?

—¿Y yo qué sé? ¿Crees que me estudié la posición de los desagües antes de mudarme? —No me ve poner los ojos en blanco, pero espero que me lo note en la voz.

—Dime de dónde viene la humedad.

—Ya te lo he dicho, la mayoría está cerca de la puerta corredera. —Recorro el perímetro del salón en unos tres segundos. El único punto mojado está cerca de la puerta.

—Bien. Bueno, es buena señal. Significa que es probable que no sean las tuberías. Pero si el agua de la lluvia no va a las alcantarillas, podría haber otra causa. ¿La carretera está pavimentada?

—Sí.

—Tus caseros podrían plantearse opciones de desagüe. Llámalos mañana y diles que lo investiguen.

—Lo haré.

—En serio.

—He dicho que lo haré. —Ya sé que intenta ayudar, pero ¿por qué tiene que usar ese tono conmigo? Cualquier cosa que Chad Jensen dice es una orden, no una sugerencia.

No es un mal hombre, lo sé. Solo es sobreprotector, y hubo un tiempo durante el que tuvo razones para serlo. Pero hace tres años que vivo sola. Puedo cuidar de mí misma.

—¿Estarás en la semifinal el sábado por la noche? —pregunta mi padre de repente.

—No puedo —digo. Y me da muchísima pena perderme un partido tan importante. Pero hace muchísimo tiempo que hice estos planes—. Voy a visitar a Tansy, ¿te acuerdas? —Tansy es mi prima favorita, la hija de la hermana mayor de mi padre, Sheryl.

—¿Es este fin de semana?

—Sí.

—De acuerdo, entonces. Salúdala de mi parte. Dile que tengo ganas de verla a ella y a Noah en Pascua.

—Lo haré.

—¿Pasarás la noche allí? —Hay algo de hostilidad en la pregunta.

—Dos noches, en realidad. Me voy a Boston mañana y vuelvo el domingo.

—No hagas… —se detiene.

—¿Que no haga el qué? —Esta vez soy yo la que se pone borde.

—No hagas nada insensato. Y no bebas demasiado. Ve con cuidado.

Aprecio que no me diga: «No bebas nada», pero es posible que lo haga porque sabe que no puede detenerme. Desde que cumplí los dieciocho, no ha logrado obligarme a cumplir su límite horario ni sus demás restricciones. Y, desde que cumplí los veintiuno, no ha conseguido evitar que tome una copa o dos.

—Iré con cuidado —le prometo, porque es la única declaración que puedo hacer con certeza.

—Bren —dice. Y vuelve a callarse.

Siento que la mayoría de las conversaciones con mi padre son así. Empezamos a hablar y nos callamos. Decimos palabras que queremos y nos guardamos otras que no. Es muy difícil conectar con él.

—Papá, ¿podemos colgar ya? Quiero darme una ducha caliente y prepararme para ir a la cama. Mañana tengo que madrugar.

31

—Muy bien. Ya me contarás cómo va la entrevista. —Hace una pausa. Cuando vuelve a hablar, me muestra un apoyo inusual—. Tú puedes con esto.

—Gracias. Buenas noches, papá.

—Buenas noches, Brenna.

Cuelgo y hago exactamente lo que he dicho: me doy una ducha ardiente porque la caminata de veinte minutos bajo la lluvia me ha calado hasta los huesos. Estoy más roja que una gamba cuando salgo del estrecho plato de ducha. El pequeño cuarto de baño no tiene bañera, y es una pena. Darse un baño caliente es lo mejor del mundo.

No me gusta dormir con el pelo mojado, así que me lo seco a toda prisa con el secador y rebusco un rato en el armario hasta encontrar el pijama más calentito. Escojo unos pantalones a cuadros y una camiseta de manga larga con el logo de la Universidad de Briar. Los sótanos son fríos, y mi apartamento no es la excepción. Me sorprende no haber pillado una neumonía en los siete meses y pico que llevo aquí.

Cuando me meto bajo las mantas, desenchufo el móvil del cargador y veo una llamada perdida de Summer. Tengo la sensación de que volverá a llamarme si no respondo, muy probablemente a los cinco minutos de haberme quedado dormida, así que le devuelvo la llamada para evitar que me arruine el sueño.

—¿Estás enfadada conmigo? —me dice.

—No. —Me acurruco en un lado y dejo el móvil apoyado en el hombro.

—¿Incluso después de que te haya emparejado con Jules y haya respondido por él? —La culpa le rasga la voz.

—Soy adulta, Summer. No me obligaste a decir que sí.

—Ya lo sé. Pero me siento fatal. No puedo creer que no haya aparecido.

—No te preocupes. No estoy ni mínimamente enfadada. En todo caso, me he librado de una buena.

—Vale, bien. —Parece aliviada—. Encontraré a alguien mejor con quien emparejarte.

—Sinceramente no, no lo harás —respondo, alegre—. Te eximo oficialmente de tus tareas de celestina. Que tú misma te concediste, por cierto. Créeme, cariño, no tengo ningún problema a la hora de conocer chicos.

—Sí, se te da bien conocerlos. ¿Pero salir con ellos? Eres nefasta.

Enseguida protesto.

—Porque no quiero salir con nadie.

—¿Por qué no? Tener novio es maravilloso.

Claro, quizá lo sea cuando tu novio es Colin Fitzgerald. Summer sale con uno de los chicos más decentes que he conocido. Inteligente, majo, sagaz, por no mencionar lo bueno que está.

—¿Fitzy y tú seguís igual de obsesionados el uno con el otro?

—Muy obsesionados. Él aguanta mi locura, y yo tolero sus tonterías. Además, tenemos el mejor sexo del mundo.

—Apuesto a que a Hunter le encanta —digo seca—. Espero que no seas de las que gritan.

Hunter Davenport es el compañero de piso de Summer y Fitz, y ella lo ha rechazado hace poco. Aceptó tener una cita con él, y comprendió que lo que sentía por Fitz era demasiado fuerte como para ignorarlo. Hunter no se lo tomó bien.

—Dios, no tienes ni idea de lo difícil que es ser silenciosa cuando Fitz hace su magia mágica con mi cuerpo —dice Summer con un suspiro.

—¿Magia mágica?

—Sí, magia mágica. Pero si te preocupa que Hunter esté tumbado en la cama mientras nos escucha y solloza desconsolado, puedes estar tranquila. Trae a una chica diferente cada noche.

—Bien por él —me río—. Estoy segura de que Hollis está que explota de la envidia.

—No sé si Mike se ha dado cuenta siquiera. Está demasiado ocupado llorando por ti.

—¿Todavía? —Joder. Esperaba que ya lo hubiera superado.

Cierro los ojos un momento. He cometido varios actos asesinos en mi vida, pero enrollarme con Hollis casi encabeza la lista. Los dos estábamos muy borrachos, así que lo único que hicimos fue compartir una sesión chapucera de besuqueos y me dormí mientras le hacía una paja. Definitivamente, no fue mi mejor momento ni tampoco nada del otro mundo. No tengo ni idea de por qué querría repetir.

—Está pilladísimo —confirma Summer.

—Ya se le pasará.

Se ríe, pero el humor muere enseguida.

—Hunter es un capullo con nosotros —admite—. Cuando no se está tirando a cualquier cosa que lleve falda.

—¿Supongo que le gustabas mucho?

—Si te soy sincera, creo que no se trata de mí. Creo que es por Fitz.

—Lo entiendo. Quería tirarse a Fitz —digo, solemne—. O sea, ¿y quién no?

—No, zorra. Fitz le mintió cuando Hunter le preguntó si yo le gustaba y este lo ve como una traición al código de los colegas.

—El código de los colegas es sagrado —concedo—. Sobre todo, entre compañeros de equipo.

—Lo sé. Fitz dice que hay mucha tensión en los entrenamientos —gime Summer—. ¿Qué pasa si afecta a su rendimiento en las semifinales, Be? Eso significará el pase de Yale a las semifinales.

—Mi padre los pondrá rectos —le aseguro—. Puedes decir lo que quieras sobre Hunter, pero le gusta ganar los partidos de *hockey*. No dejará que estar enfadado por una chica —sin ánimo de ofender— lo distraiga de la victoria.

—Debería…

Un zumbido en la oreja silencia su pregunta.

—¿Qué ha sido eso?

—Un mensaje —explico—. Perdona, sigue. ¿Qué decías?

—Me preguntaba si debería intentar volver a hablar con él.

—No creo que cambie nada. Es un cabezota rematado. Pero tarde o temprano madurará y lo superará.

—Eso espero.

Hablamos un rato más hasta que los párpados empiezan a pesarme.

—Summer. Me voy a dormir ya, cariño. Tengo la entrevista mañana temprano.

—Vale. Llámame mañana. Te quiero.

—Yo también te quiero.

Estoy a punto de apagar la lámpara de noche cuando me acuerdo del mensaje. Le doy al icono del mensajito y entrecierro los ojos al ver el nombre de McCarthy.

Ey, B. Ha sido genial vernos estos días, pero tengo que dar un paso atrás por un tiempo. Por lo menos hasta que terminen las clasificaciones. Me tengo que concentrar en el juego, ¿sabes? Te llamo cuando todo se haya calmado un poco, ¿vale? Un beso

Me quedo boquiabierta. ¿Es broma?

Vuelvo a leer el mensaje y no, el contenido no cambia. McCarthy ha cortado conmigo de verdad.

Parece que Jake Connelly acaba de declararme la guerra.

CAPÍTULO 4
BRENNA

Por lo general, me desenvuelvo bien en todo tipo de situaciones. Nunca he sufrido de ansiedad y la verdad es que nada me asusta, ni siquiera mi padre, conocido por hacer llorar a hombres creciditos con tan solo una mirada. No exagero: lo vi hacerlo una vez.

Sin embargo, esta mañana me sudan las palmas de las manos y unas mariposas diabólicas me roen el estómago. Y todo gracias a este ejecutivo de HockeyNet, Ed Mulder, que ha sido desagradable desde que ha pronunciado la palabra «empieza». Es alto, calvo y terrorífico, y lo primero que hace tras darme la mano es preguntar por qué una chica guapa como yo se presenta a un trabajo detrás de las cámaras.

Reprimo una mueca de asco por el comentario sexista. Tristan, uno de mis profesores auxiliares de Briar, hizo las prácticas aquí y me advirtió de que Mulder es un capullo integral. Pero Tristan también dijo que ninguno de los estudiantes en prácticas trabajan directamente con Ed Mulder, lo que significa que no lidiaré más con él después de esta entrevista. Solo es un obstáculo por el que tengo que pasar para llegar al oro de las prácticas.

—Bueno, como figura en mi carta de presentación, mi objetivo es ser analista o reportera en las pantallas, pero espero reunir algo de experiencia tras las cámaras también. Soy estudiante de Comunicación y Periodismo en Briar, como ya sabe. El año que viene haré prácticas en...

—Esto no son unas prácticas remuneradas —me interrumpe—. ¿Eres consciente de ello?

Me pilla desprevenida. Me resbalan las manos cuando las junto, así que las pongo sobre las rodillas.

—Oh. Ehm. Sí, soy consciente.

—Bien. Estoy acostumbrado a que los hombres que aspiran a estos puestos lleguen completamente informados, mientras que las mujeres a menudo esperan que les paguemos.

Ha pasado de ser vagamente sexista a serlo de manera obscena. Y ese comentario tampoco tiene mucho sentido. La oferta de trabajo en la web de HockeyNet especificaba claramente que eran unas prácticas no remuneradas. ¿Por qué los hombres iban a esperar una cosa y las mujeres otra? ¿Acaso sugiere que las mujeres no leen bien la oferta? ¿O que directamente no sabemos leer?

Se me acumulan unas perlitas de sudor en la nuca. Lo estoy haciendo fatal.

—Entonces, Brenda, háblame sobre ti.

Trago saliva. Me ha llamado Brenda. ¿Debería corregirlo?

«Por supuesto que deberías corregirlo. Que le den a este tío. Ya lo tienes». La Brenda segura de sí misma —quiero decir, Brenna—, alza su espectacular cabeza.

—En realidad me llamo Brenna —digo suavemente—, y creo que encajaría muy bien aquí. Antes que nada, adoro el *hockey*. Es…

—Tu padre es Chad Jensen. —Mueve la mandíbula arriba y abajo y me doy cuenta de que está mascando chicle. Elegante.

Respondo con un tono cuidadoso:

—Sí, así es.

—Un entrenador que ha ganado campeonatos. Múltiples victorias en la Frozen Four, ¿verdad?

Asiento.

—Es un buen entrenador.

Mulder también asiente.

—Debes de estar muy orgullosa de él. ¿Y cuál dirías que es tu mayor fortaleza, además de tener un padre medio famoso?

Me obligo a ignorar la nota malintencionada en su pregunta y digo:

—Soy lista. Tengo los pies en la tierra. Trabajo bien bajo presión. Y, sobre todo, realmente me encanta este deporte. El *hockey* es…

Y ya no me escucha.

Su mirada ha bajado a la pantalla del ordenador y sigue mascando su chicle como si fuera un caballo que come avena. La ventana que hay detrás de su escritorio proporciona unas vistas borrosas al reflejo de su monitor... ¿Es una alineación de *hockey* de fantasía? Me parece que es la web de fantasía de la ESPN.

De repente, me mira.

—¿De qué equipo eres?

Arrugo la frente.

—¿De qué equipo universitario o...?

—De la NHL —me interrumpe, impaciente—. ¿Cuál es tu equipo, Brenda?

—Brenna —mascullo entre dientes—. Y soy de los Bruins, por supuesto. ¿Y usted?

Multer se ríe en voz alta.

—Los Oilers. Soy canadiense, de los pies a la cabeza.

Finjo interés.

—Oh, qué interesante. ¿Es usted de Edmonton, entonces?

—Sí. —Sus ojos vuelven a la pantalla. En un tono ausente, pregunta—: ¿Cuál dirías que es tu mayor debilidad, además de tener un padre medio famoso?

Me trago una réplica mordaz.

—A veces puedo ser impaciente —confieso. Porque ni en broma voy a hacer esa cosa tan cursi de decir que mi mayor debilidad es lo mucho que me importa el trabajo, o lo mucho que trabajo. Ugh.

La atención de Mulder vuelve a su equipo de *hockey* de fantasía. Se hace el silencio en su espacioso despacho. Irritada, cambio de postura en la silla y examino la vitrina de cristal que hay contra la pared. Exhibe todos los premios que ha ganado la cadena con los años, además de parafernalia diversa firmada por varios jugadores de *hockey* profesionales. Me fijo en que hay un montón de cosas de los Oilers.

En la pared opuesta, dos pantallas enormes muestran dos programas diferentes: un recopilatorio de los mejores momentos de este fin de semana de la NHL y un top 10 de las temporadas más explosivas de jugadores noveles. Ojalá los televisores no estuvieran silenciados. Al menos, podría escuchar algo interesante mientras me ignoran.

La frustración me sube por la espalda como la hiedra y me llega a la garganta hasta ahogarme. No me presta ni una pizca de atención. O es el peor entrevistador del planeta, o es un borde, o, directamente, no se toma en serio lo de considerarme para el puesto de trabajo.

O a lo mejor es la opción d) todas las anteriores.

Tristan estaba equivocado. Ed Mulder no es borde: es un capullo de mierda. Pero, por desgracia, no todos los días se tiene la oportunidad de realizar las prácticas en cadenas grandes como HockeyNet. Hay pocas en el mercado de prácticas. Y tampoco soy tan ingenua como para pensar que Mulder es un caso especial. Algunos de mis profesores, tanto hombres como mujeres, me han advertido de que el periodismo deportivo no es el terreno más acogedor para una mujer.

Me enfrentaré a hombres como Mulder a lo largo de toda mi carrera. Perder los papeles o salir hecha una furia de su despacho no me ayudará a conseguir mi meta. En todo caso, le daría «la razón» a su punto de vista misógino: que las mujeres son demasiado emocionales, demasiado débiles y que no están preparadas para sobrevivir en el mundo del deporte.

—Bueno —me aclaro la garganta—, ¿cuáles serían mis tareas si me dieran el puesto?

Ya conozco la respuesta: prácticamente he memorizado la oferta de trabajo, por no mencionar el interrogatorio digno de la CIA que le he hecho a Tristan, el profesor asistente. Pero supongo que vale la pena hacer alguna pregunta, ya que Mulder no está interesado en devolverme el favor.

Alza la cabeza.

—Tenemos tres puestos por cubrir en el departamento de producción. Yo soy el jefe del departamento.

Me pregunto si se ha dado cuenta de que no ha contestado a mi pregunta. Inspiro profundamente.

—¿Y las funciones?

—Muy intensivas —responde—. Tendrías que recopilar las partes más destacadas de los partidos, montar paquetes de clips, ayudar a hacer *teasers* y crear material inédito. Asistirías a las reuniones de producción, propondrías ideas para nuevo contenido... —Se le apaga la voz mientras pulsa varias veces el ratón.

Es decir, el trabajo perfecto para mí. Lo quiero. Lo necesito. Me muerdo la parte interior de la mejilla y me pregunto cómo puedo revertir esta desastrosa entrevista para bien.

No tengo la oportunidad de hacerlo. Se oyen unos golpes fuertes en la puerta y se abre de par en par antes de que Mulder responda. Un hombre entusiasmado con una barba descuidada irrumpe en el despacho.

—¡Acaban de detener a Roman McElroy por violencia doméstica!

Mulder se levanta de su sillón de piel.

—¿Me estás vacilando?

—Hay un vídeo circulando por Internet. No de las palizas a la mujer, sino de la detención.

—¿Alguna cadena lo ha cubierto ya?

—No. —El señor Barbas se balancea arriba y abajo como un niño en una tienda de juguetes. Dudo que tenga menos de cincuenta y cinco años.

—¿Qué reporteros están en el set? —inquiere Mulder de camino a la puerta.

—Georgia acaba de llegar...

—No —interrumpe el jefe—. Barnes no. Seguro que intenta darle un giro con sus tonterías feministas. ¿Quién más?

Me muerdo el labio para mantener a raya la réplica que me apetece soltar. Georgia Barnes es una de las dos mujeres analistas que hay en HockeyNet, y es maravillosa. Su conocimiento en la materia es increíble.

—Kip Haskins y Trevor Trent, pero están haciendo un directo ahora mismo. *Los Cinco del Viernes*.

—Que le den a *Los Cinco del Viernes*. Dile a Gary que redacte algo, y que Kip y Trevor debatan todo lo que puedan sobre el tema y analicen el vídeo de la detención fotograma a fotograma. Quiero un programa entero sobre el asunto de McElroy.

Mulder derrapa al llegar a la puerta, cuando, de repente, se acuerda de mi existencia.

—Acabaremos esto el lunes.

Me quedo boquiabierta.

—Disculpe, ¿cómo dice?

—Vuelve el lunes —ladra—. Tenemos una exclusiva brutal entre manos. Las noticias no esperan a nadie, Brenda.

—Pero...

—El lunes, a las nueve en punto. —Y con esto, se va.

Miro el marco vacío de la puerta, incrédula. ¿Qué narices acaba de pasar? En primer lugar, ha empezado la entrevista con varios comentarios sexistas. Luego, no ha escuchado ni una palabra de lo que le decía, y ahora me deja tirada en mitad de la entrevista. Entiendo que un jugador de *hockey* arrestado por agredir a su mujer es una noticia importante, pero... no puedo volver el lunes. Tengo clase. Tristan ya me avisó, pero Mulder ha resultado ser incluso peor de lo que esperaba.

Tomo el bolso y el abrigo de un arrebato y me pongo en pie. Que le den. No pienso volver el lunes. No pienso dejar que ese gilipollas...

«Prácticas soñadas», me recuerdo a mí misma. Y me repito la frase una y otra vez en la cabeza. La ESPN y HockeyNet son las dos cadenas deportivas más grandes del país. Y la ESPN no tiene ofertas de trabajo ahora mismo.

Con lo cual...

Supongo que me saltaré las clases del lunes.

Rochelle, la recepcionista mona y rubia de Mulder, me mira desde su escritorio cuando llego. Me cambia la fecha de la entrevista de manera oficial y salgo del edificio de HockeyNet con la peor sensación en las tripas.

Por primera vez en mil años, no llueve, así que pido un Uber y espero fuera, al lado del bordillo. Llamo a mi prima mientras espero.

—Hola —digo cuando Tansy responde—. Ya he terminado la entrevista.

—¿Tan pronto?

—Sí.

—¿Cómo ha ido?

—Ha sido un desastre total. Te lo cuento luego. Acabo de pedir un Uber. ¿Todavía puedo ir a tu habitación?

El plan era que yo la esperara allí mientras ella estaba en clase.

—Sí, le he dejado la llave a la delegada de la residencia. Su habitación es la 404. Llama ahí primero y que te dé la llave. La mía es la 408.

—Genial.

Me giro hacia el alto edificio del que acabo de salir, con las ventanas relucientes, la recepción de cristal y el logo enorme de HockeyNet en rojo y blanco. Se me escapa un suspiro.

—Espero que estés lista para pasarlo bien esta noche porque voy a beber hasta borrar el recuerdo de esta entrevista.

—Te odio muchísimo. ¿Cómo lo haces para estar tan guapa siempre sin esforzarte siquiera? —protesta Tansy esa misma noche.

Estamos en su *suite* del Walsh Hall, una de las residencias de la Boston College. Tiene tres compañeras de habitación, y comparte litera con una chica que se llama Aisha, que este fin de semana se ha ido a visitar a sus padres a Nueva York. Aisha es de las mías, porque ha transformado su escritorio en un tocador. Yo habría hecho lo mismo con mi escritorio si tuviera uno: siempre he preferido hacer los deberes tumbada en la cama o en el sofá.

Le sonrío al reflejo de Tansy en el enorme espejo de Aisha y acabo de ponerme la máscara de pestañas en las de arriba.

—Me estoy maquillando —puntualizo—. ¿Esto no es esforzarse?

Emite un sonido gutural.

—¿A eso le llamas maquillarse? Te pones una pizca de base y un poco de rímel. Eso no cuenta como esfuerzo.

—Y pintalabios —le recuerdo.

—Y pintalabios —me concede. Pone los ojos en blanco—. Sabes que hay más colores aparte del rojo en este enorme y maravilloso mundo, ¿verdad?

—El rojo es mi color. —La miro con los labios fruncidos y doy un beso al aire—. Mi amiga de Briar dice que es mi marca personal.

—Totalmente. No recuerdo la última vez que te vi sin. ¿Quizá la mañana de Navidad? —Hace una pausa—. No, espera, aquel día las dos llevábamos pintalabios. Combinaba con nuestros gorritos de Papá Noel. Aunque a mí me quedaba fatal. Me acuerdo. A mí no me quedan bien los labios rojos.

—Tenemos la misma complexión, Tans. Te queda bien, sin duda alguna.

—No, me refiero al rollazo que da. Hay que transmitir un cierto rollo para que el rojo te quede bien.

No se equivoca. Es un *look* que requiere confianza. Irónicamente, es lo que a mí me da confianza. Sé que suena absurdo, pero me siento invencible cada vez que me unto en carmesí.

—Te puedo prestar un poco de mi rollazo, si quieres —le ofrezco.

A Tansy se le arruga la nariz al sonreír. La luz se refleja en el *piercing* plateado que lleva en el lado izquierdo, y parece que brille.

—Ay, gracias, Be. Sabía que había una razón por la que eras mi prima favorita.

—Bueno, las otras no son muy buenas candidatas para tener este honor, que digamos. Leigh y Robbie se pasan el día dando sermones religiosos. Y no me hagas hablar de Alex.

Hacemos una mueca a la vez. Alex es la hija de nuestro tío Bill, y es increíblemente pesada.

Oigo el sonido de un mensaje entrante.

—Ey, ¿puedes mirar quién es?

He dejado el móvil en el escritorio de Tansy, y a ella le queda más cerca.

Lo alcanza desde su cama.

—Alguien que se llama BG dice que te echa de menos. Ha puesto como cien eses al final y cinco, no, seis, corazones. Oooh, y es el corazón rojo. Eso significa que va en serio. Bien, ¿quién es este tal BG y por qué no me lo habías mencionado?

Me atraganto con la risa.

—BG son las siglas de Barbie Greenwich. Es como llamo a mi amiga Summer. Es una chica guapa ricachona de Connecticut.

—Mentirosa. Nunca te he oído hablar de ninguna Summer —me acusa Tansy.

—Se trasladó a Briar a principios de enero. —Vuelvo a meter el bastoncito de rímel en el tubito y lo cierro—. Está loca, pero en el buen sentido de la palabra. Es muy graciosa. Siempre está dispuesta a salir de fiesta. Tengo muchas ganas de que la conozcas.

—¿La veremos este fin de semana?

—Por desgracia, no. Mañana va a desempeñar su labor de novia e irá a animar a Briar en la semifinal contra Yale. Su novio juega en el equipo.

—¿Y por qué te echa de menos?

—No nos vemos desde el fin de semana pasado. Y sí, ya sé que una semana no es mucho, pero en años de Summer es una década. Es una melodramática.

Vuelve a sonarme el móvil.

—¿Ves lo que te digo? —me río, y guardo el rímel y el pintalabios en el neceser que me he traído—. ¿Me pasas el móvil, porfa? Si no le contesto, es probable que le dé un ataque de pánico.

Tansy mira la pantalla. Se le tensan un poco los hombros.

—No es Summer —me informa.

Frunzo el ceño.

—Vale. ¿Quién es?

Hace una larga pausa. Hay un cambio repentino en el ambiente y se forma una nube de tensión entre nosotras.

Tansy me examina, cautelosa.

—¿Por qué no me habías dicho que sigues en contacto con Eric?

CAPÍTULO 5

BRENNA

La tensión penetra en mi cuerpo. Los hombros se me quedan de piedra y la columna, de hierro. Mis dedos, en cambio, parecen gelatina y empiezo a temblar. Por suerte, ya he terminado de ponerme el rímel. De no ser así, me habría sacado un ojo.

—¿Me ha escrito Eric? —Me preocupa lo débil que suena mi voz—. ¿Qué dice?

Tansy me da el móvil. Enseguida bajo la vista para ver el mensaje. Es breve.

ERIC: Llámame, Be. Tengo que hablar contigo.

Una sensación de angustia me recorre la columna, como si se tratara de las gotas de un grifo mal cerrado. Mierda. ¿Qué quiere, ahora?

—¿Qué quiere, ahora? —Tansy pronuncia mis pensamientos en voz alta, pero ella suena mucho más desconfiada.

—No lo sé. Y para responder a tu pregunta de antes, no seguimos en contacto.

Eso no es completamente cierto. Eric me llama dos o tres veces al año y, por lo general, va borracho como una cuba o colocado. Si no contesto, sigue llamando una y otra vez hasta que lo hago. No tengo un corazón lo suficientemente fuerte como para bloquear su número, pero el que sí tengo se parte en dos cada vez que le respondo a las llamadas y oigo cómo ha tocado fondo.

—¿Sabías que mi madre se lo cruzó hace seis o siete meses? En Halloween, más o menos.

—¿En serio? ¿Por qué no dijo nada durante las vacaciones?

—No te quería preocupar —confiesa Tansy.

Se me atraganta un denso suspiro. El hecho de que la tía Sheryl pensara que me preocuparía dice bastante sobre el estado en el que vio a Eric.

—¿Iba drogado?

—Mi madre cree que sí.

Exhalo lentamente.

—Me sabe muy mal por él.

—No debería —dice Tansy con franqueza—. Es él quien elige entregarse a ese modo de vida. Su madre le buscó una plaza en aquel centro carísimo de rehabilitación de Vermont, y él se negó a ir, ¿recuerdas?

—Sí, me acuerdo. —También me sabe fatal por la madre de Eric. Es muy frustrante tratar de ayudar a alguien que se niega a admitir que tiene un problema.

—Nadie le mete el alcohol a la fuerza en la garganta ni le obliga a drogarse. Nadie lo tiene secuestrado en Westlynn. Puede salir del pueblo cuando quiera. Nosotras lo hicimos.

Tiene razón. No hay nada que lo ate en Westlynn, en New Hampshire, excepto sus propios demonios. Yo, en cambio, volé a Boston justo después de graduarme en el instituto.

Mi pueblo no tiene nada de malo. Es un sitio perfectamente normal, que cumple con los requisitos de un pueblo pequeño: es tranquilo y pintoresco. Mi padre y sus hermanos nacieron y se criaron en Westlynn, y la tía Sheryl y el tío Bill todavía viven allí con sus respectivas parejas. Mi padre esperó a que yo me fuera de casa para mudarse a Hastings, en Massachusetts. Antes de eso, conducía una hora hasta Briar cada día para que yo fuera al colegio con mis primos y mis amigos. Aunque creo que es más feliz en Hastings. El pueblo está a dos minutos del campus, y su casa es una espaciosa construcción de estilo victoriano con mucho encanto.

Mi exnovio decidió quedarse en nuestro pueblo natal. Después de la graduación, entró en una espiral de malas decisiones, se juntó con quien no debía y acabó haciendo las cosas incorrectas. Westlynn no está plagado de traficantes de droga, pero tampoco es que no se pueda contactar con ninguno. Por desgracia, las drogas se encuentran en cualquier parte.

Eric está atrapado. Todo el mundo ha pasado página, pero él sigue en el mismo lugar. No, ahora está en una situación mucho peor. Tal vez no debería sentir lástima por él, pero no puedo evitarlo. Y nuestra historia me dificulta darlo completamente por perdido.

—No creo que debas llamarlo.

Las severas palabras de mi prima me traen de vuelta al presente.

—Lo más probable es que no lo haga.

—¿«Lo más probable»?

—Noventa por ciento no, diez por ciento tal vez.

—Un diez por ciento es demasiado. —Sacude la cabeza—. Ese chico te arrastrará con él si le permites volver a entrar en tu vida.

Pongo los ojos en blanco.

—Por Dios, no quiero que te preocupes por eso. Hay una probabilidad del cien por cien de que eso no ocurra.

—Bien. Porque es obvio que él sigue obsesionado contigo.

—Nunca estuvo obsesionado conmigo —defiendo a Eric.

—¿Me estás vacilando? ¿Te acuerdas de cuando tuviste mononucleosis en tercero y no pudiste ir a clase durante un par de meses? Eric se vino abajo —me recuerda—. Te llamaba cada cinco segundos, se saltaba las clases para ir a verte, se volvió loco cuando el tío Chad le dijo que dejara de visitarte. Fue intenso.

Desvío la mirada.

—Sí. Supongo que fue un poco dramático. Por cierto, ¿qué te parece este top? —Me señalo el top negro alto acanalado. Se ata alrededor del cuello y por la espalda, y me deja el abdomen al descubierto.

—*Sexy* que lo flipas —declara Tansy.

—Sabes que no has ahorrado nada de tiempo al decir «que lo flipas» en lugar de «de narices», ¿verdad? Tiene la misma cantidad de sílabas —la vacilo, y me siento aliviada porque haya aceptado el cambio de tema con tanta facilidad.

No me gusta recrearme en esa época de mi vida. A decir verdad, pensar en Eric me deja tan exhausta como cuando lidiaba con él en su momento. Es recordarlo y, de inmediato, me siento como si acabara de subir el Everest. Mi ex es un vampiro emocional.

—Hablo en la jerga de internet —replica Tansy—. El único idioma auténtico. Bueno, tú estás *sexy*, yo estoy *sexy*, así que vamos a enseñarle a todo el mundo lo *sexys* que estamos. ¿Lista?

Tomo el bolso de encima de la cama de su compañera.

—Lista que lo flipas.

Terminamos en un *pub* irlandés en el barrio de Back Bay. Se llama el Zorro y el Zoquete y, a juzgar por las caras jóvenes, en su mayoría lo frecuentan estudiantes universitarios. Muy a mi pesar, hay una notable escasez de atuendos de *hockey*. Localizo un par de camisetas marrones y doradas, los colores de los Boston College Eagles. Pero ya está. Echo de menos el Malone, el bar de Hastings donde se reúnen los fans del *hockey* de Briar.

Tansy mira el móvil mientras entramos. Hemos quedado aquí con su novio. ¿O puede que sea su exnovio? ¿Follamigo? Nunca lo tengo claro cuando se trata de ella y Lamar. Su relación de «ahora sí, ahora no» marea tanto como un tiovivo.

—Ningún mensaje de Lamar. Supongo que todavía no ha llegado. —Me toma del brazo y vamos hacia la barra—. Pidamos chupitos. Llevamos sin tomarlos desde Navidad.

Hay muchísima gente a la espera de que les sirvan. Cuando llamo la atención de uno de los camareros, este nos indica con señas que nos atiende en un minuto.

—Ojalá vinieras al Boston College conmigo, en serio —se lamenta Tansy—. Podríamos hacer esto siempre.

—Ya lo sé.

Me habría encantado ir con ella a la Boston College, pero rechazaron mi solicitud. Entonces, no me alcanzaba la nota; mi relación con Eric boicoteó mi habilidad para concentrarme en las clases. En su lugar, fui a una universidad pública hasta que me transferí a Briar, donde no tengo que pagar la matrícula porque mi padre trabaja allí.

—Qué guay. Retransmiten el partido de los Bruins —digo mientras alzo la vista hacia uno de los monitores que cuelgan del techo. Una mancha negra y amarilla pasa a toda prisa cuando los Bruins entran en ataque ofensivo.

—¡Viva! —exclama Tansy con un entusiasmo irónico.

No le importa el *hockey*. A ella le gusta más el baloncesto. Es decir, solo sale con jugadores de baloncesto.

Trato de volver a llamar al camarero, pero está ocupado sirviendo a un grupo de chicas enfundadas en vestidos minúsculos. El *pub* está sorprendentemente lleno para ser las diez y media de la noche. A estas horas, la gente todavía está haciendo la previa en cualquier otro lugar.

Tansy vuelve a mirar el móvil y escribe algo.

—¿Dónde leches está? —masculla.

—Escríbele.

—Lo acabo de hacer. Y por alguna razón no me resp... Oh, un momento, está escribiendo. —Espera hasta que aparece el mensaje—. Vale, está... Oh, Dios mío, tiene que ser una broma.

—¿Qué pasa?

La irritación se refleja en sus ojos oscuros.

—Un segundo. Tengo que llamarlo y averiguar qué pasa.

Oh, por favor. Espero que no tengan problemas en el paraíso, porque sé que, a veces, Tansy se ofusca con su novio o exnovio o follamigo. Todavía no lo tengo claro.

Lo único que sé es que tengo muchas ganas de pasar un fin de semana divertido con mi prima favorita. Sobre todo, después de la espantosa entrevista de esta mañana. Ha sido un completo desastre.

Veo el partido de los Bruins mientras espero a Tansy. Ninguno de los dos camareros se acerca a tomarme el pedido, aunque puede que sea bueno porque mi prima vuelve indignada y dando pisotones.

—No te lo vas a creer —anuncia—. El estúpido idiota se ha equivocado de bar. Está en el Zorro y el Sapo, junto a Fenway. Nosotras estamos en el Zorro y el Zoquete.

—¿Por qué todos los bares de esta ciudad llevan la palabra «zorro»?

—¿Verdad? Y ni siquiera me puedo enfadar demasiado con él, porque ha sido una confusión tonta. —Suelta un suspiro, exasperada—. En fin, está allí con unos amigos y no quiere mover a todo el grupo cuando tú y yo podemos ir en taxi y llegar allí en diez minutos.

—Tiene sentido.

—¿No te importa que nos vayamos de aquí?

—No. —Me aparto de la barra—. Deja que vaya al baño antes de irnos.

—Vale. Yo pido el taxi. ¿Te espero fuera?

—Perfecto.

Tansy sale del *pub* mientras yo me acerco a los lavabos. A pesar de la muchedumbre de un viernes por la noche, no hay cola para entrar en el baño de mujeres. Al abrir la puerta, me encuentro con dos chicas delante del espejo que hablan en voz alta mientras se arreglan el maquillaje. Las saludo con la cabeza y entro en un compartimento.

—Si quieres ir al Dime, vamos al Dime —dice una de ellas.

—Ya te lo he dicho, no quiero ir.

—¿Estás segura? Porque no dejas de hablar como una cotorra de Jake Connelly y de su maravillosa lengua.

Me quedo helada. Hasta se me corta el pis como por arte de magia.

—No tenemos que ir a ningún otro lado esta noche —dice la primera chica—. Vamos al Dime, así lo ves. A lo mejor os volvéis a enrollar…

—No creo. Connelly no suele repetir. —La segunda suena abatida—. Es inútil que vayamos.

—Nunca se sabe. Dijiste que se lo pasó bien, ¿no?

—Le hice una mamada. Claro que se lo pasó bien.

Aprieto los labios para evitar una sonrisa. Oh, fíjate. Jakey tuvo premio la otra noche. Bien por él.

Entonces recuerdo el drama que montó con lo de McCarthy y dejo de sonreír. Termino de hacer pis deprisa, impaciente por salir de los baños para dejar de escucharlas.

Se oye un suspiro de anhelo desde el otro lado de la puerta.

—No tienes ni idea de lo pasional que fue todo.

—En realidad, sí. Porque no dejas de hablar del tema.

—Es que besa tan bien. Y cuando me hizo sexo oral, hizo una cosa con la lengua, como… Ni siquiera puedo describirlo. Fue como… un beso con un remolino.

Empiezo a sentirme incómoda. He tenido mis propias conversaciones sobre sexo con mis amigas, pero estas chicas están entrando en demasiado detalle. Además, saben que no están solas en los baños. Me han visto entrar.

—Me sorprende que te devolviera el favor. A los buenorros como él les suele dar igual si la chica termina o no. Muchos se van después de la mamada.

Tiro de la cadena y hago ruido al salir del cubículo.

—Perdón, tengo que pasar —digo, despreocupada, y señalo los grifos.

Se apartan, pero no dejan de hablar.

—Bueno, él no fue así en absoluto —le asegura el ligue de Jake a su amiga—. Se aseguró de que yo también me corría.

Esta vez me fijo más en su aspecto físico. La amiga es morena y alta. La chica con la que se enrolló Jake es bajita, tiene el pelo rizado de color caoba, unos pechos grandes y unos ojos marrones enormes; parece un cervatillo muy *sexy*.

¿Este es el tipo de chica que le gusta a Connelly? ¿Bambi Buenorra?

—Entonces vayamos al Dime —insiste la morena.

La Bambi Buenorra se muerde el labio inferior.

—No sé. Me siento rara al ir a su bar favorito. O sea, nos enrollamos hace cuatro días. Seguramente ni siquiera se acuerda de mí.

Me enjuago las manos llenas de jabón bajo el agua caliente. ¿Cuatro días y cree que ya se ha olvidado de ella? ¿Esa es la opinión que tiene de sí misma? A lo mejor debería entrometerme y aconsejarle que no se moleste en buscarlo. Jake se comería viva a alguien como ella.

—Bueno, entonces supongo que nos quedamos aquí —dice la amiga mientras salen—. Tenemos que encontrar un…

Sus voces se alejan mientras la puerta se cierra. Me seco las manos con una servilleta de papel y considero lo que acabo de oír. Así que hace cuatro días, Jake y su maravillosa lengua se lo montaron con la Bambi Buenorra. ¿Quién es el hipócrita?

¿Cómo puede tener la desfachatez de decirme con quién puedo enrollarme y de obligar a McCarthy a dejarlo conmigo? Y aquí lo tenemos, practicando sexo oral con mujeres cervatillo y pasando la noche del viernes en un bar, seguramente con la intención de ligar. Mientras tanto, el pobre McCarthy está en su casa, sin poder masturbarse sin antes pedir permiso a Connelly.

Que le den.

Mi fortaleza interna hace que enderece la espalda y salgo a buscar a mi prima. Está junto a un parquímetro en la acera, al lado de la puerta trasera de un sedán deportivo negro.

—¿Vamos? —exclama al verme.

Subo con ella al coche.

—Sí, pero hay un cambio de planes. Primero haremos una parada rápida.

CAPÍTULO 6

JAKE

El Dime es mi local favorito de la ciudad. Es el epítome de los antros. Estrecho. Oscuro. A la mesa de billar le faltan tres bolas, incluido el ocho. La diana para los dardos está partida en dos. La cerveza está aguada la mitad de las veces y la comida está cubierta por una capa de grasa que se te incrusta como una piedra al fondo del estómago.

Pero, a pesar de sus fallos, me encanta. Es un sitio pequeño, lo que significa que los grupos grandes van a otros locales. Y la clientela es masculina en su mayoría, así que es el lugar perfecto donde ir cuando no quieres enrollarte con nadie.

Eso no detiene a Brooks, por supuesto. Mi compañero de piso encuentra chicas en cualquier parte. Llévalo a un convento y seducirá a una monja. Llévalo a un funeral y se tirará a la viuda en los baños. O directamente sobre el ataúd. El chaval es un zorrón.

Ahora mismo está en la mesa del rincón mientras se lía con nuestra camarera. Solo hay dos personas sirviendo esta noche, y Brooks tiene la lengua en la boca de una de ellas.

El otro, un tío algo mayor, con barba y gafas, no deja de aclararse la garganta con vehemencia. Ella lo ignora. Al fin, la llama:

—Rachel, tu mesa te espera.

Pero ella despega los labios de mi compañero de equipo, hace un gesto con la mano al camarero y, sin aliento, le responde:

—¿Te puedes encargar tú? La propina es tuya.

Deduzco que no quiere conservar su trabajo y que esta es su manera de dimitir, porque es imposible que se salga con la suya. El otro camarero y el de la barra intercambian miradas en silencio, y estoy bastante seguro de que uno de ellos ha llamado al jefe.

Mientras Brooks le palpa los pechos a la camarera en el rincón, el resto disfrutamos del partido de los Bruins y escuchamos las quejas de Coby Chilton sobre el límite de dos cervezas que he impuesto. Por mí puede refunfuñar toda la noche. Mañana por la tarde jugamos contra Princeton y no permito que nadie llegue a un partido con resaca. Joder, si hasta les he prohibido a Potts y a Bray salir esta noche. No confío en el dúo del *beer pong*.

—Si te pudieras tirar a cualquier jugador de *hockey*, vivo o muerto, ¿quién sería? —pregunta Coby a Dmitry.

Como hace un segundo estaba hablando de cerveza, el cambio de tema nos toma por sorpresa.

—¿Qué? —Dmitry suena extremadamente confundido—. Te refieres a una jugadora de *hockey*, ¿no?

—Y cuando dices «muerto», ¿quieres decir que me tiro a su cadáver o que se lo haría cuando estaba viva? —añade Heath.

—No, me refiero a la NHL. Y nada de esta mierda necrófila. —La expresión de Coby denota horror.

—Espera, ¿nos estás preguntando a qué tío nos tiraríamos? —cuestiona un defensa de cuarto.

Reprimo una carcajada.

—Sí. Yo escogería a Bobby Hull. Me gusta la gente rubia. ¿Y vosotros, chicos?

—Un momento. Chilton —chilla Adam Middleton, nuestro novato más prometedor—. ¿Eres gay? —El de dieciocho años mira alrededor de la mesa—. ¿Siempre ha sido gay y yo me acabo de enterar? ¿Lo sabíais todos?

—Más te gustaría que fuera gay —dispara Coby como respuesta.

El primero frunce las cejas.

—¿Por qué iba a gustarme eso?

—Porque soy bueno en la cama. Lo que te estás perdiendo.

—¿Qué está pasando? —me pregunta Adam.

Sello los labios temblorosos.

—Ni idea, tío.

—El otro día oí a unas chicas debatir sobre esto en Harvard Square —explica Coby después de beberse su segunda (y última) botella de Sam Adams. Pone los ojos en blanco de manera dramática—. Elegían a los tíos más sosos. ¡Tyler Seguin! ¡Sidney Crosby!

—Yo me acostaría con Crosby —salta Dmitry—. Ni siquiera me tendría que imaginar a una chica para que se me empalmara. Solo tendría que pensar en sus estadísticas.

Mientras una ristra de carcajadas se abre paso en la mesa, noto que me vibra el móvil en el bolsillo. Lo saco.

HAZEL: ¿Qué haces esta noche? *Estoy en casa aburrida.*

Le respondo con un mensaje rápido y le cuento que he salido con los chicos.

HAZEL: ¡Usad condones!

Me río en alto, y llamo la atención de Coby.

—¿De qué te ríes tú por ahí? —me pregunta con el ceño fruncido—. Más te vale no estar quedando con una chica. Nos has prohibido los rollos, ¿te acuerdas?

—He prohibido las distracciones —corrijo.

Y hasta ahora ha funcionado. McCarthy estaba en la mejor de las formas en el entreno de esta mañana, lo que demuestra que su flirteo con Brenna Jensen era la causa de su desastroso rendimiento. No ha salido con nosotros esta noche porque quería quedarse en casa y ver todos los partidos grabados disponibles de esta temporada de Princeton para estar preparado mañana. ¿Veis lo que ocurre cuando se eliminan las distracciones impertinentes?

—Además, no estoy hablando con una chica para quedar —añado—. Estoy hablando con Hazel.

—Oh, guay, salúdala de mi parte —ordena Coby.

Hazel fue mi «cita» en un evento del equipo el año pasado, así que la mayoría de mis compañeros la conocen. A Coby, en particular, enseguida le cayó en gracia. Doy por sentado que le gusta cualquier persona que tenga pechos. Y cualquier persona rubia, al parecer, sin importar el género.

—¿Piensas darme su número algún día? —se lamenta.

—No. No te dejo tontear con mis amigas. —No quiero a Chilton cerca de Hazel. Es un mujeriego y le rompería el corazón. Es demasiado inexperta para tratar con alguien como él.

Si soy sincero, creo que nunca ha tenido un novio formal. Supongo que se enrolla con gente, porque es una mujer atractiva de veintiún años, pero nunca la he visto con un hombre. Me había preguntado si tal vez era lesbiana, pero tampoco soy consciente de que haya estado con una mujer, y sí que la he pillado alguna que otra vez echándole un vistazo a algún tío. Creo que, simplemente, no tiene mucha práctica. Y Coby tiene demasiada.

Un fuerte silbido corta el aire a través de la música *rock* que suena a todo volumen en el bar. Viene de la mesa de billar. Los dos hombres que están allí de pie han abandonado su juego para mirar la puerta boquiabiertos.

Sigo sus miradas y... uf.

Brenna Jensen entra a toda prisa y atraviesa la sala. Está para comérsela.

Lleva unas botas de piel negras con tacones de aguja, una minifalda, una chaqueta de cuero negra, el pelo marrón chocolate suelto alrededor de los hombros y los labios carnosos de color rojo sangre.

Otra chica de pelo oscuro entra detrás de ella. También es guapa, pero Brenna capta toda mi atención. Sus ojos oscuros están que arden, y todas las moléculas de ese calor van directas hacia mí.

—Connelly. —Llega a nuestra mesa y muestra sus dientes en una sonrisa irónica—. Chicos. Un placer encontraros aquí. ¿Os importa si os acompaño?

Hago ver que su llegada no me ha afectado. Por dentro, la sospecha me corroe como una víbora.

—Claro. —Señalo la única silla vacía—. Aunque me temo que solo hay un asiento libre.

—Está bien, no nos quedaremos mucho rato. —Se dirige a su amiga—. ¿Te quieres sentar?

—Qué va. —La chica está claramente divertida por todo esto. Sea lo que sea—. Voy a llamar a Lamar. Ven a buscarme cuando estés. —Camina hacia la barra con el móvil pegado a la oreja.

—Qué calor hace aquí dentro —apunta Brenna—. Todos estos cuerpos enlatados en esta caja de zapatos generan mucho calor. —Se baja la cremallera de la chaqueta.

Lo que lleva debajo provoca que a todo el mundo se le salgan los ojos de sus órbitas.

—Uf, joder —masculla Coby.

El top deja al descubierto su vientre plano y suave, y tiene un corte lo suficientemente bajo como para mostrar un escote impresionante. No lleva sujetador, por lo que veo el contorno de los pezones, dos botoncitos duros que presionan el material acanalado. Empiezo a notar una erección que me roza la cremallera.

Evalúa a mis compañeros de equipo antes de centrarse en mí.

—Tenemos una charla pendiente, Connelly.

—Ah, ¿sí?

Vuelve a barrer la mesa con la mirada. Les da un repaso exhaustivo a todos y cada uno de los chicos, incluso al humilde Adam de primero. A mi pesar, el escrutinio más largo se lo otorga a Coby, cuya lengua lleva un rato por los suelos mugrientos del Dime.

—Venga, siéntate ya —digo, pesimista.

—Espero que no te importe. —Arquea una ceja, se acerca a Coby y se acomoda directamente en su regazo.

Él emite un ruido ahogado. En parte de sorpresa y en parte de ilusión.

La miro con los ojos entrecerrados.

Me sonríe.

—¿Qué pasa, Jakey? Me has dicho que me siente.

—Creo que una silla habría sido más cómoda —digo con un tono algo borde.

—Oh, estoy muy cómoda aquí. —Pasa un brazo esbelto alrededor del cuello de Coby y apoya la mano en su ancho hombro. Mide metro ochenta y siete y pesa ciento ocho kilos, lo que hace que Brenna parezca una enana en comparación.

No me pasa por alto la forma en que él curva la mano alrededor de su cadera para mantenerla allí.

—Jensen —la aviso.

—¡Jensen! ¡Ey! —Brooks, que sale a respirar, por fin se percata de la llegada de Brenna—. ¿Cuándo has llegado? ¿Está Di Laurentis contigo?

—No, Summer se ha quedado en Hastings.

—Oh, qué mal. —Se encoge de hombros y vuelve a su juego de *hockey* de amígdalas con nuestra futura camarera desempleada.

—A ver, esta es la situación —dice Brenna. Puede que esté en el regazo de Coby, pero solo tiene ojos para mí—. Obligaste a Josh a cortar conmigo.

Levanto el botellín de cerveza y doy un trago lento mientras considero lo que acaba de decir.

—A cortar, ¿eh? Creía que no salíais.

—No lo hacíamos. Pero lo teníamos bien montado. Me gustaba.

Es extrañamente honesto por su parte. No creo que la mayoría de las mujeres disfruten al admitir lo mucho que les gustaba la persona que las acaba de dejar. Noto una extraña sensación en el estómago al pensar que, tal vez, McCarthy le gustaba de verdad.

—Me gustaba la sensación de sus manos en mi cuerpo —continúa con una voz gutural y, de repente, todos los hombres de la mesa se tragan cada palabra que dice—. Me gustaban sus labios…, sus dedos…

Adam, el de primero, emite una tos ahogada. Lo silencio con una mirada. Traga un poco de cerveza.

—Supongo que tendrás que buscarte otras manos y otros labios para mantenerte ocupada —le digo.

Cuando Coby abre la boca, lo fulmino antes de que le dé tiempo a ofrecer su cuerpo. La cierra enseguida.

—Ya te lo he dicho, no tomas decisiones por mí —sentencia Brenna con frialdad.

—No he tomado ninguna decisión por ti. McCarthy lo decidió solo.

—No me lo creo. Y no me gusta que interfieras en mi vida.

—Yo no quiero que interfieras con mis jugadores —replico.

Mis compañeros de equipo giran la cabeza entre Brenna y yo.

—¿De verdad vamos a volver a tener esta discusión? —me pregunta en un tono aburrido. Repasa el brazo de Cody con el dedo índice.

A él se le nubla la vista.

Mierda. Brenna no solo está irresistible, también es increíblemente magnética. Y su trasero perfecto está pegado a la entrepierna de un jugador de *hockey* lleno de agresividad contenida y expectativas por la semifinal de mañana.

—¿Has venido a gritarme, tía buena? Porque eso no hará que el pobre y dulce McCarthy vuelva —la provoco. Sobre todo, porque es divertido ver cómo los ojos oscuros se le llenan de rabia, como dos trozos de carbón candentes en una hoguera.

—Tienes razón. McCarthy no volverá conmigo. Así que supongo que ha llegado el momento de buscarle un sustituto. —Con las puntas de los dedos, alcanza la mano que Coby ha apoyado en su cadera. Enlazan sus manos y yo frunzo el ceño al ver que él le acaricia la palma con el pulgar.

Creo que Coby está a punto de gemir. La música amortigua el sonido, pero su expresión torturada me dice que no le pasa desapercibido. Mis ojos echan chispas cuando lo miro.

—Céntrate, tío. Está jugando contigo.

—No es un juego. Creo que tu compañero está muy bueno. —Se aparta el pelo sedoso detrás del hombro y ladea la cabeza para encontrarse con la mirada apreciativa de Coby.

—¿Cómo te llamas?

—Coby —pronuncia con la voz rasposa.

Oh, mierda. Tenemos un problema. La mira como si ya estuviera desnuda. Dios, creo que toda la gente que hay en el bar está igual.

—Yo soy Brenna —lo encandila ella—. Encantada de conocerte.

—Igualmente —repite él, y traga saliva sin disimular.

Brenna me sonríe y, entonces, desenreda los dedos y desliza la palma por el musculoso pecho de Coby. Presiona el logo de Harvard que hay en su sudadera gris y deja el dedo apoyado sobre el pectoral izquierdo.

—El corazón te late muy rápido. ¿Va todo bien?

—Va todo perfecto. —Está completamente hechizado. Por debajo de los pesados párpados, admira las curvas de su cuerpo. Entonces, cambia de postura, probablemente debido a una erección enorme.

—Concéntrate en mí, Chilton —ordeno—. No dejes que te arrastre al lado oscuro.

—No le escuches, Coby. Quiero decir, ¿de verdad quieres que Connelly dirija tu vida? Es un aguafiestas. ¿A quién le caen bien los aguafiestas? —Se arrima más a él—. ¿Y qué más te gusta hacer, aparte de jugar a *hockey*? ¿Te gusta bailar?

—Me encanta —masculla. Tiene la mirada clavada en su pecho.

Soy completamente consciente de que no tiene ninguna posibilidad con ella.

—Coby, no caigas en la trampa. No le interesas.

Ambos me ignoran.

—Tendríamos que salir a bailar algún día. Nos lo pasaríamos. Tan. Bien. —Le acaricia el pectoral antes de subir la mano hasta la barbilla barbuda. También la acaricia. —Estoy segura de que nuestros cuerpos juntos harían que el corazón te latiera todavía más rápido.

Adam vuelve a toser. Detrás suyo, Dmitry parece totalmente cautivado. Todos lo parecen. Brenna tiene este efecto sobre los hombres.

Le frunzo el ceño a Coby.

—Te está provocando. Se está vengando por los crímenes que, según ella, he cometido.

Brenna sonríe, desafiante.

—La verdad es que Coby me parece increíblemente atractivo.

—Claro que sí. —Arrastro las palabras y animo todavía más al tontaina sobre el que está sentada—. Tú puedes, tío. Escápate a rastras de esta oscuridad.

Cuando finalmente habla, se atraganta con las palabras como si se las sacaran a la fuerza de la boca.

—Lo siento, Jake. Creo que me he enamorado.

Ella se ríe, y se levanta de su regazo.

Coby también se pone en pie al momento.

—Deberíamos ir a bailar esta noche —dice, entusiasmado.

Suspiro.

—Cabrón debilucho.

Brenna también suspira y toca con suavidad el brazo de mi compañero de equipo.

—Lo siento, cielo, pero Connelly tenía razón. Jugaba contigo.

La mira embobado.

—¿De verdad?

—De verdad. Te estaba manipulando, y pido perdón por ello. Eras un insignificante peón en esta pequeña partida de ajedrez entre tu capitán y yo.

Coby parece tan decepcionado que tengo que reprimir la risa. Aunque no me da lástima. Yo ya lo había avisado.

Brenna se gira hacia mí.

—¿Ves lo fácil que ha sido? —Sacude la cabeza, irritada—. La única razón por la que no lloro por lo de McCarthy es porque era algo temporal. Pero que esto te sirva de aviso, Connelly. Aléjate de mi vida. Mi vida amorosa, mi vida sexual, mi vida en general. No tienes derecho a obligar a alguien a cortar conmigo. Es muy infantil.

—¿Y lo que acabas de hacer tú no lo es? —la reto.

—Oh, sí que lo ha sido. No lo niego. Me he puesto a tu nivel porque quería demostrarte algo. Si te metes en mi vida, yo me meteré en la tuya. Sigue acusándome de distraer a tus chicos y adivina qué pasará. Sí, empezaré a hacerlo. Y por lo que acabamos de ver, no va a ser muy difícil. —Da un par de palmadas en la espalda a Coby—. De nuevo, siento haberte involucrado en esto. Si te sirve de algo, creo que estás como un tren y tengo una amiga, Audrey, a la que me gustaría presentarte. Eres exactamente su tipo.

A Coby se le ilumina la cara.

—¿En serio?

Brenna levanta el móvil.

—Sonríe. Le mandaré una foto tuya y veremos si le interesas.

Observo, incrédulo, cómo Coby posa para la foto. Es que incluso hace bola con los bíceps, madre mía. Y entonces, para colmo, añade:

—Gracias.

El idiota le ha dado las gracias. Dios. Mis compañeros de equipo son increíbles. Brenna mete el móvil en el bolso y busca mi mirada.

—Que disfrutes del resto de la noche, Jakey. —Me guiña el ojo—. Y que no se te olvide… Si te metes conmigo, yo no me quedo de brazos cruzados.

CAPÍTULO 7

JAKE

A las tres de la madrugada, me encuentro al lado del fregadero de la cocina mientras me bebo un vaso de agua de un trago. No estoy seguro de qué me ha despertado. ¿Puede que hayan sido los truenos? No ha dejado de llover a cántaros desde que hemos vuelto del bar. Ni un momento de tregua.

O a lo mejor ha sido la culpa lo que me ha desvelado. Nunca lo reconocería ante Brenna, pero… sí que me siento mal por haberme metido en sus asuntos. Cuando ha confesado que le gustaba McCarthy, no puedo negar que me he sentido como un completo capullo.

—¡Oh! —chilla una voz femenina—. No sabía que había alguien más despierto.

Levanto la cabeza y veo una figura con curvas que derrapa a unos dos metros de mí. O las sombras me juegan una mala pasada o solo lleva puesto un tanga. Da unos pasos hacia delante y una cortina de pelo rubio se balancea detrás suyo. La luz de la cocina se enciende y, efectivamente, no lleva nada arriba. Sus pechos están al descubierto.

—Lo siento —dice—. Pensaba que estaría sola.

Y, aun así, no hace ningún tipo de esfuerzo por cubrirse.

Como soy un hombre, no puedo evitar mirarle los pechos. Tiene una buena delantera. Son más bien pequeños, pero monos y alegres, con unos pezones de un rosa pálido que ahora mismo están erguidos por estar expuestos al aire.

Pero el brillo coqueto de sus ojos me hace retroceder. A pesar de no haber oído entrar a nadie, supongo que la ha invitado Brooks. Y como está prácticamente desnuda, supongo que no han quedado para pasarse la noche estudiando en su habitación. Lo que significa que no debería mirarme como lo hace.

—¿Duermes con Brooks esta noche? —pregunto mientras enjuago mi vaso.

—Ajá.

Arrugo la frente.

—¿Cuándo has llegado?

—Alrededor de medianoche. Y antes de que lo digas, sí, me ha llamado para echar un polvo.

Resisto las ganas de sacudir la cabeza. Brooks Weston es de lo que no hay. Liarse con una chica durante toda la noche y luego llamar a otra para echar un polvo.

—¿Te importaría darme un vaso? No sé dónde están las cosas. —Se pasa la lengua por los labios—. Estoy sedienta.

Vale, está sedienta.

Abro el armario, cojo un vaso y se lo doy. Me roza los nudillos con la punta de los dedos de manera sugestiva cuando lo toma.

—Gracias.

—De nada. —Aparto la mano—. Pareces tener frío —digo, y lo recalco con una mirada rápida hacia sus pezones.

—La verdad es que estoy que ardo ahora mismo —suelta una risita—. Y parece que tú también.

—¿Que yo también parezco el qué?

—Que estás que ardes.

Trato de no alzar las cejas. Esta chica es atrevida. Demasiado, si considero a quién ha venido a visitar esta noche.

—¿No acabas de estar con mi compañero de piso? —Señalo el pasillo con la cabeza.

—Sí. ¿Y?

—Pues que probablemente no deberías decirle a otro chico que está que arde.

—Brooks ya sabe lo que pienso de ti.

—Ah, ¿sí? —Un picor me recorre la espalda. No me gusta la idea de que otras personas hablen de mí. Y espero seriamente no formar parte de los fetiches a los que estos dos juegan al otro lado de la puerta.

Se sirve un vaso de agua de la jarra filtradora que hay en la nevera. Permanece en la cocina mientras bebe, sin parte de arriba, sin importarle lo más mínimo. Tiene un cuerpo precioso, pero hay algo en ella que me da mala espina. No es la actitud descarada. Me gustan las chicas directas. Las que me tocan las pelotas. Como Brenna Jensen, que es la definición de chica atrevida, pero no hace que tenga ganas de salir corriendo de la habitación.

Esta chica, en cambio...

—¿Cómo te llamas? —pregunto con cautela. No sé de dónde viene esta sensación de desconfianza, pero su presencia me pone nervioso.

—Kayla. —Da otro trago largo y apoya una cadera contra la encimera de granito. No se inmuta por el hecho de que únicamente lleva un tanga—. Ya nos habíamos visto antes —me dice.

—Ah, ¿sí?

Se le oscurecen los ojos, está claramente decepcionada. Ya, imagino que es una de esas chicas a las que no les gusta que se olviden de ella. Pero de verdad que no tengo recuerdo alguno de haberla visto.

—Sí. ¿En la fiesta de Nash Maynard?

—¿Vas a Harvard?

—No. Hablamos de esto en la fiesta, ¿recuerdas? —dice, con firmeza—. Voy a la Universidad de Boston.

Me quedo en blanco. Tengo un vacío en la memoria, en el lugar donde esta hipotética interacción tuvo lugar.

—Nena —llega una voz dormida desde el pasillo—. Vuelve a la cama. Estoy cachondo.

Le sonrío secamente.

—Te reclaman.

Me sonríe a su vez.

—Tu compañero de piso es insaciable.

—No tengo ni idea. —Me encojo de hombros.

—¿No? —Se termina el agua y deja el vaso en el fregadero. Le invade la curiosidad mientras me observa—. ¿Brooks y tú nunca habéis...? —Deja la pregunta en el aire.

—No, eso no me va.

Ladea la cabeza, pensativa.

—¿Y si hay una chica en medio para hacer de intermediaria?

Y hasta aquí hemos llegado. Es demasiado tarde y estoy demasiado cansado para hablar de tríos con una desconocida en la cocina.

—Eso tampoco lo hago —musito cuando paso por su lado.

—Una pena —me dice desde atrás.

No me giro.

—Buenas noches, Kayla.

—Buenas noches, Jake —contesta con un deje provocador.

Por Dios. Cuántas insinuaciones en un mísero encuentro. Me habría dejado hacérselo en la encimera, si hubiera dado un paso. Si me gustaran los tríos, nos habría dejado a Brooks y a mí hacérselo a la vez.

Pero ninguna de las dos ideas me atrae.

Vuelvo a la cama y echo el pestillo, por si acaso.

A la mañana siguiente, temprano, hago el trayecto para ir a ver a mis padres. Requiere un viaje rápido con la línea roja, seguido por uno no tan rápido con la línea Newburyport-Rockport, que me lleva hasta Gloucester. Sería más rápido pedirle el coche a Weston y conducir por la costa, pero no me importa tomar el tren. Es más barato que ponerle gasolina al Mercedes, y me proporciona un rato de tranquilidad para reflexionar y prepararme mentalmente para el partido de hoy.

Nuestra temporada entera depende de este partido.

Si perdemos...

«No perderéis».

Le hago caso a la confiada voz que suena en mi cabeza y accedo a la confianza que he cultivado desde que era un niño que jugaba a *hockey* para críos. No se puede negar que mi talento despuntó muy pronto. Pero el talento y el potencial no significan nada sin disciplina y fracasos. Debes perder para que las victorias tengan significado. Ya me han derrotado en algunos partidos, que contaban para los *rankings* y con los que podría haber conseguido varios trofeos. Las derrotas no deben machacarte la confianza, sino que tienes que forjarla a partir de ellas.

Pero hoy no perderemos. Somos el mejor equipo de la liga. Quizá hasta el mejor del país.

El tren llega a la estación hacia las nueve y, como esta mañana no llueve, camino hasta casa en lugar de pedir un Uber.

Respiro el aire fresco de primavera e inhalo el familiar aroma a sal, pescado y algas. Gloucester es un pueblo de pescadores, el puerto marítimo más viejo del país, por lo que no puedes dar cinco pasos sin ver un faro, un barco o algo náutico. Paso por delante de tres casas con decoraciones de anclas en las puertas de entrada.

La casa de dos plantas donde crecí se parece a la mayoría de las edificaciones vecinas construidas en fila en las calles estrechas. Tiene la fachada blanca, un tejado inclinado y un bonito jardín delantero del que mi madre se ocupa con regularidad. El jardín trasero es todavía más impresionante, evidencia de su buena mano con las plantas. La casa es pequeña, pero solo vivimos nosotros tres, así que siempre hemos tenido espacio más que suficiente.

Me suena el teléfono mientras me acerco al porche. Es Hazel. Me detengo para contestar a la llamada, porque se supone que vendrá al partido de esta tarde.

—Ey —la saludo—. ¿Todavía tienes pensado venir a Cambridge luego?

—Jamás. Antes muerta que traicionar a mi universidad.

—Anda, cállate. Ni siquiera te gusta el *hockey*. Vienes como amiga, no como fan.

—Perdón, sí, claro que voy a ir. Es que es divertido simular que tenemos una rivalidad enorme. Una relación prohibida, ya sabes. Bueno, una amistad —corrige.

—No hay nada de prohibido en nuestra amistad. Todo el mundo sabe que eres mi mejor amiga y a nadie le importa.

Hace una pequeña pausa.

—Cierto. Entonces, ¿qué haces ahora? Si quieres pillo el coche y pasamos el rato antes del partido.

—Estoy a punto de entrar en casa de mis padres. Mi madre me está haciendo un desayuno especial de día de partido.

—Oh, ojalá me hubieras avisado. Habría ido contigo.

—Ya, claro. Te tendrías que haber levantado antes de las ocho. Un sábado.

—Lo habría hecho —protesta.

—«El mundo no existe antes de las nueve de la mañana». Es una cita tuya, Hazel —me río.

—¿Y qué haremos para celebrar tu victoria de hoy? Oh, ¿qué te parece ir a cenar fuera?

—¿Tal vez? Aunque seguro que los chicos querrán salir de fiesta. Ah, y tengo que estar en un sitio a las diez. Puedes venir, si quieres.

—Depende de lo que sea.

—¿Te acuerdas de Danny Novak? Su banda toca en la ciudad esta noche. Es su primer concierto, así que le prometí que iría a verlos.

Danny era uno de mis compañeros de equipo en el instituto. Es una de las personas que mejor maneja el palo de *hockey*. Y esa destreza con las manos también le sirve para la guitarra. Nunca podía elegir entre qué le gustaba más: si el *hockey* o la música.

—¿Qué tipo de música tocan?

—*Heavy metal.*

—Uf. Mátame —suspira Hazel—. Te lo confirmo luego, tío, pero de momento mi respuesta es un no provisional.

Me río.

—Te veo luego, ¿vale?

—Sí. Saluda a tus padres de mi parte.

—Eso haré.

Cuelgo y entro por la puerta principal, que no está cerrada con llave. Dejo la chaqueta de *hockey* en el recibidor, colgada de uno de los ganchos metálicos para los abrigos que tienen forma de ancla, de qué si no.

—¿Mamá? —la llamo mientras me desato los cordones de las botas.

—¡Hola, cielo! ¡Estoy aquí dentro! —Su saludo me llega desde la cocina, junto con el aroma más delicioso.

El estómago me gruñe como un oso furioso. He pensado en este desayuno durante toda la semana. A algunos chicos no les gusta ponerse las botas los días de partido, pero a mí me pasa lo contrario. Si no tomo un desayuno descomunal, me siento débil y poco preparado.

En la cocina, encuentro a mamá frente a los fogones con una espátula de plástico roja en la mano. La sensación de hambre se intensifica. Joder, sí. Está haciendo torrijas. Y beicon. ¿Y eso son salchichas?

—Hola. Huele de maravilla. —Me acerco a ella y le planto un beso en la mejilla. Entonces, alzo las cejas—. Bonitos pendientes. ¿Son nuevos?

Con la mano libre, hace girar la perla brillante sobre el lóbulo derecho entre el pulgar y el dedo índice.

—¿A que son preciosos? ¡Tu padre me dio una sorpresa el otro día! Nunca había tenido unas perlas tan grandes.

—Ha hecho bien, papá.

Rory Connelly conoce el secreto para tener un matrimonio sano. Una esposa feliz significa una vida feliz. Y no hay nada que haga más feliz a mi madre que las alhajas brillantes.

Se gira hacia mí. Con el pelo oscuro recogido en una coleta elegante y las mejillas rosadas por el calor de los fogones, no aparenta tener cincuenta y seis años. Mis padres me tuvieron cuando estaban en la treintena, y siempre se refiere a sí misma como «madre madura». Pero no lo parece para nada.

—Hazel te manda saludos, por cierto. Acabo de hablar con ella.

Mamá da una palmada de alegría.

—Oh, dile que la echo de menos. ¿Cuándo vendrá a visitarnos? No estuvo durante las vacaciones.

—No, este año le tocaba pasarlas en casa de su madre. —Los padres de Hazel se divorciaron hace unos años. Su padre todavía vive en Gloucester, pero su madre ahora vive en Vermont, así que alterna las ciudades en las vacaciones—. Hoy estará en el partido. ¿Vosotros vendréis?

—Me temo que no. Tu padre no llegará a casa a tiempo, y ya sabes que no me gusta conducir sola por la carretera.

Disimulo la decepción. Mis padres nunca se han involucrado demasiado en mi carrera de jugador de *hockey*. Papá siempre estaba demasiado ocupado con el trabajo para venir a mis partidos, y a mamá simplemente no le interesaba. Cuando era pequeño, me dolía. Veía a las familias de todos mis amigos en las gradas y la mía no estaba por ninguna parte; la envidia me inundaba el pecho.

En fin. Es lo que hay. Esta es mi actitud respecto a la mayoría de las cosas. No puedes cambiar el pasado, no llores por el presente, no te estreses por el futuro. No sirve de nada. Sobre todo, arrepentirse.

—Bueno, intentad venir a la final si la jugamos, ¿vale? —le pido con suavidad.

—Claro. Y ahora deja de agobiarme y siéntate, superestrella. Yo me encargo de todo.

—Por lo menos deja que ponga la mesa —razono mientras trato de sacar los platos del armario.

Me aparta las manos.

—No. Siéntate —ordena—. Esta podría ser la última vez que te sirvo la comida antes de que tengas tus propios asistentes para hacértelo todo.

—No, eso no va a pasar.

—Este otoño vas a ser un jugador de *hockey* profesional, cariño. Eso significa que serás famoso y las personas famosas tienen servicio doméstico.

Cometí el error de enseñar a mis padres el papeleo de mi contrato con la NHL y, cuando vieron la cantidad de dinero que iba a ganar pronto (por no hablar de los incentivos de rendimiento que mi agente consiguió que incluyera el club), casi se les salen los ojos de las órbitas. No puedo predecir la cantidad exacta que percibiré, pero el valor de mi contrato ronda los dos millones de dólares, una cantidad muy alta para un novato como yo.

Según mi agente, es lo que dan a «las superestrellas en proyecto». Cómo se me subió el ego al oír eso. A mi madre también le gustó, porque así es como me llama ahora. Superestrella.

—No quiero tener servicio doméstico. —Me río y me siento de todos modos, porque si hoy le apetece mimarme, ¿por qué debería negárselo? Tiene algo de razón. El año que viene estaré en Edmonton, donde me helaré de frío durante el invierno canadiense. Voy a echar de menos los sábados en Gloucester con mi familia.

—Por cierto, ¿dónde está papá?

—En el trabajo —contesta mi madre mientras apaga la vitro.

—¿Un sábado? —En realidad tampoco me sorprende. Mi padre es el jefe de una empresa especializada en la construcción de puentes y túneles, y lleva los contratos de la ciudad, lo que significa fechas límite cortas y muchos trámites burocráticos, que, a su vez, hacen que mi padre sufra de estrés continuamente.

Es el tipo de trabajo que te provoca ataques al corazón, literalmente. Sufrió un paro cardíaco en las obras de un puente hace unos años, y nos dio un susto de muerte a mamá y a mí. Me sorprende que le haya permitido volver a trabajar, pero supongo que no tenía otra opción. No está para nada cerca de jubilarse.

—Ayer hubo un problema —me explica mamá—. No me preguntes el qué, ya sabes que desconecto cuando parlotea sobre sus puentes. Solo sé que es un momento decisivo, que tienen que terminar antes del invierno y que corren el riesgo de retrasarse porque algunos miembros del equipo se están comportando como unos, cito textualmente, «gilipollas integrales».

Suelto una carcajada. Mi padre tiene el don de la palabra.

—Seguro que lo sacan adelante —le digo—. A papá se le da bien gritar a la gente. Y le gusta hacerlo, así que todo el mundo sale ganando.

Mi madre empieza a traer platos a la gran mesa de cedro que mi padre y yo montamos un verano cuando yo era pequeño. Trato de pinchar una torrija con el tenedor, y mamá vuelve a apartarme la mano.

—Espérate a que lo traiga todo. Y, a decir verdad, no sé si a tu padre todavía le gusta dar órdenes al equipo. Está cansado, cielo. Hace mucho que trabaja en lo mismo.

Deja una pila de tostadas de centeno con mantequilla en la mesa.

—¡Pero cuéntame qué tal estás tú! ¿Algún día de estos vas a traer ya sabes qué a casa?

Me hago el tonto.

—¿Un ya sabes qué? ¿Un perrito? ¿Un coche?

—Una novia, Jake. Necesitas una novia —resopla.

—Oh, claro, ¿verdad? —No puedo evitar provocarla. Mis padres llevan un tiempo insistiendo en que todavía estoy soltero.

—Sí —dice con firmeza—. Es verdad. Necesitas una novia maja que te apoye. Como Hazel. Todavía no entiendo por qué no sales con Hazel. ¡Es perfecta para ti!

Hazel siempre es la primera candidata a la que mamá pone sobre la mesa.

—No voy a salir con ella —niego, igual que he hecho las doce veces anteriores—. No me interesa de esa manera.

—Vale, entonces sal con alguien.

Esa siempre es la segunda opción de mamá: alguien. Se muere por que siente la cabeza de una vez.

Pero de momento no entra en mis planes.

—No quiero —respondo, y me encojo de hombros—. El *hockey* es mi máxima prioridad ahora mismo.

—¡El *hockey* ha sido tu máxima prioridad desde que tenías cinco años! ¿No crees que ya es hora de que cambies tus prioridades?

—No.

Sacude la cabeza en desaprobación.

—Estás en la universidad, Jake. Eres joven y eres guapo, y no quiero que un día pienses en esta etapa de tu vida y te arrepientas por no haber tenido a alguien con quien compartirla.

—Yo no me arrepiento, mamá. Nunca lo he hecho.

Aunque, si soy completamente sincero, ahora me arrepiento de algo.

No me quito de encima el sentimiento de culpa por haber interferido entre Brenna y McCarthy. Claro, no es que estuvieran prometidos, pero Brenna tiene razón: yo le pedí a él que la dejara. Fue una jugada sucia. A mí tampoco me gustaría que alguien dictara mi vida sexual.

Esperaba que la culpa se disipara, pero no ha sido así. Ayer por la noche me roía por dentro, y todavía me carcome esta mañana.

«Día de partido», me recuerda una voz severa.

Es verdad. El partido de hoy contra Princeton es lo único que importa ahora mismo. Tenemos que ganar.

Vamos a ganar.

No hay alternativa.

CAPÍTULO 8

BRENNA

—No puedo creer que me abandones. —Fulmino a Tansy con la mirada, pero, en el fondo, no me sorprende.

Tenía la esperanza de que Lamar y ella no me arruinaran el fin de semana, pero, como le gusta decir a mis padres, la esperanza es para los necios. «Trabaja duro y haz que tus sueños se hagan realidad —me repite siempre— y así nunca deberás esperar por nada».

—Solo serán una hora o dos —me promete mi prima.

—Ya, claro —me mofo desde la cama de su compañera de piso.

De nuevo, Aisha ha demostrado ser mi heroína. De alguna forma, ha sustituido el colchón que venía con la habitación de la residencia por uno de esos de gomaespuma con memoria que te hacen sentir que estás durmiendo en una nube. Me he zambullido bajo las mantas cuando Tansy y yo hemos vuelto de nuestra tarde de comida y compras. Qué cómoda es esta cama.

—Va en serio —insiste Tansy—. Solo voy a hablar de lo que nos pasó anoche.

—Oh, ¿te refieres a cómo os gritasteis como locos el uno al otro frente al bar entero?

Sí. Fue divertido. Tansy y Lamar empezaron a discutir casi al instante en que llegamos al Zorro y el Sapo. Hacía mucho tiempo que no veía hacer una montaña de un grano de arena tan rápido.

Se saludaron con un beso, ella lo chinchó por haberse equivocado de bar, él se quejó de que ella le había dicho mal el nombre, ella lo negó, él insistió, ella dijo que no era culpa suya que el muy tonto no supiera leer un mensaje, él dijo: «¿Por qué estás siendo tan cabrona?», y ya lo tienes: el Apocalipsis.

Oh, Lamar. Nunca le digas a tu novia que se está comportando como una cabrona. Aunque sea cierto.

Los amigos de Lamar y yo decidimos tomarnos un par de chupitos de tequila. Supusimos que Tansy y Lamar se cansarían de discutir y volverían al grupo, pero no ocurrió, y ella me sacó a rastras del bar hecha un mar de lágrimas y volvimos a casa antes de medianoche.

Esta mañana me he despertado y ni siquiera tenía resaca. Hasta donde yo sé, esto define una noche de mierda.

—Venga ya, Tans, dile que lo verás mañana. Ya has arruinado las compras en Newbury Street por haberte pasado todo el rato enviándole mensajes. —Se suponía que íbamos de compras y a pasarlo bien y, en lugar de eso, me he tirado el día viendo cómo escribía con el móvil. Apenas hemos hablado durante la comida porque no dejaban de mensajearse.

—Ya lo sé, lo siento. Es que... —Me implora con unos ojos enormes—. Hemos hablado de prometernos después de la graduación. No puedo ignorarlo mientras discutimos. Tenemos que resolverlo.

Ni siquiera me sobresalto al oír la palabra «prometernos». Tansy y Lamar lo han dejado y han vuelto tantas veces que ya no me tomo su relación en serio. Si rompes con alguien una y otra vez, por algo será. Dato curioso: el drama continuo no lleva al compromiso a largo plazo.

Dudo mucho que los planes de comprometerse estén realmente sobre la mesa. Y si, por casualidad ocurriera, ni por asomo terminaría en una boda de verdad. Apuesto los escasos ahorros de mi vida a que no pasará.

No obstante, rebajo un poco el escepticismo y digo:

—Vale, habéis hablado de prometeros. Eso no tiene nada que ver con el hecho de que tu prima, a la que no veías desde hacía meses, ha venido hasta aquí para pasar el fin de semana contigo. La noche de ayer se convirtió en un festival de sollozos. La tarde de compras de hoy, en la fiesta de los mensajes. Y he aquí, ahora también me dejas colgada con nuestro plan de cena y discoteca.

—No voy a dejarte colgada, te lo prometo. Me pierdo la cena, pero iremos a la discoteca. Puedes usar mi pase de la residencia y cenar aquí, ni siquiera tendrás que gastar nada. Y luego échate una siesta o algo, yo volveré antes de que te des cuenta e iremos juntas al Bulldozer como habíamos planeado.

El Bulldozer es una discoteca a la que hace tiempo que quiero ir. A pesar de que el nombre deja mucho que desear, tiene muchas reseñas y parece que la música que ponen es bastante buena.

Tengo la sensación de que nunca la oiré.

—Por favor —me ruega Tansy—. No tardaré mucho. Solo unas horitas.

Me encanta cómo ha pasado de «una hora o dos» a «unas horitas».

—Y te prometo que jamás te lo volveré a hacer. La próxima vez que planeemos un fin de semana de chicas iré yo a Briar, y Lamar se quedará en casa, y tú y yo lo pasaremos mejor que nunca.

Me trago una respuesta borde. Ya se ha decidido, así que ¿qué sentido tiene discutir?

—Haz lo que quieras, Tans.

—Vamos, Be, no te enfades conmigo.

—Entonces no me dejes plantada.

—Brenna…

Pero… es maravilloso. La notificación que aparece en la pantalla es incluso peor que las sandeces de mi prima.

—Harvard ha ganado a Princeton —rujo.

Me mira con cautela.

—¿Eso es bueno o malo?

Inspiro profundamente para calmarme.

—Si hubieras escuchado una sola palabra de lo que he dicho hoy, sabrías la respuesta.

TANSY: Enseguida vuelvo.

El mensaje me llega a las nueve en punto, y me siento aliviada. Por fin. Lleva tres horas fuera.

Antes, me he aprovechado por completo de sus privilegios en el comedor. He cenado genial, he pasado el rato con unas chicas muy majas y me he quitado de encima a unos jugadores de *lacrosse* que han intentado ligar conmigo. Ahora, he sucumbido al aburrimiento, por lo que llevo cuarenta minutos tumbada en la cama de Aisha mientras deslizo perfiles de Tinder a izquierda y derecha sin pensar demasiado.

No suelo usar aplicaciones de citas, pero ¿qué más puedo hacer ahora? No puedo llamar a ninguno de mis amigos: están en Briar, o viendo la semifinal contra Yale o jugándola. Tampoco puedo ver el partido en el canal de New England porque Tansy y Aisha no tienen televisor, y no he encontrado ningún canal que lo retransmita en el móvil.

Así que estoy chateando con chicos aleatorios.

A los dos minutos de abrir la aplicación, ya he coincidido con alrededor de quince chicos. Y catorce de ellos ya me han escrito con varios «holaaa» y «hola, *sexy*», muchos emoticonos con corazones en los ojos y un «joder, tía, ¿eres real?».

Este último mensaje me ha sacado una carcajada. Vuelvo a echar un vistazo al perfil del chico. Se llama Aaron, es de complexión esbelta y larguirucha, como un jugador de baloncesto, y una sonrisa bonita. Me tumbo de lado y le contesto.

YO: A veces me lo pregunto.

ÉL: Jajaja.

YO: O sea, ¿qué es ser real? ¿Alguien es real? ¿El cielo es real?

ÉL: El cielo no es real. Siento decírtelo…

YO: Oh, Dios mío. Entonces, ¿qué es?

ÉL: Estamos en una cúpula. Es como una escena de El Show de Truman.

YO: Jo. Vaya spoiler, tío. ¡No he visto esa peli!

ÉL: Pues deberías. Es muy buena. Te gustaría mucho. Estudio cine, así que vemos muchísimas en clase.

YO: Suena genial. ¿Y en qué te especializas? ¿Guion? ¿Dirección?

ÉL: Dirección. Algún día ganaré un Oscar :) En realidad, ya hago mis propias películas.

Primero, me intriga. Hasta que lo acompaña de una carita que guiña el ojo.

Guau.

Le doy una respuesta vaga, porque presiento hacia dónde va la cosa.

YO: Mola.

ÉL: ¿No me vas a preguntar qué tipo de películas *hago? ;)*

YO: Me hago una idea aproximada.

Aparecen dos guiños más.

ÉL: Eres preciosa. Me encanta tu cuerpo. Me encantaría que salieras en una de mis películas.

Aunque todavía no se ha vuelto un cerdo total, solo es cuestión de tiempo, así que esquivo la conversación con un «Lo siento, no me interesa ser actriz».

ÉL: Me apuesto a que tienes unas tetas muy *sexys*. Mmmm-mm, y tus pezones. Me encantaría chupártelos y grabarme haciéndolo.

Puaj. ¿Por qué? *¿Por qué?*

Me desemparejo y me quedo mirando el techo.

Sinceramente, empiezo a cuestionarme la evolución del ser humano. Pasamos de ser cavernícolas a *homo sapiens* y, de ahí, a esta increíble sociedad de mentes brillantes, con Alexander Graham Bell, que inventó el teléfono, y Steve Jobs, que lo inventó... todo. Y ahora estamos involucionando. Hemos vuelto hacia atrás, a los cavernícolas, solo que ahora los llamamos *playboys*.

La evolución ha dado una vuelta completa, y es un rollo.

Suelto un gemido en señal de protesta a la espera de que mi prima vuelva a casa ya. No puedo creer que me esté perdiendo las semifinales por esto.

Al acordarme, busco una actualización del partido de Briar en el móvil. Según Twitter, la segunda parte ha terminado con un 2-1 a favor de mi universidad. Todavía están demasiado cerca para estar tranquilos. Harvard ha ganado a Princeton por tres goles.

Seguro que Connelly está satisfecho consigo mismo. Tal vez ha salido con la Bambi Buenorra para celebrar la victoria con su subsiguiente mamada y algo de sexo oral de besos con remolino. Bien por él.

Vuelvo a abrir Tinder cuando me llega otro mensaje de mi prima.

TANSY: Cambio de planes. Lamar viene con nosotras a la discoteca.

Se me tensan los dedos alrededor del aparato. ¿De verdad? Este es nuestro «fin de semana de chicas». Su novio ya ha arruinado todas las cosas que hemos hecho, ¿y ahora también deja que nos fastidie la fiesta en el Bulldozer? Me hacía ilusión ir, jo.

La llamo en lugar de responderle, con la garganta rebosando de resentimiento.

—¿En serio? —inquiero cuando contesta.

—Lo siento mucho —gime Tansy—. Es que... hemos hecho las paces, y me ha preguntado si podía venir. ¿Qué se supone que tenía que decirle? ¿Que no?

—¡Sí! Sí, se supone que le tenías que decir que no. Dile que no es personal. Necesitamos un rato de chicas.

—Vamos, Bren, será divertido. Te lo prometo.

Claro que sí. ¿Igual de divertido que anoche? Aprieto tan fuerte los dientes que me duele. Trato de relajar la mandíbula con una exhalación lenta. Estoy cansada de discutir con ella.

—Vale. ¿Venís a buscarme o nos vemos allí?

—Vamos a buscarte. Lamar conduce; no tiene intención de beber esta noche. Yo voy a prepararme aquí, así que en una hora estamos allí.

—Cuando sea. Escríbeme cuando estéis de camino. Voy a prepararme.

Dejo a un lado el enfado y me doy una ducha rápida, me seco el pelo y me lo arreglo con ondas sueltas que me hago con la plancha de Tansy. Me he traído un vestido negro ajustado y *sexy* para salir, con un escote enorme y una buena parte de la pierna al descubierto. Me lo enfundo y me acomodo en el tocador de Aisha para maquillarme. Esta noche me arreglo más de lo habitual; además de los labios rojos, que son mi marca personal, me creo un *look* de ojos ahumados, me hago la raya con alas y me pongo máscara de pestañas intensa.

Cuando termino, examino mi reflejo en el espejo, contenta con el resultado. La noche de ayer fue un desastre. El día de hoy también. Pero tengo un buen presentimiento para esta noche. ¿Y si Harvard pasa a la final? Briar también lo hará, y les daremos una paliza. Y en una hora o así, estaré bailando las penas en el Bulldozer.

Me suena el móvil. Bien. Allá vamos. Tansy viene de camino a recogerme y...

TANSY: No me mates, porfa. Lamar y yo nos rajamos de ir a la disco.

Ha muerto un sueño. El Bulldozer se me ha escapado de entre las manos oficialmente. Mientras se me acelera el pulso por la ira, me siento en el borde de la cama de Tansy. Estoy sin habla. Es oficial: mi prima Tansy le ha usurpado el puesto a mi prima Alex. Es, de lejos, la peor. No hay nada que supere esto. Nada.

Me tiemblan las manos mientras respondo.

YO: ¿Me estás vacilando?
TANSY: Lo siento muchísimo. Han sido dos días MUY estresantes para nosotros y cree que sería mejor para nuestra relación que pasáramos la noche juntos. Nos vamos a quedar en casa y veremos una peli para reconectar.

¿Reconectar? ¡Si se ven cada día! La rabia me sube por la garganta y tengo la mandíbula más dura que una piedra.

YO: Felicidades. Has ganado el premio a peor prima del año, y solo estamos en abril.
TANSY: Lo siento. Me sabe fatal.
YO: No es verdad. De ser así no me dejarías tirada.

TANSY: ¿Te has enfadado?

YO: Pues claro que me he enfadado. ¿Qué cojones te pasa, tía?

No me asustan los conflictos, y no voy a fingir que todo va genial entre nosotras cuando no es así. Mis duras palabras le han afectado porque, al cabo de unos momentos tensos, se retracta como una condenada.

TANSY: Tienes razón. Lo siento. Estoy siendo ridícula. Deja que hable con Lamar otra vez y nos encontramos contigo en la discoteca, ¿te parece bien?

Me quedo boquiabierta. ¿Está loca? ¿Cómo va a parecerme bien? Con los dientes apretados, redacto un ensayo a toda prisa. La tesis: que te den.

YO: No, no está bien. Y no te molestes en venir a la discoteca. Quédate en casa de Lamar, claramente es lo que quieres hacer, y no quiero pasar tiempo con alguien que no quiere estar conmigo. Voy a hacer otros planes, Tansy. Tengo más amigos en la ciudad, así que disfruta de la velada y a lo mejor nos vemos mañana por la mañana.

Cinco segundos más tarde, me suena el móvil.

Lo ignoro.

Mi vestido brillante y yo terminamos en un pequeño local musical cerca de Fenway Park. Al principio intento ir a un par de bares diferentes. Por lo general, no me supone un problema salir sola y hablar con desconocidos, pero estoy de tan mal humor esta noche que me sorprendo a mí misma al ponerle mala cara a cualquier persona que se me acerca, ya sea hombre o mujer. No quiero ni echar un polvo ni tener una conversación. Quiero que me dejen en paz.

Necesito ir a un sitio donde la música esté tan fuerte que impida cualquier tipo de propuesta.

El Bulldozer encaja en esa descripción, pero tampoco me apetece bailar. Quiero pedirme una copa, beber y estar de mal humor en silencio. O, en su defecto, estar de mal humor con *heavy metal* de fondo, porque es el género musical que esta noche toca una banda en el local al que entro. Perfecto.

El club está formado por una sala principal lo bastante grande para albergar un escenario estrecho y una pista de baile donde se puede hacer un *pogo* pequeño. Hay unas cuantas mesas altas empotradas contra la pared de ladrillo pintada de negro con algunos grafitis. Hay una barra en la otra pared, pero no hay sitio, así que me dirijo a las mesas. Están todas libres.

La gente me mira cuando cruzo la sala oscura, seguramente porque voy vestida como si fuera a pasar la noche fuera de la ciudad, mientras que la mayoría de estas personas parecen haber salido de debajo de un puente. Ropa arrugada, pelo grasiento y camisetas de Pantera y de Slayer para dar y regalar. Por suerte, apenas hay luz, así que es casi imposible entrever las caras de la gente en las tinieblas. Aunque noto sus miradas, no tengo por qué verlas.

—¿Qué te pongo? —Un camarero con una larga melena negra que le llega hasta la cintura se acerca para atenderme—. La banda está a punto de empezar, así que será mejor que pidas rápido.

—Un vodka con zumo de arándanos, por favor.

Asiente y se aleja sin pedirme el carné de identidad. Lo llevo encima, así que tampoco me preocupaba. Me giro hacia el escenario y observo cómo el cantante de pelo largo da un salto hacia el pie del micrófono.

—¡Hola, Boston! ¡Somos Stick Patrol y estamos a punto de petarlo!

Si con «petarlo» se refiere a que van a reventarnos los tímpanos con seis canciones estridentes con letras ininteligibles y recoger antes de que me dé tiempo a terminar la primera copa, misión cumplida.

Me resisto a la necesidad de enterrar la cara entre las manos y echarme a llorar.

¿Qué ha sido esto?

Mientras el cantante da las gracias por venir a todo el mundo, me quedo de pie, embobada. Estoy de piedra.

Su repertorio ha durado catorce minutos. Eso es una media de dos minutos y medio por canción. ¿No se supone que estas canciones duran tropecientos minutos? Puedo asegurar que todos los temas de Metallica que he oído son más largos que las películas de *El señor de los anillos*.

Tras catorce minutos, las luces de la sala se encienden y veo de reojo cómo el grupo desmonta el equipo. Un chico baja un amplificador del escenario con una carretilla y otro enrolla los cables de los micrófonos.

«Que os den, Stick Patrol». Que les den a ellos y a su estúpido nombre, a mi prima por no seguir la regla de las chicas, a Harvard por haber ganado el partido de esta noche y al calentamiento global por echarnos encima toda esta lluvia inoportuna. Que le den a todo.

Me termino la bebida de un sorbo y hago una señal al camarero para que me traiga otra.

Es, sin lugar a dudas, el peor fin de semana del mundo.

—Espera, ¿me he perdido el concierto? —Un chico corpulento con el pelo rapado y dos *piercings* en una ceja se acerca de manera atropellada. Sus ojos van de mí hacia el escenario vacío y otra vez hacia mí. Le arde la mirada en deseo cuando se fija en el vestido.

Ausente, paseo la punta del dedo por el borde de mi vaso vacío.

—Sí, lo siento. Acaban de terminar.

—Vaya mierda.

—Dímelo a mí. —Y ni siquiera soy fan del *metal*. No puedo ni imaginarme cómo será tener verdaderas ganas de ver a la banda y descubrir que el concierto ha terminado al llegar al local. —¿Te importa que te haga compañía? —Se agarra al borde de mi mesa con los dedos.

Le miro las manos. Son enormes, dos zarpas fornidas con los nudillos rojos. No me gustan, y no tengo ganas de tener compañía, pero no me da la oportunidad de negarme.

Se acerca más y apoya los brazos en la mesa. También tiene los brazos enormes y el izquierdo lo lleva cubierto de tatuajes tribales.

—¿Te gusta la música?

¿Me acaba de preguntar si me gusta la música? ¿En general? ¿Acaso no le gusta a casi todo el mundo?

—Sí, claro.

—¿Cuál es tu banda de *metal* favorita?

—Ehm, no tengo, en realidad. No me gusta el *metal*. He entrado aquí porque me apetecía tomar una copa.

—Guay.

Espero a que diga algo más. No lo hace, y tampoco se va.

—Entonces, ¿eres estudiante? —pregunto, resignada a tener esta conversación. Tampoco tengo nada mejor que hacer.

—Dejé los estudios —responde con sequedad.

Ehm. Vale. No me importa demasiado, pero se me hace raro que alguien diga eso.

—¿Y dónde estudiabas cuando lo dejaste? ¿En la Universidad de Boston? ¿En la de Briar? Yo voy a Briar.

—Fui a St. Michael's.

—¿St. Michael's? —Hago un repaso mental rápido—. No he oído hablar de ella.

—Instituto —gruñe—. No es una universidad. Es un instituto. —Se señala el pecho con ambos pulgares—. Dejé el instituto.

Ah.

¿Cómo se responde a eso?

Por suerte, el camarero me salva de responder. Aparece con otro vodka con zumo de arándanos y un botellín de Corona para el que dejó el instituto. Enseguida me acerco la bebida a los labios.

Mi compañero da un trago largo a su cerveza.

—¿Y cómo te llamas?

—Brenna.

—Dabuti.

—Gracias. ¿Y tú?

—No, ese es mi nombre: Dabuti. Me llamo Dabuti.

Ehm.

Reprimo un suspiro demoledor.

—¿Te llamas Dabuti?

—Bueno, no, en realidad me llamo Ronny. Dabuti es mi nombre artístico. —Se encoge de hombros, unos enormes—. Antes tenía un grupo. Versionábamos a los Guns N' Roses.

—Oh. Guay. Aunque creo que prefiero llamarte Ronny.

Echa la cabeza hacia atrás y se ríe.

—Eres una tocapelotas. Eso me gusta.

El silencio nos envuelve de nuevo. Se acerca un poco más y me roza el codo con el suyo.

—Pareces triste —dice.

—Ah, ¿sí? —Lo dudo. La única emoción que experimento ahora mismo es la irritación.

—Sí. Pareces necesitar un abrazo.

Fuerzo una sonrisa.

—No, gracias, estoy bien.

—¿Estás segura? Soy el maestro de los abrazos. —Estira los musculosos brazos y arquea las cejas, como si fuera Patrick Swayze en *Dirty Dancing* y me animara a saltar encima de él.

—Estoy bien —repito, esta vez con más firmeza.

—¿Puedo probar tu bebida?

¿Qué? ¿A quién se le ocurre preguntar eso?

—No. Pero te puedo comprar una, si quieres.

—No, nunca dejo que me invite una señorita.

Trato de alejarme y dejar más espacio entre los dos, pero se acerca de nuevo. Aun así, no me siento amenazada. Es un tipo grande, pero no parece peligroso. No trata de intimidarme con el tamaño de su cuerpo. Creo que solo es ajeno al desinterés que transmito.

—Pues, sí, la historia de mi vida es..., es complicada —confiesa Ronny, como si yo hubiera preguntado sobre su vida.

Cosa que no he hecho.

—Crecí en la costa norte. Mi padre es pescador de alta mar. La zorra de mi madre se largó con un gilipollas.

No puedo más. Dios mío, simplemente no puedo más.

Ronny no es un acosador horrible ni nada de eso. Habla demasiado de sus cosas privadas, eso ha quedado claro, pero parece bastante majo y solo trata de mantener una conversación.

Pero es que no puedo más. Quiero que esta noche, este fin de semana entero, se acabe de una vez. Ha sido absolutamente horrible. Pésimo. De verdad que no puedo ni imaginar cómo podría empeorar.

Y en cuanto formulo esa frase en mi cabeza, el universo decide darme una bofetada y me pone a Jake Connelly en el campo de visión.

A Jake Connelly, joder.

Se me tensan los músculos del cuello debido a la desconfianza.

Qué. Hace. Aquí.

—Es una mierda, ¿sabes? Te mudas a Boston con la idea de encontrar un trabajo de puta madre, pero te resulta complicado porque no tienes un título.

Solo escucho a medias a Dabuti. Quiero decir, a Ronny. Jake acapara casi toda mi atención. Con esos tejanos de color azul desteñido, una camiseta verde oscura de Under Armour y la gorra de los Bruins, es el único hombre del bar que no lleva la camiseta de un grupo o va de negro. También es unos treinta centímetros más alto que el resto.

Aprieto los dientes. ¿Por qué los deportistas tienen que ser tan corpulentos y masculinos? El cuerpo de Jake es increíblemente atractivo. Piernas largas, brazos musculosos, pecho esculpido. Nunca lo he visto sin camiseta, y me pregunto cómo será su pecho al descubierto. Bien definido, supongo. Pero ¿será peludo? ¿Será suave como el culito de un bebé? Las traicioneras puntas de los dedos se me estremecen debido a las ganas de averiguarlo.

Todavía no me ha visto. Está de pie al borde del escenario y charla con uno de los miembros del grupo. Con el guitarrista, creo.

Me pregunto si podré salir por la puerta sin que me vea. Que Connelly me encontrara aquí, en este cuchitril, engalanada con este vestido ceñido brillante, sería la guinda podrida del pastel caducado que está siendo este fin de semana.

—¿Y sabes qué es lo más difícil? El tema de las aplicaciones de citas —se lamenta Ronny.

Aparto los ojos de Jake.

—Sí, las aplicaciones de citas son horribles —digo, ausente, mientras trato de localizar al camarero.

—He coincidido con muchas chicas y todas me saludan diciendo: «Hola, guapo, eres tan genial y *sexy*», y luego las conversaciones mueren. No lo entiendo.

¿En serio? ¿No lo entiende? Porque tengo la sospecha de que sé por qué mueren todas estas conversaciones. A su táctica le fallan muchos elementos. Por ejemplo, las menciones casuales a «la zorra de su madre» y que no deja de contar que dejó los estudios. Tristemente, Dabuti no presenta su mejor versión, pero me abstengo de hacerle una crítica constructiva. Estoy demasiado ocupada intentando ejecutar un plan de escape.

Dirijo la mirada hacia el escenario. Jake todavía está muy ocupado en una profunda conversación con el guitarrista.

Mierda. ¿Dónde está el camarero? Tengo que pagar las copas y salir a toda prisa de aquí.

—Eres una tía guay, Brenna —dice Ronny con torpeza—. Es fácil hablar contigo.

Barro la sala con la mirada de nuevo. Es hora de irse. Si Jake me ve aquí, me lo recordará toda la vida. El vestido, el sitio, la compañía.

Por fin. Localizo al camarero, que aparece por la puerta que hay junto a la barra. Muevo el brazo con vehemencia.

—Perdona, intento que me traigan la cuenta —le digo a Ronny—. Estoy…

Dejo de hablar. Porque Jake ya no está al otro lado de la sala.

¿Dónde ha ido?

—¿Te vas? —Ronny está descorazonado.

—Sí, estoy cansada y…

—Aquí estás, cariño —pronuncia una voz familiar, que alarga las palabras—. Perdona por llegar tarde.

Y, de repente, Jake se acerca, me sujeta por detrás del cuello y posa su boca sobre la mía.

CAPÍTULO 9

JAKE

No tenía planeado besarla. Solo quería salvarla del tío del que claramente estaba intentando escapar. Pero sus labios están justo ahí. Rojos, formando un puchero y tan seductores que no me puedo resistir.

Mi boca roza la suya y le doy un beso tentador. Aunque creo que me tienta más a mí que a ella, y me arrepiento casi al instante porque joder, quiero más. Quiero su lengua. Lo quiero todo.

Pero no lo puedo tener. He venido a rescatarla, no a liarme con ella.

He salido de fiesta con Hazel y he visto cómo le entran chicos que no le interesan las veces suficientes como para reconocer una señal de socorro en los ojos de una chica. Es una mezcla entre «Dios mío haz que esto termine» y «Por favor que alguien me saque de aquí».

Los ojos de Brenna expresaban este pánico encubierto. Cuando la he visto al otro lado de la sala, no me lo podía creer. Mi primer pensamiento, por muy loco que suene, ha sido que me había seguido hasta aquí, pero enseguida lo he descartado. Ese no es el estilo de Brenna Jensen. Cuando me he recuperado del *shock* al verla, he comprendido que intentaba avisar al camarero desesperadamente, y he entrado en acción.

Cuando separo mis labios de los suyos, el cuerpo entero se me rebela. El pene me grita y la boca me exige otro beso. Uno de verdad. En lugar de eso, me pongo detrás de ella y rodeo su cuerpo esbelto con ambos brazos.

—Hola, tía buena —murmuro, y bajo la cabeza para acariciarle el cuello con la nariz. Madre mía, huele de maravilla.

Se tensa un segundo antes de relajarse.

—Hola. Llegas tarde. —Ladea la cabeza para buscar mi mirada. Compartimos un momento de complicidad y se gira hacia nuestro sujetavelas.

—Ronny, este es mi novio, Jake.

—Oh. —La decepción se refleja en su rostro—. No lo sabía… Ay, perdón.

—No tienes que pedir perdón por nada —dice Brenna ligeramente.

—Sí, tengo que hacerlo. —Me dedica una mirada llena de remordimientos—. Intentaba ligar con tu chica. Lo siento, tío.

—No te preocupes. —Deslizo una mano por el brazo descubierto de Brenna. Es un gesto juguetón, pero también indica posesión. Traducción: es mía.

Su expresión deja entrever una pizca de envidia.

—¿Cuánto tiempo lleváis juntos?

—Un año, más o menos —miento.

—Y ya es demasiado —se queja.

Ronny frunce el ceño.

—No le hagas caso. —Muevo los dedos hacia arriba por su brazo y se le acelera la respiración. Hmmm. Le gusta que la toque. Me guardo este dato para darle un futuro uso—. Créeme, está obsesionada conmigo. Me llena el móvil cada día con mensajes de lo mucho que me quiere. Creo que los psicólogos lo llaman «bombardeo de amor».

—Oh, no me hagas hablar del bombardeo de amor —añade Brenna con dulzura—. Jake me escribe un *haiku* bonito cada noche antes de irse a la cama. Normalmente habla de mis ojos. Y de mis labios.

—Y de su culo —añado, con un guiño. Deslizo la mano por su delicioso cuerpo para estrujárselo. Resulta ser una idea terrible, porque es firme y suculento y parece que tengo el paraíso en la mano. Noto una semierección casi al instante.

—Guau. Estáis… muy enamorados, ¿no? Es bonito de ver. Esta maldita cultura de los rollos de una noche está matando el amor. Todo el mundo es desechable, ¿sabéis? —Nos sonríe, y es tan sincero que me siento mal por mentirle—. Formáis una pareja adorable.

Le planto un beso en el hombro a Brenna. Otra mala idea. Su piel es cálida bajo mis labios, y huele muy bien.

—Sí. Esto va para largo.

—Para siempre —dice ella con una sonrisa.

Ronny se acaba la Corona y la deja sobre la mesa.

—Bueno, no os molesto más. Pero gracias por la charla. Que tengáis una buena noche, chicos.

Cuando se marcha, Brenna se zafa de mis brazos y se coloca a medio metro de distancia. Frunce los labios carmesí debido al enfado.

—¿Qué haces aquí?

—Podría preguntar lo mismo.

—Yo me he adelantado.

Me encojo de hombros.

—Estoy con la banda.

—Ya. Claro que sí. ¿Por qué no estás por ahí celebrando tu gran victoria con tus colegas de Harvard? —Su expresión oscura muestra con claridad cómo se siente con respecto a nuestra victoria.

—Ya te lo he dicho, soy amigo de la banda. Fui al instituto con el guitarrista.

Hablando de Danny, me giro para asegurarme de que no me lanza miradas asesinas por haberlo abandonado, pero está enfrascado en una conversación animada con un tío que lleva una sudadera de Metallica. Cuando consigo su atención y le hago señas para indicarle que vuelvo en unos minutos, Danny asiente y sigue hablando.

—Bueno, pues deberías decirle a tu amigo que su repertorio tendría que durar más de catorce minutos —protesta Brenna—. He pestañeado y ya había terminado.

Me río.

—Ya lo sé. Pero era su primer concierto, así que tampoco se les puede culpar. —Le hago una seña al camarero, y se detiene junto a nuestra mesa—. ¿Me podrías traer una Sam Adams, por favor? Y otro de estos para mi chica. —Le muestro la copa vacía.

—No quiero... —Su queja muere rápido porque el hombre ya se ha ido—. No quería otra, Connelly —musita.

—Invito yo. Lo mínimo que puedes hacer es tomarte una copa conmigo. Después de todo, acabo de salvarte el culo.

Me dedica una sonrisa irónica.

—¿Es lo que crees que ha pasado?

—Es lo que ha pasado. Tu expresión gritaba: «Sacadme de aquí».

Brenna suelta una buena carcajada y se pasa la mano por el pelo abundante y sedoso.

—Quería salir de aquí, sí —confirma—, porque has entrado tú.

Entrecierro los ojos.

—Es verdad. O sea, venga ya, ¿te parece que tengo aspecto de damisela en apuros? ¿De verdad crees que no me podría haber escapado de ese chaval por mi cuenta?

Tiene algo de razón. No es una damisela en apuros. Se me revuelve el estómago con la idea de que intentaba escapar de mí en lugar de Ronny. Un desagradable golpe para mi ego.

—Entonces, ¿tampoco me vas a dar las gracias por tratar de ser majo?

—¿Así es como te ves a ti mismo? ¿Majo? —Me guiña un ojo—. ¿No sabes lo que dicen? Los chicos majos siempre son los últimos.

—Todavía no me has contado por qué estás aquí. Vestida así. —Señalo su vestido con la cabeza, y espero que mi expresión no revele lo que estoy pensando.

Porque, joder, menudo vestido. Es indecentemente corto, y tiene un escote que me hace la boca agua. ¿Dónde leches está esa cerveza? Me muero. La tela brillante se le ciñe a todas las tentadoras curvas del cuerpo, y le abraza ese par de pechos altos y redondos, tan firmes que cualquier hombre abandonaría a su primogénito para tocarlos. Y sus piernas... Dios. No es demasiado alta, diría que es de altura media, tal vez mide metro sesenta y siete..., pero la longitud del vestido combinada con las botas de tacón de aguja hacen que sus piernas parezcan infinitas.

—En teoría, me iba de discoteca esta noche —responde con sequedad—. Pero mi prima me ha dejado tirada en el último momento.

—Qué putada.

—Sí.

Llegan nuestras bebidas y doy un trago enorme para hidratarme la garganta, que tanto lo necesitaba. Brenna Jensen está muy buena, y no debería estar con ella esta noche. Todavía estoy borracho por la victoria de esta tarde, la adrenalina me recorre las venas. Hemos destrozado a Princeton. Los hemos demolido. Y ahora, el universo me ha puesto a Brenna en el camino, que juega con mi cabeza, por no hablar de mis intenciones.

Cuando la he visto con Ronny, he pensado que rescatarla podría ser mi forma de disculparme por lo de McCarthy.

Pero ahora que la tengo delante de mí con este vestido, ya no pienso en disculparme. Pienso en besarla. Y en tocarla. Pienso en volver a estrujarle ese culo terso. No, en hacer algo más que estrujárselo.

Una serie de imágenes obscenas me inundan la mente. Quiero inclinarla sobre esta mesa y colocarla a cuatro patas. Pasar las manos por esas nalgas suaves. Metérsela de una estocada lenta... Seguro que arquearía la espalda y gemiría a la vez.

Me tengo que morder el labio para evitar soltar un gruñido. Por suerte, no se da cuenta. Está demasiado ocupada mezclando la bebida con una pajita de plástico. Da un sorbo, hace una mueca y deja el vaso.

—Lo siento, Connelly, no puedo beberme esto. Ya me he tomado dos en menos de una hora, y me está subiendo.

—¿Dónde duermes? —pregunto, con voz ronca—. No vas a conducir hasta Hastings ahora, ¿verdad?

—No, pero pediré un Uber hasta allí.

—Te saldrá caro, el viaje.

—Ochenta dólares —responde, sombría—. Pero es mejor que volver a la residencia de mi prima.

Doy un silbido. La propuesta para que se quede en mi piso y el de Brooks me hormiguea en la lengua, pero la reprimo. Es una de las ideas más estúpidas que he tenido en la vida. Además, no aceptaría nunca.

Rodeo el botellín con los dedos y me fuerzo a aceptar la verdad: estoy cachondo.

Sigo emocionado por el partido. Me hierve la sangre, estoy empalmado y Brenna es sexo sobre tacones de aguja. Su presencia me desactiva el sentido común como si de un cortocircuito se tratara.

Cuando unos dedos cálidos me rozan la muñeca, doy un salto como si me hubieran electrocutado. Los miro y veo a Brenna, que juguetea con la pulsera de cuentas que llevo. Toca uno de los abalorios rosas y se le tuercen los labios como si intentara no reírse.

—Bonita pulsera —comenta—. ¿Has saqueado la habitación de una niña de ocho años?

—Qué graciosa. —Pongo los ojos en blanco—. Es mi amuleto de la suerte. Siempre la llevo los días de partido.

—Los deportistas y sus supersticiones. —Frunce los labios—. Segundo intento: atracaste a un grupo de niñas *scouts* y les robaste todo lo que tenían.

—Otra vez incorrecto.

—Intento número tres: has viajado en el tiempo desde la década de los sesenta y...

—Siento decepcionarte —la interrumpo con una sonrisa—, pero esta pulsera no tiene ninguna historia interesante. Perdí una apuesta contra un compañero de equipo en mi primer año de instituto y mi castigo fue llevar esto durante un mes entero.

—¿Se suponía que tenía que ser una amenaza para tu masculinidad? —añade con tono brusco.

—Por lo visto, sí. —Le guiño un ojo—. Está claro que no me conocía. Mi masculinidad es sólida como una roca. —Igual que mi erección, pero trato de no centrarme en ella con la esperanza de que se me baje. Le doy vueltas a la pulsera rosa y lila alrededor de la muñeca—. Aunque creo que él se la robó a su hermana pequeña. Espero que no le tuviera mucho cariño, porque no se la pienso devolver.

—¿Tiene poderes mágicos?

—Ya te digo. No perdimos un solo partido durante el mes que llevé esto. Pasamos todas las eliminatorias que jugamos. Te hablo de fines de semana consecutivos. Y luego, cuando me la quité... —Un escalofrío me recorre la columna.

Brenna parece fascinada.

—¿Qué pasó?

—No puedo ni hablar de ello. Desencadenaré mi síndrome postraumático.

Una risa melódica le brota de la garganta. No puedo negar que me gusta oírla. No, me gusta saber que soy yo quien la ha hecho reír. A esta cabrona y guapísima mujer con la actitud más arisca que he conocido nunca y que aprovecha toda oportunidad que se le presenta para insultarme.

—El primer partido que jugamos D. P.: después de la pulsera —aclaro—. Así mido el tiempo ahora.

Se le nota la diversión en la cara.

—Por supuesto.

—Bueno, perdimos. No, perdimos muchísimo. Fue inconmensurable lo mal que jugamos. —El recuerdo todavía hace que me ardan las mejillas por la humillación—. De la misma manera, podríamos habernos agachado y dejado que el otro equipo nos golpeara con los palos. Fue la paliza del siglo. —Hago una pausa dramática—. No metimos un solo gol. Perdimos ocho a cero.

Brenna se queda boquiabierta.

—¿Ocho a cero? Creo que nunca he visto un partido en que uno de los equipos marque tantos goles. Guau. No te quites nunca esa pulsera, que si no... —Se detiene—. Aunque... —Sonríe con dulzura—. ¿Me la prestas?

Sonrío con ironía.

—Ya te gustaría. La llevaré puesta hasta que ganemos la final. Hablando de ello... —Saco el móvil. He estado toda la noche pendiente del partido de Briar contra Yale, pero llevo casi treinta minutos sin comprobar el resultado—. Vaya, mira esto, tía buena. Adivina quién está en la prórroga.

Se le disipa el buen humor.

—¿Cómo van? —inquiere.

—Empatados. —Parpadeo con inocencia—. Si no recuerdo mal, Briar iba un gol por delante hasta los últimos dos minutos del tercer tiempo. Parece que tus chicos se han ahogado bajo tanta presión y han permitido que los de Yale les atrapen.

—No me preocupa. Briar puede con ellos. —Se encoge de hombros con indiferencia—. Dicho esto, me voy a casa. Que tengas una buena noche, Connelly.

Siento un peculiar pinchazo de decepción en las tripas. Quiero que se quede. Qué desastre.

Miro al escenario, donde Danny todavía está enfrascado en la conversación.

—Te acompaño fuera —me ofrezco.

—Es completamente innecesario. No necesito escolta. —Me da un golpecito en el brazo—. Buenas noches, Jakey.

A pesar de su negativa, la sigo.

—Ya te he dicho que no necesito escolta.

—Sí, ya me lo has dicho.

Se detiene en la barra y entrega un billete de veinte dólares al camarero.

—Con esto tendría que bastar para pagar su cerveza también. —Me mira por encima del hombro—. Dale las gracias a tu mamaíta ricachona, Jakey.

—Gracias. —Le dedico una rápida sonrisa demasiado obscena—. A papi le gusta que lo cuides.

Brenna suspira.

—Te odio.

La sigo hacia las estrechas escaleras.

—No, no me odias —le discuto.

El local está en la planta baja del edificio, así que tenemos que subir un piso para llegar a la salida. Brenna va delante de mí y tengo su trasero a cinco centímetros de la cara. Casi me atraganto con mi propia lengua. Dios. Casi puedo ver lo que hay bajo el vestido.

Cuando llegamos al rellano, le pongo una mano en el hombro para detenerla.

—Te gusto —la informo.

Me evalúa lentamente.

—Al contrario. Creo que yo te gusto a ti.

Me encojo de hombros.

—Estás bastante bien.

Se le dibuja una sonrisa en el rostro.

—No, crees que estoy bastante más que bien. Estamos ante un caso de Jensenitis.

—Venga ya. Solo es palabrería.

—¿Me estás diciendo que si ahora te propusiera que vinieras a casa conmigo te negarías? —Se pasa la lengua por los labios, tan *sexys* y rojos, y se acerca a mí.

Yo imito su gesto.

—Te diría que no.

Todavía sonriente, se acerca aún más. Me empuja contra la pared, centímetro a centímetro, hasta que presiona su cuerpo cálido y esbelto contra el mío y me hace cosquillas en la barbilla con la coronilla.

—Creía que dirías que sí —susurra. Desliza las manos por mi pecho y las pone sobre la clavícula.

Levanto una ceja.

—¿De verdad crees que voy a caer en la trampa? Anoche vi cómo le hacías la misma jugada a Chilton, ¿recuerdas? Yo no soy tan tonto como él.

—Eres un hombre. Todos los hombres son tontos. —Brenna me observa desde abajo, y que me encierren si no es la mujer más bonita que he visto en mi vida. Es atrevida y feroz, y estas cualidades junto con su belleza la convierten en una fuerza para la que hay que estar preparado.

Y, aun así..., no se me escapa la forma en que le late el pulso en el centro de la garganta. Ni cómo respira un poco más rápido. Esta chica no es inamovible. Y yo tengo el poder de hacerla temblar.

—Hablas demasiado, nena. Pero si te desmonto el farol, creo que saldrás corriendo por la puerta.

—¿Quién se está marcando un farol?

—Tú. Creo que todo lo que haces es una farsa. —Apoyo la mano sobre su cadera. Mi agarre es suave, casi insignificante. Pero es un toque muy deliberado y obtiene la respuesta deseada.

Le relucen los ojos de pasión.

—Si deslizara la mano por debajo de tu vestido, ¿qué encontraría? —digo con la voz rasgada.

He hecho esta pregunta con la intención de hacerla temblar, pero reconozco que también me afecta a mí. Estoy duro como una piedra. Me encantan este tipo de juegos obscenos en los que provocas, juegas y retas al otro hasta que algo cede. Hasta que alguien se rompe.

—¿Qué encontraría? —repito.

Muy suavemente, deslizo los dedos hacia abajo para jugar con el dobladillo de su vestido increíblemente corto.

Brenna no rompe el contacto visual.

—Me encontrarías más seca que un desierto.

—Mmmm. Lo dudo. Creo que te encontraría lista para mí. —Tiro de la tela elástica hasta que doy con el punto en el que roza con su piel. Restriego el pulgar contra su muslo y disfruto de la forma en que se le separan los labios—. ¿Qué me dices? ¿Quieres que comprobemos mi hipótesis?

Nuestras miradas se clavan la una en la otra. Vuelvo a rozarle la piel con los nudillos. Es increíblemente suave, y yo estoy tan duro que me duele. Mi miembro parece un clavo ardiendo en los pantalones. Y entonces, empieza a vibrar.

En realidad, es mi móvil. Pero lo tengo en el bolsillo, tan cerca de la dolorosa erección que sus vibraciones me provocan escalofríos de placer.

—¿Vas a contestar? —pregunta Brenna a propósito. Su cuerpo todavía está alineado con el mío, apoya las palmas contra mi pecho y estoy seguro de que nota la erección en su barriga.

—No. Estoy ocupado. —Todavía tengo la mano bajo su vestido, a centímetros del paraíso.

De repente, da un respingo y se apresura a alcanzar el bolso que le cuelga del hombro. ¿Los móviles de ambos suenan a la vez? Eso solo puede significar una cosa…

Dejo caer la mano de su muslo. Saco el mío primero y escaneo el alud de mensajes que han provocado las vibraciones. Brenna mira sus notificaciones y suelta un grito victorioso que hace eco en las paredes negras del estrecho rellano.

—Sí —exclama—. ¡Joder, sí!

Le devuelvo la mirada de mala gana.

—Felicidades. —Briar ha ganado a Yale en la prórroga. El gol de la victoria ha sido cortesía de Nate Rhodes, el capitán del equipo.

La sonrisa de Brenna le ilumina la cara. Entonces, se convierte en una fina línea presumida, es más una risita que una sonrisa, y al final se transforma en una malvada mueca que me desafía.

—Bueno, pues parece que os veremos en la final.

CAPÍTULO 10

BRENNA

A pesar de la victoria de Briar contra Yale, sigo decepcionada con el resultado del fin de semana. Llegué a casa alrededor de medianoche, cortesía de un trayecto exageradamente caro de Uber, y me he despertado esta mañana con diez mensajes y tres notas de voz de Tansy en los que se disculpaba de manera profusa y me suplicaba que la perdonara. Le he contestado que necesito, por lo menos, un mes entero de humillación por su parte antes de garantizarle mi perdón completo, pero, como me cuesta permanecer enfadada con las personas a las que quiero, le he dicho que estamos bien y que me debe un fin de semana de chicas.

Ahora, Summer y yo estamos almorzando en la cafetería y la pongo al día sobre el horrible fin de semana. Omito las partes relacionadas con Jake Connelly, por supuesto. Summer se aferraría a ellas como un perro a un hueso, con la diferencia de que el perro tiraría el hueso en algún momento o lo enterraría en alguna parte, y Summer querría discutir y diseccionar todos y cada uno de los detalles de mis encuentros con Connelly hasta el fin de la eternidad.

—Lo siento, pero tu prima parece una auténtica cabrona —dice Summer mientras mastica una tira de beicon. Tiene el pelo dorado recogido en una trenza desenfadada que le cuelga por encima del hombro, sobre el jersey blanco de cachemira. No lleva ni una pincelada de maquillaje, y tampoco lo necesita. Summer Heyward-Di Laurentis es asquerosamente preciosa. Como su hermano mayor, Dean. Parecen Barbie y Ken, pero Summer no soporta que la llamen de esa forma. Así que, como es obvio, lo hago para hacerle la puñeta.

—En realidad no lo es —respondo en referencia a lo de mi prima—. Pero sí, este finde se ha portado como tal.

—¿Te ha dejado plantada las dos noches? Es muy fuerte.

—Bueno, la primera noche estuvimos juntas. Más o menos. Su novio y ella tuvieron una discusión épica, así que pasé la mayor parte del tiempo con sus amigos.

Me salto la parte que vino justo antes: la emboscada a Connelly y a sus compañeros de equipo en el antro. Y ni siquiera me atrevo a mencionar lo del concierto. Podría hacerlo sin contarle que Jake estuvo allí, pero tengo miedo de que se me escape algo que no debería.

Como lo cálidos que sentí sus labios contra los míos.

O cómo deslizó la mano por debajo de mi vestido y casi la puso entre mis piernas.

O el alivio que sentí cuando apartó esa mano, porque, si no lo hubiera hecho, habría descubierto que mentía. No estaba seca como un desierto. Estaba más mojada de lo que he estado nunca. Creo que jamás había deseado a nadie como a él en ese momento.

Y eso no es bueno. Para nada. Jake es demasiado impredecible. Nunca sé qué está pensando, ni qué va a decir o hacer, y lo considero inaceptable. ¿Cómo te vas a proteger cuando no entiendes los motivos de alguien al cien por cien?

—Repito, parece una cabrona... —Summer menea un trozo de beicon delante de mí—. Yo solo lo digo.

—Es por la relación tóxica que tiene con Lamar. Antes no era tan egoísta. —Me echo sirope de arce sobre la segunda tortita—. Odio decir esto, pero espero que corten pronto.

Summer da un sorbito a su infusión.

—La buena noticia es que ya estás en casa y voy a asegurarme de que tu fin de semana termine bien. ¿Quieres venir al Malone con nosotros esta noche para ver el partido de los Bruins?

—Por supuesto. —Doy un mordisco a la tortita.

—Y, si quieres, te puedo ayudar a practicar para la segunda parte de tu entrevista. ¿Es mañana por la mañana?

Asiento.

—Seguro que es tan desastrosa como la primera parte.

—No digas eso. La positividad engendra positividad, Be.

—¿Te acabas de inventar ese dicho?

—Sí. ¿Y sabes qué más?

—¿La negatividad engendra negatividad? —propongo.

—Eso también. Pero lo que iba a decir es que voy a dejarte mis botas Prada para que te las pongas mañana. Las negras de ante que me mandó mi abuela. Te traerán buena suerte.

—Ajá. ¿Tienes pruebas científicas de ello?

—¿Quieres pruebas? Son Prada. Prada, Be, hostia. Nadie puede llevar unas Prada y no sentirse invencible.

Todavía no entiendo cómo me convertí en la mejor amiga de esta chica. Summer es todo lo opuesto a mí. Dicharachera, femenina y está obsesionada con la ropa de diseño. Su familia es asquerosamente rica, así que puede permitirse esa ropa de diseño. Pero a mí nunca me han importado las marcas. Dame mi pintalabios, mi chupa de cuero favorita y unas botas, unos tejanos ajustados y un par de vestidos ceñidos y voy servida. Y a pesar de nuestras diferencias, Summer y yo simplemente... encajamos.

—Ah, y ya lo he confirmado con Fitz antes de venir: me llevará al campus por la mañana, así que puedes coger mi coche.

Summer tiene un Audi ostentoso y me lo ha ofrecido para que mañana vaya con él a Boston, lo que me ahorrará tener que tomar un millón de trenes y autobuses. Por la tarde tengo una clase de Teoría de la Comunicación que no me puedo perder, así que debo volver a Hastings lo más rápido posible.

—¿Estás segura de que no te importa?

—En absoluto. —Toma un sorbo de la taza de té.

—Gracias. No sabes el tiempo que me ahorras con...

—¡¡¡Hola!!! —nos interrumpe una voz alegre.

En un abrir y cerrar de ojos, un torbellino de pelo marrón, piel luminosa y unos ojos enormes aparece en mi campo de visión.

Una chica que jamás he visto se acerca y deja caer el trasero a nuestro lado como si fuéramos amigas desde hace años.

Summer se queda boquiabierta.

—Perdona... qué... —Está sin habla, algo muy raro para Summer di Laurentis.

Echo un vistazo a la recién llegada. Lleva una camisa con cuello y botones rojos. El pelo ondulado hasta la barbilla se cierne sobre el cuello de encaje.

—Hola —digo con educación—. No sé si estás familiarizada con la palabra «protocolo», pero normalmente significa que no puedes acoplarte en la mesa de alguien mientras almuerza, sobre todo si no saben quién eres.

—Está bien. Estáis a punto de conocerme. —Muestra una amplia sonrisa que deja al descubierto unos dientes blancos perfectos. Es bastante adorable, la verdad.

Pero que alguien sea adorable no significa que no esté loco.

—Soy Rupi. Rupi Miller. Y sí, es un nombre hindi seguido por un apellido totalmente blanco, porque mi padre es realmente blanco. Es muy, muy insulso. Es dentista, chicas. Es la definición de aburrido. Pero mi madre es genial. ¡Era una superestrella de Bollywood! —La voz de Rupi se llena de orgullo.

A su lado, Summer parpadea, confusa.

—Qué guay... —Vuelve a quedarse sin voz.

Reprimo una risa.

—¿Rupi?

La chica me mira.

—¿Sí?

—¿Por qué estás en nuestra mesa?

—Oh. Perdón. Hablo mucho, ya lo sé. Dejad que vuelva a empezar. Soy Rupi, y vosotras sois Brenna Jensen y Summer Heyward-Di Laurentis.

—Sí, gracias por informarnos de cómo nos llamamos —digo secamente.

Summer por fin recuerda cómo terminar una frase.

—No seas borde con Rupi —me riñe. Y por cómo le brillan los ojos verdes, supongo que esta joven avasalladora empieza a caerle bien.

—Soy de primero —explica Rupi—. Ya lo sé, suena muy soso, pero os aseguro que no lo soy. Sosa, digo. Soy muy divertida, ya lo veréis, os lo prometo. El problema es que no tengo demasiados contactos con alumnos de cursos más avanzados. No os preocupéis, no os estoy acosando ni nada por el estilo. Estaba allí sentada con mis amigas cuando os he visto. Ellas son Lindy y Mel. —Señala hacia dos chicas que están a un par de mesas de distancia. Una de ellas se pone roja como un tomate, mientras que la otra nos saluda con entusiasmo.

Las miro antes de volver a Rupi.

—Eso sigue sin explicar por qué has interrumpido nuestro almuerzo.

—Quería haceros una petición formal —anuncia.

—¿Una petición formal para qué? —balbucea Summer.

—Quiero que me presentéis.

Frunzo el ceño.

—¿A quién?

—A Mike Hollis.

Suelto el tenedor.

Summer deja el té en la mesa.

Pasan un par de segundos.

—¿A Mike Hollis? —repite mi amiga.

—Sí. Es tu compañero de piso —contesta Rupi, que intenta ayudar.

Me río.

—Soy consciente de que es mi compañero de piso. —Summer sacude la cabeza—. ¿Pero por qué narices quieres que te presentemos a Mike?

Rupi suelta un largo suspiro soñador.

—Porque es el hombre más guapo del mundo y creo que es mi alma gemela, y me gustaría que nos presentaran.

Se hace el silencio de nuevo. No puedo asegurarme al cien por cien, pero puedo decir que estoy segura al 99,99 por cien de que es la primera vez en la historia de este planeta que alguien se ha referido a Hollis como el hombre más guapo del mundo y que es su alma gemela.

Summer está tan impactada como yo. Pero nos recuperamos rápido en un momento de telepatía, que dibuja a Summer una sonrisa del tamaño de Boston en los labios. Le da unas palmaditas a Rupi en el brazo y le dice:

—Será un honor para mí presentaros.

—En realidad, yo haría algo mejor —intervengo—. Te daría su número de teléfono y así tú contactas con él directamente.

Summer secunda mi idea de inmediato.

—¡Sí, mucho mejor! Cuando llegue a casa, me aseguro de decirle que lo llamará la hija de una estrella de Bollywood. —Me guiña el ojo cuando Rupi no la mira.

A Rupi se le iluminan los ojos marrones.

—¿En serio?

—Claro que sí. —Summer abre la lista de contactos—. ¿Llevas el móvil encima?

Rupi saca un iPhone con una funda rosa chicle, y Summer recita el número de Hollis a toda prisa. En cuanto Rupi marca los dígitos, nos dedica una mirada solemne.

—Quiero que sepáis que las dos sois guapísimas y maravillosas y que vamos a vernos mucho cuando Mike y yo empecemos a salir.

No voy a mentir, su convicción es muy inspiradora.

—En fin, no os hago perder más el tiempo. ¡Pero que sepáis que creo que sois unos seres muy bonitos y que estoy muy agradecida por vuestra ayuda!

Y entonces, tan rápido como ha aparecido, se aleja a saltitos de nuestra mesa como si fuera una bolita de energía.

Esa misma noche, llego al Malone al mismo tiempo que Nate Rhodes.

—¡Ey! —exclamo, y paso el brazo por debajo del suyo, musculoso—. No sabía que vendrías.

Soy una gran admiradora de Nate. No solo es un jugador central muy hábil con un tiro a puerta excelente, sino que también es un chaval decente. Muchos de los deportistas tienen fama de ser unos capullos engreídos. Se pasean por el campus con aire arrogante y dan a las chicas «el privilegio» de compartir tiempo con ellos y sus respectivas entrepiernas. Nate no. Junto con Fitzy, es el chico más humilde y con los pies en la tierra que he conocido.

—Sí, me han cancelado los planes. Iba a quedar con una chica, pero me ha dejado plantado.

Suelto una exclamación irónica.

—¿Cómo? ¡¿Acaso no sabe que eres el capitán del equipo de *hockey*?!

—¿Verdad? —Se encoge de hombros—. Aunque creo que es mejor que haya pasado de mí. Todavía tengo resaca de anoche.

—Vaya milagro hiciste en la prórroga para ganar el partido —le digo—. Me habría encantado verlo en persona.

—Fue la prórroga más estresante de mi vida —admite mientras entramos al bar—. Durante un momento pensé que íbamos a perder el maldito partido. —Con sus ojos azules barre la sala principal del local, que está repleta de recuerdos deportivos, monitores de televisión y estudiantes universitarios.

—Allí están —digo cuando localizo a nuestros amigos en una mesa con bancos del fondo—. Uf. ¿Ha venido Hollis? Ahora me alegro todavía más de que estés aquí. Serás mi excusa.

—¿Todavía intenta acostarse contigo?

—Cada vez que lo veo.

—¿Y qué culpa tiene él? —Nate me da un repaso lascivo exagerado.

—Venga ya. Tú nunca has mostrado interés alguno en acostarte conmigo.

—Claro, ¡porque si lo hago, el entrenador me castra vivo! Pero no significa que no lo haya pensado.

—Serás pervertido.

Sonríe.

Llegamos a la enorme mesa semicircular, con espacio suficiente para acomodar a cuatro jugadores de *hockey*, a Summer y a mí. Está acurrucada junto a Fitz, mientras que Hollis está sentado solo al otro lado, con la mirada fija en el partido de los Bruins, que ya ha empezado.

Hollis nos mira cuando llegamos.

—¡Brenna! Ven, siéntate. —Se da una palmadita en el muslo—. Aquí hay sitio para ti.

—Gracias, machote, pero estoy bien. —Me hago un sitio al lado de Summer.

En lugar de colocarse al lado de Hollis, Nate se deja caer junto a mí, cosa que obliga a Fitz y a Summer a acercarse a Hollis.

—No tengo el ébola, chicos —gruñe.

Alzo la mirada hacia una de las pantallas. Boston está atacando.

—¿Dónde está Hunter? —pregunto.

El ambiente cambia casi de inmediato. Fitz parece triste. La cara de Summer deja entrever una pizca de culpabilidad, aunque no creo que deba sentirse culpable. Sí, ella y Hunter flirtearon un poco, pero, en el momento en que comprendió lo que sentía por Fitz, fue honesta con Hunter al respecto. Tiene que superarlo ya.

—No lo sé. Está por ahí; seguro que con alguna chica —responde Hollis—. Está muy mujeriego últimamente.

Frunzo el ceño. Espero que las actividades extracurriculares de Hunter no afecten a su rendimiento sobre la pista de hielo. Aunque, en realidad, fue quien marcó los dos goles durante el partido de anoche, y le hizo una asistencia a Nate antes de que marcara durante la prórroga, así que no parece un problema.

—¿Por qué no os besáis ya y hacéis las paces? —le pregunto a Fitz.

—Si ya lo intento —protesta—. Pero Hunter no parece interesado.

—Se comporta como un capullo —admite Nate, y eso es algo alarmante, ya que el capitán del equipo. Me indica que el comportamiento de Hunter sí que está afectando al equipo—. Pero tampoco hay mucho que hacer, no podemos intervenir. Juega bien, y todas sus fiestas y rollos de una noche no lo ralentizan durante los partidos.

—Ya, pero que haya mal rollo entre dos jugadores no ayuda mucho al ambiente general —argumenta Fitz.

—Pues arregla el mal rollo —dice Nate y pone los ojos en blanco—. Es tu mal rollo.

—Lo intento —repite Fitz.

Summer le estruja el brazo.

—Está bien. Ya se calmará. Todavía creo que debería mudarme...

—No —la interrumpen Fitz y Hollis a la vez. Y ya está; no vuelve a sacar el tema.

Vemos el partido durante un rato. Me tomo una cerveza, bromeo con Nate e ignoro los intentos de acercamiento de Hollis. Durante el primer descanso, hablamos de los resultados de las semifinales.

—Corsen y yo vimos una retransmisión en directo del partido de Harvard contra Princeton —cuenta Nate, sombrío—. Fue una mierda.

Frunzo el ceño.

—¿Por qué?

—Maldito Brooks Weston. Hizo dos de las jugadas más sucias que he visto nunca. En la primera, le entró a un defensa de Princeton por el punto ciego y le empotró la cabeza contra los paneles. El árbitro lo pasó totalmente por alto, cosa que me parece incomprensible. ¿Cómo te pierdes algo así? Y la segunda fue un fuerte golpe contra la rodilla de un chaval. Por esa sí que le pitaron un penalti.

Fitz sacude la cabeza mientras mira a Summer.

—Odio que salieras de fiesta con él en el instituto.

—Es un tío guay —protesta.

—Es un matón —dice Nate secamente—. Un matón que no juega limpio.

—Entonces los árbitros deberían decirle algo —señala Summer.

—Es que lo hace de tal manera que se les escapa —responde Fitz—. Algunos equipos emplean esta táctica: confunden a los otros jugadores para que contraataquen y les cuente como penalti. Harvard es muy bueno haciendo esto.

—Por eso mi padre odia tanto a Daryl Pedersen —le cuento a Summer—. El entrenador los anima a que jueguen así.

—¿Tu padre y Pedersen no jugaron juntos en los viejos tiempos? —pregunta Nate.

—Eran compañeros de equipo en Yale —confirmo—. No se soportan.

Summer parece intrigada.

—¿Por qué?

—No conozco los detalles exactos. Mi padre no es muy hablador.

Los jugadores se ríen al unísono.

—No me digas —dice Hollis con una carcajada.

Me encojo de hombros.

—Creo que Pedersen también jugaba sucio entonces y a mi padre no le gustaba.

—No culpo al entrenador por odiarlo —musita Nate—. Pedersen es un completo gilipollas. Incentiva a su plantilla a jugar de la forma más brutal posible.

—Joder, pueden hacer daño a la gente —protesta Mike. Y hay tanta sinceridad en su tono de voz que no puedo evitar reírme. Hollis tiene algo que lo hace encantador. Es como un niño grande.

—No sé si lo sabías, pero... —le digo a Hollis con solemnidad—... el *hockey* es un deporte violento.

Fitz se ríe por lo bajo.

Antes de que Hollis pueda contestar, le suena el móvil. Tiene el tono de llamada más molesto del mundo, un tema de hiphop con muchos chavales que gritan tonterías. Aunque la verdad es que le pega.

—Ey —responde.

Me centro de nuevo en el partido de los Bruins. Por poco tiempo. Enseguida vuelvo a prestar atención a Hollis, que nos proporciona la mitad de una conversación rarísima.

—Espera, espera... ¿qué? —Escucha—. ¿Que si tengo coche? No. —Otra pausa larga—. Quiero decir... Supongo que podría pedir uno prestado... Espera, ¿quién eres?

Nate suelta una carcajada.

—¿Qué pasa? —Hollis parece desconcertado—. ¿Quién eres? ¿Ruby? ¿De qué «pi» me hablas? ¿Nos conocimos en la fiesta de Jesse Wilkes?

Summer emite un sonido ahogado y se cubre la boca.

La miro e intercambiamos un par de sonrisas enormes. No es Ruby. Es Rupi. El tornado de energía de la cafetería ha dado su primer paso. No ha perdido el tiempo, la verdad.

—No entiendo nada... Vale... Escúchame, Ruby. No sé quién eres. ¿Estás buena?

Fitz resopla con fuerza. Yo pongo los ojos en blanco.

—Ya, sí... No lo creo. —Hollis sigue muy confundido—. Hasta luego —dice, y cuelga.

A Summer le tiemblan los labios cuando pregunta:

—¿Quién era?

—¡Ni idea! —Toma la cerveza y se bebe la mitad de un trago—. Una loca me acaba de llamar para decir que vaya a buscarla para salir a cenar el jueves por la noche.

Summer entierra la cara en el hombro de Fitz sin poder controlar la risa. Yo no tengo un novio con el que escudarme, así que me muerdo el labio y espero que Hollis no se dé cuenta.

—Es raro, ¿verdad? —dice, desconcertado—. Una chica desconocida no te llama de la nada para pedirte una cita, ¿no? Supongo que la habré visto antes. —Mira a Nate—. ¿Conoces a una tal Ruby?

—No.

—¿Fitz?

—Tampoco.

Summer se ríe más fuerte.

—¿Y tú? —la acusa Hollis.

—No —miente. Y veo que hace un esfuerzo titánico para no mirar en mi dirección—. Es que encuentro todo esto increíblemente divertido.

Despego los dientes del labio inferior.

—Entonces, ¿saldrás con ella? —pregunto de la forma más casual que puedo.

Me mira.

—¡Claro que no! No me ha dicho si estaba buena, solo que ya lo vería el jueves por la noche. Así que le he dicho que no lo creo y he colgado. No me apetece que me asesinen, por favor y gracias.

¿Por qué tengo la sensación de que Rupi Miller no se dará por satisfecha con este resultado?

Casi se me parte la cara en dos por el esfuerzo de no echarme a reír. Summer tenía razón. El fin de semana infernal ha terminado bien.

CAPÍTULO II

BRENNA

—Estoy seguro de que no tardará mucho más —no deja de repetir el empleado a quien han asignado hacerme de canguro.

La verdad es que no me importa cuánto tiempo tarde Ed Mulder. De hecho, estoy luchando contra el impulso de irme enfadada. Si esta mañana no me hubiera pasado casi dos horas en un atasco de hora punta para llegar a Boston, lo habría mandado todo a la mierda y habría salido del edificio de HockeyNet para no volver jamás. Pero me fastidiaría bastante haber pasado por todo ese tráfico para nada.

«Solo es un pequeño obstáculo», me dice la voz confiada de la cabeza.

Es verdad. Si conquisto el monte Imbécil, la tierra prometida de las prácticas me espera al otro lado. No tendré que hacerle ningún informe a Mulder. Es posible que ni siquiera lo vuelva a ver. Solo tengo que demostrarle que estoy cualificada para el puesto, y luego ya me olvidaré de su existencia. Cosa que no me resultará muy difícil.

No puedo creer que lleve una hora de espera. Cuando he llegado, justo a las nueve en punto, Rochelle me ha informado y se ha disculpado porque el señor Mulder estaba en una conferencia telefónica no programada. Al parecer, superimportante.

Ajá. Por eso no dejo de oír carcajadas y risas desde el otro lado de su puerta.

Al cabo de cuarenta y cinco minutos, Rochelle ha entrado en su despacho para hablar con él. Y, después, ha aparecido un empleado llamado Mischa, que me ha anunciado que me haría un *tour* por las instalaciones mientras esperábamos a que Mulder terminara.

Sigo su figura larguirucha por el pasillo bien iluminado.

—¿Y qué haces aquí exactamente, Mischa?

—Soy el regidor de escena, que es mucho menos glamuroso que lo que podría implicar el título. Básicamente, coordino al equipo, veo cuáles son las necesidades del director, limpio el set, mantengo la cafeína siempre lista. —Me mira con ironía—. A veces me dejan hacer pequeños ajustes en el equipo de iluminación.

—Oh, ¡el trabajo soñado!

Me sonríe.

—Me gustaría ser director o manejar el panel principal. Eso sí que sería el trabajo soñado.

Nos cruzamos con un hombre corpulento vestido con un traje a rayas gris. Habla por el móvil, pero nos dedica una breve mirada mientras pasa por nuestro lado. Enseguida lo reconozco.

—Dios santo —le susurro a Mischa—. ¿Ese no era Kyler Winters?

—Sí. Lo acabamos de contratar como comentarista especial. Hará los informes de las eliminatorias de la NHL.

—¿Hay muchos exjugadores de la NHL trabajando aquí?

—Por supuesto. Muchos se hacen analistas o comentaristas de los partidos. También tenemos a algunos exentrenadores. Y luego están los chicos de las ligas de fantasía, los de las estadísticas y los expertos en lesiones. Y algunos chavales muy bocazas con opiniones fuertes, como Kip y Trevor —nombra al dúo parlanchín cuyo programa es, probablemente, el que da más lugar a la controversia. Ambos hombres tienen opiniones firmes y no les da miedo decirlas en voz alta.

—Eso es mucha testosterona en un solo edificio —le chincho—. ¿Cómo va la situación con los estrógenos?

Se ríe.

—Bueno, delante de la cámara tenemos a Erin Foster, que hace los reportajes desde los vestuarios. Y a Georgia...

—Barnes —termino.

Georgia Barnes es mi ídolo. Es quien hace las preguntas difíciles después de los partidos, sin morderse la lengua. También es astuta como un zorro y hace un programa semanal de opinión que, aunque no tenga tanta audiencia como el de Kip y Trevor, encuentro mucho más inteligente.

—Georgia es genial —me cuenta Mischa—. Tiene las ocurrencias más ingeniosas que hayas oído nunca. He visto cómo ha metido cortes a hombres que le triplicaban el tamaño.

—Me encanta —confieso.

—También tenemos una directora para algunos de los programas de la tarde, algunas analistas y un par de mujeres que trabajan en el equipo. Oh, y ayudantes exhaustas, como Maggie, que aquí viene —termina, y hace un gesto hacia la figura que se aproxima a nosotros a toda velocidad—. Hola, Mags.

Maggie es una chica que parece agobiada con un flequillo que le tapa la vista. Lleva una bandeja llena de tazas de café y, en lugar de parar a saludarnos, musita:

—No me habléis. Llego tarde y Kip me va a matar. —Pasa a toda prisa por nuestro lado sin mirar atrás.

—¿Todavía quieres trabajar aquí? —me chincha Mischa.

—Soy una profesional en llevar cafés —digo, con seguridad—. Y nunca llego tarde.

—Eso está bien. Porque algunos de los tíos que trabajan aquí saltan a la mínima de cambio. Uno de los productores, Pete, despide a sus asistentes cada dos meses. Ya ha tenido tres distintos en lo que llevamos de año.

Continuamos con la visita y llegamos al estudio principal, que es increíble de ver. Observo con anhelo la mesa de las noticias donde se sientan los analistas, pero el set del programa de Kip y Trevor, *El rincón del hockey,* me gusta todavía más. El familiar sofá de piel marrón y el fondo cubierto de trofeos y banderines me provocan una oleada de ilusión. ¿Y lo genial que sería tener mi propio programa algún día? ¿Mi propio set?

Me fuerzo a dejar de lado las ilusiones grandilocuentes. Es una fantasía bonita, pero imagino que me llevaría años, incluso décadas, antes de que me dieran mi propio programa.

La radio que Mischa lleva en el cinturón crepita por las interferencias.

—El señor Mulder está listo para atenderla —nos anuncia la voz de Rochelle.

—¿Lo ves? Tampoco ha sido una espera tan larga —dice Mischa—. ¿Verdad?

Ajá. Verdad. Mulder llega una hora y cuarto tarde a una entrevista que ni siquiera tendríamos que hacer hoy. Altamente profesional.

Mischa me acompaña hasta los despachos de producción, donde Rochelle me lleva hasta su jefe de inmediato.

—Señor Mulder —lo saludo—. Qué bien verlo de nuevo.

Como siempre, su atención está en otra parte. Hay varias pantallas montadas en la pared, y en una se ve el telediario de una cadena rival. Tiene el volumen apagado, pero están cubriendo el partido de los Oilers del sábado por la noche.

Despega la mirada de la pantalla.

—Gracias por volver a venir. El viernes fue un completo desastre.

—Sí, parecía que estabais muy ocupados. —No me pide que me siente, pero lo hago de todas formas y espero a que continúe con la entrevista.

—Bueno, parece que tu universidad se enfrentará a Harvard en la final de la liga —me dice—. ¿Qué piensas al respecto?

—Tengo ganas de darles una paliza.

La sonrisa de Mulder es irónica.

—¿Con Connelly al mando? Me temo que estáis destinados a perder. Has oído hablar de Jake Connelly, ¿verdad?

Desafortunadamente sí.

—Por supuesto.

Mulder se echa hacia atrás en su sillón.

—Bien, entonces aquí va un pequeño examen. Se supone que nuestros becarios deben conocer las estadísticas. Dime, ¿cómo van las estadísticas de Connelly esta temporada?

Reprimo un ceño fruncido. Es la pregunta más genérica que he oído en la vida. ¿Sus estadísticas? ¿Cuáles de todas las que hay?

—Tendría que ser un tanto más específico —respondo—. ¿De qué estadísticas estamos hablando? ¿Goles? ¿Asistencias? ¿Penaltis? ¿Tiros a puerta?

Mulder parece molesto por mis preguntas. En lugar de responder, mira entre los papeles.

Maravilloso. Esto es la segunda parte de una entrevista de mierda. Odio a este hombre. No le importa que esté aquí y no tiene ninguna intención de contratarme. Pero permanezco sentada pacientemente, aunque sea obvio que él tiene la cabeza en otra parte.

Por suerte, el interfono rompe el incómodo silencio.

—Señor Mulder, tiene a su mujer al teléfono. Dice que es importante.

Pone los ojos en blanco.

—Nunca es importante —me informa. Le da a un botón con el dedo—. Estoy en medio de una entrevista. Dile que sea un tanto más específica.

Oh, ¿en serio? ¿Él puede pedir a la gente que sea más específica, pero cuando lo hago yo es intolerable?

Tras una corta espera, Rochelle responde.

—Necesita que confirme a cuántas personas esperan para la cena del viernes.

—Importante, mis cojones. Dile que la llamo después de la entrevista. —Vuelve a darle al botón—. Mujeres —musita.

Me contengo para no hacer un comentario al respecto. Porque, bueno, soy una mujer.

—Tenemos una cena este fin de semana —me explica Mulder mientras sacude la cabeza, irritado—. Como si me importaran una mierda los detalles. ¿A mí qué me importa cómo son las servilletas? ¿O si nos sirven cuatro platos o veinte? Te juro que esta mujer se obsesiona con las tonterías más triviales.

Me sorprende que no añada otro comentario sobre cómo las mujeres son seres insignificantes con el cerebro del tamaño de un guisante y que nunca podrían trabajar en el ámbito deportivo. ¡La casita del árbol de los deportes es solo para los hombres! ¡Prohibido chicas!

En la pantalla grande, la ESPN muestra un clip de Connor McDavid, de los Oilers, en el que marca uno de los goles más bonitos que he visto. Por desgracia, no fue suficiente para ganar el partido.

Mulder silba en alto y se pone de buen humor.

—¡Ese chaval es una leyenda! —grazna.

—Es talento generacional —concedo—. Lo mejor que le ha pasado al club en décadas.

—¡Y la temporada que viene también tendremos a Connelly! ¡Sí! Seremos imparables.

Asiento.

—Connelly le proporcionará la velocidad necesaria al equipo. Es de los mejores patinadores que hay.

—Es un relámpago sobre patines. Por Dios, Brenna, ¡nunca había tenido tantas ganas de ver una temporada! —Se frota las manos de flagrante júbilo.

Me relajo. Es la primera vez que Mulder se abre a mí. No me hace especial ilusión que haya sido por Jake Connelly, pero, llegados a este punto, tomaré cualquier asistencia que se me otorgue. El monte Imbécil es más difícil de subir que el maldito Everest.

Hablamos de Jake durante casi cinco minutos. Parece que Mulder aprecia mis opiniones porque, literalmente, contesta a uno de mis comentarios: «No podría estar más de acuerdo contigo».

Pero cuando intento volver a encaminar la conversación hacia las prácticas, la atención de Mulder regresa a la pantalla del ordenador.

Me invade la frustración. Solo tengo ganas de gritar. No sé descifrar si le caigo bien o si me odia. Si me quiere contratar o si quiere que me vaya a la mierda.

—En fin. Gracias por venir de nuevo —dice, ausente.

Bueno, aquí tengo mi respuesta. A la mierda.

—Todavía tenemos que ver a varios candidatos más, pero en cuanto tomemos cualquier decisión, te avisaremos.

Quiere decir que me avisarán de que no me han dado el trabajo. Ahora mismo, mis posibilidades de conquistar este puesto de trabajo son las mismas que las de conquistar la luna.

En fin. Me trago la decepción e intento convencerme de que, tal vez, es mejor que me vaya.

—Gracias por su tiempo —me despido educadamente.

—Hmmm. Ningún problema. —Y vuelve a concentrarse en algo que no soy yo.

Sí. Está claro que es mejor que me vaya. No me gustaría trabajar en el mismo edificio que alguien como Ed Mulder. A ese hombre no le importa nada más que él mismo y sus preciados Oilers. La única vez que se ha tomado en serio nuestra conversación o que me ha prestado un mínimo de atención ha sido durante nuestro breve debate sobre Jake. La obsesión que tiene con Connelly es casi cómica…

Doy un traspié de camino a la puerta.

Me viene una idea en la cabeza. Es una locura. Soy consciente de que lo es. Pero creo que no me importa que lo sea.

Quiero estas prácticas. Las deseo con toda mi alma. Algunas personas han tomado medidas bastante más desesperadas para conseguir un trabajo. En comparación, lo que voy a hacer ahora es… trivial. Solo soy una mujer tonta que se preocupa por sus actividades insignificantes.

—¿Señor Mulder?

Mira hacia la puerta, claramente molesto.

—¿Sí?

—Bueno… No he querido mencionar esto antes porque he creído que podía ser algo inapropiado, pero… Jake Connelly… —titubeo, y me cuestiono el nivel de locura.

Inspiro profundamente y trazo en la mente una lista rápida de pros y contras. Hay muchos contras. Muchísimos. Los pros no parecen tan satisfactorios como…

—¿Qué pasa con él? —dice Mulder con impaciencia.

Exhalo de inmediato.

—Es mi novio.

CAPÍTULO 12

JAKE

El entreno de la mañana es agotador, pero no me esperaba menos del entrenador. Ya nos machacaba al máximo antes de llegar a la final, y ahora hay que apostarlo todo. Espera que patinemos más rápido, golpeemos más fuerte y lancemos más tiros. Es un entrenamiento intenso y algunos de los ejercicios me dejan sin respiración incluso a mí, que soy el mejor patinador de la pista.

No me quejo. A algunos chicos les gusta lamentarse por tener que salir de la cama tan temprano. Protestan por las restricciones nutricionales y por la brusca naturaleza del entrenador. No puedo negar que el estilo de juego de Pedersen es más físico que el mío. Yo confío en mi velocidad y en mi precisión más que en la fuerza bruta. Pero, durante su época de jugador, el entrenador era un matón, e incentiva la misma agresividad en sus jugadores. Brooks es nuestro principal esbirro, pero en los últimos partidos Pedersen ha instado a los demás chicos a que usen más los codos. Aunque no hace lo mismo conmigo. Sabe de qué soy capaz.

El entrenador me espera en el recibidor cuando salgo de los vestuarios con el pelo mojado de la ducha. Me da una palmada en el hombro.

—Buen trabajo ahí fuera, Connelly.

—Gracias, entrenador.

—¿Llevarás el mismo ritmo en la final?

—Sí, señor.

Inclina la cabeza.

—Será difícil ganar a Briar.

Me encojo de hombros.

—No me preocupa. Podemos con ellos.

—Claro que podemos. —Su expresión se endurece—. Pero tampoco debemos confiarnos. Jensen hizo una temporada horrible el año pasado, así que estará ansioso por volver con fuerza. No me sorprendería que entrenaran dos veces al día.

A mí tampoco. Se les ve mucho más en forma este año. No estoy muy seguro de qué pasó la temporada pasada, solo recuerdo que desde que Garrett Graham se graduó, lo han pasado mal con las ofensivas. Nate Rhodes es bueno, pero no es excepcional. Hunter Davenport es casi tan rápido como yo, pero todavía es joven. Solo va a segundo, y debe mejorar mucho. La temporada que viene, Briar será imparable con Davenport al mando. Pero eso será el año que viene. Esta temporada es nuestra.

—Necesito que vengas más temprano mañana —me pide el entrenador Pedersen—. A las seis y media, ¿vale? Quiero que trabajes los uno contra uno con Heath.

Asiento. Me he fijado en que hoy Heath ha fallado varios pasos clave.

—Me parece bien.

—Ya lo sé. —Me da otra palmadita en el hombro antes de alejarse por el pasillo.

Voy hacia el vestíbulo de la pista, donde me espera Brooks. En cuanto lo alcanzo, me llega una notificación de Instagram. Rara vez uso la aplicación, así que estoy a punto de ignorarla cuando veo el nombre de usuario.

BrenJen.

¿Será Brenna Jensen?

Me pica la curiosidad.

—Ey, ve tirando, tío —le digo a Brooks. Vamos a comer en la cafetería del campus con algunos compañeros—. Os veo allí. Tengo que hacer una llamada primero.

—Vale. —Me mira extrañado y se va.

Entro en Instagram y abro los mensajes directos. La foto de perfil de «BrenJen» muestra una cortina de pelo oscuro que deja entrever un perfil. Pero los labios rojos la delatan. Definitivamente, es Brenna, y el puntito verde junto a la foto me indica que está en línea ahora mismo.

BRENNA: Connelly. Soy Brenna. ¿Podemos vernos?

115

Arqueo las cejas casi hasta el cuero cabelludo. Respondo enseguida, y hago caso omiso a la lección que me dio Brooks una noche sobre las normas de protocolo de respuesta. Tiene una regla estricta: esperar mínimo una hora antes de responder a una chica, así no siente que ella tiene el poder. Pero siento demasiada curiosidad como para seguirla.

> **YO:** ¿De verdad me has escrito por mensaje directo?
> **BRENNA:** Desafortunadamente, sí. ¿Quieres que nos veamos?
> **YO:** ¿Me estás pidiendo una cita?
> **BRENNA:** En tus sueños, Jakey.

Sonrío a la pantalla mientras Brenna continúa con otro mensaje.

> **BRENNA:** Estoy en la ciudad y no tengo que volver a Briar hasta dentro de una hora. Esperaba que pudiera verte.
> **YO:** Vamos a necesitar mucho más que una hora para nuestra primera vez, nena. Quiero decir, con solo los preliminares ya pasaremos la mayoría del tiempo.
> **BRENNA:** ¿Una hora de preliminares? Qué ambicioso.
> **YO:** Ambicioso, no. Realista.

Y tal vez no debería tratar de convertir esta conversación en *sexting*, porque solo la idea de hacer preliminares con ella ya es tentadora.

> **YO:** ¿Por qué quieres verme?
> **BRENNA:** Tengo que hablar contigo de una cosa. Y no lo pienso hacer a través de una estúpida aplicación, así que dime, ¿sí o no?

Estoy demasiado intrigado como para rechazarla. Quiero decir, la hija del primer entrenador de Briar trata de organizar una reunión clandestina con el capitán del equipo de *hockey* de Harvard. ¿Quién no estaría intrigado?

Así que escribo: ¿Cuándo y dónde?

Nos encontramos en una cafetería en Central Square. De nuevo, llueve a cántaros, y estoy frío y mojado cuando me siento con Brenna en una mesita del fondo.

Tiene una taza de café en la mano, y el vapor le sube desde los labios hasta la nariz, roja por el cambio de temperatura. Me señala la taza que hay frente a la silla vacía.

—Te he pedido un café. Solo.

—Gracias —digo, agradecido, y envuelvo la taza caliente con las manos mojadas. Tengo los dedos congelados.

Mientras doy un trago largo, Brenna me observa.

Dejo la taza en la mesa.

—Entonces. —Arrastro cada sílaba de la palabra.

—Entonces —dice ella, que hace lo mismo que yo.

Qué mona está hoy, joder. Lleva el pelo largo recogido en una trenza y no va maquillada. O, si lleva algo, ha optado por un *look* natural. Hay un brillo rosado fresco en sus mejillas y no se ha puesto el pintalabios rojo. Sus labios son rosas y brillantes.

Casi se me escapa un «qué te ha pasado en la cara», pero lo corrijo antes de que sea demasiado tarde. Esto es algo que no hay que preguntarle nunca a una chica.

—¿Me vas a aclarar por fin por qué estoy aquí? —pregunto al fin.

—Sí, pero primero me tienes que prometer un par de cosas.

—Qué va. Yo nunca prometo nada. Jamás.

—Vale. Entonces me voy. Al menos me marcho con la satisfacción de saber que te he hecho venir hasta aquí para nada. —Empieza a levantarse—. Hasta luego, Jakey.

—Vuelve a pegar ese bonito trasero a la silla —le ordeno y pongo los ojos en blanco—. Está bien. ¿Qué tengo que prometer?

—Primero, que me vas a escuchar hasta que termine. Y segundo, que no te vas a regodear en el tema.

El misterio se vuelve más interesante. Me apoyo bien en la silla y digo:

—Está bien. Lo juro y que me parta un rayo.

—Vale. —Suelta una bocanada de aire—. Verás, he solicitado unas prácticas en HockeyNet.

—Guay.

—Sí, lo sería. Si mi entrevistador no fuera un gilipollas de mierda. —Se le tensan los dedos alrededor de la taza—. He tenido dos entrevistas con él, y no me ha tomado en serio ninguna de las dos veces. —Me mira con el ceño fruncido—. Y antes de que hagas cualquier comentario sobre cómo no estoy cualificada para el puesto…

—No iba a hacerlo —la interrumpo.

—Bien. Porque lo estoy. Creo que no se toma a ninguna mujer en serio. O, por lo menos, a las mujeres que tratan de entrar en el mundo de los deportes. Tendrías que haber oído la forma insultante en la que ha hablado de Georgia Barnes. Actuaba como si no encajara en la cadena de televisión. Actuaba como si yo no encajara allí. —El tono de voz de Brenna está cargado de frustración, pero sus ojos muestran pura derrota—. Es un gilipollas integral.

—Lo siento —digo. Y es de verdad. Creo que nunca había visto a Brenna perder la confianza. Y me sorprende que permita que este imbécil le afecte tanto—. ¿Quieres que le pegue una paliza?

—Si fuera tan fácil, se la pegaría yo misma. Un buen golpe en las pelotas le iría de fábula.

Me río.

—Entonces, ¿por qué estoy aquí?

—A ver… Él es de Edmonton —empieza.

Se me arrugan los labios. No estoy muy seguro de hacia dónde va esto. Supongo que el tío es fan de los Oilers, pero no juego con ellos hasta el año que viene.

—Todavía no veo cómo encajo yo en la historia.

—El único momento de toda la entrevista de hoy en el que se ha interesado mínimamente en mí ha sido cuando hemos hablado de Edmonton. Y de ti —añade, a regañadientes—. Cree que eres lo que necesita el equipo para ganar la copa.

Creo que estoy de acuerdo con él. Las puntuaciones del equipo son decentes, pero pienso hacer que sean incluso mejores. Soy un jugador de *hockey* realmente bueno, y no solo por el talento, sino porque me dejo la piel. He trabajado toda la vida para esto.

—En fin... —Brenna deja morir la frase y toma un buen sorbo de café.

—¿Por qué me has traído aquí, Jensen? Yo también tengo clase pronto.

—Porque, como he dicho, la primera vez que me ha prestado verdadera atención ha sido cuando le he dicho que te conocía.

Sonrío, complacido.

—Has dejado caer mi nombre, ¿eh?

—Cállate. Casi vomito al pronunciarlo.

Se me escapa la risa. Esta chica es de lo que no hay. Estoy tan acostumbrado a que las chicas vayan detrás de mí que es casi novedoso cuando alguien hace justo lo contrario.

—He hecho algo más que dejar caer tu nombre —confiesa.

Arrugo la frente.

—Vale. ¿Qué le has dicho?

Musita algo para sus adentros.

Me inclino hacia delante.

—¿Cómo dices?

—Le he dicho que eras mi novio —masculla. Tiene la mandíbula tan tensa que me sorprende que no se le haya partido en dos.

La miro durante un segundo. Cuando me doy cuenta de que va totalmente en serio, me asalta otra oleada de risa.

—No me lo puedo creer.

—Pues sí. Y has prometido que no te regodearías.

—Lo siento. Rompo la promesa. —No puedo dejar de reír—. Es que es demasiado bueno. Esto es mucho más que dejar caer un nombre. Es como estar al nivel del *Ciempiés Humano* de lamerle el culo a alguien. —Me seco las lágrimas del ojo.

Brenna me echa miradas fulminantes.

—Primero, qué asco. Y segundo, lo siento, pero a diferencia de ti, yo sí que necesito encontrar un trabajo cuando me gradúe. No tengo el lujo de contar con un contrato de millones de dólares con un club de *hockey* profesional. Mi sueño es ser

119

periodista, así que, si tengo que lamerle el culo a ese gilipollas para conseguir estas prácticas, lo haré.

Me obligo a dejar de reír. Es difícil.

—Vale, o sea que le has dicho que soy tu novio. —Oh, dios, cómo me gusta esto. Me encanta. Prácticamente puedo ver la expresión que habrá puesto al decírselo. La agonía—. Eso sigue sin explicar por qué estamos aquí sentados.

—Creo que no hace falta decir que se ha corrido en los pantalones ante la idea de tener acceso fácil a ti. —Suspira—. Este viernes organiza una cena en su casa y quiere que vayamos.

—¿Que vayamos? —Sonrío ampliamente—. ¿Ahora se refieren a nosotros en plural?

—Créeme, es lo último que me apetece, pero le he dicho que iríamos. Y ahora, por muy humillante que sea, te pido que me hagas un favor enorme y vengas conmigo. —Su expresión facial y su voz me dicen que preferiría pasar la noche en un agujero oscuro lleno de cuchillas de afeitar.

Mi sonrisa se amplía todavía más. Creo que se me va a romper la cara de sonreír tanto.

—No me hagas esto —dice con tristeza—. Soy consciente de lo ridículo que es, pero necesito tu ayuda. Ya te hiciste pasar por mi novio una vez, ¿recuerdas? No tuviste ningún problema en ponerme las manos encima durante el concierto, pero supongo que eso te pareció bien porque la farsa fue idea tuya.

Algo de razón tiene.

—Bueno, necesito que lo hagas otra vez, ¿vale? —Hay una pizca de amargura en su tono de voz—. Es una noche. Si quieres, incluso puedo pagarte.

—Eh, no soy un gigoló.

—Vale, pues entonces hazlo gratis. Sé un buen samaritano.

Lo considero por un momento.

—No.

—Venga ya, Connelly. —Creo que nunca había visto a Brenna tan nerviosa—. No te hagas de rogar.

Un rayo de lujuria impacta directamente en mi entrepierna.

—Eso ha sonado muy atractivo.

Se le tensa la boca.

—Eso no va a ocurrir.

—Mmmm, tú arrodillada... mientras me ruegas... —Se me empalma.

Es oficial. Esta chica me pone cachondo. Me he acostado con bastantes mujeres, pero no recuerdo cuándo fue la última vez que alguien me había hecho babear tanto. Casi noto cómo se me cristalizan los ojos al imaginar la escena que acabo de describir. Brenna arrodillada mientras me baja la cremallera de los pantalones, me agarra el miembro y me mira desde abajo con esos ojos enormes. Suplicando.

—No pienso rogar —dice con firmeza—. Te lo estoy pidiendo. Si dices que no, pues vale, me levanto y me voy.

Me despierto del trance lujurioso.

—No he dicho que no.

—Bien. Entonces, ven conmigo el viernes.

Me río.

—Oh, tampoco he dicho que sí.

Si las miradas mataran, estaría bajo tierra ahora mismo.

—Entonces, ¿qué dices? —inquiere.

—Digo *quid pro quo*. No sé si aprendiste esto en el colegio, pero nada en esta vida es gratis. —Le guiño un ojo—. Yo te rasco la espalda, y tú me la rascas a mí.

—No te pienso rascar ninguna parte del cuerpo.

—Quiero decir que, si te ayudo, quiero algo a cambio.

—¿Como qué? —Juguetea con la punta de la trenza, descontenta.

Me gustaría que se deshiciera la trenza. Quiero verle el pelo oscuro suelto alrededor de los hombros. En realidad, no. Quiero ver cómo se dispersa sobre mi pecho desnudo mientras gatea por mi cuerpo hasta llegar a...

—¿Como qué? —repite cuando ve que tardo demasiado en responder.

De nuevo, me obligo a concentrarme.

—A ver, tú quieres una cita el viernes por la noche...

—Una cita falsa.

—Una cita falsa —corrijo—. Bueno, pues a cambio, yo quiero una de verdad.

—¿Una qué de verdad?

—Una cita de verdad. Tú consigues tu cita falsa, yo consigo una de verdad.

—¿Me estás vacilando? —Se queda boquiabierta—. ¿Quieres salir conmigo?

Examino su expresión de incredulidad.

—Ya lo sé, ya. A mí también me ha tomado por sorpresa. —Me encojo de hombros—. Pero ha ocurrido, y aquí estamos. Creo que estás buena y sé que piensas que yo también lo estoy...

—Yo creo que tú piensas que estás bueno —replica, con un bufido.

—Eso no lo creo. Eso lo sé. Y he visto cómo me repasas con la mirada de arriba abajo, así que... —Levanto las manos con un movimiento despreocupado y hago un gesto de mí hacia ella—. Creo que aquí hay algo...

—Aquí no hay nada. Nada.

—Vale. Genial. Pues me voy. —Levanto el trasero de la silla.

—Connelly —gruñe Brenna—. Siéntate. —Cierra los ojos un segundo—. Me estás diciendo que vendrás a la cena conmigo a cambio de tener una cita de verdad contigo.

—Sí, pero no hagas que suene como si fueras a salir con un asesino en serio. Por lo menos haz ver que te hace ilusión tener una cita conmigo.

—¡Vale! —Aplaude—. ¡Voy a tener una cita contigo! ¡Qué bien!

—Mucho mejor —le digo. Y creo que no he dejado de sonreír desde que me ha contado por qué me había convocado aquí—. Entonces, ¿eso es un sí?

Suspira. Con fuerza.

CAPÍTULO 13
BRENNA

El martes hay otra tormenta. Hasta el meteorólogo del canal de televisión local parece cansado del tiempo que hace. Cuando he visto las noticias esta mañana, no paraba de lanzar miradas fulminantes a cámara mientras leía el pronóstico, como si culpara a los telespectadores por los litros y litros de lluvia que han caído sobre Nueva Inglaterra durante el último mes.

Por suerte, me ahorraré volver a casa a pie desde el campus porque Summer y yo tenemos clase más o menos a la misma hora. La mía termina media hora antes que la suya, así que aprovecho para trabajar en una tarea en el recibidor del edificio de Arte y Diseño. Hay varios sofás cómodos distribuidos por todo el espacio, que está vacío para mi sorpresa. Solo estamos una chica con un portátil que está sentada en un sofá al lado de las ventanas y yo con el mío en otro sofá al otro lado de la sala, lo que me da un poco de privacidad mientras espero a Summer.

Los deberes que tengo son para la asignatura que menos me gusta: Redacción de noticias para medios audiovisuales. Como no puedo hacer la carrera de Todo Sobre Deportes, mis asignaturas cubren todas las áreas del periodismo. Esta en particular requiere escribir informes para telediarios, que son distintos a las noticias impresas, y mi profesor decidió que sería divertido darme un tema relacionado con la política, lo que significa pensar y escribir sobre algo relacionado con las últimas travesuras de nuestro presidente y, a la vez, preocuparme por si mi profesor está a favor o en contra de la administración actual. Nunca ha revelado su inclinación política y estoy segura de que, si se lo preguntáramos, daría largas con la excusa de que un periodista siempre debe ser objetivo. Pero, seamos honestos, al final del día todos tenemos nuestras preferencias. Punto.

Escribo unas quinientas palabras antes de tomarme un descanso. Miro el móvil y reviso los mensajes, pero no hay nada nuevo. El nombre de Jake se burla de mí desde la lista de contactos porque ayer en la cafetería nos intercambiamos los números de teléfono para no tener que comunicarnos por Instagram.

Se me atraganta un gruñido. ¿En qué narices estaba pensando al decirle a Ed Mulder que Jake era mi novio? ¿Por qué lo hice? Me arrepentí de la mentira un nanosegundo después de haberla soltado, pero ya era demasiado tarde. Mulder estaba tan feliz como si me hubiera ofrecido a hacerle una mamada. Aunque, en realidad, creo que le haría más ilusión si se la hiciera Jake. Sabe Dios la obsesión que tiene el hombre con este chico.

Y hablando de Jake, ¿en qué narices pensaría cuando me pidió una cita? Todavía estoy desconcertada, por no hablar de que desconfío de sus intenciones. La noche del concierto se demostró que tenemos química, pero eso no significa que tengamos que hacer algo al respecto. Juega para Harvard, por el amor de Dios. Eso es imperdonable.

Mientras deslizo el dedo por la pantalla, aparece un mensaje que me provoca un escalofrío. Es de Eric. Otra vez.

ERIC: Por favor, Bren. No sé por qué me ignoras.

Técnicamente, no lo estoy ignorando. Respondí a su anterior mensaje el domingo por la noche cuando volví a casa del Malone. Le dije que durante las próximas semanas estaría muy ocupada con los exámenes finales y con la vida en general, y que no estaría disponible. Claramente, no le gustó mi respuesta.

Me llega otro mensaje:

Llámame.

Mierda. Conozco a Eric. Si no lo llamo, no dejará de escribirme. Y si no le escribo, me llamará. Y volverá a llamar. Y volverá a llamar.

Mientras lucho contra la irritación, marco su número.

—¡Bren, hola! —Su alivio es palpable, incluso por teléfono—. Qué bien que hayas llamado.

Está colocado. Lo noto por cómo habla, el tono bajo que usa cuando alguna mierda tóxica le recorre la sangre. Me alegra no verle los ojos. Siempre era la peor parte: mirarlo a los ojos cuando se drogaba. Era como mirar a una persona completamente distinta. Al Eric Royce del que estaba locamente enamorada lo reemplazaba un desconocido patético. Y estar allí para él era, y todavía es, agotador.

Tal vez pensar esto me convierta en una persona horrible, pero ya no me importa. No es mi responsabilidad. Yo no firmé para ser su madre. Ese es el trabajo de su madre.

Pero la señora Royce es, y siempre ha sido, una madre ausente. Es una abogada corporativa, y el padre de Eric, antes de morir, era de esos que se quedan en casa. Cuando falleció, la señora Royce no recortó su horario laboral para pasar tiempo con su hijo. Siguió con su vida, como siempre, sin prestar ni un ápice de atención a su hijo.

El único esfuerzo que hizo cuando se volvió evidente que tenía un problema con el abuso de sustancias fue intentar mandarlo a Vermont. Pero Eric se negó a ir. Según él, no es un adicto. Solo le gusta tomar «de vez en cuando».

—Parece que no estás muy bien —le digo—. Estás jadeando.

—Ah. Es que tengo un poco de frío.

¿Así es como lo vamos a llamar ahora?

—Entonces deberías intentar descansar un poco. —Oigo lo que parece una ráfaga de viento—. ¿Estás en la calle?

—Estoy saliendo del Dunkin' Donuts. Esta lluvia... es una locura, ¿verdad?

Reprimo una maldición.

—No me has pedido que te llame para hablar de la lluvia. ¿Qué necesitas, Eric? ¿Qué pasa?

—Es que... —Su tono de voz se vuelve angustioso—. Voy, eh, algo mal de dinero, Bren. Tengo que pagar el alquiler la semana que viene y todo lo que tengo en la cuenta del banco me servirá para cubrirlo y, ya sabes, eso no me deja mucho para hacer la compra, y mierdas básicas...

Con «mierdas básicas» deduzco que se refiere a comprar metanfetamina, y se me forma un nudo de rabia en el estómago.

—Vives con tu madre —le recuerdo—. Estoy segura de que te puede perdonar si no le pagas el alquiler este mes.

—Le da igual todo —musita—. Me ha dicho que si no le pago el alquiler, me echa de casa.

—Bueno, por suerte tienes dinero suficiente para cubrir el alquiler —le recuerdo—. Y para hacer la compra, bueno, seguro que tu madre no deja que mueras de hambre.

—Por favor, solo necesito cincuenta dólares, cien como mucho. Venga, Bren.

No me pide una cantidad obscena de dinero, pero no me importa. No pienso darle ni un céntimo nunca más, sobre todo cuando sé que lo quiere para conseguir drogas. Además, tampoco es que yo nade en dinero. No pago la matrícula, pero también tengo mis gastos. El alquiler, la comida, «mierdas básicas» que no son cristal. Tengo algunos ahorros de cuando trabajé de camarera, pero no los usaré para financiar la autodestrucción de Eric.

—Lo siento, sabes que te ayudaría si pudiera, pero estoy en la ruina —miento.

—No, no lo estás —contesta—. Sé que tienes algo de dinero ahorrado, Bren. Por favor. Después de todo lo que hemos vivido juntos, no puedes simplemente pasar de mí. Estamos juntos en esto, ¿te acuerdas?

—No, no lo estamos —digo, con brusquedad—. Rompimos hace años, Eric. Ya no estamos juntos.

Se oyen unas voces al fondo del pasillo que llegan hasta el vestíbulo. Rezo por que la clase de Summer haya terminado.

—Lo siento —suavizo el tono—. No puedo ayudarte. Habla con tu madre.

—Que le jodan —ladra.

Me muerdo la mejilla.

—Tengo que colgar. Estoy a punto de entrar en clase —miento—. Pero… hablamos pronto, ¿vale? Te llamo cuando se calmen las cosas por aquí.

Cuelgo antes de que le dé tiempo a discutir.

Cuando aparece Summer, finjo una sonrisa y espero que no se dé cuenta de que estoy más callada que de costumbre de camino a casa. No se percata. Summer puede mantener una conversación ella sola, y hoy lo agradezco. Creo que tengo que sacar a Eric de mi vida para siempre. No es la primera vez que lo pienso, pero espero que esta sea la última. No puedo seguir así.

La lluvia se ha calmado un poco cuando Summer me deja al lado de casa.

—Gracias por traerme, chica loca. —Le planto un beso de agradecimiento en la mejilla.

—Te quiero —grita mientras salgo disparada del coche.

Los amigos que te dicen «te quiero» cada vez que os despedís son importantes. Son los necesarios en la vida.

Summer desaparece por la carretera y yo doy la vuelta a la casa hasta llegar a mi entrada particular. Unas cuantas escaleras me llevan hasta mi pequeña entrada y...

Chof.

Mis botas se hunden en un océano.

Vale, tampoco es un océano. Pero, al menos, medio metro de agua forma una piscina en la base de las escaleras.

Se me remueve el estómago. Joder. El sótano está inundado. Mi maldito apartamento está inundado.

Una ola de pánico me incita a avanzar hacia delante. Chapoteo por el océano en mis botas de cuero para evaluar los daños y me horrorizo con lo que encuentro.

El sótano tiene una alfombra que va de pared a pared: está destrozada. Las patas de la mesita de café están bajo el agua: destrozadas. La mitad inferior del sofá que compré en una tienda de segunda mano está empapada: destrozado. Mi futón: destrozado.

Me muerdo el labio, consternada. Por suerte, hoy llevaba el portátil encima. Y la mayor parte de mi ropa está intacta. Casi toda está colgada en el armario, muy por encima del agua, y mi zapatero es de esos altos, así que solo se han mojado las suelas de los que estaban en el estante de abajo. El cajón inferior del armario está lleno de agua, pero ahí solo guardo pijamas y ropa de estar por casa, así que tampoco es el fin del mundo. Todas las cosas importantes están en los cajones superiores.

Pero la alfombra...

Los muebles...

Qué mal.

Vuelvo a la entrada, donde cuelgo el bolso. Encuentro el móvil, llamo a mi casera, Wendy, y rezo por que esté en casa. Ni su coche ni el de Mark estaban en la calle, pero ella suele aparcar en el garaje, así que existe la posibilidad de que esté arriba.

—Brenna, hola. Acabo de oírte llegar. Llueve mucho ahí fuera, ¿eh?

Está en casa. Gracias a Dios.

—También llueve mucho aquí dentro —respondo, desolada—. No sé cómo decírtelo, pero ha habido una inundación.

—¿Qué? —exclama.

—Sí. Creo que será mejor que te pongas unas botas de agua, preferiblemente de caña alta, y bajes a verlo.

Dos horas más tarde, nos encontramos ante una pesadilla. El sótano está jodido.

Ante la llamada de emergencia de Wendy, su marido Mark ha vuelto antes de tiempo del trabajo y, después de cortar la electricidad para evitar, bueno, que nos electrocutemos, los tres hemos llevado a cabo una evaluación exhaustiva desde arriba con linternas. Mark me ha asegurado que el seguro cubrirá los daños de los muebles que he perdido. Y perdido es la palabra adecuada, porque no hay nada que se salve. Hay demasiadas cosas estropeadas por el agua, así que habrá que tirarlo todo. Lo único que he podido hacer ha sido empaquetar las cosas que han sobrevivido al Diluvio Universal.

Mark dice que esta casa no tiene una bomba de sumidero instalada porque las inundaciones no son habituales en Hastings. Mis caseros tendrán que contratar a un profesional para que bombee el agua; hay demasiada como para sacarla con una aspiradora sumergible o con un mocho. Mark ha estimado que necesitarán como mínimo una semana para limpiar el sótano a fondo, tal vez hasta dos. Al parecer, si no se hace una limpieza a fondo, hay peligro de que aparezcan humedades.

Eso significa que tengo que organizarme de alguna manera hasta que lleven a cabo el proceso.

O sea, que me tengo que mudar de nuevo con mi padre.

No es lo ideal, pero es la mejor opción que tengo. A pesar de que Summer ha insistido en que me quede en su casa, me niego a vivir bajo el mismo techo que Mike Hollis. Ni pienso lidiar con su personalidad ni con sus intentos de ligar conmigo durante un periodo extendido de tiempo. Una casa tiene que ser un lugar seguro, sagrado.

La residencia tampoco es una opción. Mi amiga Audrey no puede acoger a nadie durante más de dos noches seguidas; la delegada de su residencia es muy rigurosa con estas cosas. Y aunque la de Elisa es más tolerante, vive en una habitación individual diminuta y tendría que quedarme en un saco de dormir en el suelo. Durante probablemente dos semanas.

Ni en broma. En casa de mi padre tengo mi propia habitación, un cerrojo en la puerta y un baño privado. Puedo soportar las tonterías de mi padre siempre que las otras tres cuestiones estén cubiertas.

Me recoge de casa de Mark y Wendy y, al cabo de diez minutos, entramos por la puerta principal de su antigua casa victoriana. Mi padre entra la maleta y la bolsa de tela grande, y yo llevo la mochila y la funda del ordenador.

—Lo subo arriba —dice con brusquedad y desaparece por la estrecha escalera. Al cabo de un segundo, oigo cómo crujen sus pasos en el suelo que tengo sobre la cabeza.

Mientras me desabrocho las botas y cuelgo el abrigo, maldigo al tiempo en silencio. Me ha amargado la vida durante un mes, pero ahora ha cruzado la raya oficialmente. Le declaro la guerra al clima.

Subo por las escaleras y me aproximo a mi habitación mientras mi padre sale de ella. Me sorprende lo cerca que está su cabeza del marco de la puerta. Mi padre es alto y ancho de hombros, y he oído que las fanáticas de Briar babean por él tanto como por los jugadores. Qué asco. Que mi padre sea guapo no significa que quiera pensar en él de esa forma.

—¿Estás bien? —me pregunta, con voz ronca.

—Sí, estoy bien. Solo estoy irritada.

—No me extraña.

—Te lo juro, estos últimos días han sido una pesadilla. Desde la entrevista del viernes hasta la inundación de esta noche.

—¿Qué tal la segunda parte de tu entrevista ayer? ¿Cómo fue?

Terrible. Por lo menos hasta que fingí que Jake Connelly era mi novio. Pero esa parte me la guardo y añado:

—Fue bien, pero no me hago ilusiones. El entrevistador era un completo misógino.

Papá arquea una ceja oscura.

—Ah, ¿sí?

—Créeme, si me contrata, será un milagro. —Me aparto un mechón de pelo de la frente—. En fin, estoy empapada y tengo los pies congelados de caminar por el agua del sótano toda la tarde. ¿Te importa si me doy una ducha caliente?

—Adelante.

Abro el grifo de la ducha del baño del pasillo, me quito la ropa húmeda y entro en el compartimento de cristal. El calor del agua me llega hasta los huesos y me provoca un escalofrío de placer. Aumento la temperatura y casi tengo un orgasmo. Estoy muy cansada de estar fría y empapada.

Mientras me enjabono, pienso en el acuerdo que he hecho con Jake. ¿Ha sido un error? Seguramente. Es mucho esfuerzo a cambio de unas prácticas no remuneradas, pero, si quiero ganar experiencia trabajando en una de las mejores cadenas deportivas y, además, hacerlo durante el curso académico, solo tengo dos opciones: la ESPN y HockeyNet. Y la primera tiene incluso más competencia, si cabe.

Meto la cabeza bajo el chorro y me quedo ahí durante el máximo tiempo justificable. Cuando imagino a mi padre sermoneándome porque he hecho que la factura del agua se dispare, cierro el grifo.

Me envuelvo en una toalla de felpa, me enrollo el pelo en un turbante y cruzo el pasillo hasta mi habitación.

Como mi padre compró la casa cuando yo ya me había independizado, no siento esta habitación como mía. Los muebles son sosos y hay una notable escasez de objetos personales y de decoración. Incluso mi ropa de cama es impersonal: blanco liso, con almohadas y sábanas blancas. Como si fuera un hospital. O una institución mental. En nuestra antigua casa de Westlynn, tenía una de esas camas con dosel de madera y una manta de colores. Y en la pared sobre el cabezal había unas letras de madera pintadas con purpurina que decían MANZA-

NITA. Mi padre me las encargó a medida por mi décimo cumpleaños.

Me pregunto qué haría con esas letras. Me sobrecoge un sabor agridulce. No recuerdo el momento exacto en que papá dejó de llamarme «Manzanita». Posiblemente fuera en la época en que empecé a salir con Eric. Y no solo afectó a la relación con mi padre. Lo que empezó como simple admiración por un jugador de *hockey* con talento terminó en un odio profundo que todavía perdura hoy en día. Mi padre nunca perdonó a Eric por lo que pasó entre nosotros, y no siente ni un ápice de compasión por todo lo que ha vivido Eric desde entonces. «Un hombre de verdad admite cuando tiene un problema», dice siempre mi padre.

Abro la maleta y me pongo unos calcetines calentitos, unas bragas, unas mallas y un jersey enorme. En cuanto estoy vestida, mi padre llama a la puerta.

—¿Estás visible?

—Sí, pasa.

Abre la puerta y se apoya contra el marco.

—¿Quieres cenar algo en especial?

—Oh, no te preocupes —le digo, divertida—. No tienes que cocinar.

—No iba a hacerlo. Había pensado en pedir unas *pizzas*.

Me río.

—Sabes que he visto los menús que les haces seguir a los chicos, ¿verdad? ¿Y mientras tanto tú pides *pizza* para cenar?

—Estás en casa —dice, y se encoge de hombros—. Es motivo de celebración.

Ah, ¿sí? Nuestra interacción es tan escasa e incómoda que parecemos dos desconocidos cuando hablamos. Ya no hay cariño entre nosotros. Tampoco hay hostilidad, pero está lejos de ser el mismo hombre que me llamaba Manzanita.

—De acuerdo. *Pizza* me parece genial —respondo.

Se hace un corto silencio. Me da la sensación de que me examina, como si me buscara algo en la mirada.

Por alguna razón, siento la necesidad de decir:

—Ya soy adulta.

Aunque el hecho de decirlo asegura que a la persona en cuestión se la percibe como lo opuesto.

Papá mueve la boca con ironía.

—Soy muy consciente de ello.

—Quiero decir, el hecho de que me quede aquí una semana o dos no significa que ya me puedas dar la charla de «mientras vivas bajo mi techo, seguirás mis reglas». No pienso acatar ningún toque de queda.

—Y yo voy a permitir que vuelvas a casa borracha a las cuatro de la madrugada.

Pongo los ojos en blanco.

—No es algo que haga habitualmente. Pero sí que podría volver a casa un poco contentilla alrededor de las doce, después de salir con mis amigos. Y no necesito que me des lecciones al respecto.

Mi padre se pone la mano sobre el pelo corto. Ha llevado este corte militar desde que tengo memoria. No le gusta perder el tiempo con frivolidades. Como el pelo.

—Tú ve a la tuya y yo iré a la mía —termino—. ¿Te parece bien?

—Siempre que «la tuya» no te haga daño a ti ni a los demás, entonces no habrá razón para que yo interfiera.

Se me tensa la garganta. Odio que, cuando me mira, todavía vea a esa chica autodestructiva que no sabía gestionar la toma de decisiones. Pero ya no soy esa chica. Desde hace mucho tiempo.

Mi padre se gira.

—Avísame cuando tengas hambre para hacer el pedido de la *pizza*.

Cierra la puerta con firmeza tras de sí.

«Bienvenida a casa», pienso.

CAPÍTULO 14
BRENNA

—Madre mía, Bren, ¡te habrías muerto!

Es viernes por la noche y estoy al teléfono con Summer, que me está poniendo al día sobre la locura ocurrida ayer, cortesía de Rupi Miller.

—¿En serio ha aparecido en tu casa y ha arrastrado a Hollis a una cita? —Qué valor tiene esa chica. Me encanta.

—¡Sí! Llevaba un vestidito negro monísimo con un cuello de encaje blanco y unos tacones preciosos, y él estaba sentado en el sofá en pantalón de chándal mientras jugaba a videojuegos con Fitz. Ella lo ha mirado una vez y le ha gritado: «¡Sube a tu habitación ahora mismo!». Tendrías que haberle visto la cara.

Estoy en público, así que no puedo hacer tanto ruido como me gustaría, pero grito por dentro porque imagino con exactitud la expresión de Hollis.

—Seguro que ha creído que estaba a punto de acostarse con él.

—No sé qué ha pensado. Ella ha pasado la semana escribiéndole para hablarle de su «gran cita», pero él creía que era algún tipo de broma. No confiaba en que fuera una cita real hasta que ella ha aparecido en nuestra puerta para buscarlo. —Summer se echa a reír como una histérica—. Así que lo ha llevado al piso de arriba y ha ido a su armario para elegirle un modelito para la cita.

Se me escapa una carcajada. No puedo evitarlo, no me importa si lo oye todo el mundo en la estación de tren. Esto no tiene precio.

—... y ahora llevan una hora fuera y no sé si rellenar un formulario de persona desaparecida o dejarles hacer y ver qué pasa.

—Déjalos, a ver qué pasa —digo de inmediato—. Por favor, no te interpongas entre Rupi y su hombre. Te lo ruego. Hollis tiene que conocer de primera mano lo que es sentirse acosado.

—Creo que podrían estar hechos el uno para el otro.

—La esperanza es lo último que se pierde.

Unos faros captan mi atención. Llevo diez minutos fuera de la estación de tren a la espera de que llegue un Honda Civic azul, y creo que por fin está aquí. Entorno los ojos cuando el coche se acerca al bordillo.

—Lo siento, tía, tengo que colgar. Han venido a buscarme.

—No puedo creer que tengas una cita y no sepa nada del chico.

—No hay nada que saber. Solo es un chico de Tinder. Es posible que no sea más que un rollo. —Sí, soy una mentirosa. Qué le voy a hacer. Y sí, por supuesto que me siento mal por mentir a mis amigas, pero ni en broma voy a contarle a Summer la verdad sobre esta noche. Ya tengo bastante con ser consciente de lo que voy a hacer hoy.

Me despido rápidamente y cuelgo justo cuando la puerta del pasajero del Civic se abre. Hmmm. Jake está en el asiento del copiloto. Echo un vistazo al asiento del conductor y veo a una chica mona con pendientes de color turquesa y una melena voluminosa. ¿Por qué no me sorprende?

—Hola —exclama Jake al salir del coche.

Por un momento me quedo sin habla. Lleva la chaqueta de Harvard, un pecado que perdono a regañadientes porque, por lo demás, está muy atractivo. Lleva el pelo oscuro peinado hacia atrás, y le enfatiza los pómulos cincelados y una mandíbula que me hace babear. Se ha afeitado por completo esta noche. El fin de semana pasado llevaba una barba de pocos días. Ahora, su rostro parece más joven y suave y... bueno, está increíble.

Por desgracia, Jake Connelly es un hombre muy atractivo.

Camino hacia él.

—Hola. —Entro por la puerta trasera, que me sujeta, y saludo a la conductora mientras me acomodo.

Jake se sienta a mi lado, nos abrochamos el cinturón y nos ponemos en marcha. Según el correo electrónico que me envió la secretaria de Ed Mulder, la dirección está en Beacon Hill. Debe de cobrar un buen salario en HockeyNet.

—Estás rara —murmura Jake.

—¿Rara? —Eso no es lo que deberías decirle a tu novia falsa. Estoy de los nervios.

—Llevas brillo de labios. Y es rosa.

—¿Y?

—Pues que no me gusta —gruñe.

—¿No te gusta? ¡Oh, no! ¡Deja que corra a casa y escoja una paleta de colores que sea de tu agrado!

Desde el asiento delantero, la conductora resopla.

Los ojos verde oscuro de Jake resplandecen, divertidos.

—Vale, no tengas en cuenta mi opinión. Pero yo prefiero los labios rojos. Los rosas no me convencen.

A mí tampoco, en realidad, pero no le daré la satisfacción de admitirlo. He reducido la cantidad de maquillaje a propósito para esta noche. Una parte triste y loca de mí espera impresionar a Ed Mulder.

Mientras nos dirigimos a Beacon Hill, leo las noticias en el móvil. Frunzo el ceño al ver un titular en concreto.

—¿Has seguido el tema este de Kowski? —pregunto a Jake—. Creo que los árbitros tienen un complot contra él.

—¿Tú crees?

—Es el jugador que más faltas recibe de la liga. Y la cantidad de penaltis que no le han pitado es astronómica. Hay algo raro en todo esto. —Leo el resto del artículo en diagonal, pero el autor no añade nada nuevo. En resumen, que los árbitros siguen sin pitar penaltis y Sean Kowski es el que paga por ello.

Nuestra conductora gira en la calle Cambridge y reduce la velocidad delante de una fila de casas altas de arenisca. Lo que daría por vivir en una de estas. Son antiguas y rebosan encanto; la mayoría todavía mantienen algunas de las características originales. Con sus árboles maduros y farolas de gas, Beacon Hill es uno de los barrios más pintorescos de la ciudad. Y es increíblemente silencioso, considerando que está en medio de Boston. Venir aquí es como volver atrás en el tiempo, y me encanta.

—Hemos llegado —anuncia la conductora.

Jake se inclina hacia delante y le toca el hombro.

—Gracias, Annie. Que disfrutes del resto de la noche.

—Tú también, Jake.

Intento no poner los ojos en blanco mientras salgo del vehículo. Ahora resulta que son mejores amigos. Por alguna razón, el modo en que Jake se lleva bien con todo el mundo me pone de mal humor. Es difícil pensar en él como el enemigo cuando solo encuentro pruebas de que podría ser un chico decente.

—Tienes mal aspecto —comenta Jake mientras subimos la escalera de la entrada—. Pensaba que tenías los nervios de acero.

—Los tengo —musito. Pero lleva razón. Estoy muy nerviosa. Lo atribuyo a los dos terribles encuentros que he tenido con Mulder—. No sé. Es que me pone enferma tener que impresionar a ese gilipollas.

—Nadie te obliga —señala.

—Quiero estas prácticas, por lo que no me queda otra que impresionarlo.

Llamo al timbre y, al cabo de dos segundos, una mujer con pantalones negros, una camisa negra y un delantal blanco abre la puerta. Dudo que sea la esposa de Mulder, porque otra señora vestida con el mismo modelito se apresura hacia una puerta que imagino que es la cocina.

—Por favor, adelante —nos invita a pasar—. Son los últimos invitados en llegar. El señor y la señora Mulder están entreteniendo a los demás en la sala de estar.

Oh, no, ¿son uno de esos matrimonios? Supongo que nos congregarán a todos en la sala de estar antes de acompañarnos al comedor y, luego, los hombres se retirarán al estudio mientras las mujeres friegan los platos. Parece algo que haría Mulder.

—¿Me permiten sus abrigos? —nos dice la mujer.

Jake se quita el suyo y se lo da.

—Gracias —le dice.

Yo me desabrocho los botones del chaquetón y me lo deslizo por los hombros. Noto una bocanada de aire, y me giro para encontrar la mirada de admiración de Jake sobre mí.

—Te arreglas muy bien, Jensen —murmura.

—Gracias. —No podía vestir toda de negro como casi siempre, así que he elegido un jersey gris ajustado, unas mallas negras y unos botines marrones de ante muy monos. Me he maquillado de manera muy sutil y me siento desnuda sin mi pintalabios rojo, también conocido como mi arma. Pero esta noche me apetecía llevar un estilo más elegante.

No sé qué esperar mientras nos acercamos a la sala de estar. ¿Será gente más mayor? ¿Más joven? ¿Y cuántas personas habrá?

Me alivia ver que no son demasiados. Por un lado, están Mulder y la mujer de piel pálida sentada a su lado, que deduzco que es su mujer. Luego, hay una pareja que rondará los cuarenta, y otra más joven, en la veintena. El chico joven me resulta familiar, pero no lo ubico hasta que Jake me susurra al oído:

—Fíjate, ese es Theo Nilsson. Qué fuerte.

Nilsson es un defensa de los Oilers, cuya naturaleza humilde y aspecto nórdico le han otorgado cierta popularidad tanto entre sus admiradores como entre los rivales. Por desgracia, no jugará lo que queda de temporada por una lesión en la pierna.

—Había oído que era de Boston, pero no sabía que estaba en la ciudad —murmura Jake—. Qué brutal.

Cuando Mulder nos ve en la puerta, se le ilumina la cara.

—¡Jake Connelly!

Me trago el disgusto. Y yo qué soy, ¿carne picada?

—¡Me alegro mucho de que hayas podido venir! —exclama Mulder—. Pasad, pasad. Dejad que os presente a todo el mundo. —Nos hace un gesto para que nos acerquemos.

Nos presentan rápidamente. La mujer pálida es la esposa de Ed, Lindsay. Tiene las cejas tan rubias que parecen blancas, y lleva el pelo recogido en un moño apretado en la nuca. Nos saluda con una ligera sonrisa. Luego está Nilsson, que se presenta como «Nils», y su esposa, Lena, que tiene un ligero acento sueco, pero habla un inglés perfecto. El matrimonio más mayor resultan ser David, el hermano de Mulder, y su cuñada, Karen.

—Es un honor conocerte —le dice Jake a Nils, y suena un poco abrumado por la fama del otro—. He seguido vuestra temporada. No me gustó nada que tuvieras que perdértela de esa forma.

—Ese partido fue duro de ver —señalo, compasiva. Las lesiones son el pan de cada día en el *hockey*, pero no es muy común que alguien se rompa la pierna en la pista—. Parece que estás algo mejor.

El rubio asiente.

—Hace un par de semanas que me quitaron la escayola. Acabo de empezar la rehabilitación y, Dios mío, es inhumano.

—Lo imagino —digo.

Nils mira a Jake.

—Vi la selección cuando pasaste la primera ronda. Tenemos ganas de tenerte a bordo el año que viene.

—Y yo de estar allí con vosotros.

Durante los próximos minutos, Jake y Nils hablan de la organización de los Oilers. Los hermanos Mulder enseguida se unen y, al cabo de poco rato, los hombres se alejan de las mujeres hacia la barra que hay junto al piano de cola.

¿En serio?

Las mujeres permanecen relegadas en dos sofás biplaza frente a la chimenea señorial. La frustración me quema la garganta mientras veo cómo los hombres hablan de *hockey* y escucho a medias cómo Karen habla del nuevo estudio de yoga que ha descubierto en Back Bay.

—¡Oh, el Lotus! —añade Lena Nilsson con entusiasmo—. He ido ahí desde que volvimos a la ciudad. Los profesores son maravillosos.

—¿Cuánto tiempo os quedaréis en la ciudad? —le pregunto a Lena.

—Hasta que Theo tenga que volver a entrenar. Ojalá nos pudiéramos quedar aquí. No me hace especial ilusión volver a Edmonton. —Saca el labio inferior—. Es un lugar muy frío.

Las chicas hablan y yo no tengo absolutamente nada con lo que contribuir a la conversación. Miro durante un largo rato a Jake, que está envuelto en un animado debate con Nils. Supongo que siente mi mirada penetrante porque, de repente, se gira hacia mí. Veo la comprensión en su mirada. Entonces, le dice algo a Nils antes de hacerme un gesto con la mano.

—Cariño, ven, cuéntales tu teoría sobre el complot de los árbitros contra Kowski.

—Disculpadme. —Me pongo en pie, agradecida, y espero que Lindsay y las demás no se ofendan por mis ganas evidentes de escapar de su compañía.

Ed Mulder no parece muy contento con mi llegada, pero Nils me saluda de forma amistosa.

—Así que un complot, ¿eh? Si te soy sincero, yo también empiezo a pensar lo mismo.

—Es que no hay otra explicación —respondo—. ¿Viste el vídeo de ayer? El árbitro vio la jugada con claridad y decidió no pitar penalti. Y, si soy sincera, cada vez que descuentan una infracción, no le hacen ningún favor a Kowski. Es rápido, pero no puede lucir su velocidad cuando no dejan de golpearlo por todos lados, y los que lo agreden no reciben ningún tipo de amonestación por parte de los árbitros.

—Estoy de acuerdo contigo —añade Nils, y sacude la cabeza, incrédulo—. Es obvio que es raro. El árbitro, ¿era McEwen? Creo que era Vic McEwen. Tenía una línea de visión clara hacia Kowski y el ala de los Kings que se le cruzó.

Mulder parece algo molesto cuando interviene.

—Fue Kowski quien inició el contacto.

—Se protegía del disco —contraargumento—. El cruce, en cambio, podría haber resultado en una seria lesión de cabeza.

—Pero no ocurrió —dice Mulder, y pone los ojos en blanco—. Además, las lesiones forman parte de este trabajo, ¿no es así, Nils?

Reprimo la irritación.

Nils se encoge de hombros como respuesta.

—Es habitual, sí. Pero estoy de acuerdo con Brenna con respecto a Kowski. Hay una diferencia entre un golpe normal y uno que te podría provocar una lesión cerebral. —Le sonríe a Jake con ironía—. ¿Todavía quieres jugar con nosotros la próxima temporada, sabiendo que un árbitro podría dejarte morir?

—Por supuesto —responde Jake sin titubeos, aunque lo completa con una rara exhibición de humildad—. Solo espero no decepcionaros, chicos.

—Lo harás genial —señalo, con firmeza, porque lo creo de verdad—. Estoy segura de que serás el jugador más joven en ganar el Art Ross. —Es el trofeo por haber conseguido la mayoría de los puntos de una temporada. En anteriores ocasiones lo han ganado leyendas como Gretzky y Crosby.

139

—Cariño, eso es mucha presión —se queja Jake—. Estaría satisfecho con hacer un par de asistencias. —Sonríe y exhibe la familiar confianza de Connelly—. O con una Copa Stanley.

Nils levanta la copa.

—Brindo por ello.

—Ya os toca, chicos —les digo—. Los Oilers llevan sin ganar una copa desde... cuándo, ¿la temporada del 89? Desde la época de Gretzky por lo menos.

Nils asiente para confirmarlo.

—Conoces bien el *hockey*.

—Fuimos a la final en 2006 —señala Jake. Hace una pausa—. Aunque la perdimos.

Y a esa derrota la han seguido once años de sequía de rondas eliminatorias, cosa que resulta vergonzosa, considerando que más de la mitad de los equipos de la liga llegan a la eliminatoria. No menciono esa estadística en concreto. No se me ocurriría hacerlo delante de un gran admirador de los Oilers, un miembro de la plantilla y un futuro nuevo jugador de los Oilers.

Hablando del admirador, noto la mirada atenta de Mulder sobre mí y me giro para encontrarme con su sonrisa de oreja a oreja. Primero pienso que lo he impresionado. Pero, a estas alturas, ya debería conocerlo mejor.

—Perdona, es que a veces me hace gracia. —Se ríe, y remueve los cubitos de hielo de la copa—. Oír estadísticas y análisis de *hockey* de la boca de una mujer, ya sabes. Es adorable.

¿Adorable?

La rabia me nubla la visión. Actitudes como estas son la razón por la que las mujeres todavía se encuentran con tantos obstáculos al tratar de entrar en el mundo del periodismo deportivo. Es una profesión históricamente sexista y ni siquiera ahora hay tantas periodistas deportivas que estén consolidadas. No es por la falta de talento; es por hombres como este, que creen que en los deportes no hay lugar para un par de ovarios.

—El conocimiento de las estadísticas es uno de los muchos talentos que tiene Brenna —dice Jake secamente.

Ed Mulder lo malinterpreta. Sé que Jake no quería que sonara mal, de hecho se ha esforzado por incluirme en la conversación sobre *hockey*, pero el cerebro de Mulder funciona a un nivel distinto.

—Ya imagino —dice, con una voz asquerosa. Me mira los pechos durante unos segundos, que piden a gritos que le dé un puñetazo, antes de guiñarle un ojo a Jake y darle una palmadita en el hombro.

Jake se pone tenso.

Rechino los dientes y aprieto los puños cerrados contra los muslos. Este hombre es un cerdo. Solo quiero darle una bofetada en toda la cara y de decirle que se meta las prácticas por donde le quepan.

Jake me ve la cara y niega suavemente con la cabeza. Me obligo a relajarme. Tiene razón. No me haría ningún favor montar una escenita.

Desde la puerta, la esposa de Mulder consulta algo con la señora del *catering* antes de girarse para dirigirse a sus invitados.

—¡La cena está servida!

CAPÍTULO 15

JAKE

El verano pasado estuve en Italia con Brooks y su familia durante un par de semanas. La familia Weston tiene una villa en Positano, una de las regiones más adineradas de la costa amalfitana. Era un lugar maravilloso, pero Brooks y yo también exploramos otras zonas, incluidas Nápoles y Pompeya, con su famoso monte Vesubio. Imagino que vivir cerca de un volcán debe de ser muy estresante. Lo fulminaría con la mirada a todas horas, preocupado por si entra en erupción, sabiendo que esa posibilidad existe. Siendo consciente de que tiene el poder de liquidar a una civilización entera, como pasó con Pompeya.

Esta noche, Brenna es ese volcán.

La cantidad de veces que le ha salido humo de las orejas es casi cómica. Me reiría de su ira casi incontrolable si no fuera comparable a la mía.

Theo Nilsson es un chaval majo, ¿pero los hermanos Mulder? No tanto. Ed, en particular, es el gilipollas integral que Brenna me había descrito. Interrumpe a su mujer cada vez que puede. Es borde con el personal del *catering*. Y, lo peor de todo, trata con desdén a Brenna y cada palabra que dice.

El lado bueno es que la cena es fantástica. Me encanta comer, así que estoy disfrutando muchísimo del menú: escalopes, pastelitos de bacalao rellenos, coliflor asada... Dios. Y el pescado blanco a la plancha que nos sirven de entrante está para morirse. Aunque, si fuera por Brenna, Ed Mulder se habría atragantado con su pescado y habría caído muerto sobre la mesa.

—¿Cuánto tiempo lleváis juntos Jake y tú? —le pregunta Lena Nilsson a Brenna.

Mi falsa novia dibuja una sonrisa para la esposa de Nils.

—No demasiado. Unos meses.

—Empezamos a salir cuando inició el semestre de invierno —propongo.

—¿Y qué le parece a su padre? —pregunta Mulder con una risita.

A su padre. En lugar de preguntárselo a Brenna directamente, me lo pregunta a mí, y me fijo en que ella tensa los dedos alrededor del tenedor. Tiene toda la pinta de querer clavárselo a Mulder en el ojo.

En lugar de eso, responde por mí.

—Mi padre no lo sabe.

Mulder arquea las cejas de golpe.

—¿Y eso por qué?

—Mantenemos la relación en secreto. Nuestros equipos han competido durante todo el año entre sí, y ahora nos enfrentaremos en el campeonato de la liga. —Brenna toma su vaso de agua—. Hemos decidido no anunciarlo por el momento.

Miro alrededor de la mesa con una sonrisa.

—Así que supongo que se sobreentiende, pero, si se diera la casualidad de que alguno de vosotros se topara con el entrenador Chad Jensen, no le mencionéis que me habéis visto con su hija.

Lenna sonríe de oreja a oreja.

—¡Qué romántico! Amor prohibido.

Brenna se tensa al oír esa palabra que empieza por «a». Yo le guiño el ojo a la esposa de mi futuro compañero de equipo, y digo:

—El mejor que hay.

—Lindsay, estos centros de mesa son preciosos —comenta Karen Mulder para cambiar de tema—. ¿Los has hecho tú?

La silenciosa y elegante esposa de Mulder asiente con modestia. Tengo la sensación de que no habla demasiado. También creo que Mulder lo prefiere así.

—Son preciosos —coincide Brenna mientras observa los tres boles de cristal ahumado que contienen una selección de flores frescas y unas ramitas de nube de novia.

—Son flores —irrumpe Mulder—. No merecen toda esta fanfarria.

Su hermano Dave suelta una risotada.

—Ed —añade Lindsay secamente, y es la primera vez que expresa una emoción negativa hacia su marido. Cualquier emoción, en realidad.

—¿Qué? —Se acaba el vino blanco que le quedaba—. Es un centro de mesa, cielo. ¿A quién le importa? Me sorprende la cantidad de estupideces que consideras importantes.

Brenna deja el tenedor en la mesa. Veo cómo se le ensanchan las fosas nasales y abre la boca, así que meto la mano bajo la mesa y se la pongo sobre la pierna.

Cierra la boca. Se gira hacia mí, pero no consigo descifrar su expresión. Mientras tanto, siento su muslo firme y cálido bajo mi palma. No me puedo contener. Le hago una caricia suave.

Brenna se muerde el labio inferior.

Escondo una sonrisa y vuelvo a acariciarla. Ojalá pudiera hacer lo mismo en otras partes del cuerpo. El jersey ajustado le queda muy bien, y las puntas de los dedos me arden de deseo por jugar con sus pechos.

Joder. Estoy desesperado por que esta noche nos enrollemos. Por eso le he pedido una cita de verdad; esta chica me atrae muchísimo y lo único que me apetece es acostarme con ella. Las últimas veces que la he visto, mi cuerpo ha respondido de forma muy primitiva.

Y ni siquiera me muero por tener sexo, por Dios. La semana pasada estuve tonteando con una chica de la Universidad de Boston. Nos conocimos en una fiesta, congeniamos, me ofreció llevarme a casa y procedió a chupármela en su coche. Terminamos en el asiento de atrás y, a juzgar por cómo le brillaban los ojos cuando al fin levanté la cabeza de entre sus piernas, creo que quedó bastante satisfecha.

Yo pensaba que también me había quedado satisfecho. Pero he estado más cachondo que en toda mi vida desde que Brenna apareció en el Dime vestida con aquel top alto *sexy* y destrozó a mi compañero de equipo. ¿Y el vestido indecente que llevaba en el concierto de *metal* de Danny? Dios santo. Me muero por esta chica.

Durante el resto de la cena, hablamos básicamente de *hockey*. Brenna no bromeaba, Ed Mulder está obsesionado con los Oilers y lo sabe todo sobre ellos. Durante el postre, solo comenta las últimas selecciones de jugadores, le da la brasa a Nils sobre los últimos fichajes y le pregunta qué piensa de cada uno de ellos.

Aunque me siento mal por hacerlo, presto más atención a Mulder que a Brenna.

Su mirada acusatoria me quema la mejilla mientras Mulder, Nils y yo analizamos el grupo de novatos que está a punto de llegar al equipo. Hago ver que no me doy cuenta de su disgusto, porque, ostras, también se trata de mi carrera. Literalmente, estoy cenando con mi futuro compañero de equipo. Por supuesto que voy a darle prioridad.

La ira volcánica de Brenna me agobia, mientras que los detalles sobre los Oilers que da Nils me motivan y me parecen realmente interesantes. Puede que me comporte como un capullo, pero estoy cada vez más centrado en las cosas buenas sobre mi futuro en lugar de en la mala relación entre Brenna y Mulder.

Las chicas con las que salía en el instituto siempre me acusaban de ser egoísta y de estar obsesionado con el *hockey*, pero ¿qué hay de malo en ello? He trabajado toda la vida para convertirme en un jugador profesional. Nunca he engañado a las chicas ni les he hecho falsas promesas. Siempre dejo claro, desde el principio, que el *hockey* es el principal pilar de mi vida.

Así que cuando Mulder nos sugiere que nos retiremos a su despacho para tomar un par de copas, me encuentro ante una decisión difícil. Sé que a Brenna no le gusta la segregación por sexos, y no la culpo por ello. No estamos en los años cincuenta.

Pero Theo Nilsson me hace un gesto para que lo siga, y voy a patinar con este hombre en otoño. Y, al fin y al cabo, soy un cabrón egoísta.

Así que lo sigo.

—Estás enfadada —digo.

—¿A qué te refieres, Jake? ¿Por qué narices iba a estar enfadada?

Está muy sarcástica.

Y me lo merezco por completo. He pasado más de una hora en la cueva de los hombres de Mulder esta noche. Ahora son las diez y estamos fuera, esperando a que venga a recogernos un coche, y Brenna se niega a mirarme a la cara.

—¡Oh, ya lo sé! —continúa, con un tono rebosante de desdén—. ¿Lo dices porque me habéis desterrado en el salón con las demás mujeres, donde nos hemos escandalizado y nos hemos desmayado un par de veces para que las demás nos despertaran con sales aromáticas?

—Qué mal rollo. ¿Eso es lo que se hacía en los años cincuenta?

—¡Pues seguramente! —Tiene las mejillas rojas de la rabia—. ¿Te das cuenta de que me ha sentado como una bofetada en la cara? ¿Ver cómo te ibas a hablar de deportes con el hombre que me está entrevistando para un puesto de trabajo como periodista deportiva?

Me carcome el arrepentimiento.

—Ya lo sé —exhalo—. Supe que era una cabronada en cuanto lo hice.

—Y lo has hecho de todas formas. —Le arden los ojos con furia—. Porque eres un cabrón.

—Eh, una sola cabronada no me convierte en un cabrón —protesto—. Y mira, debes admitir que tu única motivación esta noche también era por interés propio. Querías hablar con Mulder sobre las prácticas y demostrar que encajabas bien en el puesto. Bueno, pues yo he querido demostrar que encajaré bien en el mío.

—Pero tú no venías por interés propio. Ni siquiera sabías que Theo Nilsson estaría aquí esta noche.

—Ya, se llama adaptarse. Nils estaba aquí y he decidido aprovecharme de ello. Tú habrías hecho lo mismo.

—Se suponía que tenías que darme bombo, Connelly. Y en lugar de eso, te has dado bombo a ti mismo durante todo el rato. Ha sido una pérdida de tiempo —se queja—. Tendría que habérselo pedido a otro. Tendría que haberme traído a McCarthy.

—Antes que nada, ni siquiera te habrían invitado si no hubieras mencionado mi nombre —señalo—. Así que no se lo podrías haber pedido a nadie más. Y segundo, estoy seguro de que has perdido el tren de McCarthy. Lo último que sé es que se enrolló con una chica después de la semifinal y se han visto cada día después de eso.

Brenna me fulmina con la mirada.

—¿Qué? —digo, y me encojo de hombros—. Quien avisa no es traidor.

—¿Te crees que me importa si McCarthy se ve con alguien? —Me lanza una mirada de incredulidad—. Superé a ese chaval en el segundo en que permitió que tú decidieras por él lo que podía y no podía hacer con su miembro. Lo que me importa es que no me has apoyado ahí dentro.

—Solo al final —contraargumento—. El resto del tiempo te he echado flores todo el rato. Sabes que tengo razón.

No responde. Y entonces llega nuestro taxi y se apresura a entrar. En un principio, había dado la dirección de la estación de tren para dejar allí a Brenna, pero ahora estoy en el asiento del acompañante y doy un toquecito en el hombro al conductor—. Oye, que al final pasaremos por otro sitio primero. ¿Nos podrías dejar en el O'Malley de Boylston?

Brenna sacude la cabeza.

—No. Vamos a la estación.

El hombre alterna la mirada entre los dos.

—Venga —le susurro a Brenna—, sabes que necesitas una copa. —Creo que no ha consumido ni una gota de alcohol esta noche. Las demás mujeres sorbían vino rosado—. Una copa de verdad —digo, persuasivo.

—Vale. Pues al O'Malley —musita al conductor.

Al cabo de unos minutos, estamos sentados cara a cara en una mesa estrecha con bancos. El *pub* está abarrotado con la clientela de un viernes por la noche, pero hemos tenido suerte al entrar justo cuando salía otra pareja. Ninguno de los dos pronuncia una sola palabra mientras esperamos a que la camarera se acerque a tomarnos el pedido. Hay tanto ruido que la pelirroja de cabello rizado tiene que gritar solo para saludarnos.

Brenna examina el menú y levanta la cabeza.

—¿Qué habéis bebido en el estudio de Mulder? —pregunta secamente.

—Coñac —admito.

—¿Remy Martin?

—Hennessy, solo.

—Tomaremos dos de estos, por favor —le dice a la camarera.

—Marchando —responde la pelirroja.

Cuando se va, observo a Brenna con arrepentimiento genuino.

—Perdona por haberme ido a la cueva de los hombres sin ti. Me siento fatal por ello.

—Ya —responde.

Lo dice sin sarcasmo, así que creo que está siendo sincera, pero no me queda claro con qué.

—¿Me has perdonado o solo has aceptado que te haya pedido disculpas? —pregunto.

—Lo que tú prefieras, Jakey.

Gracias a Dios. La Jensen a la que aprecio ha vuelto en plena forma, completa con esos labios curvados por una pequeña sonrisa. La echaba de menos esta noche.

—Mulder ha sido un gilipollas —digo con franqueza—. ¿Estás segura de que quieres trabajar para alguien como él?

—Te garantizo que todas las cadenas de televisión tienen un par o tres de empleados gilipollas. Y no trabajaría directamente para él. En principio, le haría los informes a un productor de un cargo inferior y no tendría mucho contacto con Mulder. Espero. —Su expresión se torna agridulce—. El lunes me hicieron una visita guiada por las instalaciones y vi el set de *El rincón del hockey*. Era muy guay.

—¿Kip y Trevor? ¡Me encantan esos tíos! Imagínate lo increíble que sería ir de invitado a su programa.

—Eh, pues no descartes que te inviten en un futuro, señor Estrella del *Hockey*.

—¿Y qué hay de ti? ¿Quieres estar detrás de las cámaras o delante? —Le guiño un ojo—. Piensa en todas las erecciones que provocarías entre la población masculina.

—Uf, ¡la idea de tantos fans del *hockey* cascándosela con mi imagen es maravillosa! El sueño de cualquier niña.

Me alegra ver que empieza a relajarse. Por fin se le destensan los hombros después de haberlos tenido más tiesos que una tabla toda la noche. Cuando la camarera vuelve con nuestras copas de coñac, la levanto para brindar con Brenna.

—Chinchín —me aventuro.

Al cabo de un momento de duda, choca su copa contra la mía.

—Chinchín —repite.

Damos un trago mientras nos miramos por encima de nuestros respectivos vasos.

—Tengo curiosidad —digo.

Da otro trago.

—¿Sobre qué?

—¿Tu padre es el motivo por el que quieres estas prácticas con tantas ganas? ¿Te ha empujado a ello? ¿O tal vez quieres impresionarlo?

Brenna pone los ojos en blanco.

—No, no y no. Está claro que empecé a ver partidos de *hockey* por mi padre, pero él no podía hacer que me gustara tanto. El responsable de ello es el propio juego.

—¿Cómo fue crecer con él? Tiene pinta de ser muy duro.

—Lo es.

No da más detalles, lo que me invita a ser más cauteloso. Cuando me ve la cara, dice:

—Tranquilo, tuve una infancia normal. Mi padre no era abusivo ni nada de eso, pero ya no estamos tan unidos como antes. Y sí, a veces puede ser muy duro. Siempre tengo que hacer lo que él diga, ¿sabes? Supongo que está relacionado con el hecho de ser entrenador.

Pienso en mi propio entrenador y en la expresión que pone a veces cuando menciona a Chad Jensen.

—El entrenador Pedersen odia a tu padre.

—Es mutuo. Tienen un pasado, por lo visto.

—Un pasado —repito, y sacudo la cabeza—. Eso es una tontería. No entiendo por qué la gente no deja atrás el pasado. ¿Por qué no lo dejan en su lugar? En el pasado. Ya se terminó, ¿qué ganas al regodearte en ello?

—Eso es verdad. —Un destello reflexivo le atraviesa la mirada—. Intento no pensar en el pasado. Nunca.

—¿No me acabas de decir que tu pasado no es oscuro ni retorcido?

—No, te he dicho que tuve una infancia normal. No que no haya habido nada oscuro ni retorcido en mi vida.

Y eso no me deja intrigado.

—Déjame adivinar. No me lo vas a contar.

—Correcto.

Damos sorbos al coñac. Le miro los labios, la forma en que el inferior se le pega al borde de la copa antes de que la deje sobre la mesa. Saca un poco la lengua para lamerse la gota que le ha quedado en él. Estoy obsesionado con su boca.

—¿En qué piensas? —pregunta Brenna.

—No quieres saberlo.

—Inténtalo.

—Estoy pensando en tus labios.

Curva la boca lentamente.

—¿Qué les pasa?

—Me pregunto a qué saben.

—Seguramente, a coñac.

Dejo el vaso y me levanto de la mesa.

—¿A dónde v… —Se detiene cuando me siento a su lado en el banco—. No estoy de humor, Connelly.

—¿No estás de humor para qué? —Estamos tan cerca que nuestros muslos se rozan. Estiro un brazo y lo apoyo en la parte superior del banco; dejo el otro en la mesa para situarme frente a ella—. Venga ya, no me digas que no tienes ganas de comprobarlo.

—¿De comprobar el qué?

—Si hay chispa entre nosotros.

—La chispa está sobrevalorada.

—No estoy de acuerdo. —Me paso la lengua por el labio inferior y ella la sigue con la mirada.

Brenna suspira.

—Eres muy *sexy.*

Sonrío.

—Lo sé.

—Eres muy creído.

—Eso también lo sé.

Se acomoda el pelo detrás del hombro. No sé si lo hace a propósito, para atraer mi atención hacia su cuello, pero ahí es

150

donde va. Quiero enterrar la cara en ese pilar largo y liso e inspirar su aroma.

—Eres muy *sexy* —repito su comentario con voz ronca.

Sonríe con suficiencia.

—Lo sé.

—Y creída.

—Eso también.

—Supongo que somos como dos gotas de agua.

—Es posible. Y, quizá, ese sea el motivo por el que no funcionaríamos nunca.

Ladeo la cabeza.

—¿Funcionar? ¿A qué te refieres con funcionar?

—Como pareja.

Respondo con una risa grave, seductora.

—¿Quién dice que quiero que seamos pareja? Ahora solo quiero ver si hay química.

Brenna se acerca a mí y su respiración cálida me hace cosquillas en la mandíbula. Me pone una mano en la rodilla y me acaricia con el pulgar antes de deslizar la mano muy lentamente hacia mi entrepierna. Es imposible que no note el enorme bulto que tengo en los pantalones. No lo cubre con la mano ni lo coge, pero me roza la punta del miembro con una uña y gimo.

—Por supuesto que tenemos química —añade, con su perfecta boca a centímetros de mi cara—. Ambos sabemos que la tenemos. Nunca ha habido ni una sola duda al respecto. —Alza una ceja—. Así que, por qué no te dejas de tonterías y me dices de una vez qué quieres.

—Vale —respondo, porque yo no me escapo de los retos—. Quiero besarte.

CAPÍTULO 16

BRENNA

No puede salir nada bueno de besar a Jake. Pero he bajado mucho la guardia ahora mismo. Ed Mulder me ha quitado la armadura durante toda la noche y ha vuelto a demostrar que cualquier interacción con él es una pérdida de tiempo. Gracias a él, tengo los nervios a flor de piel y el estómago lleno de coñac.

Y Jake es muy atractivo, de verdad. Su cara cincelada podría parar el tráfico. Su cuerpo ancho y atlético provocaría una colisión en cadena. En definitiva, que, si vas en coche y te cruzas con Jake Connelly, estás en grave peligro.

Le miro los labios. No hace pucheros, pero el de abajo es un poco más grueso que el superior. No puedo negar que, en cuanto su boca rozó la mía en el concierto de la semana pasada, quise más. Quise un beso de verdad. Y todavía lo deseo. Quiero saborearlo. Oír el sonido que hará cuando introduzca mi lengua en su boca.

La expectación me acelera el pulso.

—Un beso —le concedo.

—Uno solo no te dejará satisfecha.

La mirada arrogante en sus ojos me pone muy cachonda. Me gustan los chicos como él. Directos, asertivos y seguros de sí mismos. Alfa, pero no el tipo de alfa que da órdenes y se vuelve demasiado autoritario.

Jake tiene una confianza fácil, está seguro de quién es y de lo que quiere. Supongo que es el motivo por el que le he perdonado tan rápido por su actitud durante la cena. No solo tengo una leve (bueno, vale, quizá algo más que leve) debilidad por los chicos creídos, sino que también aprecio que un hombre busque aquello que quiere. Esta es la diferencia entre Jake y alguien como Mike Hollis. El segundo es confiado, pero, al fin y al cabo, no es un chico que se sentaría a mi lado en este banco y me diría que me va a besar. Hollis esperaría a que yo lo besara.

¿Y por qué estoy pensando en Hollis ahora mismo?

Muevo los dedos por el muslo de Jake y los subo hacia su pecho. Tiene los músculos tan definidos que noto los abdominales tentadores por debajo de la camiseta. Le acaricio por encima de la prenda azul marino, una leve provocación que hace que le arda la mirada por el deseo. Cuando mis dedos llegan a su clavícula, se le mueve la nuez al tragar.

Sonrío débilmente.

—¿Todo bien?

—Sí. Estoy bien. —Se aclara la garganta.

Mi mano llega a su destino: su cara, increíblemente bella. Le acaricio el labio inferior con la yema del pulgar. Su mirada se vuelve más irresistible todavía. Y en un abrir y cerrar de ojos, sus dedos largos se enrollan alrededor de mi pelo y una mano enorme me agarra por la nuca.

Jake me echa la cabeza hacia atrás y posa sus labios sobre los míos; es un beso de los que hace tiempo que no había en mi vida. Un beso que quema lentamente, con nuestros labios, que se encuentran de manera suave y un movimiento de lengua ligero como una pluma. Es como si preparara el terreno para algo feroz. Está construyendo una hoguera, cada beso provocador sirve como leña, hasta que por fin suelta un gemido profundo, lleva el beso más lejos y nos engulle el fuego. Su boca está candente y hambrienta, pero no intenta lamerme la cara o tragarme entera. Es un beso controlado, firme pero codicioso, lleno de pasión y con la cantidad perfecta de lengua.

Gimo. No puedo evitarlo. Se ríe contra mis labios antes de apartarse.

—Besas bien —dice con la voz rasposa.

—Tú tampoco lo haces mal. —Y volvemos a devorarnos las bocas, nos liamos apasionadamente en esta mesa, sin inmutarnos siquiera al oír los abucheos de la gente por encima de la música. Que nos mire todo el mundo. Por mí como si les reparten palomitas.

La chica del baño de la semana pasada, la que alabó la lengua de Jake, tenía toda la razón del mundo. Tiene una lengua increíble. Es como si tuviera el paraíso en la boca. Y su mano grande y caliente me estruja el muslo. Quiero sentarme en su regazo y destrozarlo, pero estamos en un bar y totalmente vestidos. El hecho de estar en público es lo único que me impide hacer una tontería muy grande.

Me aparto, jadeante. Los preciosos ojos de Jake me observan. Son de un verde profundo y oscuro, como la selva después de una tormenta. Entiendo por qué las mujeres se vuelven locas por él.

Doy un trago rápido al coñac y me sobresalto cuando me quita la copa de la mano. Sus yemas callosas me raspan los nudillos. Me estremezco.

—Eso era mío —lo acuso cuando se termina mi bebida.

—Pedimos otra ronda.

—No creo que sea buena idea. —Tengo la voz áspera, así que me aclaro la garganta. Dos veces—. Debería irme.

Jake asiente con la cabeza.

—Vale. Deja que pida la cuenta.

Señalo las copas vacías.

—Por cierto, esto cuenta como nuestra cita.

Suelta una risa grave y *sexy*.

—Sigue soñando. Esto no es la cita. Esto todavía soy yo fingiendo ser tu novio.

—Oh, ¿de verdad? ¿Esta forma de liarnos ha sido falsa?

—Esto no es una cita real —dice, severo—. Pero deberíamos poner una fecha. ¿Cuándo estás libre?

—Nunca.

—¿Qué tal mañana?

¿Dos noches consecutivas? ¿Está loco? Ni siquiera hago eso con la gente con la que salgo de verdad.

—Guau. Te mueres por volver a verme, ¿eh?

—Sí —admite, y mi corazón me delata al acelerarse—. Entonces. ¿Mañana?

Me derrumbo como una torre de naipes.

—Vale. Pero no pienso volver a Boston. He pasado tanto tiempo en esta ciudad en una semana que he cubierto el cupo para toda la vida.

—Escogeré algún sitio más cerca de Hastings —me asegura—. Llevaré el coche de Brooks. ¿Te paso a buscar?

—No, por Dios. —Ni de broma dejo que Jake aparezca en la entrada de la casa de mi padre para recogerme para una cita—. A no ser que te apetezca que te asesinen.

Se ríe, consciente de ello.

—Esperaba que dijeras que no, pero soy un caballero, así que tenía que preguntar. Pero te pago el taxi.

—No necesito tu limosna —me burlo.

—Te gusta hacerte la difícil, ¿eh?

—Sí. —Busco el monedero en el bolso.

—¿Quieres que nos liemos otra vez antes de irnos? —dice Jake con cierta esperanza infantil.

—No.

Su mirada se vuelve malvada.

—¿Y qué me dices de una mamada?

—Oh, te agradezco la, pero no tengo pene.

La risa de Jake hace que me arda la sangre. Es profunda, rasposa y quiero grabarla para oírla siempre que me apetezca. Cosa que da mucha grima y me desconcierta. Empiezo a disfrutar de la compañía de este chaval, y eso me preocupa. Mucho.

—Volviste tarde anoche. —Mi padre me saluda con desaprobación al entrar en la cocina a la mañana siguiente—. Estuviste de fiesta, supongo.

Apoyo la cabeza contra la nevera y le pongo los ojos en blanco al frasco de margarina, porque, claro, no se los puedo poner a él.

—Volví a casa alrededor de medianoche, papá. Un viernes por la noche. Y tuve que tomar un tren a las once en punto para llegar aquí a medianoche. Así que, en realidad, terminé «la fiesta»… —Me giro para que vea cómo hago las comillas—… a las once. Un viernes por la noche.

—Eres demasiado mayor para hablarme con chulería.

—Y también lo soy para que me riñas por tener vida social. Ya hablamos de esto. Dijiste que no me darías lecciones.

—No, tú hablaste de esto. Yo no dije nada. —A él no le da miedo ponerme los ojos en blanco. Pasa rápido a mi lado vestido con sus pantalones a cuadros, calcetines de lana y una sudadera con el logo de Briar.

Se para junto a la cafetera, una muy pija que le regaló la tía Sheryl el año pasado por Navidad. Me sorprende que la use. A mi padre no le importa que un producto esté a la última, a menos que se trate de equipamiento para *hockey*. Si no, le importa un bledo.

—¿Quieres uno? —me ofrece.

—No, gracias. —Me siento en uno de los taburetes al lado de la encimera de la cocina. Tiene las patas desiguales, así que se mueve un poco antes de encontrar el equilibrio. Abro un yogur y me lo tomo mientras papá está de pie al lado del fregadero y espera a que se haga su café.

—No tenías que volver en tren —dice con brusquedad—. Podías haberte llevado el Jeep.

—¿En serio? ¿Se me permite volver a conducir el preciado Jeep? Pensaba que lo tenía prohibido después del incidente del buzón.

—Así era. ¿Pero cuándo fue eso? ¿Hace dos años? Esperaría de ti que hubieras madurado y aprendido a conducir bien.

—Esperarías de mí. —Tomo otra cucharada de yogur—. No me importa ir en tren. Me da tiempo para ponerme al día con las lecturas del curso y leer lo más destacado de los partidos. Este fin de semana es el partido benéfico, ¿verdad?

Papá asiente, pero no parece muy entusiasmado con el tema. Este año, el Comité del Primera División de *Hockey* ha decidido que todos los equipos tienen que participar en una exhibición benéfica el fin de semana previo a la final de la liga en lugar de jugar la final justo después de las semifinales. Las exhibiciones las organizan varias asociaciones contra el cáncer del país, y todo lo recaudado con las entradas es para dichas entidades. Es una buena causa, claro, pero sé que mi padre y sus jugadores están nerviosos por la final.

—¿Y cómo lleváis la final? ¿Estáis listos?

Vuelve a asentir. De alguna manera, sabe dar mucha confianza con una inclinación de cabeza.

—Lo estaremos.

—Los carmesí serán duros de pelar.

—Sí. Lo serán. —Ese es mi padre, un conversador nato.

Apuro lo que queda de yogur en el envase de plástico.

—Son buenos este año —comento—. Son muy, muy buenos.

Y no solo jugando al *hockey*. Jake Connelly, por ejemplo, es muy diestro en otros ámbitos, como en el de los besos. O en el de ponerme cachonda. Y...

Tengo que salir de este hilo de pensamientos, y rápido. Porque estoy temblando y no puedo hacerlo tan cerca de mi padre.

—Sabes que se te permite decir cosas buenas de Harvard de vez en cuando, ¿no? —le digo—. Que odies al entrenador no significa que los jugadores sean terribles.

—Algunos de ellos son buenos —admite—. Y algunos son buenos, pero juegan sucio.

—Como Brooks Weston.

Asiente otra vez.

—Ese crío es un matón, y Pedersen lo anima a serlo. —Hay veneno en su voz cuando pronuncia su nombre.

—¿Qué tipo de jugador era? —pregunto con curiosidad—. Pedersen, digo.

Se le endurece la expresión y se le tensa el cuerpo.

—¿A qué te refieres?

—Quiero decir que jugasteis juntos en Yale. Estuvisteis en el mismo equipo durante, al menos, un par de temporadas, ¿no?

—Sí. —Ahora modera el tono.

—¿Pues qué tipo de jugador era? —repito—. ¿Físico? ¿Peleón? ¿Jugaba sucio?

—Más sucio que el barro. Nunca respeté su forma de jugar.

—Y ahora no respetas su manera de entrenar.

—No. —Da un trago largo a su café y me mira por encima de la taza—. ¿Me estás diciendo que tú sí?

Me lo pienso.

—Sí y no. O sea, existe el juego sucio y luego está el juego bruto. Hay muchos entrenadores que animan a su equipo a jugar bruto —señalo.

—No me parece bien. Fomenta la violencia.

Me río.

—¡El *hockey* es uno de los deportes más violentos que existen! Son chavales patinando sobre hielo, llevan patines con cuchillas afiladas y palos enormes en la mano. Se empotran contra los paneles, se pegan una y otra vez, se dan con el disco en la cara...

—Exacto. Ya es un deporte bastante violento —coincide mi padre—. Así que ¿para qué hacerlo todavía más? Hay que jugar de manera limpia y honrada. —Se le tensa la mandíbula—. Daryl Pedersen no sabe lo que significa jugar limpio ni tener honor.

Da un argumento válido. Y supongo que no puedo determinar el nivel de juego sucio de Pedersen. Solo he visto un par de partidos de Harvard esta temporada, lo que me complica calibrar con exactitud cuán sucio juegan esos chicos.

Yo sé cómo de sucio besa Jake. ¿Eso cuenta?

—¿Qué planes tienes para hoy? —pregunta mi padre para cambiar de tema.

—Tengo que terminar un artículo para mi asignatura de Redacción de noticias para medios audiovisuales, pero supongo que lo haré después. Ahora voy a casa de Summer.

—¿Un sábado por la mañana?

—Sí, quiere que la ayude a organizar el armario.

—No entiendo a las mujeres —dice mi padre.

—Somos bastante raras, lo reconozco.

—He oído cosas de la tal Summer —añade con el ceño fruncido, su marca personal.

Lo imito.

—Es muy amiga mía.

—Su hermano dijo que estaba loca.

—Ya, bueno. Eso no lo puedo negar. Es algo rarita, melodramática y muy graciosa. Pero no te creas todo lo que dice Dean, de todos modos.

—Dijo que había quemado su antigua facultad.

Le sonrío.

—Si tenemos en cuenta que la Universidad de Brown sigue en pie, creo que podemos acordar que Dean exageró. —Me bajo del taburete—. Tengo que ir a vestirme. Te veo luego.

Una hora más tarde, estoy tumbada en la cama de Summer mientras miro el móvil. Sobra decir que ver cómo se pone todos los modelitos que tiene en el armario y hacerme un pase de modelos me ha aburrido muy deprisa.

—¡Bren! —se queja—. Préstame atención.

Dejo el móvil y me siento.

—No —anuncio—. Porque esto es de locos. Te acabas de probar cuatro jerséis de cachemira distintos del mismo tono de blanco. Eran idénticos. ¡Y todos parecían sin estrenar!

Me da una charla sobre Prada contra Gucci contra Chanel hasta que levanto la mano y la detengo, porque juro por Dios que, si empieza a hablar de Chanel, voy a perder los papeles. Está obsesionada con esa casa de moda y, si nadie la detiene, puede hablar del tema durante horas.

—Lo entiendo, son jerséis de diseño. Pero la gracia de la limpieza de primavera es quitarse cosas de encima, y tú no has tirado una sola prenda. —Señalo con el dedo la escasa pila de ropa a los pies de la cama. Es el montón de las donaciones, y la forman dos camisetas, un par de tejanos y un cárdigan.

—Me cuesta mucho desprenderme de las cosas —suspira, y se aparta el pelo rubio detrás del hombro.

—¿No tienes un vestidor enorme en tu casa de Greenwich? ¿Y otro en Manhattan?

—Sí. ¿Y?

—¡Pues que nadie necesita tantos armarios, Summer! Yo voy por la vida con un puñado de modelitos que voy alternando.

—Tú solo vistes de negro —replica—. Claro que es fácil componer un conjunto si todo lo que tienes es negro. No te importa nada la moda: te pones una camiseta negra con unos pantalones negros, unas botas negras y tu pintalabios rojo, y estás lista. Bueno, pues a mí el negro no me queda bien. Hace que parezca que me gusta el sadomasoquismo. ¡Yo necesito colores, Brenna! Mi vida es colorida. Soy una persona colorida...

—Eres una loca —contraargumento.

—No estoy loca.

—Sí, lo estás —confirma su novio mientras entra en la habitación. Los tatuajes del brazo de Fitz ondean cuando abraza a

159

Summer por detrás, e inclina la cabeza para plantarle un besito en la mejilla.

—Os odio —gruño—. Sois asquerosamente felices. Id a ser felices a otra parte.

—Lo siento, Bren, pero no vamos a esconderle nuestro amor al mundo —dice Summer, y le cubre la mejilla de besos a Fitz. Hace tanto ruido que me dan ganas de vomitar.

Bueno, no muchas, pero simulo una arcada porque está siendo ridícula.

—¿Qué hacéis, chicas? —Fitz me mira—. No sabía que estabas aquí.

—Estabas durmiendo cuando ha llegado Bren —dice Summer—. Estamos haciendo limpieza de armario. Voy a donar algunas cosas.

Fitz mira el armario lleno y la diminuta pila de la cama.

—Guay. ¿Acabáis de empezar?

Resoplo.

—¡Llevamos más de una hora con esto! En una hora ha decidido donar una camiseta.

—Hay más que una camiseta —protesta Summer.

Nuestras voces atraen a Hollis desde el pasillo. Entra en la habitación de Summer y se deja caer junto a los pies de la cama. Lleva un pantalón de chándal, una camiseta sin mangas y, cuando sus pies descalzos tiran la pila de donación, ni siquiera se da cuenta.

—Maravilloso. ¿Os estáis probando ropa para nosotros? ¿Cuándo llegamos a la lencería? Fitz, dile a tu novia que solicito un desfile de moda de lencería como recompensa por la angustia que me ha provocado.

—¿De qué hablas? —le pregunto.

Estoy apoyada en el cabezal de la cama, así que tiene que girar el cuello para encontrarse con mi mirada.

—Summer me contó lo que me hicisteis, cabronas.

Lo miro sin entender.

—¿Mi acosadora? —me recuerda—. Sé que la animasteis.

—No te acosa —argumenta Summer.

—¿En serio? —Hollis la mira boquiabierto—. Me ha llamado cada maldito *día* desde que salimos a cenar.

—Eso fue el jueves —le recuerda Summer—. Fue hace, literalmente, dos días. Lo que significa que te ha llamado dos veces. Cálmate, gallito.

—¿Dos veces? ¡Ojalá! Me llama, como mínimo, tres veces al día.

—Sí, y tú le contestas cada vez —dispara Summer—, y hablas con ella durante una hora, a veces más.

—¿Que yo le hablo? —Mueve las manos con efusividad—. ¡Ella es la que habla! Esa chica no se calla ni debajo del agua.

—¿Deduzco que hablamos de Rupi? —intervengo, y trato de no reírme.

—¡Por supuesto que hablamos de Rupi! —ruge—. Está enferma, os dais cuenta, ¿no? ¿Estáis seguras de que no se escapó de un hospital psiquiátrico de Bali?

—¿Bali? —repito.

—Dijo que su madre es de allí. Que es una estrella de cine en Bali.

—Una estrella de Bollywood. —Summer se ríe—. Eso está en India, no en Bali.

—Oh. —Se lo piensa y sacude la cabeza—. No, eso tampoco lo arregla. Sigue estando loca.

—¿Cómo fue la cena? —le pregunto.

Se gira para fulminarme con la mirada.

Pestañeo, educada:

—¿No fue bien?

Se le nubla la vista.

—Habló durante todo el tiempo, y ni siquiera me dejó darle un beso de buenas noches.

—Espera, ¿estás diciendo que querías darle un beso de buenas noches? —interviene Fitz. Se apoya en el borde del escritorio de Summer. Su novia, mientras tanto, ha vuelto a su armario para hurgar entre las perchas.

—Eso es exactamente lo que digo, Colin —responde Hollis con arrogancia—. Que esté loca no significa que no quiera liarme con ella.

—Qué elegante —le digo—. Si en el fondo eres un romántico.

Sube y baja las cejas.

—Eh, la tienda de Hollis sigue abierta. Pásate cuando quieras, Jensen.

—Paso. En fin, que no hubo beso, ¿no?

—¡No! —Parece enfadado—. No da besos en la primera cita. ¡Me está haciendo esperar! Hasta la tercera cita.

Fitz se parte de risa.

—Espera un segundo —jadea—. ¿Vas a volver a salir con ella?

Resoplo.

—¿Dos veces más?

—No tengo otra opción —se queja Hollis—. Al parecer, el martes la llevo al cine.

Fitz asiente.

—Guay. Los martes está a mitad de precio. Tendríais que ir a ver la nueva película de Marvel.

—No quiero ver la nueva de Marvel, imbécil. No quiero salir con esta chica. Es demasiado joven y muy pesada y... —Se sobresalta y mete la mano en el bolsillo del pantalón de chándal. Saca el móvil y pone los ojos en blanco al ver la pantalla—. Dios santo, es ella.

—¿Tienes su número guardado? —inquiero.

—Lo guardó ella. Me quitó el móvil en mitad de la cena y creó el contacto. Lo guardó como Rupi con emoticonos con los ojos como corazones. La tengo en el móvil con esos emoticonos, por el amor de Dios.

Me tumbo de lado y tiemblo por una risa silenciosa.

Al lado del escritorio, Fitz niega con la cabeza, divertido.

—Sabes que puedes cambiarlo, ¿no?

Hollis está demasiado ocupado contestando la llamada. Apenas puede pronunciar un «hola» antes de que se oiga una verborrea animada a través del móvil.

Fitz y yo nos sonreímos. No tengo ni idea de lo que dice Rupi, pero habla a metros por minuto, y la expresión horrorizada de Hollis no tiene precio. Es el mayor entretenimiento al que he asistido en años.

—Pero a mí no me gustan las comedias románticas —se lamenta.

La cháchara continúa.

—No, no quiero. No quiero ir a ver una película. Si tanto te apetece que nos veamos, vayamos a cualquier otro sitio a darle duro.

Eso resulta en un chillido.

Me hago una bola, histérica.

—¡Hostia, vale! Pues vamos a ver tu estúpida película, pero más te vale enrollarte conmigo, Rupi, y no me vuelvas a dar la charla de que en la segunda cita no se dan besos, porque si fueras cualquier otra chica, ya nos habríamos acostado.

El resto del mundo ya no existe para Mike Hollis. Se baja de la cama y sale de la habitación de Summer. Su voz apagada se oye desde el pasillo.

—¡No estoy obsesionado con el sexo! No he tenido sexo desde que te conocí.

Miro a Fitz.

—¿Eso es verdad?

—Creo que sí. Pero seamos sinceros, tampoco era el rey de los polvos antes de eso. Habla mucho, pero es más selectivo de lo que parece. No creo que se acueste con gente ni la mitad de las veces de las que asegura.

—Oh, está claro que no. —Nos llega la respuesta amortiguada de Summer desde el armario—. Ese chaval no liga en absoluto.

—Es un jugador de *hockey* —señalo—. No necesitan muchos ligues fuera de la pista. Las fanáticas siempre se alegran de verlos.

—¿Qué os parece este vestido? —Summer vuelve a aparecer con una prenda blanca sin tiras y con flecos en el dobladillo.

—Es bonito —dice su novio.

—¿Bren?

—Demasiado inocente. Nunca me lo pondría.

—Por supuesto que no te lo pondrías: no es negro. Dime si a mí me queda bien o no.

—A ti te queda bien todo. Es asqueroso y te odio por ello y, en serio, podrías deshacerte de la mitad de las cosas de ese armario y todavía parecerías una supermodelo con cualquier cosa de las restantes.

Summer resplandece.

—Tienes razón, es un buen vestido. Me lo quedo.

Intercambio otra sonrisa divertida con Fitz. Todavía no me entra en la cabeza que estos dos sean pareja. Y, de alguna manera, la estudiante de moda y el *gamer* friki funcionan juntos.

—¿Qué vais a hacer esta noche, chicos? —pregunto—. Imagino que mi padre trabajará duro con el equipo esta semana, así que puede que sea tu última oportunidad de relajarte, ¿no?

—Cierto —dice Fitz—. Y no sé, seguramente solo... —Se encoge de hombros, tímido.

Traducción: pasarán la noche entera en la cama.

—¿Y tú? —me pregunta.

—Es posible que me quede en casa —miento.

—¿En serio? ¿No vas a repetir con la cita de Tinder? —Summer se vuelve a unir a la conversación. Deja caer dos sudaderas desgastadas sobre la pila de donaciones.

—¿Qué cita de Tinder? —pregunta Fitz.

—Bren tuvo una cita anoche. Sobre la que no me ha contado nada, por cierto.

—No hay nada que contar. No hubo química y no creo que nos volvamos a ver. —Es perturbador lo natural que me sale mentir.

Summer me sonríe, como si se disculpara.

—Te invitaríamos a pasar la noche con nosotros, pero estaremos muy ocupados practicando sexo.

Fitz suspira con fuerza.

—Cariño.

—¿Qué?

Él niega con la cabeza.

—No te preocupes —digo, y les sonrío—. Tengo muchos deberes que hacer, de todos modos.

—Qué apasionante —me vacila Summer.

No tiene ni idea.

CAPÍTULO 17

BRENNA

Jake me envía la ubicación de nuestra cita mientras ceno con mi padre. He hecho verduras salteadas y está siendo una cena silenciosa, ya que no tenemos mucho que decirnos estos días.

Cuando ve que se me ilumina el móvil, se le forma una arruga en la frente.

—No utilices el móvil durante la cena.

—Ni siquiera lo estoy mirando —protesto—. No puedo controlar cuándo se ilumina.

—Claro que sí. Se llama botón de apagado.

Intencionadamente, miro el móvil que hay junto a su mano. Ya ha recibido cuatro correos electrónicos desde que nos hemos sentado.

—Tú también puedes apagar el tuyo.

Nos miramos. Papá emite un gruñido, se enrolla unos fideos en el tenedor y se los mete en la boca.

No abro el mensaje de Jake hasta que estoy en mi habitación. Me quedo boquiabierta cuando descubro dónde vamos esta noche.

YO: ¿¿¿¿A la bolera????
JAKE: ¿Qué tienes en contra de los bolos?
YO: Nada. Pero se me dan fatal, así que, si esperas tener algo de competencia por mi parte, no la habrá.
JAKE: No hace falta competir. Vamos a pasarlo genial. ¿Te va bien?
YO: Sí, qué cojones.
JAKE: ¿Nos vemos alrededor de las 8?
YO: Genial.

Esto me da una hora y media para prepararme, pero ya he decidido que no me voy a arreglar demasiado para ver a Jake. La única razón por la que salgo con él esta noche es porque vino conmigo a la cena del otro día.

Una vez duchada y vestida, abro Google Maps y cargo la dirección de la bolera. Está a unos veinticinco minutos en coche, así que está mucho más cerca de Hastings que de Cambridge.

Al cabo de un rato, bajo al salón y me apoyo en el marco de la puerta. Papá está en el sofá, rebobinando el partido de Harvard contra Princeton del fin de semana pasado. Jake es como un rayo que atraviesa la pantalla, y me pregunto si mi padre apreciaría la ironía de que estoy a punto de verlo en persona.

—Hola —digo para que me preste atención—. Me preguntaba si puedo llevarme el Jeep. He quedado con un amigo esta noche.

—Cuántos amigos misteriosos —musita, con los ojos todavía pegados a la pantalla—. ¿Tienen nombre, estos amigos?

—Por supuesto. —Pero no se los digo.

Se ríe por la nariz.

—Las llaves están en el recibidor. Intenta volver a una hora razonable.

Quería responder con algo sarcástico, pero me presta su coche, así que me abstengo.

—No me esperes despierto —digo, en lugar de eso.

Jake ya está allí cuando llego al *parking* casi vacío que hay frente al Boléame Mucho. El nombre de la bolera me deja atónita. ¿Se supone que es un juego de palabras con «Bésame mucho»? Pero una referencia a un bolero del siglo pasado no le pega mucho a una bolera... ¿o sí?

Aparco el Jeep junto al Mercedes resplandeciente contra el que se apoya Jake. Además de nuestros coches, hay un sedán, una camioneta y cinco o seis motos delante de la puerta de entrada. Es casi un aparcamiento fantasma.

—Buenas ruedas —señalo mientras salgo del Jeep—. ¿Te lo has comprado con la paga de las firmas?

—No. No me he gastado ni un centavo en él, en realidad —admite Jake—. Es el coche de Brooks.

—¿Para qué quiere un coche en la ciudad?

—Porque es millonario, y los millonarios tienen coches. Por favor, tía buena.

Me río.

—Lo entiendo a la perfección. —Levanto la mirada hacia el enorme letrero que hay sobre nuestras cabezas. Al lado de las palabras Boléame Mucho hay un enorme bolo rosa de neón titilante—. ¿Vienes aquí a menudo? —pregunto secamente.

—Todos los fines de semana cuando no estamos en temporada. Tengo un espacio en el corazón reservado para este lugar.

Me toma por sorpresa.

—¿En serio?

—No. Claro que no. Lo he escogido porque está aproximadamente a medio camino entre nuestras casas. —Resopla—. Qué ingenua.

—Sí, me la has colado —digo, con un suspiro—. Tendría que haber sido más rápida, considerando que no tienes corazón. —Cierro el coche y meto la llave en el bolso.

Mientras nos acercamos a la entrada, noto que Jake baja el ritmo para ajustarse al mío, que es más lento.

—Sí que tengo corazón —replica—. Mira, nótalo.

Me toma la mano y la mete por dentro de su chaqueta desabrochada. Oh, por favor, tiene unos pectorales deliciosos. Y noto cómo le aletea el pulso bajo los dedos.

—Te late rápido, Connelly. ¿Te preocupa que te meta una paliza ahí dentro?

—No, lo más mínimo. Ya me has dicho que se te da fatal.

Mierda. Tiene razón. Me enfado con mi yo del pasado por informar de que soy mala por adelantado.

Dentro, nos encontramos con otra ciudad fantasma. La bolera está formada por diez pistas, y solo se están usando dos. Tras el mostrador principal hay un hombre de pelo canoso con la piel curtida, que indica que ha pasado muchas horas bajo el sol. Nos saluda con una sonrisa que le forma arrugas en las comisuras de la boca.

—¡Buena tarde, amigos! ¿Qué tal unos zapatos? —Tiene la voz muy rasposa; parece fumar dos paquetes de tabaco al día.

Cogemos nuestros zapatos de bolera y el hombre viejo con la coleta gris nos dice que podemos usar cualquier pista libre. Elegimos la que está más lejos de los demás clientes: una pareja mayor y un grupo de moteros con pinta siniestra que se han chinchado y abucheado desde que hemos entrado. Uno de ellos, un hombre con sobrepeso y una barba poblada, acaba de hacer un *strike* y pone los brazos en posición de victoria.

—¡A esto me refería, hijos de puta! —grita.

El hombre de detrás del mostrador hace una mueca de vergüenza.

—No les hagas caso a esos muchachos. Son inofensivos, pero alguien debería lavarles la boca con jabón.

—Está bien —le digo—. Mi padre entrena a jugadores de *hockey*. He oído cosas peores.

Nos dirigimos hacia nuestra pista y me siento en los bancos para cambiarme los zapatos. Mis botas son más difíciles de quitar por todas las cremalleras que llevan, así que Jake termina antes que yo.

—Voy a buscar algo de beber —ofrece—. ¿Alguna preferencia? ¿Cerveza? ¿Refrescos?

—Cerveza va bien. Gracias. —Puedo tomarme una cerveza o dos. Haré que duren a lo largo de la noche.

—Guay —responde antes de ir hacia la barra.

Observo cómo su espalda se aleja y admiro su trasero apretado. Dios. No me puedo creer que esté en una cita con Jake Connelly. Cómo es la vida.

Suspiro, me pongo los zapatos cutres y voy hacia la pantalla que me da las instrucciones para introducir nuestros nombres. En la línea del Jugador Uno escribo Brenna.

Para el Jugador Dos, escribo Mini Jakey.

Lo guardo, y sonrío para mis adentros cuando Jake vuelve con dos botellines de Bud Light.

Hago una mueca.

—¿Bud Light?

—Es lo único que tenían —se disculpa—. No es un local muy elegante, que digamos.

—Nos las apañaremos —le aseguro—. Gracias. —Acepto la botella que me ofrece y doy un trago rápido. Puaj. Es la marca de cerveza que menos me gusta.

—Deja que introduzca nuestros nombre en la... —Jake se detiene cuando se da cuenta de lo que hay en la pantalla. Suspira—. ¿En serio? ¿Qué tienes, cinco años?

—No, pero parece que tú sí, Mini Jakey.

—Te vas a enterar de quién es «mini» —gruñe.

—¿Qué vas a hacer, darme un latigazo con tu miembro aquí mismo, delante de los Hijos de la Anarquía y de ese señor mayor tan majo?

Jake hace ver que se lo piensa.

—Tienes razón. Eso me lo guardo para luego. —Levanta el botellín—. Chinchín.

—Chinchín.

Por segunda noche consecutiva, brindamos con nuestras bebidas. Esto está mal por muchas razones, y no solo porque juegue para Harvard. Es que, por lo general, no tengo citas. No he tenido un novio serio desde Eric, ni tampoco he querido. Y, por decir algo, incluso si quisiera tener novio, Jake sería el último candidato al que tendría en cuenta para el puesto. Se muda a Edmonton en unos meses. ¿Qué tipo de relación tendríamos?

Miro alrededor de la triste bolera y me fijo en los sonidos y en todo lo que me rodea. Los bolos que impactan entre sí, la verborrea de los moteros, las luces intensas, la superficie brillante de madera de las largas pistas...

¿Qué hago aquí?

—Brenna.

Me recorre un escalofrío al oír mi nombre en boca de Jake. Lo que me confirma que no debería estar aquí. Odio lo mucho que me afecta este chico.

—Estás pensando demasiado —dice, directo.

Me paso la lengua por los labios, que se me han secado de repente.

—¿Cómo lo sabes?

—Siempre pones la misma expresión cuando analizas algo. —Se encoge de hombros—. Te estás preguntando por qué estás aquí.

—¿Tú no?

—No. Ya te lo he dicho, tenemos química y quiero ver hacia dónde va.

Exhalo.

—No va a ninguna parte, Connelly, así que sácate esa idea de la cabeza. La única razón por la que estoy aquí es porque me amenazaste hasta conseguir una cita.

—Sigue pensando que es así, cielo.

¿Siento un hormigueo cuando me llama cielo? Sí.

¿Me gusta la sensación? Para nada.

Tomo un trago desesperado de cerveza y dejo la botella en la repisa.

—Vale. Vamos allá.

CAPÍTULO 18

JAKE

Brenna es una jugadora de bolos terrible, pero es muy divertido verla. Camina hasta la línea de tiro con esos zapatos abismales y menea las caderas con su maravilloso trasero, que se le marca en esos tejanos negros ajustados. Siempre me han gustado las chicas con un buen culo, y no puedo dejar de mirárselo.

A pesar de que se le dan fatal los bolos, da el ciento diez por ciento de sí en cada tirada. Se le arrugan las facciones cuando se concentra y balancea el brazo hacia atrás, rota la muñeca y suelta la bola de color rosa. Calcula mal los tiempos y no marca el movimiento con el brazo, pero, por primera vez en seis tiros, la bola va recta.

Brenna vitorea contenta cuando la bola se aproxima a la meta. En el último momento, se tuerce y solo tira cuatro bolos en lugar de hacer un pleno.

—¡Estaba tan cerca! —se lamenta.

Entonces, se da la vuelta y juro que nunca me había parecido tan bonita. Tiene las mejillas rojas como dos manzanas, le brillan los ojos y hace un bailecito adorable al salirse del suelo pulido.

—¡Estoy mejorando! —exclama.

—De aquí para arriba —coincido, y entonces me levanto y marco un pleno.

—Te odio —anuncia cuando mi puntuación aparece en la pantalla.

Le estoy dando la paliza del siglo, pero creo que, en realidad, no le importa. Para ser sincero, no le estoy prestando demasiada atención a la puntuación. En general, soy bastante competitivo, pero esta noche solo me alegro de pasar el rato con Brenna. Hacía muchísimo tiempo que no tenía una cita de verdad. La cena de anoche no cuenta, porque ninguno de los dos lo pasamos demasiado bien. Y la copa de coñac de después tampoco cuenta, porque pasamos más rato besándonos que hablando.

La cita de hoy me permite verla como nunca lo había hecho. Jugar a los bolos no es la actividad más romántica que existe, pero te deja entrever la personalidad de la otra persona. ¿Es competitiva? ¿Quisquillosa? ¿No sabe perder o, lo que es peor, no sabe ganar? Y, sobre todo, una cita en una bolera puede revelar si una chica es pretenciosa. Conozco a mujeres que mirarían con desdén el suelo pegajoso de la pista o se negarían a tomar cerveza de mala calidad. Pero Brenna no.

Después de que yo gane la primera partida, ella sugiere que hagamos otra.

—¡Ja! —me jacto—. Te gusta jugar a los bolos.

—Sí. —Suspira de manera dramática—. Me está gustando mucho.

Le examino la cara para ver si me toma el pelo, pero no hay ni una pizca de humor en su expresión.

—Va en serio. Esto es genial. —Sacude la cabeza, fascinada—. Creo que de verdad me gusta jugar a los bolos.

Su notable perplejidad provoca que me parta de risa. Cuando me recupero, me acerco a ella y pongo un tono serio.

—Supongo que lo tendremos que repetir en otra ocasión...

—Y espero.

No responde. En lugar de eso, se acerca a la pantalla táctil y dice:

—Vale, esta vez dejaré que Mini Jakey lance primero.

Pero, cuando mi nombre aparece en la pantalla, solo pone «Jake».

Me trago la satisfacción. Creo que le empiezo a gustar.

A mí ella me gusta, eso seguro.

—¿Tenemos permitido hablar de *hockey?* —pregunto mientras camino hacia la máquina que devuelve las bolas. Me he enamorado de una en concreto, de color verde neón, a la que he puesto el mote de Marcaplenos.

—¿Qué pasa con el *hockey?* —pregunta, recelosa.

—Bueno, pronto nos enfrentamos. Es un partido importante.

—Es un partido importante —coincide.

—Con lo que me surge la pregunta... ¿A quién apoyarás desde la grada? ¿A tu universidad o a tu nuevo novio? —Muestro una sonrisa por encima del hombro.

Ahora es ella quien se parte de risa.

—No eres mi novio.

—Eso no es lo que le dijiste a Mulder...

—Mulder es un gilipollas, y no me siento mal por haberle mentido. Y ahora gírate y tira la bola, Jakey. Te quiero mirar el culo.

Casi se me parte la cara por la mitad a causa de la sonrisa y me alegro de que ella no la vea. En beneficio suyo, hago un buen despliegue de medios al girarme, flexionar los brazos y agacharme hacia delante de forma que me resalte el trasero. Oigo un ruidito ahogado desde detrás. Cuando giro la cabeza, el fuego crepita en los ojos oscuros de Brenna.

—Cómo provocas —me acusa.

—Solo juego a los bolos —digo con voz inocente.

—Ya, ya, sí, claro. —Se levanta de la silla—. Qué calor hace aquí, por Dios.

Y, de repente, se quita la camiseta negra de manga larga y se queda en una camisola negra que se ciñe a esos pechos perfectos. Le entreveo el sujetador de encaje, que le sobresale por el escote, y se me seca la boca. Vuelvo a la zona de los asientos y cojo la cerveza. Ambos vamos por la segunda, pero no habrá una tercera. Le he dicho al chico del bar que deje de servirnos después de esta.

Doy un trago a la bebida fría mientras Brenna camina a por una bola, con un andar más seductor que nunca. Se aparta el pelo largo y brillante por detrás del hombro, se da la vuelta y se humedece los labios.

Que alguien me ayude.

Con la primera tirada tumba siete bolos.

—¡Es tu mejor tiro hasta el momento! —De pie, al borde de la pista, la animo con mis palabras—. A por el semipleno, tía buena. Ya lo tienes.

—¿En serio? —dice, dubitativa—. Todavía no he marcado ningún semipleno.

—¿Y qué? No significa que no vaya a pasar.

No ocurre. Su segundo tiro termina en el canalón.

—Me has gafado —se queja, e intenta pasar por mi lado.

Me agarro a su esbelta cintura con un brazo antes de que se me escape. Quiero apretar su cuerpo contra el mío y besarla, pero me conformo con un casto besito en la mejilla.

—¿Acabas de darme un beso en la mejilla? —pregunta, divertida.

—Sí. ¿Algún problema? —Apoyo las manos por encima de su trasero; reprimo las ganas de moverlas un poco más abajo—. Estos tejanos te hacen muy buen culo, por cierto.

—Ya lo sé. Por eso me los he puesto.

Me río. Bajo las palmas medio centímetro, hasta que pienso, a la mierda. Estoy de espaldas a los demás clientes, y nadie verá qué hago con las manos de todos modos. Así que le doy un buen y firme estrujón.

Emite un sonido ronco.

—Por favor, Connelly, estamos en público.

—¿Y?

—Pues que no puedes ir por ahí tocándome el culo.

—¿Por qué no?

Brenna hace una pausa. Pasan unos segundos hasta que se encoge de hombros.

—¿Sabes qué?, no se me ocurre ninguna buena razón.

—Exacto. —Sonrío, vuelvo a estrujarle esos glúteos jugosos y le doy un leve cachete antes de mi próximo tiro.

Esta vez no hago un pleno. Hay un bolo terco que insiste en quedarse de pie, pero lo tiro en la segunda tirada. De nuevo, le estoy dando una paliza a Brenna y, por segunda vez, no le importa. Aunque está progresando. Su puntuación casi dobla la de la primera partida. Cuando los últimos números de la pantalla desaparecen, nos sentamos en el banco y nos relajamos un rato.

Apoyo la mano en su muslo y la acaricio de manera ausente. No me la aparta, pero me observa meditativa.

—Te gusta mucho tocar.

—¿Te molesta?

—No, pero es inesperado. No imaginaba que fueras tan cariñoso.

—Bueno, pues sí. —Me encojo de hombros—. Con las chicas que me gustan.

—¿Y tienes de esas muy a menudo? Pensaba que habíamos determinado que tú no tienes novias, solo rollos.

—Eso no significa que no me gusten las chicas con las que me enrollo. —Le trazo unos círculos en la rodilla—. Y creo que tú tampoco tienes novios. O, si los tienes, no es de dominio público.

—¿Has preguntado sobre mí, Jakey?

—Sí —digo, sin tapujos—. Y, por lo que he oído, no has salido con nadie desde que te mudaste a Briar.

—No —me confirma.

—¿A dónde ibas antes de Briar?

—A una universidad pública en New Hampshire.

—¿Saliste con alguien allí?

—No, la verdad. Mi historial universitario es básicamente una lista de rollos sin importancia, al menos hasta McCarthy.

Siento celos. No me gusta que no vea a McCarthy como alguien sin importancia.

—¿Entonces, él no fue un rollo? —pregunto, con cautela.

—Un rollo suele ser algo de una sola vez. Josh fue más un... —Se lo piensa.

—¿Un compañero de polvos? —termino.

—Pero sin los polvos.

Un segundo, ¿qué?

Dejo la cerveza sobre la mesa. Brenna tiene oficialmente toda mi atención.

—¿No os acostabais? —Frunzo el ceño debido a la sorpresa. Había supuesto que se acostaban.

—No.

—Pero tonteasteis.

—Sí.

—Pero sin sexo.

Parece divertida.

—¿Qué parte de todo esto no entiendes?

—No sé... Supongo que se me hace un poco raro. —Hago una pausa—. No, un poco no. Me parece rarísimo.

—¿Por qué es raro? —Se pone un poco a la defensiva.

La señalo con un gesto.

—No sé, mírate. Estás muy buena. ¿Me estás diciendo que no intentó...?

—No he dicho que no lo intentara. Pero... —Vuelve a dejar la frase sin terminar.

—Pero ¿qué? ¿Eres virgen?

—No. Pero soy muy selectiva a la hora de dejar que alguien me la meta.

Dios, si eso no me la pone dura... No puede decir cosas como «que me la meta» porque ahora me imagino dentro de ella y estoy muy cachondo.

—Hacíamos otras cosas —dice—. Siempre hay otras cosas.

—Ah, ¿sí? —Tengo la garganta rasposa.

—Espera, ¿nunca te han contado que te puedes correr sin penetración?

—No. No lo sabía. —Pestañeo con la inocencia más pura—. ¿Me lo muestras?

Brenna me da un puñetazo en el hombro. Suave y provocador.

—Ya te gustaría.

—Sí, me gustaría. Y no quisiera alarmarte, pero, por favor, dirige tu atención a mi entrepierna.

A pesar de lo mucho que se divierte, hace lo que le pido. Enseguida le hierve la mirada.

—Vaya, chico. ¿Pensar en McCarthy te la pone dura?

—Como una piedra. —La levanto y la siento sobre mi regazo y emite un chillido de sorpresa.

Pero enseguida se recupera y me roza con las nalgas mientras se acomoda.

—Dile a tu erección que deje de apuñalarme el culo —se queja.

—Eh, tú eres la razón de esta erección. —Le inclino la cabeza para susurrarle al oído—. Qué mala eres. Cómo hablas de las maneras en las que puedes hacer que un chico se corra sin metértela.

Joder, huele muy bien. Inhalo el aroma de su champú, dulce con un ligero toque picante. Me hace gracia, porque Brenna es exactamente lo opuesto: picante, con una pizca de dulzura. Aunque a mí me gusta lo picante. Mucho.

—Y tú, ¿qué? —le pregunto.

—Yo, ¿qué?

—¿Tú qué recibiste del arreglo que teníais con McCarthy? Levanta una ceja.

—¿En serio quieres saber qué me hacía?

—No. Sí. No lo sé. Tal vez en general —decido, finalmente.

—Bueno, dejaré que te lo imagines.

Y mi imaginación va a toda pastilla, pero no pienso en Josh McCarthy en la cama con ella. Me imagino a mí mismo.

—Esa cosa te va a rasgar los pantalones —me vacila, y siento una ligera sensación de pérdida cuando se baja de mi regazo—. En fin, ¿ahora qué? ¿Quieres jugar otra partida antes de irnos? —Mira el móvil—. Son las diez. ¿Hasta qué hora está abierto este sitio?

—Creo que hasta las once.

—¿Nos quedamos hasta que cierren?

—Venga, sí.

Jugar a los bolos empalmado no es tarea fácil, pero lo consigo. La gano por tercera vez, devolvemos los zapatos y pagamos las partidas.

Fuera, Brenna ignora el Jeep y va hacia el Mercedes.

—Ábrelo —ordena.

Se me acelera el pulso. Abro el coche.

En lugar de abrir una de las puertas de delante, se acomoda en el asiento trasero.

—Entra —dice con picardía.

No hago esperar a una dama. Me zambullo en el coche y pongo la boca sobre la suya antes de que diga otra palabra. Sabe a cerveza y menta, y su cuerpo es suave y cálido contra el mío. Se me sube al regazo mientras explora mi boca con la lengua, hambrienta. Bajo las manos por el relieve de su columna vertebral antes de pararme en su cadera. Quiero estar dentro de ella. Me desespera. Pero, al parecer, ella no permitirá que eso ocurra tan rápido.

—No vas a dejar que te lo haga esta noche, ¿verdad?

—No. —Es un susurro juguetón—. Tendrás que ganártelo.

Gimo contra sus labios.

—¿Cómo?

Ella se limita a sonreír y vuelve a besarme, luego desliza las manos por debajo de mi camiseta para acariciarme el pecho. Dios, me encanta tener sus manos encima. Y necesito las mías en su cuerpo. Le quito la camiseta de manga larga y le subo la camisola hasta la clavícula. El sujetador que hay debajo es fino como el papel. Pero ella no necesita relleno. Tiene unos buenos pechos, respingones, perfectos. Le pellizco los pezones a través de la tela de encaje y disfruto de la recompensa en forma de un dulce gemido.

—Me moría de ganas de hacer esto —gruño, y tiro del sujetador para dejarle las tetas al descubierto. Son preciosas. Me llevo un pezón perlado a la boca, succiono fuerte y casi me siento en las nubes. Me encanta su sabor, y estos pezones son como tener el paraíso bajo la lengua. Me excita tanto lamerle ese botón firme que duele.

Vuelve a gemir. Al principio, creo que es de placer, hasta que registro un tono de sufrimiento.

—¿Qué ocurre? —pregunto de inmediato.

—No puedo creer que haya permitido que un jugador de Harvard me toque las tetas.

Me relajo. Con una risita suave, dirijo la lengua hacia su otro pezón.

—Eh, ni que fuera tu primera vez con un jugador de Harvard.

—Tú eres el capitán del equipo —añade, con tristeza—. Esto ha sido muy mala idea. Que la semana que viene jugamos contra vosotros, ostras. Mis amigos se pondrían furiosos si me vieran ahora mismo.

—No hablemos de *hockey*. Y a quién le importa lo que piensen tus amigos. —Le succiono el pezón.

—A mí. A mí me importa lo que piensen mis amigos.

—Entonces deberías parar.

Conquisto su boca con la mía con un beso abrasador que acaba con mi cordura. Nos damos la vuelta y ahora soy yo quien está sobre ella mientras restriego la parte inferior de mi cuerpo contra ella. El asiento de atrás no nos deja mucho espacio de maniobra, pero tampoco necesitamos demasiado. Con los labios presionados contra los suyos, le desabrocho el botón de los pantalones y se los bajo junto con las bragas lo suficiente como para tener acceso al cálido paraíso que hay entre sus piernas.

Gimotea cuando le rozo el clítoris hinchado con la yema del pulgar.

—Cómo me gusta esto.

—¿Sí? —digo con voz grave.

—Oh, sí.

Sigo frotando, provocando, explorando. Me acerco a su apertura con las puntas de los dedos para encontrarla increíblemente húmeda. Dios santo. Quiero estar dentro de ella más de lo que quiero mi próxima bocanada de aire. Casi sollozo con la certeza de no poder penetrarla esta noche. Me humedezco los dedos con su dulce fluido y le acaricio el clítoris en círculos lentos.

Balancea las caderas. Me apoyo en un codo para contemplar cómo se le nubla cada vez más la mirada mientras juego con su sexo.

—Me gusta tenerte así —susurro—. Tumbada. Con las piernas abiertas. —Vuelvo a besarla y me succiona la lengua, cosa que me provoca un grave gemido.

—Esto es muy mala idea —susurra ella.

—Entonces dime que pare.

—No.

—No, ¿qué?

Brenna aprieta su sexo contra mi mano.

—No pares.

Me río en su hombro antes de inclinar la cabeza para volver a lamerle y succionarle los pezones.

Suelta un gemido jadeante.

—No pares nunca.

Sonrío. Me acuerdo perfectamente de cuando, no hace tanto, me dijo que jamás se enrollaría conmigo. Y aquí estamos ahora, haciendo el tonto en el asiento trasero de un coche mientras exploro su vagina. Introduzco un dedo y...

—Oh, Dios mío —exclamo con voz ahogada. Levanto la cabeza de sus tetas—. Lo tienes muy ceñido. —Me pregunto si es porque casi nunca se acuesta con nadie o, a lo mejor, estoy dando por hecho cosas que no son. Que no se haya acostado con McCarthy no significa que no se haya tirado a nadie más recientemente. Ha dicho que era selectiva, no célibe.

De repente, me sorprendo al rezarle a una fuerza todopoderosa para que me haga pasar la nota de corte. Tal vez no esta noche, pero mañana, la semana que viene, de aquí a un año. Me tomaré el tiempo que sea necesario. Esa es la forma en que la deseo.

Añado un segundo dedo y se ciñe todavía más a mí. Apenas hay espacio para dos dedos. Dos, por el amor de Dios. Mientras le acaricio el clítoris con el pulgar, meto y saco los demás dedos a un ritmo lento. A Brenna se le cierran los ojos y le cuesta respirar. Restriego la roca que tengo en los pantalones contra su muslo mientras la toco.

—Quiero que me beses. —Me tira de la cabeza y me pasa los dedos por el pelo mientras busca mi lengua con la suya.

Es un beso lleno de urgencia, descuidado. Prácticamente, me monta los dedos mientras emite los sonidos más *sexys* que he oído en la vida. Me doy un respiro.

—¿Te vas a correr para mí?

Balbucea una respuesta ininteligible.

Me río. No dejo de mover la mano. Tengo los dedos empapados. Los introduzco a más profundidad y, entonces, los retiro para restregarlos con fuerza justo al lado de su orificio.

—Oh, Dios mío —consigue pronunciar.

Su orgasmo se extiende alrededor de mis dedos y siento cómo se propaga por todo su cuerpo esbelto con una oleada de escalofríos. Suelta un suspiro que va de sus labios a los míos. Me trago el sonido con un beso, relajo la presión sobre su clítoris, ralentizo el movimiento de mis dedos y dejo que baje de la nube.

Por fin parpadea hasta abrir los ojos y me sonríe.

—¿Qué tal? —murmuro.

—Muy bien —murmura, también. Vuelve a suspirar, se acurruca en mí y entierra la mejilla en mi cuello.

—Dios santo, te gustan los mimos después del sexo —la acuso.

—Qué va —niega, pero el sonido se amortigua contra mi pecho.

—Que sí, te encantan.

Me da un mordisco en el cuello.

—No se lo digas a nadie.

—¿Por qué? ¿Temes arruinar tu reputación?

—Sí. Soy una chica mala, Jakey. Yo no hago cosas como dar mimos.

—¿Por qué no? Los mimos son geniales. —Enredo los dedos entre su cabello sedoso. Ahí abajo, todavía palpito, y no es algo que ninguno de los dos pueda ignorar.

Brenna levanta la cabeza con un destello malicioso en la mirada.

—Tú y tu erección, tío.

Desliza una mano entre nuestros cuerpos y la pone directamente sobre mi paquete. No puedo evitar hacer presión hacia su mano.

—¿Qué hacemos con esto...? —Espera, expectante.

—Lo que sea —gruño—. Me puedes hacer lo que sea.

—Lo que sea, ¿eh?

—Lo que sea. —Mi voz suena algo estrangulada—. Pero por favor, haz algo.

Desliza un dedo arriba y abajo por la cremallera antes de jugar con la chapita metálica. Dejo de respirar. Tengo el pulso desbocado. Estoy como si acabara de terminar una jugada de cinco minutos. En modo lanzamiento de penalti.

Mientras me retumba el pulso en los oídos, mi cuerpo suplica una descarga. Quiero que Brenna Jensen me la chupe, me la toque, me la bese. Me da igual lo que haga. Pero necesito su mano o su boca o su lengua sobre mí.

Me armo de paciencia, pero mis músculos siguen rígidos, tensos, se anticipan mientras espero a que dé el siguiente paso.

Justo cuando está a punto de desabrocharme los pantalones, suena un teléfono.

Brenna maldice por lo bajo.

—Debería ver quién es.

—No —mascullo.

Se sienta.

—¿Desde cuándo la gente llama en lugar de enviar un mensaje?

—No mucho —admito.

—Exacto. Una llamada suele indicar que es importante.

Coge el bolso del suelo y hurga dentro él. En cuanto tiene el móvil en la mano, le cambia la cara. Desaparece todo rastro de deseo.

—¿Todo bien? —pregunto, con voz ronca.

Observa la pantalla durante un segundo antes de apagarla.

—No es nada.

Sin embargo, se vuelve a enfundar las bragas y los pantalones y tengo la certeza de que Mini Jakey no recibirá su atención esta noche.

—Es más tarde de lo que creía —dice, incómoda—. Debería irme a casa.

—Vale.

Titubea.

—¿No te importa?

—Claro que no.

¿Esperaba que me enfadara? ¿Que la acusara por dejarme con las ganas? Porque eso implicaría que me debe algo, cosa que no es así. No tengo derecho a reclamarle nada a esta chica, ni a ninguna otra. Quiero que Brenna me haga una mamada porque quiere, pero está claro que ya no está de humor. La llamada misteriosa nos lo ha estropeado.

—Me lo he pasado muy bien, la verdad —confiesa mientras la acompaño al asiento del conductor del Jeep.

—Yo también. —Le busco la mirada—. ¿Repetimos otro día?

—No lo sé.

—Sí, lo sabes. —La sujeto de la barbilla con suavidad para fijar sus ojos en los míos. Vuelvo a preguntar—: ¿Lo repetimos otro día?

Al cabo de un largo instante, Brenna asiente.

CAPÍTULO 19

BRENNA

Estamos a miércoles y todavía no he recibido noticias de HockeyNet. Aunque también es cierto que Ed Mulder no dijo cuándo cubrirían los puestos de prácticas. Supongo que les llevará unas semanas, pero estoy impaciente por tener una respuesta ya.

Aunque sé que no lo impresioné, una parte de mí todavía se aferra a la esperanza de que tengo una oportunidad. Y, vale, es posible que la esperanza sea una ingenuidad, pero supongo que eso me convierte en una ingenua.

Mi padre todavía está en la pista cuando vuelvo a casa después de un largo día en la facultad. Los chicos de Briar han entrenado con pesas esta mañana y, por la tarde, les toca pista, así que no creo que mi padre vuelva antes de las seis o las siete.

Me hago la cena. Nada elaborado, solo unos espaguetis y una ensalada César. Me como mi ración frente al televisor mientras veo los momentos destacados en HockeyNet, lo cual resulta ser muy irritante porque, quien sea que haya hecho este montaje, no ha incluido algunas de las mejores jugadas del partido de los Bruins de ayer. Yo haría vídeos de recopilaciones mucho mejores. Espero tener la oportunidad.

Y aquí estoy, siendo ingenua de nuevo.

Me vibra el móvil en la mesita de centro y aparece un mensaje.

JAKE: ¿Te puedo llamar?

Oh, oh. La chispa de ilusión que me hace cosquillas en el estómago es alarmante. Anoche también hablamos por teléfono del partido de los Bruins, porque lo estábamos viendo a la vez.

No negaré que nuestra cita en la bolera fue más divertida de lo que esperaba. El orgasmo fue igual de inesperado. No planeaba tontear con Jake. Creía que tenía más fuerza de voluntad, pero el chico es irresistible. Incluso ahora, días más tarde, no dejo de pensar en ello. En sus dedos dentro de mí, su boca ardiente pegada a la mía... Connelly es muy bueno en todo lo que hace. Yo también tenía muchas ganas de darle placer, hasta que recibí la llamada de Eric.

Cada vez que pienso que he dejado las cosas claras, que he puesto unos límites con él, Eric alcanza un nuevo nivel de persistencia. Y no me sentiría bien si me comportara como una cabrona con él, si le ordenara que me dejara tranquila, porque soy un rehén de nuestro pasado.

El pasado es una tontería.

Las palabras de Jake, lo que dijo en voz alta en el O'Malley, me vienen a la mente. Sí, es una tontería. Y de verdad que me encantaría dejar ese pasado atrás. Pero, por desgracia, es mucho más fácil decirlo que hacerlo.

Al menos, esta vez Eric no me exige nada: después de llamar, me escribió para decirme que lamenta haberme pedido dinero. Pero eso no importa. Me cortó el rollo de la misma forma que las gotas de lluvia apagarían una vela.

Por otro lado, estaba a medio segundo de chupársela a Jake, así que, tal vez, Eric hasta me hizo un favor. Me salvó de hacerle una mamada al enemigo.

Sin embargo, para ser sincera, ya hace días que pienso en Jake de esta manera.

Cuando termino de cenar, cojo el móvil.

—Esta obsesión que tienes conmigo se te está yendo de las manos, Jakey —digo cuando responde a mi llamada.

Su risa profunda me hace cosquillas en el oído.

—No te eches flores, tía buena.

—Acabas de llamarme «tía buena». Tú me estás echando flores, literalmente.

—Tienes razón. —Otra carcajada—. ¿Qué haces?

—He cenado pronto y ahora estoy viendo los destacados de HockeyNet.

—¿Todavía no sabes nada de Mulder?

—No.

—¿Y de la agente Scully?

Resoplo.

—Qué gracioso. ¿Has tenido clase hoy?

Todavía me sorprende que estudie Psicología. Lo supe anoche durante nuestra larga llamada telefónica. Había supuesto
que hacía Periodismo o Ciencias de la Comunicación, como la
mayoría de los deportistas.

—No. El miércoles es mi día libre. Normalmente, aprovecho para leer, limpiar la casa, esas cosas. ¿Tienes algún plan
para esta noche?

—No estoy segura. Puede que vaya a tomar algo con Summer; una noche de chicas. ¿Y tú?

—También voy a tomar algo. Los chicos y yo iremos al
Dime esta noche. —Hace una pausa—. Te invitaría con nosotros, pero... dirías que no, ¿verdad?

—Obvio. No pueden verme en público con jugadores de
Harvard. Ya es bastante malo que uno de ellos me provocara un
orgasmo el fin de semana pasado.

—Creo que exageras esta rivalidad —dice Jake, divertido—.
¿De verdad piensas que los chicos de Briar nos odian tanto?

—Oh, por supuesto que os odian. Sobre todo, a Brooks. No
les gusta su estilo de juego.

—No les gusta porque funciona.

—¿En serio? ¿Me estás diciendo que te parece perfectamente bien que insulte? ¿Que provoque tantos penaltis? ¿Que sea
tan bruto?

—Es parte del juego —responde Jake—. Incluso yo hago esa
mierda. En menor grado que Brooks, sí, pero también insulto y
provoco, como todos. Y no te equivoques, nena, tus chicos también lo hacen. He oído la porquería que sale de sus bocas sobre
la pista de hielo. Ese tal Hollis siempre habla mal de mi madre.

—¿Se le da bien hablar mal de la gente? Porque ligar se le
da fatal.

—¿Cómo lo sabes? —Casi oigo cómo frunce el ceño.

—Ese chico ha intentado ligar conmigo desde el día en que
nos conocimos. —No menciono que nos enrollamos aquella
vez que iba borracha porque es completamente insignifican-

te—. De todas formas, hablar mal no es lo mismo que jugar sucio —señalo.

—Brooks nunca cruza la línea.

—Claro que sí. Traza la línea donde le da la gana y entonces decide si cruzarla o no.

—¿Pero solo lo hace Brooks? Todo el mundo marca sus propios límites, ¿no? Y todos decidimos cuáles cruzar y cuáles no.

—No te falta razón. —Me pica la curiosidad—. ¿Qué línea no cruzarías jamás? ¿Qué es aquello que Jake Connelly no haría jamás en la vida?

Su respuesta es veloz.

—Acostarme con la madre de un amigo. Nunca haría eso. —Hace una pausa—. Bueno, nunca más.

Me parto de risa.

—¿Te has acostado con la madre de un amigo? ¿Cuándo? ¿Cómo?

—Fue una situación cien por cien del tipo «la madre de Stifler» de *American Pie* —dice, avergonzado—. Estaba en mi último año de instituto y uno de mis compañeros de equipo montó una fiesta enorme en su casa. Estaba borracho, subí a trompicones por las escaleras en busca de un lavabo y terminé en la habitación de su madre por error.

Me invade una oleada de risas incontrolable.

—¿Llevaba picardías? ¿Fumaba uno de esos cigarrillos largos a lo Audrey Hepburn?

—No, en realidad iba en chándal. Era de color rosa chicle y creo que ponía «JUICY» en el culo.

—Dios mío, te tiraste a la madre de *Chicas malas*.

—No sé quién es esa.

Me río más fuerte y me seco las lágrimas.

—No puedo creer que cayeras presa de una asaltacunas.

—¿Y qué hay de malo en ello? Estaba buena, y el sexo fue genial. Pasé un buen rato.

Ni se inmuta ante mis burlas y, aunque me pese, es una de las cosas que empiezan a gustarme de él. Tiene una confianza de acero que admiro mucho. No hay nada que altere a este hombre. Está tan seguro de sí mismo, de su masculinidad, de su destreza. Jake Connelly no tiene un ápice de inseguridad en el cuerpo.

—Espera, si fue tan genial, ¿por qué no lo repetirías? —pregunto.

—Porque perdí a uno de mis mejores amigos —dice, con tristeza. Y me doy cuenta de que hay cosas que lo alteran—. ¿Y tú? ¿Cuál ha sido tu rollo más embarazoso?

—Hmmm, no lo sé. —Me lo pienso, pero, aunque mi mente trajera a flote alguna situación digna de la madre de Stifler, no se la podría revelar, porque oigo cómo se cierra la puerta de un coche fuera—. Uf, mi padre ha llegado a casa —anuncio.

—Todavía no puedo creer que vivas en su casa otra vez. ¿Hay alguna novedad sobre tu piso?

—Mis caseros han bombeado toda el agua y ahora tienen que traer a una brigada de limpieza. Esperemos que no tarden mucho más. —Oigo cómo gira la llave en la puerta—. Tengo que colgar. Hablamos luego.

«¿Luego?», se mofa una vocecita en mi cabeza.

Oh, por favor. Esto es malo. Conocer a Jake a fondo no debería estar en mi agenda.

—Espera —dice de repente—. ¿Cuándo es nuestra próxima cita falsa?

Tengo que sonreír.

—¿Cita falsa?

—Sí. ¿Cuándo tenemos que volver a hacer el numerito para Mulder?

—Probablemente ¿nunca? No nos han invitado a nada más. —Arrugo la nariz—. ¿Por qué quieres hacerlo?

—¿Porque tenemos un acuerdo? ¿Una cita de verdad por cada cita falsa? Y yo quiero una de verdad.

Me da un vuelco el corazón.

—Solo quieres acostarte conmigo.

—Sí. Tengo muchas ganas.

Al menos es honesto.

—Bueno, me temo que el barco de las citas falsas ha zarpado.

Su voz suena grave, ronca y atractiva.

—¿Y qué hay del barco de las citas de verdad?

Me muerdo el labio inferior e inspiro.

—Creo que ese todavía está en el puerto.

187

—Bien. ¿Intentamos hacer algo este fin de semana? ¿Tal vez después de los partidos benéficos?

Oigo los pasos de mi padre cerca del comedor.

—Ya veremos. Tengo que colgar.

Cuelgo justo cuando mi padre entra por la puerta.

—Hola —me saluda. Su mirada ausente va directa al televisor.

—Hola. Hay cena en el microondas. Solo tienes que calentarla.

—Perfecto, gracias. Me muero de hambre. —Se gira y va hacia la cocina.

—¿Qué tal el entrenamiento? —grito.

—Davenport estaba muy impertinente —responde desde allí, y se le nota el descontento en la voz—. No sé qué le pasa a ese chaval.

—A lo mejor tiene problemas con las chicas. He oído que va de fanática en fanática como de flor en flor.

Papá aparece en el marco de la puerta y se pasa la mano por el pelo corto.

—Mujeres —musita—. Siempre son la raíz de estos problemas.

—En realidad, quería decir que, quizá, Hunter está usando a estas chicas para superar sus propios problemas. Pero, vale, cúlpanos a nosotras de todo, las malvadas mujeres demoníacas. —Pongo los ojos en blanco—. Espero que no le dijeras este tipo de cosas a mamá.

—No —responde con brusquedad—. Tu madre no era un demonio. Tenía sus cosas. Pero como todos. —Me dedica una mirada incisiva, pero el microondas pita y va a buscar la cena.

Me alegro de que salga de la habitación. Estoy muy cansada de que siempre me juzgue con tanta severidad. Nunca dejará que olvide mis errores.

Me pregunto cómo lidia el resto de la gente con la certeza de que sus padres se avergüenzan de ellos. Hace años que llevo el peso de la vergüenza de mi padre sobre los hombros y todavía no he encontrado la forma de superarlo.

La noche de chicas que Summer y yo habíamos planeado no sale como esperábamos. Entramos en el Malone y nos encontramos a Hollis, Nate y Hunter en el bar. Cuando nos ven, Nate sugiere que vayamos a un reservado y es imposible decirle que no a esa carita con hoyuelos, así que nos juntamos cerca de las mesas de billar, donde Hollis anuncia que vamos a tomar chupitos.

—Después del entreno de hoy, todos lo necesitamos —dice, con pesadumbre.

Saludo con la mano a Jesse Wilkes y a su novia Katie, que juegan al billar en una de las mesas lejanas. Katie me devuelve el saludo entusiasmada.

—Ya ves, ha sido inhumano —coincide Nate.

Miro hacia atrás.

—Sí, mi padre me ha dicho que ha habido algo de tensión. —Le dirijo una mirada deliberada a Hunter.

—Oh, ¿el entrenador habla mal de mí a mis espaldas? —se burla.

—Estoy bastante segura de que lo que yo sé, ya te lo ha dicho a ti a la cara. Conozco a mi padre y no sabe emplear palabras bonitas.

—Oh, el entrenador le ha echado una buena bronca hoy —confirma Nate con los ojos titilantes.

—¿Qué has hecho para merecerla? —pregunto a Hunter.

Se encoge de hombros.

—He llegado diez minutos tarde.

—Creo que se ha enfadado más porque has traído a una chica a los vestuarios —argumenta Hollis.

Me quedo boquiabierta.

—¿Has llevado a una chica a los vestuarios? No me digas que os ha pillado mientras os enrollabais.

Hunter sacude la cabeza, irritado.

—Tío, ha sido muy inofensivo. Ayer dormí en su casa y hoy me ha acercado al estadio y me ha pedido que le haga una visita guiada rápida por las instalaciones. Y por eso he llegado tarde.

—¿Qué chica era? —pregunta Hollis. ¿La de la fiesta de Jesse? ¿O la prima de Pierre que ha venido de visita desde Montreal?

—Hala, qué ligón. —Me río a carcajadas—. La vida de Hunter es un verdadero desfile de chicas.

Me sonríe.

—¿A quién no le gusta un buen desfile?

—Me encantan los desfiles —coincide Hollis—. Cuando era pequeño, vivíamos en San Francisco y el desfile del Orgullo era tan… —Se detiene cuando se le ilumina el móvil. Se lo acerca al oído—. No puedes llamarme cada cinco minutos, Rupi. La vida no funciona así.

Cuando su voz aguda se propaga desde el móvil, entierro la cara en el brazo y me río. A mi lado, Summer suelta risitas.

—¿Qué quieres hacer, ponerme un GPS en el móvil? Estoy con los chicos, ¿vale? —Hace una pausa—. Brenna y Summer también están aquí. —Hace otra pausa—. Si te preocupa tanto, ven a pasar el rato con nosotros. Te estoy invitando.

¿En serio? ¿Ahora la invita a los sitios?

—¡Pues hazte un DNI falso! —gruñe—. ¿Sabes qué? No me importa si te has enfadado. Ya está. Ya lo he dicho. No me importa. Siempre te enfadas por cualquier cosa y empiezas a volverme loco.

Y, por extraño que parezca, no oigo ni una pizca de hostilidad en su tono de voz. Casi parece que le gusta este tornado tóxico que, sin querer —bueno vale, de forma deliberada—, le hemos puesto en el camino.

—Vale… —Se detiene cada cinco segundos para escuchar—. Vale… Vale… Vale… No, no lo haré. No, no voy a pedir perdón. Si quieres, puedes venir aquí. Yo no pienso ir a verte. Hasta luego, Lucas.

Cuelga.

Arqueo las cejas.

—¿Le has colgado?

Hollis me ignora. Encorva los hombros anchos mientras escribe de manera frenética en el móvil.

—¿Le estás escribiendo? —intenta adivinar Nate.

—Le pido perdón por haber dicho: «Hasta luego, Lucas» —masculla Hollis, pero el móvil le suena de nuevo en la mano y vuelve a responder a la llamada—. Ya te he dicho que no puedo hablar ahora mismo. Perdona por decirte «Hasta luego, Lucas». Pero, en serio. Hasta luego, Lucas.

Nate nos mira a todos.

—Esta relación es mi nueva cosa favorita. ¿Soy el único?

Summer todavía se ríe como una loca.

—Es un despropósito y me encanta. —Se pasa el pelo rubio por detrás del hombro antes de salir del reservado.

—Voy a cambiar la música. En realidad, ya que me levanto, voy a pedir las bebidas. ¿Qué te apetece? —me pregunta—. ¿Tequila? ¿Fireball?

—Vodka —decido.

Nate finge una arcada.

—Cómo os gusta el vodka a las chicas.

—Oh, lo siento, ¿tu delicado paladar requiere de algo dulce y afrutado? —pregunto en tono educado.

Hunter se ríe.

—Chupitos de vodka para todos —le digo a Summer.

Mientras se aleja, no se me escapa el modo en que Hunter posa la mirada en su trasero. A Summer le quedan de maravilla los pantalones tejanos.

—Todavía te gusta, ¿eh? —digo, y le doy un codazo.

—No. —Suena muy sincero.

—¿De verdad? —Frunzo el ceño—. ¿Entonces por qué te portas tan mal con ella?

—No me porto mal con ella. Solo vivo mi vida, Brenna.

—¿Acostándote con una chica diferente cada noche?

—¿Qué más da? —Apoya los brazos musculados en la mesa y junta los dedos de las manos. Me gustan. Puede que últimamente se comporte como un imbécil, pero me gustan sus manos—. Estoy en la universidad. Si me quiero acostar cada día con alguien distinto, pues lo hago.

—Claro que sí. ¿Pero sabías que puedes acostarte cada día con una persona distinta y, a la vez, no comportarte como un imbécil con tus amigos?

—No estoy siendo un imbécil —repite—. Pero tampoco voy a fingir que Fitz no me dejó como un idiota. Le pregunté si había algo entre ellos, y él respondió que no. Entonces, me dejó pedirle una cita a Summer cuando ya sabía que él le gustaba a ella. Y durante esa cita, ella se fue en medio de la cena para ir a casa a follar con él. —Hunter se ríe bajito—. Y, de repente, ¿el imbécil soy yo?

191

—Ahí te ha pillado —dice Nate.

Sí, no puedo negar que Hunter no tenga parte de razón. Pero soy amiga de Summer, y sé que no lo hizo con mala intención.

Hunter me pone la mano sobre el hombro.

—Muévete un poco. Tengo que salir de aquí.

—No te vayas por mi culpa.

Pone los ojos en blanco.

—Voy al baño.

Cuando desaparece entre la muchedumbre, Nate se mueve hasta el sitio de Hunter y me pasa un brazo por detrás de los hombros.

—¿Qué piensas de la final? ¿Algún consejo para vencer a Connelly?

Flaqueo. ¿Por qué tendría yo algún consejo para vencer a Jake? Examino la expresión de Nate. ¿Sabe que he salido con él este fin de semana? ¿Nos ha visto alguien?

—¿Por qué me lo preguntas a mí? —musito.

—¿Porque sabes de *hockey* más que nadie? —responde enseguida—. ¿Porque vives con el entrenador y estoy seguro de que te hace ver horas y horas de metraje de partidos?

Oh. ¿Quién es la paranoica?

—Sí, es verdad —admito.

—Pues danos munición que podamos usar contra Harvard.

—Bueno, no sé si te lo habían dicho, pero… Jake Connelly es muy rápido.

Nate resopla y me pellizca un mechón de pelo.

—Dios, no tenía ni idea de eso. Alguien me dijo que lo llamaban El Rayo, pero supuse que era porque le gustaban las tormentas.

Se me escapa una risa.

—He oído que es un ávido cazador de tormentas. —Pongo una voz seria—. Con toda honestidad, es bastante difícil vencer a Connelly. Es el mejor jugador universitario del país.

—Gracias —gruñe Nate.

—Mírame a los ojos y dime que crees que eres mejor que él.

Al cabo de un momento, Nate frunce el ceño.

—Vale. Es el mejor jugador universitario del país.

—Solo podéis intentar ralentizarlo. Y respecto a Brooks Weston, no caigáis en su trampa.

—Es más fácil decirlo que hacerlo. —Hollis se une a la conversación—. Cuando la adrenalina te recorre el cuerpo y ese gilipollas te vacila, es imposible no querer darle un puñetazo.

—Es verdad —coincide Nate—. Es un cabrón.

—¿Quién es un cabrón? —pregunta Summer cuando vuelve a la mesa.

—Brooks Weston —respondo—. Ya sabes, tu mejor amigo.

—No es mi mejor amigo. Solo fuimos juntos al instituto.

Hollis le lanza una acusación.

—Este año has salido de fiesta con él varias veces.

—¿Y?

—¿Veis esto, mi gente? —Hollis señala a Summer con el dedo índice—. Esta es la cara de la traición.

—¿Con quién habla? —le susurro a Nate—. ¿«Mi gente» somos nosotros?

—¿Creo que sí?

—Oh, Dios santo —exclama Summer cuando Hollis vuelve a escribir en el móvil—. Esa chica te tiene fustigado. Sabes que no tienes que responderle al instante, ¿verdad?

—Oh, ¿en serio? —Un brillo desafiante se le refleja en los ojos azules—. ¿Quieres que ese huracán nos estalle en casa y me grite toda la noche?

—¿A mí qué me importa? No me gritaría a mí.

—Oh, ¿en serio? —repite, y alarga las sílabas. Mueve su iPhone—. Solo tengo que mandarle un mensaje donde ponga que has dicho algo malo de ella, y te inundará el móvil de mensajes.

Summer palidece.

—Ni se te ocurra.

—Eso es lo que pensaba.

Nos traen los chupitos de vodka, pero no bebemos hasta que Hunter vuelve. Se deja caer a mi lado y alcanza su vaso. Levantamos los chupitos a la vez, incluso Hollis, aunque no deja de echar miraditas al móvil. Confirmado, lo tiene fustigado.

—Por destrozar a Harvard en la final —dice Nate antes de brindar.

El vodka me quema por dentro hasta que llega al estómago. Puaj. Olvidaba lo fuerte que me resulta. Por alguna razón, es el destilado que peor me sienta.

—Uf, sabe a culo —se queja Hollis—. Odio el vodka. Y odio esta canción. ¿Has escogido esto? —pregunta a Summer cuando empieza a sonar «Shake It Off» de Taylor Swift en el bar.

—¿Qué tiene de malo la Swift? —protesta—. A nosotros nos encanta la Swift.

—No, a nosotros no nos gusta la Swift —le recuerda él—. Nos encanta *Titanic*. Nos encantan las Kardashian. Nos encanta *Solange*. Pero ni en broma nos encanta la Swift...

Lo interrumpe la llegada de Jesse y Katie. Él lleva su chaqueta de *hockey,* ella, una rebequita de primavera, así que supongo que vienen a despedirse. En lugar de eso, Jesse se dirige a Nate en tono airado:

—Sal fuera. Ahora mismo.

Enseguida me pongo alerta. No es habitual que los chicos más jóvenes den ese tipo de órdenes a su capitán de equipo.

—¿Va todo bien? —pregunta Summer, preocupada.

—No. Venid a ver esto. —Sin decir nada más, Wilkes se da la vuelta y se dirige hacia la puerta con paso firme.

Miro a Katie.

—¿Qué ha pasado?

Ella suspira y añade:

—Con el coche de un chico no se juega.

Oh, oh.

Cuando nuestro grupo sale a la calle, Jesse ya está a diez metros de distancia, con su chaqueta negra y plateada revoloteando con la brisa nocturna. Pero, incluso si no lo tuviera como punto de referencia, sabría distinguir cuál es su coche.

Es el que parece una nube de azúcar enorme y esponjosa.

—Oh, Dios —murmura Summer.

Antes, el coche de Jesse era un Honda Pilot negro. Ahora, es completamente blanco debido a la espuma de afeitar. ¿O tal vez es nata montada? Cuando llegamos al vehículo, meto el dedo meñique en la sustancia blanca y me lo acerco a la nariz. Huele dulce. Me pongo el dedo en la boca y confirmo que lidiamos con nata montada.

—Lo han hecho esos capullos de Harvard —anuncia Jesse con la cara arrugada por la ira—. Y no podemos dejar que se vayan de rositas. Voy a ir a buscarlos.

—De ninguna manera —ordena Nate.

Los ojos del de segundo echan chispas.

—¿Por qué no? ¡No se pueden meter con mis cosas!

—Es una broma estúpida, Wilkes. Si vas hasta Cambridge y les montas un berrinche, o peor, si les contestas con una broma de mal gusto, nos rebajaremos a su nivel. Y somos mejores que eso. Somos hombres adultos.

Jesse tiene la cara más roja que un tomate. Ahora mismo no parece un hombre adulto. Es un chiquillo de diecinueve años a quien unos gamberros han estropeado el coche. Lo entiendo. Es una mierda. Pero Nate tiene razón. La venganza nunca es la solución.

—¿Cómo sabes que han sido los de Harvard? —pregunto. No he podido evitarlo.

Jesse me tira un trocito de papel arrugado en la mano.

—Esto estaba en el limpiaparabrisas.

Summer mira por encima de mi hombro mientras despliego la nota. Reprimo un suspiro porque el mensaje no podría ser más claro:

¡Ya lo tenemos todo montado para ganaros en la final!

CAPÍTULO 20
BRENNA

Tap. Tap. Tap.

Ignoro los golpes de la lluvia contra la ventana de mi habitación. No recuerdo cuándo ha empezado a llover, pero ha sido poco después de haber vuelto del Malone. Llevo concentrada en mi trabajo para la universidad desde entonces, pero el ruidito empieza a molestarme. El lado bueno es que la lluvia lavará la nata montada del coche de Jesse Wilke, y tal vez así deje de llorar por ello.

Tap. Tap.

Me vibra el móvil.

JAKE: Por favor, dime que no estoy tirando piedrecitas a la ventana de la habitación de Chad Jensen.

Me incorporo de inmediato. ¿De qué habla?

Lo llamo.

—¿Estás en mi casa? —pregunto.

—Vale, o sea que sí me oyes —se queja—, pero me estás ignorando.

—No, oía unos golpes en la ventana, pero creía que era la lluvia.

—¿Por qué ibas a escuchar unos golpes? La lluvia hace una especie de tamborileo.

—Métete el tamborileo por donde te quepa, Jake.

Su risa ronca me hace cosquillas en el oído.

—¿Vas a dejar que entre o qué?

—¿No podías llamar al timbre como una persona normal?

—Claro, ¿quieres que toque el timbre? —se burla—. Vale, voy...

—Ay, calla. Que mi padre está en el comedor viendo la tele.

—Soy consciente de ello. Lo he visto por la ventana. De ahí lo de las piedrecitas.

Pienso en alguna forma para que entre. No puede acceder a las escaleras sin pasar por el comedor. E incluso si lo hiciera, esta casa de estilo victoriano es vieja y chirriante, y el cuarto y quinto escalón crujen como en una casa encantada. Es nuestro sistema de alarma.

—Ehm, sí... Creo que la única manera de que entres va a ser trepando por la cañería hasta mi ventana.

—¿Lo dices en serio? ¿Me vas a obligar a hacer un Romeo y Julieta? ¿No puedo entrar por la puerta de atrás? —Se ríe solo—. Eso dijo ella.

—Tu nivel de madurez me deja anonadada. Y no, no puedes. El comedor da a la puerta de atrás. Mi padre te vería.

—Te lanzo otra idea —dice Jake con ilusión—; podrías salir tú.

—Entonces me preguntará que adónde voy. Además, está lloviendo. No quiero salir fuera.

—¡Está lloviendo! ¡No quiero estar aquí! —Se oye un suspiro fuerte al otro lado de la línea—. Qué difícil eres. Un segundo.

Cuelga. Por un momento, me pregunto si lo deja estar y se va a su casa. Espero que no, porque no quiero estar con un hombre que se rinde con tanta facilidad.

Se me dibuja una sonrisa en el rostro en cuanto oigo el chirrido del metal. Le sigue un crujido que suena cada vez más fuerte, hasta que, al final, un golpe sordo hace vibrar la ventana y un puño borroso aparece frente al cristal mojado por la lluvia. Mientras me acerco a la ventana, de la mano se levanta un dedo, como si fuera uno de esos muñecos de las cajas sorpresa. Jake me hace una peineta.

Lucho contra la risa y le abro la ventana a toda prisa. La mosquitera se rasgó hace años, así que tengo unas vistas perfectas de la cara mojada de Jake. Tiene una mancha de barro muy *sexy* en la mejilla.

—No puedo creer que me hayas obligado a hacer esto —me acusa.

—Yo no te he obligado a nada. Tú has aparecido sin avisar. ¿Tantas ganas tenías de verme? —De repente, me siento culpable, pero no porque haya escalado una cañería por mí, sino por la felicidad que siento al verlo.

Acabo de pasar varias horas con un grupo de jugadores de *hockey* de Briar mientras escuchaba cómo se metían con los de Harvard por la gamberrada infantil que le han hecho al coche de Jesse Wilkes. Y ahí estaba, sentada con ellos, ocultando secretos. Que he estado en contacto con Jake, que he salido con él, que lo he besado…

Me siento como si hubiera traicionado a mis amigos, pero, a la vez, ya no estamos en el instituto. No dejaré de ver a alguien solo porque mis amigos corran el riesgo de sufrir una rabieta.

—Entra —le ordeno—. Si pasa alguien con el coche y ve la mitad de tu cuerpo colgando de la ventana, podrían llamar a la policía.

Jake pasa por encima de la cornisa y aterriza sobre el suelo de pino con elegancia.

—Deja que me quite las botas para no llenarte el suelo de barro. —Se desata las botas y las pone bajo la ventana. Entonces, se quita la chaqueta y sacude la cabeza mojada como un perro que se acaba de dar un baño.

Una cascada me salpica la cara.

—Gracias —digo, con ironía.

—De nada.

Y, de repente, me pone las manos en las caderas. No, borro eso: desliza las manos frías y mojadas por debajo de mi top.

—Qué calentita estás. —Suspira contento y restriega el pelo empapado contra mi cuello.

—Eres detestable —le informo mientras trato de deshacerme de su agarre—. En serio, ahora mismo te odio.

—No, no me odias. —Pero me suelta y examina rápidamente mi habitación sosa—. No me la esperaba así.

—Ya vivía sola cuando mi padre compró esta casa. Ni él ni yo nos molestamos en dar un toque personal a mi habitación. Y ahora, ¿vas a decirme por qué has aparecido de la nada? En realidad, espera. Primero quiero saber a qué ha venido lo que habéis hecho en el Malone esta noche. Ha sido increíblemente inmaduro. —Le he escrito al respecto cuando he vuelto a casa del bar, pero no me ha dado ninguna explicación. Ni tampoco ninguna respuesta.

—Eh —dice, a la defensiva—. No me metas en el mismo saco que a los idiotas de mis compañeros de equipo. He investigado después de tu mensaje. Resulta que los bandidos de la nata montada son dos de mis jugadores de segundo: Heath y Jonah. Esta noche estaban por la zona de Hastings e iban muy borrachos. Dicen que solo ha sido una broma.

—Una broma estúpida. A mí se me habría ocurrido algo más diabólico. —Le lanzo una mirada severa—. Deberías vigilar más a tus chicos. Jesse Wilkes quería conducir hasta Cambridge esta noche para vengarse. Nate y yo lo hemos convencido para que no lo hiciera, pero esa bromita casi empieza una guerra de gamberradas.

La expresión de Jake se agrava un poco.

—Gracias. Lo último que necesitaba era una brigada de chicos de Briar enfadados que atacaran el Dime. No te preocupes. Mañana hablo con ellos. —Se dirige a la cama y se deja caer sobre ella; se acomoda.

Admiro el cuerpo largo y esbelto estirado sobre mi colchón. Lleva unos pantalones tipo cargo y una sudadera negra. Aunque no por mucho tiempo, pues se la quita, la tira al suelo y vuelve a tumbarse. La camiseta con la que se queda es tan fina que parece que la hayan lavado cientos de veces. Tiene un agujero cerca del dobladillo y el logo está casi desdibujado. A duras penas consigo leer *Gloucester Lions*.

—¿Era tu equipo en el instituto? —pregunto, y trato de no centrarme en cómo se pega la tela al torso más impresionante que he visto nunca. Y vivo rodeada de musculitos, así que es mucho decir.

El cuerpo de Connelly es increíble. Punto.

Su sonrisa torcida me provoca un escalofrío.

—Sí, éramos los Lions. —Coge mi portátil cerrado, lo deja en la mesita de noche y da una palmadita al espacio que ha dejado libre—. Ven aquí.

—No.

—¿Por qué no?

—Porque si voy, nos enrollaremos y podría oírnos mi padre. —Al pronunciar esas palabras, me siento como una fracasada de inmediato. Es como si volviera a tener quince años y colara a Eric en mi habitación.

Pero me recuerdo a mí misma que lo hacía a menudo. Y en todo ese tiempo no nos pillaron ni una sola vez.

Recordar el sigilo de mis anteriores acciones furtivas es lo que me incita a unirme a Jake en la cama. Me tumbo a su lado con las piernas cruzadas. Me toma de la mano y dibuja círculos perezosos en la palma con el pulgar.

—¿Por qué estás aquí? —La pregunta me sorprende—. No habrás venido para hablar del incidente de la nata montada, ¿no? —De repente, me asalta un pensamiento—. ¿Cómo sabías dónde vivo?

—He venido porque tenía ganas de verte —dice, simplemente—. Y cómo sabía dónde vives… Me acogeré a la Quinta Enmienda para esa pregunta.

—Oh, Dios mío. Por favor, no me digas que me has *hackeado* la matrícula de la universidad o el móvil o algo así.

—No es nada tan perverso.

—Entonces, ¿cómo?

Se encoge de hombros, avergonzado.

—Connelly.

—Vale. En primero de carrera jugamos contra Briar y nos dieron una paliza. Tu padre se comportó como un imbécil con Pedersen después del partido y, bueno, queríamos a nuestro entrenador y deseábamos vengarnos, así que…

—¿Así que qué? —inquiero.

—Pues que volvimos a Hastings esa misma noche y le tiramos papel de váter a tu casa —masculla.

Tomo aire.

—¿Fuisteis vosotros? ¡Me acuerdo de eso! Mi padre estaba furioso.

—Fuimos nosotros. En mi defensa diré que tenía dieciocho años y era bastante idiota.

—No has cambiado mucho —comento con dulzura.

Enlaza sus dedos con los míos y me estruja la mano. Fuerte.

—Ay —me quejo.

—Eso no te ha dolido.

—Que sí.

—Que no. —Se detiene—. Espera, ¿te he hecho daño?

—No —admito.

—Qué mala. —Se lleva la mano a los labios y me besa los nudillos.

Lo observo mientras trato de comprenderlo. No deja de mostrarme nuevas facetas. Me pone nerviosa.

—No puedo creer que seas tan tocón.

—¿Tocón en plan molesto o en el sentido de que me gusta tocarte?

—Lo segundo. La verdad es que no me esperaba que fueras tan cariñoso. —Frunzo los labios—. Creo que no me gusta.

—Ya hemos hablado de esto, nena. Te encanta.

—Deja de decirme lo que me gusta. No me gusta que lo hagas.

—Sí que te gusta.

Suelto un gruñido, exasperada. Pero no puedo negar que su humor me divierte. Repaso el logo de los Gloucester Lions con la yema del dedo.

—¿Practicabas más deportes en el instituto?

—No. Solo el *hockey*. ¿Y tú?

—Yo jugaba a vóley, pero nunca me lo tomé en serio. Y ni de lejos era tan buena como para que me dieran una beca para jugar en un equipo universitario. Ni siquiera entré en la universidad a la primera.

Jake parece sorprendido.

—¿En serio?

—No sacaba las mejores notas. —Me sonrojo—. Fui dos años a una universidad pública hasta que pude entrar a Briar.

—Así que eras una chica mala de verdad —musita.

—Sí —admito.

—Me gustan las chicas malas. —Atrapa un mechón de mi pelo y se lo enrolla en un dedo—. ¿Te criaste por aquí cerca?

Sacudo la cabeza.

—Crecí en Westlynn. Es un pueblo pequeño de New Hampshire. Y asistía a la escuela allí, incluso después de que a mi padre le dieran este trabajo en Briar. Mis amigos estaban allí. Mis primas.

«Mi novio». Esta parte la dejo fuera. Sacar el tema de Eric nunca es buena idea. Y ya sé por experiencia que me corta el rollo.

—No tenía la mejor capacidad de decisión del mundo cuando iba al instituto —admito—. Y mi padre nunca me dejará olvidarlo. Es una de las razones por las que me mudé en cuanto pude. —Un millón de preguntas más pasan por los ojos de Jake a toda velocidad, así que cambio de tema antes de que pueda hacerme alguna—. Gloucester es un pueblo pesquero, ¿no?

—Sí.

—¿Tu familia tiene un barco?

—Mi abuelo sí. —Jake juguetea con mi pelo sin pensar. Es como si una parte de él siempre tuviera que estar en movimiento, ya sea jugando con las puntas de mi pelo o acariciándome la rodilla con los nudillos—. Mi padre trabaja en la construcción, pero el abuelo ha trabajado en un barco toda la vida. De hecho, los veranos trabajo con él.

—Ah, ¿sí? ¿Y qué haces?

—Buscamos almejas.

—Venga ya, Jake. Qué asco.

—¡Va en serio! —Sonríe—. En verano pescamos almejas. El abuelo y yo formamos un equipo de captura de dos personas. De hecho, las almejas son un negocio bastante lucrativo. En un verano gano el dinero que necesito para pagarme los gastos de todo el año.

Frunzo los labios e intento no reírme.

—Eres un buscador de almejas.

—Sí. —Se pasa la lengua por el labio inferior de manera lasciva—. Te pone, ¿verdad?

—No sé qué me hace, pero estoy bastante segura de que ahora mismo no estoy cachonda.

—Ya, claro.

—¿Te llevas bien con tu abuelo?

—Sí, es un buen tipo, el viejo. Lo quiero mucho.

—¿Y con tu padre?

—Sí, también es un buen tipo. Nos llevamos bien la mayor parte del tiempo. —Jake vuelve a meter la mano por debajo de mi camiseta—. En fin, ¿por qué no dejamos de hablar de nuestros padres?

Ya no tiene los dedos fríos. Ahora están calientes y secos y me parecen el paraíso mientras me recorre la piel desnuda.

—¿Te apetece que nos liemos? —Arquea una ceja.

—Tal vez. —Se me acelera el corazón cuando inclino la cabeza para besarlo. En cuanto nos tocamos, el calor se desata en mi interior.

Para mí, un beso es lo más íntimo que existe. Más íntimo que el sexo oral y que la penetración. Sí, solo son dos bocas que se besan, dos lenguas que bailan. Pero un beso, en su verdadera esencia, es una experiencia emocional. O, al menos, lo es para mí. Cualquiera me puede provocar un orgasmo, pero no todos pueden tocarme el alma. Un beso puede hacer que me enamore de alguien. Lo sé porque ya me ocurrió una vez. Y, debido a ello, a veces me asusta besar.

—Me puto encanta besarte —susurra Jake, y me pregunto si me ha leído la mente.

Sus labios están calientes contra los míos mientras me empuja hacia atrás con suavidad. Abro las piernas y arrima su poderoso cuerpo a mis muslos a la vez que me besa una y otra vez.

Se me gesta la excitación en el estómago. Me palpita el clítoris. Despego la boca de la suya para encontrarme con sus ojos cargados de deseo.

—No me dio tiempo a jugar la otra vez —le digo—. Tú te llevaste toda la diversión.

Responde con una sonrisa petulante.

—Tú fuiste la que se corrió. Estoy bastante seguro de que eso significa que fuiste tú quien lo pasó bien.

—Pero no pude torturarte. —Me incorporo sobre un codo y le doy un firme empujón en el pecho para forzarlo a que se quede tumbado. Cuando lo tengo a mi merced, le levanto el dobladillo de la camiseta para descubrirle los duros abdominales.

Se me acelera el corazón cuando lo examino. Tiene los músculos perfectamente definidos, y esa uve masculina que le desaparece cintura abajo me hace babear. Acerco los labios al centro de su pecho y un escalofrío le recorre todo el cuerpo. Sabe a jabón cítrico con una pizca de sal. Es delicioso. Le lamo el torso mientras le subo la camiseta para revelar más piel. Llego a un pezón y le doy un suave mordisquito.

Jake gime.

—Silencio —susurro antes de relamerlo.

—Perdona. Lo había olvidado.

Coqueteo con su otro pezón y trazo una línea de besos hasta el fuerte pilar que es su garganta. La tela de la camiseta está ahí arrugada, pero no se la quito porque soy muy consciente de que mi padre está en el piso de abajo viendo la tele. Le acaricio el cuello con la nariz mientras paso los dedos por la barba incipiente que le cubre la mandíbula.

Hace un sonidito ronco de aprobación. Le rozo los labios con los míos, pero es un contacto fugaz. Estoy ocupada mirándole su preciosa casa.

Jake parpadea y abre los ojos. Son de un verde oscuro sin fondo.

—Has dejado de besarme —masculla—. ¿Por qué has dejado de besarme?

—Porque quiero hacer otra cosa. Pero voy a necesitar que recuerdes no hacer ruido. ¿Te quedarás en silencio?

Su lengua sale disparada para humedecerse el labio superior y, enseguida, pasa al inferior.

—Lo intentaré.

Le bajo la cremallera.

Con la mirada ardiente de deseo, levanta el culo para que le baje los pantalones y los calzoncillos. Tiene los muslos duros como una roca, y no hay demasiado pelo, solo un poco y repartido. La cantidad perfecta.

Se me hace la boca agua cuando su miembro aparece como un resorte. Oh, esto me gusta.

Rodeo su voluminoso pene con los dedos. Está erecto y duro en mi mano, y su calidez aterciopelada provoca que mis fluidos corran entre mis piernas. Aprieto las piernas y me retuerzo por controlar el ansia. Hacía tiempo que no deseaba tanto que alguien estuviera dentro de mí. Hago un movimiento lento y seductor con la mano, y ambos maldecimos. No hay nada que desee más que quitarme la ropa, hundir su pene en mí y montarlo hasta que los dos lleguemos al orgasmo.

Pero eso puede esperar. Me humedezco los labios e inclino la cabeza para engullirlo.

CAPÍTULO 21

JAKE

Hostia puta.

Esta mamada es…

Brenna es…

Su boca es…

Sí, hace un rato que no me funciona el cerebro.

Enredo los dedos en el pelo oscuro de Brenna mientras su lengua se desliza por mi miembro. Me estruja la base con la mano mientras recorre la punta con la lengua, me saborea y me provoca. Me trago un gemido, pero no puedo evitar soltar una bocanada de aire ronca.

Levanta la mirada de ojos marrones.

—Estoy en silencio —consigo pronunciar—. Te lo prometo.

Sonríe y vuelve a la carga. Me chupa la punta, y yo le miro los labios, cautivado, mientras me devora. Su cabeza se vuelve a hundir y, de repente, me da la sensación de que casi rozo la parte de atrás de su garganta. Apenas tengo tiempo de registrar esta increíble sensación cuando afloja y sube lentamente la cabeza mientras su mano trabaja al perfecto unísono con su boca celestial.

No puedo creer que Brenna Jensen me esté haciendo una mamada.

La vida está llena de sorpresas inesperadas. Hace unos meses, esta chica me estaba provocando en una fiesta, donde juró que jamás se metería en la cama con un chico de Harvard. Y aquí estamos ahora. En su cama, con su boca en mi entrepierna y mi puño en su pelo.

Sus labios son…

La succión es…

Mierda, se me ha vuelto a desconectar el cerebro.

El placer me recorre la columna vertebral. Me encanta ver cómo su garganta trabaja cada vez que me engulle. Su perfecto trasero resalta en el aire, y mis manos se mueren por tocarlo y estrujarlo.

Aprieto el puño envuelto en su largo pelo y le elevo un poco la cabeza.

—Gírate para que pueda lamerte a la vez —digo con voz ronca.

Se le ensombrece la mirada de puro deseo.

—Buena idea —susurra.

Se convierte en una mancha borrosa cuando se mueve, se quita los pantalones de franela y se sienta a horcajadas sobre mi cara. Cuando saco la lengua para probarla, emite un sonido ahogado. Demasiado fuerte.

—Silencio —la vacilo antes de dar un largo y lento lametazo a su clítoris.

Contraataca y se mete la mitad de mi miembro en la boca. Vuelvo a ser yo quien emite un sonido.

—Oh, Dios mío —gimo contra su sexo—. Si seguimos así, no acabaremos nunca.

Su risa suave me hace cosquillas en la entrepierna, y eso provoca que me vibre todo el cuerpo. Subo las caderas de forma casi involuntaria para empujarme hasta el fondo de su garganta.

Aúlla de sorpresa y enseguida me retiro.

—Perdona —murmuro—. Ha sido sin querer.

—Tranquilo, solo me has asustado.

Vuelvo a prestar atención a su cuerpo *sexy* y le aprieto las nalgas. Esto es maravilloso. Su dulce sabor en mi lengua, su boca sobre mi pene. Es increíble. Muevo la lengua lentamente sobre su clítoris con la esperanza de provocarla, de prolongar el placer, pero, al cabo de poco, gimotea impaciente y vuelve a bailar sobre mi cara.

Qué chica tan codiciosa. Me río bajito al ver las ganas que tiene hasta que me masturba con la lengua y ya no puedo reírme. Una ardiente sensación de placer me sube por la espalda. Me cosquillean las pelotas, es una señal de aviso, y separo la cara de su sexo para musitar:

—No quiero correrme hasta que lo hagas tú.

—Entonces haz que me corra —me desafía.

Reto aceptado. Envuelvo su clítoris con la lengua y succiono.

Se retuerce de placer.

—Dios, qué bien. Vuelve a hacerlo.

Con la lengua en su clítoris, llevo el dedo índice al ruedo y lo introduzco dentro de ella. Está tan húmeda y apretada que casi estallo en su boca. Aguantarme conlleva toda la fuerza de voluntad del mundo.

—Venga, nena —susurro—. No dejes que me corra yo solo.

Gime flojito y mueve las caderas.

—Eso es —la incito.

Aprieta los labios alrededor de mi glande. Mascula algo contra él, creo que en señal de que ha llegado al clímax, porque, de pronto, noto cómo sus músculos internos se contraen alrededor de mi dedo y su clítoris palpita en mi lengua.

Exploto sin avisar, pero tengo la boca ocupada, así que espero que no se moleste por no haber pedido permiso. El orgasmo sale a la superficie y le llena la boca. El placer es tan intenso que casi me desmayo.

Noto un fluido en los abdominales. Brenna se reincorpora y dice:

—Lo siento, Jakey, yo no trago. Deja que busque un pañuelo.

Y me destornillo de la risa, porque solo esta chica puede hacer lo que le acaba de hacer a mi cuerpo y, acto seguido, conseguir que me ría.

Toma un puñado de pañuelos de la caja que hay en la mesita de noche y me limpia.

—Ha sido divertido —me informa.

Estoy totalmente de acuerdo.

—Dame unos diez minutos y volvemos a empezar.

—¿Brenna?

Nos quedamos helados.

—¿Con quién hablas? —inquiere una voz brusca—. ¿Quién está ahí?

—Nadie —grita, al tiempo que me advierte que permanezca en silencio con la mirada.

Claro, como si fuera a abrir la boca. Chad Jensen está al otro lado de la puerta. Es posible que me despelleje vivo si me encuentra aquí.

—He oído su voz, Brenna, y no me digas que ha sido el televisor porque no tienes uno ahí dentro.

—Estoy mirando una cosa en el ordenador —miente.

—Vaya sandez. Sé que mientes. ¿Por qué no me presentas a tu amigo?

El pánico se le refleja en la cara.

—No, papá, qué tal si no.

Hay una pausa tensa.

—¿Podemos hablar, por favor?

La mandíbula de Brenna está cerrada con llave. Parece estar apretando los dientes para tratar de abrirla.

—Un segundo —le dice a la puerta. Se apresura a ponerse los pantalones mientras me indica con un gesto que haga lo mismo—. Ahora vuelvo —me susurra.

Después de todo, igual sí que ha sido una mala idea venir. Mientras Brenna sale al pasillo, me pongo los *boxers* y los pantalones cargo, me subo la cremallera y rezo para que no me asesinen.

La voz de Brenna suena amortiguada, pero la de su padre no. El entrenador Jensen es una figura aterradora e imponente. No obstante, me sorprendo cuando me acerco a la puerta.

—... hablado de esto —Brenna parece irritada.

—No te puedes encerrar en la habitación con un desconocido. Si vas a invitar a alguien, deberías estar dispuesta a presentárselo a tu padre.

—Estás siendo ridículo. No voy a presentarte a todas las personas que hay en mi vida. Solo es un amigo.

—Entonces no hay motivo alguno para esconderlo ahí dentro, ¿no?

—Papá, por favor, déjalo, ¿vale?

—No volveré a pasar por esto contigo. —El entrenador Jensen suena decepcionado. No enfadado, sino francamente decepcionado. Cosa que hace que me sienta bastante incómodo—. No volveré a lidiar con tus secretos y con que hagas cosas a escondidas. Ya sabes qué pasó la última vez que no fuimos sinceros el uno con el otro.

—No hay nada que admitir —contesta, frustrada—. Solo es un chico.

Me estremezco. ¿Solo soy un chico?

O sea, es verdad. Tampoco es que llevemos años juntos. No tengo un anillo de compromiso en el bolsillo. Y entiendo por qué no puede decirle a su padre que tiene un rollo con el jugador de *hockey* que destrozará a su equipo la semana que viene. Pero soy algo más que «solo un chico».

¿Verdad?

Al entrenador Jensen tampoco le caigo demasiado bien.

—¿Entonces es alguien de ForoCoches? —ruge.

—¡Papá! ¡Qué asco! En primer lugar, ¡la gente de mi edad no usa ForoCoches! Es un caldo de cultivo de pedófilos y pervertidos.

Me trago una carcajada.

—Y, en segundo lugar, mi vida personal no es de tu incumbencia.

—Si vives en mi casa, lo es.

Se está poniendo intenso, así que me alejo de la puerta.

—Papá, por favor. Solo... vete a dormir —dice, cansada—. Mi amigo ya se iba, de todos modos. Tengo que acabar un artículo para mañana.

—Vale. —Su padre no parece nada tranquilo—. Dile a tu amigo que salga por la puerta principal. No quiero que nos rompa la cañería, o la reja, o lo que sea que haya usado para subir hasta aquí.

Pillado.

Oigo sus pasos fuertes en el pasillo y otros más suaves que se acercan a la puerta. Cuando Brenna vuelve a la habitación, le ha desaparecido la rojez de las mejillas. Sus ojos están vacíos de deseo. Y de cualquier emoción, en realidad.

—Tienes que irte.

—Lo imaginaba. —Ya me estoy poniendo la chaqueta.

—Lo siento. Mi padre es... Es... difícil. —No me busca la mirada y, por cómo se retuerce las manos, veo que está nerviosa.

O, tal vez, es la vergüenza lo que hace que esté inquieta. Nunca pensé que Brenna Jensen fuera capaz de avergonzarse. O de sentirse derrotada. Por lo general, parece muy tenaz. Pero, por primera vez desde que nos conocimos, parece que se le haya escapado la fuerza.

—¿Siempre ha sido tan estricto? —le pregunto.

—Sí, pero no es culpa suya del todo. Le di una razón para que siempre pensara lo peor de mí.

Esta críptica declaración me espolea la curiosidad. Quiero indagar en los detalles, pero su mirada cautelosa es un claro indicio de que no recibiré respuesta alguna.

—Jake —empieza—. No sé ni cuándo, ni si volveremos a vernos.

Frunzo el ceño.

—¿Por qué?

—Porque... —Su mirada por fin pasa de mis pies a mi cara—. Es demasiado complicado. No sé cuándo estará listo mi piso y, mientras viva aquí, no te puedo traer a hurtadillas. Y te aseguro que mi padre no estará de acuerdo con esto.

—¿Porque juego para Harvard? Lo superará.

—Ni siquiera es eso. No estará de acuerdo con nada después de... —Se detiene, sacude la cabeza y vuelve a empezar—. Ya no importa. Me has ayudado con lo de Mulder y cumpliré con mi parte del trato.

—¿El trato? —repito, pesimista.

—Querías una cita de verdad. La tuviste. Nos hemos enrollado un par de veces, nos hemos provocado un par de orgasmos. Así que digamos que ha sido un rollo exitoso y pasemos página. ¿De qué serviría seguir con esto, de todos modos? No irá a ninguna parte.

Quiero discutirlo, pero, a la vez, sé que tiene razón. En verano me voy de la ciudad. Ahora tengo que concentrarme en el partido contra Briar. Y, si todo va bien, en la primera ronda del torneo nacional. ¿Y si eso también va bien? Nos encaramos a la Frozen Four de la Asociación Nacional Deportiva Universitaria.

Brenna es una distracción. Y no se me escapa la ironía de todo el asunto. Hace unas semanas, le di lecciones a McCarthy sobre el mismo tema. No, aleccioné a todo mi equipo sobre sus vicios y les obligué a aparcarlo todo hasta que terminemos la temporada.

Y aquí estoy, enrollándome con la hija de Chad Jensen. Cuando me ha escrito por esa tontería de la nata montada, en lugar de quedarme en el Dime con mis compañeros o regañar a Heath y Jonah por lo que habían hecho, solo podía pensar en que llevaba días sin besar a Brenna. ¿Y qué he hecho? Le he pedido el coche a Brooks y he venido hasta Hastings como un pringado enamorado.

A lo mejor lleva razón. Tal vez tenemos que dejarlo.

Pero no quiero, joder. Así que lo digo en voz alta.

—No quiero dejar de verte.

—Me parece genial, Jake, pero te lo acabo de decir. Yo no puedo más.

La frustración me invade el pecho.

—No creo que lo digas en serio.

—¿Y si dejas de decirme lo que digo en serio y lo que no? —Suspira y camina hacia la cornisa de la ventana para coger mis botas—. Es hora de que te vayas.

—¿Estás segura de que tu padre no aparecerá en la oscuridad? —pregunto, cauteloso.

—No lo hará. A veces es un capullo, pero no montará una escenita delante de un desconocido.

Un desconocido. Vuelvo a sentir la punzada de dolor, cosa que me irrita. Soy Jake Connelly, por favor. A mí no me hieren los sentimientos, y solo me importa una cosa: el *hockey*. No debería importarme lo que Brenna piense de mí.

Salimos de su habitación con cuidado. Se ve una luz por debajo de una puerta al final del pasillo. Supongo que es la habitación del entrenador Jensen. Por suerte, está cerrada. En las escaleras, con el pie cubierto por un calcetín, piso un escalón que cruje tan fuerte que parece que toda la casa proteste, disgustada. «Ya te oigo, casa. Yo tampoco estoy demasiado contento ahora mismo».

En el recibidor, me pongo las Timberland y me las ato.

—¿De verdad no quieres que nos volvamos a ver? —pregunto con la voz rasgada. Y no es porque tenga que susurrar.

—Yo... —Se pasa la mano por el pelo enmarañado—. No puedo ocuparme de esto ahora mismo. Vete ya, Jake. Por favor.

Y me voy.

CAPÍTULO 22

JAKE

El sábado por la mañana, Hazel me acompaña a Gloucester a visitar a mis padres. En el viaje en tren es la que más habla de los dos. Me esfuerzo por prestarle atención, porque hace días que no nos vemos, pero tengo la cabeza en otra parte. Está en Hastings, en casa de Brenna, y repasa una y otra vez la noche entera.

No entiendo la extraña tensión que hay entre Brenna y su padre. Admitió que había sido una chica mala, pero no puedo evitar preguntarme qué hizo para ganarse su total desconfianza. ¿Mató a la mascota de la familia?

Me ha ignorado durante los últimos tres días y, oficialmente, tengo el ego por los suelos. ¿Cuatro mensajes sin contestar? Esto nunca me había pasado. Mientras tanto, solo queda una semana para la final de la liga y no estoy centrado. No me preocupa el partido de hoy y mañana para la Asociación de Boston contra el Cáncer, porque no se trata de ganar o perder, sino de apoyar una buena causa. Sin embargo, me tengo que poner las pilas para la semana que viene.

—Oh, ¿y sabes quién se casa? —dice Hazel.

—¿Hmmm?

—¿Me estás escuchando? —pregunta.

Me paso la mano por la cara. Anoche dormí fatal.

—Sí —digo, ausente—. Has dicho que te vas a casar… Espera, ¿qué? ¿Te vas a casar?

—No, yo no. Yo no me caso, idiota. —Pone los ojos en blanco y se aparta un mechón de pelo detrás de la oreja.

De repente, me doy cuenta de que lleva el pelo suelto. Por lo general, lleva trenzas o se lo recoge en una coleta.

—Llevas el pelo suelto —digo.

Un ligero rubor le cubre las mejillas.

—Sí. Hace cuarenta minutos que lo llevo así.

—Lo siento.

—¿Qué te pasa? ¿Por qué estás en las nubes hoy?

—Pienso en el partido de este fin de semana. —Su expresión escéptica me indica que no se lo ha creído, pero no le doy la oportunidad de indagar en el tema—. ¿Y quién dices que se casa?

—Tina Carlen. Iba un curso por detrás del nuestro en el colegio.

—¿La hermana de Petey?

—Sí.

—Espera, ¿cuántos años tiene?

—Veinte.

—¿Y se va a casar? ¿Te ha enviado una invitación para la boda?

—Sí. Y es posible que a ti también. Nunca abres el correo electrónico.

Me quedo boquiabierto.

—¿Han mandado invitaciones electrónicas para la boda?

—Así somos los milenials, ¿no?

Me río.

El tren llega a la estación diez minutos después, y ya estamos de camino a casa de mis padres.

—A mi madre le hará mucha ilusión verte —digo a Hazel cuando nos acercamos a las escaleras de la entrada.

—¿Le has dicho que venía?

—No. He pensado que sería mejor que fuera una sorpresa.

Y no me equivocaba. Mi madre se alegra muchísimo cuando la ve en la entrada.

—¡Hazel! —exclama, y rodea con los brazos a mi amiga de la infancia—. ¡No sabía que venías! ¡Qué sorpresa tan bonita!

Hazel la abraza a su vez.

—Me alegro de verla, señora Connelly.

—¡Cuelga el abrigo y ven a ver lo que hemos hecho en el salón! Lo hemos redecorado todo. —Toma a Hazel de la mano y se la lleva. Enseguida están en el salón, donde mi amiga finge que le gustan los cambios. Sé que lo hace porque Hazel siempre

213

ha sido bastante virago. El papel de pared floral de mi madre y las cortinas con adornos son demasiado femeninas para su gusto.

—Jake. —Mi padre aparece en el marco de la puerta de la cocina con el pelo oscuro despeinado como siempre—. Siento no haber estado la semana pasada, pero me alegro de verte hoy.

—Yo también. —Nos saludamos de la forma más varonil posible: una combinación entre un abrazo, una palmadita en la espalda y un apretón de manos.

Lo sigo a la cocina.

—¿Quieres café? —pregunta.

—Sí, por favor.

Me sirve una taza, camina hacia la nevera y saca algunos ingredientes.

—Hoy me toca hacer el desayuno. ¿Qué te parece una tortilla francesa?

—Me parece genial. ¿Necesitas ayuda?

—Puedes cortar esto. —Me señala el surtido de verduras que hay en la encimera.

Saco una tabla de cortar, un cuchillo y empiezo. Al otro lado de la isla, mi padre casca huevos en un bol de cerámica.

—Pues anoche vi un bloque informativo de HockeyNet —me cuenta mientras bate los huevos—. El *ranking* de las diez jóvenes promesas de la temporada que viene. Eras el segundo.

—¿Quién era el número uno? —inquiero. Porque, vamos a ver. Está mal que lo diga, pero el último jugador que se acercó a mis estadísticas fue Garrett Graham y lo está haciendo genial en Boston.

—Wayne Dodd —dice mi padre.

Me relajo. Es aceptable. Dodd es el portero de una de las universidades de la Big Ten Conference. Es un jugador excelente, pero ser portero requiere de unas habilidades completamente distintas. Puede que sea el número dos, pero, técnicamente, soy el número uno en posición de delantero. Me conformo con eso.

—Dodd tiene un buen guante —digo—. Vi uno de sus partidos por televisión y me pareció aterrador.

Mi padre entrecierra los ojos.

—¿Crees que tendrás que enfrentarte a él en la Frozen Four?

—Es probable. Una vez se decidan las finales de la liga, sabremos quién sigue adelante. —Y esta debería ser mi principal preocupación: que mi equipo llegue al torneo nacional. La presión es una locura. Los dieciséis equipos iniciales se reducirán a cuatro en el transcurso de un fin de semana. De esos, solo pasarán dos. Y luego uno. Debemos ser ese uno.

Mi padre cambia de tema.

—¿Has buscado casa en Edmonton? ¿Has mirado anuncios por internet?

—No he tenido demasiado tiempo para investigar —admito—. Me he concentrado en prepararme para el partido contra Briar.

—Ah, claro, es verdad. —Me quita la tabla de cortar y usa el cuchillo para tirar los champiñones y los pimientos verdes cortados en la tortilla que burbujea en la sartén—. Así que... has traído a Hazel a casa hoy...

—¿De repente os molesta? —Me río, porque Hazel ha estado en nuestra casa cientos, si no miles, de veces.

—No, claro que no. —Me mira por encima del hombro y me sonríe, avergonzado—. Era mi manera de tío guay de preguntarte si por fin estáis juntos.

Mis padres son lo peor cuando se trata de esto.

—No, no estamos juntos.

—¿Por qué no? Además de hacer a tu madre muy muy feliz, salir con Hazel sería bueno para ti. Te mantendría los pies en la tierra cuando te mudes a Edmonton.

Me siento en la encimera.

—Solo somos amigos, papá.

—Ya lo sé, pero tal vez...

—Huele genial —exclama Hazel, y agradezco la interrupción.

Mi madre se acerca por detrás, me despeina el pelo y me planta un beso en la cabeza.

—No me has dado el abrazo de bienvenida —me regaña.

—Sí, porque estabas ansiosa por enseñarle el salón a Hazel.

Mi amiga se sienta en el taburete que hay junto al mío y el ambiente de la cocina se vuelve muchísimo más ligero. Pero, por dentro, sigo preocupado porque llevo tres días sin hablar con Brenna.

En el camino de vuelta a Cambridge, Hazel me llama la atención.

—Vale, ¿qué narices te pasa, Connelly? Llevas toda la mañana distraído y gruñón. Lo ha notado hasta tu madre.

—No me pasa nada —miento.

Me examina la cara.

—¿Estás nervioso por el partido contra nosotros de este fin de semana?

—No. Os vamos a dar una paliza.

Saca la lengua.

—Estoy muy indecisa en cuanto a quién animar.

—No, no lo estás. Animarás a tu mejor amigo, por supuesto.

Hazel apoya la cabeza en mi hombro cuando el tren toma velocidad.

—Estás muy raro, aunque no lo quieras admitir. Y has estado distante las últimas veces que hemos hablado —admite—. ¿Estás enfadado conmigo o algo?

—Claro que no. Es que tengo muchas cosas en la cabeza.

Titubea durante un rato largo.

—¿Alguna chica?

—No.

Levanta la cabeza y, de repente, siento un par de ojos sospechosos en mí.

—Se trata de una chica, ¿verdad? ¿Te estás viendo con alguien?

—No.

—¿Me estás mintiendo?

—Sí.

Hazel se ríe, pero suena un poco forzado. No sé descifrar su expresión, pero creo que hay una pizca de desaprobación.

—¿Qué pasa? ¿No puedo verme con nadie? —digo.

—No es eso. Es que... tú no tienes novias, ¿recuerdas?

—Sí, y esta es una de las razones. —Mi tono se vuelve lúgubre—. Es una mierda que te ignoren.

—¿Te está ignorando? —exclama—. ¿Tú, el gran Jake Connelly, eres víctima del *ghosting*?

—Más o menos. Pero no es *ghosting* exactamente, porque tampoco desapareció sin decir más. Lo terminó cara a cara, pero fue una ruptura bastante confusa.

—¿Una ruptura? —repite Hazel, sorprendida—. ¿Cuánto tiempo hacía que os veíais?

—La verdad es que no mucho. Pocas semanas.

Juguetea con su anillo del pulgar. Hazel lleva muchos abalorios, sobre todo anillos y pulseras, y el que está tocando ahora fue un regalo de Navidad mío. La franja plateada brilla con la luz cuando lo gira sobre el pulgar.

—¿Y ya estás tan enganchado después de unas pocas semanas? —pregunta, finalmente.

—Bueno, la tenía en el radar desde hace más tiempo. Pero empezamos a vernos hace poco.

—¿Y tuvisteis una cita? ¿En plan, una cita de verdad?

—Sí.

Vuelve a girar el anillo.

—¿Y fue bien?

—Muy bien —confieso—. No sé, iba todo muy bien y ahora se ha echado para atrás.

—Entonces es una imbécil.

—No, no lo es. En realidad, es guay. Creo que te caería bien.

—¿Cómo se llama?

—Bre... —me detengo.

—¿Bre? —Hazel arruga la frente—. ¿Qué clase de nombre es ese?

Titubeo antes de decidirme a ser sincero. De todos modos, Hazel no forma parte del mundillo del *hockey*, así que no creo que sume dos más dos con respecto a su nombre.

—Se llama Brenna —desvelo.

—Es un nombre bonito. —Hazel ladea la cabeza—. ¿Es guapa?

—Preciosa.

—Supongo que tiene que serlo, ¿no? Quiero decir, no puedes ser un despojo y robarle el corazón al escurridizo de Jake Connelly.

Me encojo de hombros.

—No me ha robado el corazón y yo no soy escurridizo.

—Tío, todas las chicas del instituto querían estar contigo, y ni una sola fue capaz de atarte. Eres incuestionablemente escurridizo. Como una anguila. —Vuelve a juguetear con el anillo del pulgar—. Cuéntame algo de Brenna.

—No, no hagamos esto.

—¿Por qué? ¿No podemos hablar de relaciones?

—Nunca lo hemos hecho antes.

—¿Y?

—Vale. Tú primera —la reto.

—Ningún problema. Hablemos de mi relación. —Hazel me sonríe—. Yo no tengo ninguna. Te toca.

No puedo evitar reírme. Ahí me ha pillado.

—No sé, ¿qué quieres que te diga? Se llama Brenna. Es maravillosa. Hemos cortado. O, quizá, nos hemos dado un tiempo. Eso es todo lo que hay que saber.

—¿Va a Harvard?

—No.

—¿Va a la universidad?

—Sí.

Hazel suelta un suspiro dramático.

—¿Vas a decirme a cuál?

Me lo pienso.

—¿Me prometes que no se lo dirás a nadie?

—Por supuesto. —Arruga más la frente.

—Va a Briar.

Un destello indescifrable para mí atraviesa la mirada de Hazel. Se le tensa la mandíbula brevemente antes de relajarse de nuevo. Vuelve a girar el anillo.

—Vale. Va a Briar. ¿Y?

—Y su padre es el entrenador del equipo de *hockey* de Briar.

A pesar del total desinterés por el mundo del *hockey*, incluso Hazel entiende la locura que es esto.

—¿Lo dices en serio?

Asiento.

—Brenna Jensen. La hija de Chad Jensen. —Exhalo—. Se me ha metido en la cabeza.

—¿A qué te refieres?

—Pues a que no puedo dejar de pensar en ella. Y sé que ha sido mala idea enrollarme con ella, sobre todo, sabiendo que la semana que viene jugamos contra vuestro equipo. Pero... —Me recoloco—. Me gusta.

—Te gusta —repite mi amiga.

—Sí.

—Y has estado preocupado y raro porque te ignora.

—Sí.

Hazel se queda en silencio.

—¿Qué pasa? —pregunto. Sé identificar cuándo algo importante le ronda la cabeza—. ¿En qué piensas?

—Es solo que... ¿No se te ha ocurrido que podría ser parte de su plan?

—¿Qué plan?

—¿De verdad no lo ves? —Hazel me mira como si fuera el tío más tonto del planeta—. Todo el mundo sabía que la final de la liga sería entre Harvard y Briar, y unas semanas antes de este importantísimo partido, la hija del entrenador de Briar se interesa por ti de repente. Y te cito: «Se te mete en la cabeza». Y ahora estás distraído, y estoy segurísima de que no estás dando tu habitual cien por cien en los entrenamientos, porque estás obsesionado con esta chica. ¿Ves por dónde voy, Jake?

Sí, y es gracioso, porque aquella primera noche en la cafetería, acusé a Brenna de hacer lo que ahora sugiere Hazel. Ella lo negó, y yo la creí entonces, y todavía lo hago. Ya no veo a Brenna Jensen con ningún tipo de cinismo.

—Brenna no es así —digo, simplemente—. Sí, apoya mucho a su equipo y a su padre, pero no intenta sabotearme.

—¿Cómo lo sabes?

—Porque lo sé.

—¿Apostarías tu vida por ello? —pregunta Hazel, desafiante.

—No tengo que apostar la vida por esto —respondo secamente—. Pero sí, sé con total seguridad que no es un complot malvado por su parte.

—Si tú lo dices.

Pero la cara de «por favor, qué tonto eres» de Hazel me indica que no se lo ha creído.

CAPÍTULO 23

JAKE

—¿Tengo el culo de burbuja?

Vuelvo a comprobar los mensajes, pero sigue sin haber noticias de Brenna. Han pasado cinco días. Cinco días de completo silencio. Esto es inaceptable.

—¡Eh! ¿Me estás escuchando?

Levanto la cabeza para mirar a Brooks. Estamos en la sala de audiovisuales del estadio a la espera de que llegue todo el mundo a la reunión del equipo. Esta mañana nos han citado para ver la grabación de un partido. Será divertido ver patinar a los amigos de Brenna en una enorme pantalla.

Mierda. Hazel tiene razón. No dejo de pensar en ella y esto no es bueno.

—¿Vas a responder a la pregunta? —pide Brooks.

—No, porque no entiendo qué me estás preguntando. —Dejo el móvil, me acomodo en la silla acolchada y cruzo los brazos por detrás de la cabeza.

—No es tan difícil, Connelly. En tu opinión, ¿tengo el culo de burbuja o no?

Lo miro fijamente.

—¿Qué narices es un culo de burbuja?

—Exactamente lo que parece. —Se pasa una mano por el pelo rubio, frustrado.

—Oh, ¿como un culo gordo?

—No, un culo gordo no. Por el amor de Dios. Es como tener dos esferas perfectamente redondas y, normalmente, muy apretadas. Ya sabes, como tener dos burbujas, pero en el culo. Un culo de burbuja. —Suena exasperado—. ¿Qué parte es la que no entiendes?

Estoy muy confundido.

—¿Por qué lo preguntas?

Se deja caer en una silla.

—Porque ayer me estaba tirando a Kayla…

—Oh, ya lo sé —digo, secamente—. Lo oí todo.

—… y estábamos de pie contra la pared, sabes, tenía las piernas a mi alrededor. La estaba agarrando por el culo y apretándola contra mi p…

—Tío. No quiero oír eso, en serio.

—Tiene sentido que lo diga, te lo juro —insiste.

Nuestros compañeros de equipo empiezan a aparecer. Coby, McCarthy, Dmitry. Heath y su socio, el Bandido de la Nata Montada, Jonah. Algunos de cuarto.

Brooks ni se inmuta por el público.

—Pues eso, que lo estábamos haciendo de pie y ella me clavaba las uñas en los hombros. Yo tenía la puerta del armario abierta, así que nos veía por el espejo, ya sabes, ese que tengo de cuerpo entero en la parte interior de la puerta. —El tono se le tiñe de indignación—. Y, de repente, se empieza a reír. Le pregunté de qué cojones se reía, ¡y va y me dice que se acababa de dar cuenta de que tengo un culo de burbuja!

—¿Qué pasa? —pregunta algo asustado Adam, el de primero. El pobre chico todavía no se ha adaptado a nosotros. Después de casi una temporada entera, podría parecer que ya se ha acostumbrado a nuestras locuras, pero no es así.

Brooks se gira sobre la silla. Tenemos un buen equipo en esta sala de audiovisuales. Sillas acolchadas rotatorias, una pantalla enorme que casi ocupa una pared entera, muchos aparatos tecnológicos guais que al entrenador le gusta usar cuando congela fotogramas o subraya jugadas concretas.

—¿Qué es un culo de burbuja? —pregunta Heath.

—Un culo con forma de dos esferas —sugiere Coby.

—¿Veis? ¡Él sabe de lo que hablo! —Brooks señala a Coby y asiente en aprobación—. ¿El mío es así?

—Tío, siento decepcionarte —digo—, pero no te he mirado demasiado el culo. Tampoco he examinado los culos de los otros tíos y, dado que no sé cómo es un culo de burbuja, no puedo decirte si el tuyo lo es. Así que, por el amor de Dios, ¿podemos hablar de otra cosa?

Parece que no, porque Brooks se dirige hacia uno de los portátiles que hay sobre el escritorio del entrenador. Toca el panel táctil y aparece un buscador web en la enorme pantalla que hay detrás de él.

—Vale, a ver… —Escribe las palabras «culo burbuja» en el buscador de imágenes.

Al cabo de dos segundos, aparecen en la pantalla filas y filas de miniaturas, y todas muestran traseros femeninos muy *sexys*.

—Uf, perdón, no. No quiero ver chicas. —Brooks modifica la búsqueda a «culo burbuja hombre».

La primera imagen que aparece es un señor mayor vestido dentro de una burbuja de verdad.

—¿Qué hace ese hombre dentro de una burbuja? —se ríe Coby.

—Tal vez tenga esa enfermedad de la burbuja —sugiere alguien—. Ya sabéis, esa en la que tienes que aislarte del resto del mundo.

—La burbuja no es la enfermedad —dice Dmitry, con una carcajada—. La burbuja es la solución a la enfermedad.

—¿Por qué es tan difícil encontrar imágenes de culos masculinos? —gruñe Brooks—. Vale, chicos. Preparaos.

—Weston —lo aviso—. Sea lo que sea lo que estés a punto de hacer, por favor, no lo hagas.

Por desgracia, no hay forma de detener a Brooks cuando se va por la tangente y, en especial, si se trata de su aspecto. Es tremendamente vanidoso.

Cuando aparece una página porno en la pantalla, vuelvo a lanzar una advertencia.

—Más te vale cerrar eso antes de que aparezca el entrenador. Mira al reloj que hay sobre la puerta.

—Quedan diez minutos, y nunca llega temprano. El entrenador es más de llegar a en punto.

Es cierto, pero eso no significa que quiera ver porno en las instalaciones de la universidad.

Brooks le da a la barra de búsqueda y escribe las palabras clave «culo burbuja» y, de repente, ya no estamos viendo porno. Estamos viendo porno gay. Fantástico.

—¡Ahí está! —exclama Brooks, triunfante—. ¡Eso es lo que ella decía que parecía! —Hace clic sobre una miniatura titulada: *Le dan duro a un culo burbuja.*

Coby se queja.

—Tío, yo no quiero ver esta mierda.

Pero Brooks pausa la escena antes de que empiece el sexo. De hecho, todavía se ve a un solo chico en escena: un nórdico alto y rubio que se desnuda en un estudio de *jiu-jitsu* porque eso es lo que hace la gente en la vida real.

Brooks aumenta la imagen del trasero del chaval. Y, vale, no voy a mentir, sus glúteos parecen dos burbujas. En cuanto al resto del cuerpo, es flaco y esbelto, así que esas esferas apretadas realmente saltan a la vista.

—Es lo primero que veo cuando lo miro —admite Coby—. Mis ojos van directos a su culo.

—Los míos también —digo—. Es raro, ¿no?

—¿Es como el mío? —inquiere Brooks—. Porque si es así, me mato. Miradlo. Está completamente desproporcionado con respecto al resto del cuerpo.

—Tío, ya te lo hemos dicho, no le prestamos atención a tu culo —repito, irritado—. No podemos compararlo.

—Vale. Pues aquí tenéis.

Se gira y se baja los pantalones.

Justo cuando el entrenador Pedersen entra en la sala.

Este último da un traspié y se queda quieto. Su mirada va del hombre desnudo de la pantalla al trasero descubierto de Weston. Entonces, frunce el ceño y nos dice a todos:

—¿Qué os pasa, imbéciles?

—No es lo que parece —asegura Brooks.

—¿En serio? Porque parece que estás comparando tu culo con el de la pantalla, y la respuesta a esa pregunta es sí, son idénticos. Ahora súbete los malditos pantalones, apaga esa porquería y siéntate, Weston.

Mi compañero de equipo parece francamente devastado mientras se sube los pantalones.

—Tengo el culo de burbuja, chicos. Me siento como si hubiera vivido engañado toda la vida.

Nuestro portero se ríe por lo bajo.

—Siempre puedes operarte.

—Basta. —El entrenador zanja el tema—. No tenemos tiempo para estas tonterías. Nos enfrentamos a Jensen y a su equipo en cinco días. Lo emitirán por todas las cadenas de televisión de Nueva Inglaterra, y se rumorea que HockeyNet también lo retransmitirá. Así que decidme, ¿queréis quedar como unos idiotas o queréis ganar?

—Queremos ganar —musita todo el mundo.

—¿Os queréis hacer una paja con el culo de Weston o queréis ganar?

Levantamos la voz.

—¡Queremos ganar!

—Bien. Entonces, a callar y prestad atención.

Después de la reunión, Pedersen me llama antes de que salga con el resto de mis compañeros por la puerta.

—Connelly, quédate.

Camino hacia él con las manos en los bolsillos.

—¿Qué ocurre, entrenador?

—Siéntate. —En base a su expresión severa, no vamos a mantener una simple charla. Cuando me siento, se sitúa frente a mí con los brazos cruzados—. ¿Qué te pasa, Jake?

—¿A qué se refiere?

—Me refiero a ¿qué te pasa? Esta mañana no has estado del todo bien en la pista. Dos segundos más lento de lo normal. Sí, sigue siendo más rápido que el jugador promedio, pero es lento para ti.

—Estaba distraído —admito.

—¿Y esta tarde? Por lo general, cuando vienes con antelación, llego yo y tú ya estás dirigiendo la reunión y empezando a ver la cinta. Y, en lugar de eso, he entrado y tenías a Weston moviendo el culo delante de todo el mundo mientras veíais porno gay.

—No estábamos viendo porno gay —le aseguro—. Solo estábamos… —dejo la frase a medias.

Porque tiene razón. Siempre estoy muy concentrado en el juego. Le he dedicado toda mi atención, física y mental, desde que tuve edad para patinar. Dirijo las reuniones del equipo. Llego antes, les ofrezco ayuda extra a los chicos que la necesitan. Sacrifico mi propio tiempo, mi sueño y mi trabajo de clase para asegurar que todas las armas de nuestro equipo están cargadas y funcionan.

Durante los últimos cinco días, he tenido la cabeza en otra parte. Puede que cinco días parezca poco tiempo en términos generales, pero es mucho si solo te quedan otros cinco para preparar el partido más importante de la temporada. No es el segundo más importante, porque eso significaría que hemos asumido que tenemos la Frozen Four asegurada, pero no es así. Tenemos que ganar a Briar para seguir adelante. Así que sí: es el partido más importante, y es lo único que debería importarme ahora mismo.

—Tiene razón —digo—. No he estado tan concentrado como debería.

—¿Qué te pasa? ¿Son las clases? ¿Te buscamos un tutor?

—No, voy bien con eso. Me quedan un par de artículos de la evaluación final por escribir, pero no tengo problemas con eso. Y no los tengo que entregar hasta mayo, en cualquier caso.

—Entonces, ¿qué es? ¿Tienes problemas en casa?

—No. —Me recoloco en la silla. Un sentimiento de vergüenza poco frecuente en mí hace que me arda la nuca—. Me siento como un imbécil al decir esto, pero es por una chica.

El entrenador suelta un gruñido de desaprobación.

—¿Quieres que te dé un consejo?

—Por favor.

—Olvídala.

Se me escapa una carcajada. Bueno. Eso no ayuda.

—Podría ser una solución —digo, con cuidado. Porque al entrenador Pedersen no le gusta que lo cuestionen.

—Créeme, chaval, es la *única* solución. Las mujeres son un quebradero de cabeza. Incluso las buenas. —Sacude la cabeza—. Es como si todas hubieran asistido a una clase magistral de manipulación donde les enseñan a jugar con las emociones de los demás. Nos convierten en esclavos o en tontos.

Su reacción volátil me pilla desprevenido. Noto mucha rabia en su tono de voz y me pregunto quién le rompió el corazón. Hasta donde yo sé, Pedersen nunca ha estado casado. No tiene hijos y, si tiene novia, nunca habla de ella. Algunos de los chicos creen que es gay, pero yo opino que no. El año pasado, en un evento del equipo en un hotel de Boston, lo vi salir de la fiesta con una chica pelirroja que llevaba un vestido ajustado. Eso no significa que no sea gay, pero ¿quién sabe?

Aunque, por lo que dice, no parece interesado en tener una relación.

—Al final del día, esas mujeres siempre quieren algo de ti, chaval. Siempre quieren algo. Piden, piden y piden, pero no dan nada a cambio. A nadie le importan una mierda los demás, así que hay que mirar por uno mismo, ¿no?

Eso es lo que suelo hacer. Lo que he hecho toda la vida. No sé por qué últimamente no me sale bien. Tengo el estómago lleno de nudos desde que Brenna terminó lo que teníamos.

—¿Sabes qué es lo que más me gusta de ti, Jake?

—¿Qué? —pregunto con cautela.

—Que eres egoísta.

Me empiezo a enfadar. Lo dice como un cumplido, y ni siquiera es algo nuevo para mí: sé que soy egoísta. Pero, por alguna razón, que mi entrenador me lo diga a la cara me pone los pelos de punta.

—No dejas que nada se interponga entre tú y tus metas —continúa—. Tus necesidades van primero, y así es como debería ser siempre. Esta es la razón por la que estás destinado a ser una superestrella. —Vuelve a sacudir la cabeza—. Si esta chica te causa tanto dolor, olvídala. Céntrate en ganar, céntrate en el trabajo tan genial que tendrás en agosto. Un paso en falso sobre el hielo puede arruinar una carrera. La falta de concentración puede ser un peligro, y no solo me refiero al riesgo de lesionarte. Un mal partido afectará negativamente a tu imagen, y créeme si te digo que tus nuevos jefes ven todos tus partidos y se estudian la grabación más tarde.

Tiene razón.

—Así que concéntrate en el partido. Olvídate de esta chica. Habrá otras. Cuando estés en Edmonton, te garantizo que habrá muchas fanáticas monísimas que te mantendrán calentito. —Se inclina hacia delante y posa una mano sobre mi hombro—. ¿Estamos bien?

Asiento.

—Estamos bien. No se preocupe. Centraré la cabeza.

—Eso es lo que quería oír.

Sin embargo, lo primero que hago cuando salgo por la puerta principal del Centro de *Hockey* Bright-Landry es escribirle a Brenna.

El discurso del entrenador me ha llegado, pero no de la manera que él esperaba. Yo no quiero ser el hombre al que una chica hirió una vez y, desde entonces, desprecia a todo el género. No quiero ser un amargado rabioso.

No puedo obligar a Brenna a volver a salir conmigo, pero, por lo menos, puedo hacerle saber que todavía pienso en ella.

YO: Hola, tía buena. Soy yo otra vez. Eres libre de seguir ignorándome, pero quería decirte que estoy aquí si cambias de opinión.

CAPÍTULO 24

BRENNA

Es martes por la mañana y una chica rubia y delgada me mira con desdén.

Había quedado en el Coffee Hut con Audrey, pero llega cinco minutos tarde. ¿Es posible que la chica rubia de la barra esté enfadada porque he ocupado una mesa de dos personas? Vaya tontería. Ella también está sola. ¿Por qué iba a quedarse ella la mesa para dos? Esto es América. Se lo queda quien llega antes, amiga.

Aun así, le mando un mensaje de socorro a Audrey porque la cafetería está a rebosar y no podré hacer durar la taza de café durante mucho más tiempo sin que venga la camarera a decirme que necesitan la mesa.

> **YO:** ¿Dónde estás? Hay gente que intenta robarnos la mesa.
> **AUDREY:** Todavía estoy esperando para hablar con el profe.

Uf, ¿en serio? ¿Todavía está en el auditorio? El edificio de la facultad de Periodismo está a diez minutos a pie del Coffee Hut. Su siguiente mensaje confirma lo que me temía.

> **AUDREY:** Tardaré al menos 15 minutos. ¿Te importa esperar o nos vemos esta tarde?
> **YO:** Esta tarde no tengo tiempo :(Empiezo las clases a la 1 y termino hacia las 5. ¿Quizá podemos cenar?
> **AUDREY:** No puedo :(

Jo. Aunque estudiemos la misma carrera, hace días que no nos vemos. No interaccionamos demasiado durante las clases, porque casi siempre nos dan un tema sobre el que tenemos que escribir al momento. Y apenas he visto a mi amiga Elisa este mes. Supongo que se debe a la época del año. Trabajos finales y exámenes, la temporada de *hockey* en su punto álgido y, antes de que nos demos cuenta, será mayo y el semestre habrá terminado.

YO: Vale, te espero. Echo de menos tu carita.
AUDREY: Ay, te quiero, cari. Ahora te veo.

—¿Brenna Jensen?

Levanto la cabeza y me encuentro con la chica de la barra de mirada desdeñosa. Ahora está a medio metro de mí y su expresión no ha mejorado ni un poquito. Combina con el cielo nublado que se ve por la ventana.

—¿Quién pregunta? —inquiero, con cautela.

—Soy Hazel. Hazel Simonson.

Me quedo igual.

—Vale. ¿Nos conocemos?

Arruga la frente, pero no estoy segura de lo que eso significa.

—¿Jake nunca me ha mencionado?

Se me tensan las manos alrededor de la taza.

—¿Conoces a Jake?

—Sí. Y muy bien, de hecho.

Intento mantener una expresión neutra. Como esta chica trate de decirme que es su novio...

No. Y, si lo hace, asumiré que es una sandez. No creo que Jake sea un mentiroso. Me dijo que no le gusta tener pareja y dudo que tenga follamigas almacenadas por ahí.

—¿Me puedo sentar? —pregunta Hazel, con frialdad.

—La verdad es que he quedado con alguien...

Se sienta de todos modos.

—Te hago compañía hasta que llegue. —Hazel posa las manos sobre la mesa—. Hay un par de cosas de las que tenemos que hablar.

Me acomodo en la silla y mantengo un lenguaje corporal relajado. El suyo expresa confrontación y siempre respondo a la agresión con indiferencia. Es una táctica que suele herir la sensibilidad del agresor en cuestión.

—Mira, Hazel. No quiero ofenderte, pero no te conozco. Me dices que conoces a Jake, pero yo no lo he oído pronunciar tu nombre ni una sola vez.

Sus ojos de color marrón claro emiten un breve destello.

—Así que perdona si no confío en una desconocida que se sienta conmigo sin que la haya invitado y me mira como si hubiera estrangulado a su gato. —Me cruzo de piernas y dejo una mano suelta sobre la rodilla derecha.

—Conozco a Jake —añade Hazel con brusquedad—. Crecimos juntos en Gloucester. Fuimos juntos al colegio. Conozco a sus padres... ¿Lily y Rory? —apunta.

No puedo responder a eso. Jake nunca ha mencionado los nombres de sus padres.

—El sábado desayunamos todos juntos. En su casa. —Un rastro de petulancia se le refleja en la expresión—. Jake y yo fuimos en tren.

Siento una desagradable punzada en el estómago.

—Lo conozco mejor que nadie —termina. Y ya no es un rastro: es petulante como ella sola.

—Ah, ¿sí? —pregunto.

—Sí. Sé que tiene la cabeza sobre los hombros y que es mucho más listo de lo que parece. No se la suelen jugar de esta manera.

El despliegue de leona me empieza a molestar.

—¿Se la están jugando?

—No te hagas la tonta. —Junta los dedos de las manos con fuerza—. Sé exactamente quién eres. Te busqué en las redes sociales cuando me dijo que salíais.

Consigo esconder la sorpresa antes de que me llegue a los ojos. ¿Jake le dijo a esta chica que salíamos?

Hazel sonríe.

—Como he dicho, Jake y yo somos viejos amigos. No hay secretos entre nosotros.

La sensación en el estómago se intensifica. Empieza a agitarse en un torbellino de... ¿celos? Pero también hay una gran dosis de rabia porque ¿quién es esta chica?

Le busco la mirada arrogante.

—Qué bien que estéis tan unidos. Pero si todo lo que dices es cierto, sabrás que Jake y yo ya no nos vemos.

Decirlo en voz alta desata una oleada de arrepentimiento. No negaré que lo echo de menos. No ha pasado ni una semana desde que le pedí que se fuera de mi casa, pero parece una eternidad. No me lo he sacado de la cabeza, cosa que ha empeorado con sus mensajes diarios. El que me envió ayer en que decía que estaría ahí si cambiaba de opinión... Casi cedo y lo llamo.

En el último momento, recuperé el sentido común. Me recordé a mí misma que es mejor así. No quiero tener novio, sobre todo si va a mudarse a otro estado en pocos meses. Y, sí, puede que una parte de mí siga avergonzada por lo que pasó en mi habitación. Apenas podía mirarlo a los ojos. Tenía una entrada de primera fila para asistir a cómo mi padre me echaba la bronca en medio del pasillo como si fuera una niña desobediente.

Fue muy humillante.

—Sí, ya lo sé —dice Hazel, que interrumpe mis pensamientos—. Me dijo que lo habías terminado tú. Y podrás decir lo que quieras sobre Jake, pero no es un cínico...

—¿Qué tiene que ver el cinismo con todo esto? —la interrumpo.

—Todo. Porque yo sí que lo soy, y sé lo que tramas.

—Vale. —Empiezo a cansarme de esta conversación.

—La hija del entrenador Jensen se enrolla con el capitán de *hockey* de Harvard durante las eliminatorias. Lo encandila, se convierte en su obsesión y lo deja justo antes del partido más importante de la temporada. Y ahora está tan destrozado que apenas se concentra en el *hockey,* que es la única cosa que le ha importado desde siempre, por cierto, porque una chica ha dejado de hablarle.

Una nueva emoción se añade al cóctel de mi estómago. La culpa.

—¿Tan mal está?

—Sí. Felicidades. Has conseguido lo que querías.

—Eso no era lo que quería.

—Ya. Claro que sí. —Echa la silla hacia atrás, que chirría, pero todavía no se levanta—. Aléjate de él. Jake y yo nos cuidamos el uno al otro, como hemos hecho desde que éramos pequeños, y no dejaré que una fanática obsesa del *hockey* le sabotee la temporada o lo aleje de sus sueños.

—No «dejarás» que lo haga, ¿eh? Me sabe mal soltártelo así, pero, como dice la hija de mi prima Leigh, que tiene cuatro años: «Tú a mí no me mandas». —Me río—. Y soy lo más lejano que te puedes encontrar de una fanática obsesa del *hockey*.

—Claro que sí —vuelve a decir.

—Ah, y para tu información, no he saboteado nada, y esto es lo último que voy a decir al respecto. No tengo que darte explicaciones de nada ni discutir contigo sobre mi relación con Jake porque no es de tu incumbencia.

Se levanta, muy tiesa.

—Lo que sea. Fuiste tú quien cortó con el. Déjalo como está y no tendremos problemas.

Sonrío y le muestro todos los dientes y ni un ápice de amabilidad.

—¿Has terminado?

—De momento sí. Que tengas un buen día. —Se dirige hacia la puerta y veo cómo la (presunta) mejor amiga del mundo entero de Jake sale del Coffee Hut.

Por un lado, aprecio que alguien saque las garras para defender a otra persona que le importa. Pero no me gusta que me acusen de sabotearle la temporada a Jake, o de que haya estado con él como parte de un plan maléfico.

Yo no tenía intención de enrollarme con él. Ed Mulder y su estúpida obsesión con Edmonton fueron la única razón por la que Jake y yo tuvimos una cita. Y la atracción física no tardó en aparecer porque es lo que pasa cuando dos personas tienen química. Además, la química es muy difícil de encontrar, pero más complicado es luchar contra ella.

Ja. Me gustaría ver a Hazel tratando de resistirse a Jake. Si fijara en ella esa mirada seductora de ojos verdes y...

Se me ocurre una cosa. ¿Esto ha sido una amiga que intentaba defender a su amigo? ¿O, tal vez, siente algo por él?

Pensándolo bien, no me sorprendería lo más mínimo.

Cuando me suena el móvil, una parte de mí espera que sea Jake y se me acelera el pulso. Cuando las palabras *HockeyNet* aparecen en la pantalla, me va todavía más rápido. Por fin.

Inspiro profundamente y trato de calmar los nervios.

—¿Hola?

—¿Podría hablar con Brenna Jensen, por favor? —inquiere una enérgica voz femenina.

—Soy yo.

—Brenna, hola. Soy Rochelle, del despacho de Ed Mulder. El señor Mulder quería verte mañana para hablar del puesto de prácticas.

—Oh. Ehm. —Echo un vistazo a mi horario de mañana. No tengo clase hasta la una, como hoy. Iré justa, pero puedo llegar. —Sí, pero solo si es a primera hora de la mañana. Tengo un seminario a la una.

—Me temo que tiene la mañana ocupada. —Oigo que teclea al otro lado de la línea—. ¿Qué te parece más tarde? ¿Te va bien a las cinco y media?

—Puedo arreglármelas, sí —respondo al instante, porque tampoco quiero hacerme la difícil.

—Perfecto. Nos vemos mañana.

Cuelga.

La ilusión aletea en mi interior. Al fondo de mis pensamientos hay una vocecita que me aconseja que no me adelante a los acontecimientos. Esto no significa que me hayan dado el trabajo.

Pero... ¿cómo no voy a estar ilusionada? No me haría ir hasta Boston para decirme que no cuentan conmigo.

Nadie es tan cabrón, ¿no?

—Hemos decidido escoger a otra persona.

Oh. Al parecer, Ed Mulder es así de cabrón.

Desde mi posición en la silla de invitado, me trago el resentimiento y me armo de valor para preguntar en un tono calmado:

—¿Para los tres puestos? —Ofrecían tres plazas de prácticas.

—Sí. Han venido unos chicos muy majos a las entrevistas. No me malinterpretes, tus resultados académicos están a su nivel, pero dos de ellos son deportistas, y los tres pueden aportar cosas únicas a la empresa.

Penes.

Pueden aportar penes a la empresa.

No tengo ninguna duda de ello. Pero me obligo a mantener la compostura.

—Ya veo. Bien. Bueno, gracias por su consideración. —«Gracias por obligarme a venir para nada».

Podría haberme escrito por correo electrónico como cualquier viejo carcamal, pero no, tenía que demostrar que él es el imbécil supremo.

Empiezo a levantarme, pero Mulder suelta una risita y alza una mano.

—Espera. No es la única razón por la que te he hecho venir.

Vuelvo a pegar el trasero en la silla. A pesar de todo, un halo de esperanza me cosquillea en la garganta. Tal vez me ofrece otro puesto. O, a lo mejor, uno remunerado, o...

—Quería invitaros a ti y a Jake al partido de los Bruins este domingo. —Me sonríe, como si esperara que aplaudiera de felicidad—. La cadena tiene un palco privado en el TD Garden. Oh, mi hermano y mi cuñada también estarán. A Lindsay y a Karen les gustó mucho conocerte la otra noche. Podréis poneros al día mientras los hombres disfrutamos del partido.

¿El asesinato es legal en Massachusetts?

«Es ilegal en los cincuenta estados», me recuerdo.

A lo mejor podría contratar a un buen abogado que alegue que fue en defensa propia. El padre de Summer es abogado defensor. Estoy segura de que podría salvarme del corredor de la muerte.

La furia que me hierve por dentro está a punto de derramarse. Este imbécil me ha hecho desplazarme hasta Boston para rechazar mi solicitud de prácticas y para invitarme a hablar de punto de cruz y diseño de interiores con su mujer y su cuñada, mientras él y mi novio falso ven jugar a mi equipo de *hockey* favorito.

Suerte que no tengo una pistola.

—Agradezco la invitación. Se lo preguntaré a Jake —digo de la forma más neutra posible, con la esperanza de que la rabia no se me refleje en la cara—. Se lo comentaré.

—Perfecto. Espero que podáis venir. Mi esposa no deja de decir que hacéis muy buena pareja. —Me guiña un ojo—. No te preocupes, es nuestro pequeño secreto.

Finjo una sonrisa.

—Gracias.

—Deja que te acompañe a la puerta.

—¡No se preocupe! —Mi expresión alegre está en grave peligro de desmoronarse—. Conozco el camino. Que tenga un buen día, señor Mulder.

—Ed.

—Ed.

La sonrisa falsa desaparece de mi rostro en cuanto salgo del despacho. Descuelgo el abrigo del perchero que hay junto a la puerta con movimientos rígidos.

—Ha sido un placer conocerla —le digo a Rochelle.

—Sí. Mucha suerte —dice, compasiva.

Salgo al pasillo, pero no me voy del edificio. Quiero caminar por las instalaciones una última vez, dirigirles otra mirada de anhelo. Cuando llego al espacio cavernoso, hay un programa de noticias en directo. Me cuelo, a una distancia prudencial, y observo cómo dos analistas repasan el partido de anoche de los Senators de Ottawa y el gol de la victoria de Brody Lacroix. Uno de ellos dice:

—Geoff habló con Brody después del partido. Esto es lo que dijo el debutante.

Por el rabillo del ojo, veo una ráfaga de actividad en la sala de controles. El director hace una señal a alguien y, de repente, se reproduce un vídeo de la entrevista en la pantalla que hay entre los presentadores. La irritante cara de Geoff Magnolia aparece. Es quien suele hacer las entrevistas en los vestuarios después de los partidos, y los jugadores lo ven como «un colega más».

Durante la mayor parte del tiempo, Magnolia está demasiado ocupado haciendo bromitas con los jugadores como para preguntar por el partido. Aunque en este de los Senators intenta parecer un periodista de verdad durante la entrevista con la estrella Brody Lacroix. Hablan de su éxito en el tercer tiempo, igual que de su éxito en general en lo que llevamos de temporada. En tres ocasiones distintas, Magnolia dice que los padres de Lacroix deben de estar muy orgullosos de su hijo, y las tres veces, el jugador contesta con una sonrisa incómoda y, finalmente, balbucea una respuesta estándar antes de girarse.

Sacudo la cabeza.

—Qué imbécil —musito al mismo tiempo que una voz grave y femenina gruñe:

—Qué idiota.

Me giro y veo a Georgia Barnes, mi ídolo, a pocos metros de distancia. Me mira, intrigada.

—Y ahora unos minutos de publicidad —dice a la audiencia uno de los presentadores—. Después de la pausa, hablaremos con Herbie Handler, que está en Nashville, y escucharemos sus predicciones para el encuentro de esta noche de los Predators contra los Flyers.

—Y estamos fuera —ladra un operador de cámara.

Como si se hubiera encendido un interruptor, el set toma vida. Los cuerpos se mueven ajetreados y se crea un eco de voces en el estudio.

—¡Que alguien arregle esa luz! —se queja un presentador—. Me quema las retinas.

Un humilde asistente corre para solventar el problema de la iluminación. Georgia Barnes vuelve a mirarme y se va del set.

Titubeo, pero luego me apresuro a seguirla y pronuncio su nombre con torpeza.

Se detiene en el pasillo bien iluminado y se gira para mirarme. Lleva una falda negra a rayas, un top blanco de seda y unos zapatos planos negros. A pesar del elegante atuendo, sé que hay una vena salvaje en su interior.

—Perdona que te moleste —le digo—. Pero quería comentarte que soy una gran admiradora tuya. Creo que eres una de las periodistas más ingeniosas e inteligentes del país.

Georgia me responde con una cálida sonrisa.

—Gracias. Lo aprecio mucho. —Me examina con astucia—. ¿Trabajas aquí?

Sacudo la cabeza.

—De hecho, me acaban de confirmar que no me han dado las prácticas que había solicitado.

—Ya veo —asiente, comprensiva—. Es un programa competitivo, por lo que me han dicho. —Pone una voz seria—. Aunque seguramente tendrías que estar preparada para ello: la industria entera es competitiva. Y para las mujeres, más todavía.

—Eso he oído.

Vuelve a examinarme el rostro.

—¿Por qué has llamado imbécil a Geoff Magnolia?

Me ruborizo y espero que no lo note.

—Oh, cierto. Sí. Perdón por decir eso...

—No pidas perdón. Pero dime por qué lo has dicho.

Me encojo de hombros, incómoda.

—Por las preguntas que hacía. Alguien tiene que decirle a ese hombre que haga un mínimo trabajo de investigación antes de entrevistar a alguien. Le ha preguntado tres veces a Lacroix por sus padres.

—¿Y qué? —dice Georgia en un tono ligero. Sin embargo, noto que me pone a prueba.

—Pues que hace menos de un mes que la madre del chico murió de cáncer, y parecía a punto de ponerse a llorar en cualquier momento. Magnolia tendría que haberlo sabido.

—Sí. Debería haberlo sabido. Pero como hemos comentado antes, Geoff Magnolia es un imbécil. —Baja la voz como si fuera a hablar de una conspiración—. Te contaré un secreto. ¿Cómo te llamas?

—Brenna.

—Te voy a contar un secreto, Brenna. Magnolia es la norma, no la excepción. Si alguna vez trabajas aquí, debes estar preparada para tratar con imbéciles a diario. O peor, con fantasmas sexistas que te dirán cada día que no mereces estar aquí por tener vagina.

Sonrío, desanimada.

—Creo que hoy he vivido esa experiencia.

Se le ablanda la expresión.

—Lamento oírlo. Solo puedo decirte que no permitas que un rechazo, una puerta cerrada, te impidan volver a intentarlo. No dejes de solicitar puestos en cadenas grandes, en televisiones locales, en cualquier lugar donde contraten a gente. —Me guiña un ojo—. No todo el mundo quiere que nos quedemos fuera, y las cosas están cambiando. Puede que sea un proceso lento, pero te prometo que están en ello.

Me quedo fascinada, y Georgia me estruja el brazo antes de irse. Tengo la esperanza de que llegue razón, de que las cosas estén cambiando de verdad, pero me gustaría que fuera más rápido. Han pasado décadas hasta que se ha permitido que las reporteras entrevisten a los deportistas en los vestuarios. Fue necesario que una periodista del *Sports Illustrated* llevara a cabo un proceso judicial antes de que un tribunal declarara que no permitir a las periodistas entrar en los vestuarios para realizar entrevistas violaba la Catorceava Enmienda.

Y, aun así, cambiar la ley no modifica las conductas sociales. La ESPN ha dado algún paso al contratar a más columnistas y analistas femeninas. No obstante, me saca de quicio que las mujeres todavía deban enfrentarse a hostilidades y comportamientos sexistas en el mundo deportivo cuando simplemente tratan de hacer su trabajo, igual que sus compañeros masculinos.

—¡Brenna, hola! —Mischa, el regidor de escena que conocí la semana pasada, se topa conmigo junto a los ascensores—. Has vuelto.

—He vuelto —digo con ironía.

—¿Asumo que son buenas noticias?

—Por desgracia, no. El señor Mulder me ha pedido que venga para decirme a la cara que no me ha seleccionado para las prácticas.

—Oh, lo siento. Qué putada. —Sacude la cabeza, decepcionado—. Me habría gustado tenerte por aquí.

—Ya, bueno, estoy segura de que los demás becarios serán geniales.

—Puede ser, pero tengo la sensación de que Mulder se va a perder algo si te deja escapar.

—Eres libre de comentárselo. —Cuando se abren las puertas del ascensor, le doy un toque en el brazo—. Me ha gustado conocerte, Mischa.

—Igualmente, Brenna.

Se me borra la sonrisa en cuanto me quedo sola en el ascensor. Unas lágrimas incipientes hacen que me escuezan los ojos, pero me ordeno a mí misma no llorar. No puedo llorar.

Solo eran unas prácticas. Estoy segura de que encontraré una televisión local o una radio donde hacer de becaria este verano y, en otoño, volveré a solicitar un puesto en HockeyNet o, tal vez, incluso encuentre un trabajo mejor. No es el fin del mundo.

Pero, joder, estas prácticas me hacían muchísima ilusión.

Me tiemblan las manos cuando saco el móvil del bolso. Debería pedir un taxi para volver a la estación de tren. En lugar de eso, pienso en el mensaje de Jake de ayer para que lo llamara.

Me muerdo el labio.

Llamarlo es una pésima idea.

Pero lo hago de todos modos.

—Guau, vuelves a hablarme —dice Jake cuando nos vemos al cabo de veinte minutos—. ¿Qué he hecho para merecer este honor?

Tengo el ánimo tan por los suelos que ni siquiera se me ocurre una respuesta sarcástica.

—No me han seleccionado para las prácticas —respondo, simplemente—. Mulder ha escogido a tres pavos con penes en lugar de a mí.

—¿Y crees que habría escogido a tres tíos sin pene? —Sonríe, pero no me contagia su humor—. Lo siento, tía buena. Qué mierda. —Levanta la mano como para tocarme, pero se lo piensa mejor y la deja caer.

Estamos en las escaleras de la entrada del Centro de *Hockey* Bright-Landry, que me parece un ultraje. Afortunadamente, ninguno de sus compañeros de equipo está por aquí. Cuando lo he llamado, me ha dicho que hacía horas que había terminado de entrenar y que se había quedado para ver vídeos de otros partidos por su cuenta. Eso es dedicación. Y, aunque sea admirable, también significa que tenemos que vernos aquí en lugar de en su casa. Habría preferido hacerlo allí, la verdad.

Por si fuera poco, el cielo se mimetiza con mi humor y escoge este preciso momento para dejar caer una cascada de lluvia sobre nosotros. Ha estado nublado y ha hecho frío durante todo el día, pero, de repente, el cielo se ha vuelto negro, llueve a cántaros y nos empapa el pelo en cuestión de segundos.

—Entremos —me insta Jake, y me toma de la mano.

Nos apresuramos a entrar en el edificio. No me gusta ver los banderines de los campeonatos y las camisetas carmesíes enmarcadas.

—¿Qué pasa si nos ve alguien? —susurro mientras me aparto el pelo mojado de la frente.

—Entonces nos verá alguien. ¿Qué más da? Solo estamos hablando, ¿no?

—Me siento expuesta. Estamos en un sitio demasiado público —gruño.

Pone los ojos en blanco.

—Vale. Vamos a la sala de audiovisuales. Es privada y era el único que estaba allí.

Lo sigo por el pasillo mientras me como su alta figura con la mirada. Ha pasado menos de una semana desde la última vez que nos vimos y, de alguna manera, había olvidado lo alto que es y lo atractivo que me resulta. No me ha dado un abrazo ni un beso para saludarme. Yo tampoco lo he hecho. Ahora me arrepiento.

En la sala de audiovisuales de última generación que rivaliza con la que tenemos en Briar, me bajo la cremallera de la chaqueta de cuero y la dejo en el respaldo de una silla cercana. Entonces, me dejo caer en una butaca afelpada y alzo la barbilla, triste.

—Quería esas prácticas.

—Lo sé. —Jake se sienta a mi lado y estira esas piernas increíblemente largas—. Pero no hay mal que por bien no venga. Aunque ese hombre no hubiera sido tu supervisor directo, tendrías que interaccionar con Mulder de una manera u otra. Y ese hombre es lo peor.

—Es verdad. —De repente, me fijo en la imagen que hay en la gran pantalla. Es el cuerpo esbelto de Hunter Davenport durante un saque—. Espiando, ¿eh? —Me echo a reír.

—No es espionaje, es diligencia. Y no me digas que tus chicos no hacen exactamente lo mismo.

—Bueno, no he venido a desvelar secretos de Briar, así que no me preguntes nada de mis chicos.

Me mira y su cara cincelada se vuelve seria.

—Entonces, ¿por qué estás aquí?

—¿A qué te refieres?

—Bueno, tu prima vive en la ciudad. Y supongo que tendrás más amigos aquí.

—¿Y?

—¿Por qué he sido la primera persona a la que has llamado tras recibir la mala noticia?

Dirijo la mirada hacia la suya.

—No sabes si eres la primera persona a la que he llamado. Tal vez nadie más me ha respondido.

—¿Has llamado a alguien más? —pregunta Jake con educación.

—No —admito, y eso me obliga a reflexionar sobre por qué lo he llamado. Hemos tenido un par de citas, hemos hablado por teléfono unas cuantas veces, nos hemos enrollado una vez o dos. No hay ninguna razón por la que Jake haya sido mi persona de confianza hoy. Tengo una buena red de cuidados: Summer, Audrey, Elisa, por mencionar algunos nombres. ¿Por qué no he llamado a ninguna de ellas?

—¿Por qué a mí? —insiste.

Suelto un suspiro exhausto.

—No lo sé.

—Sí que lo sabes. —Se ríe bajito—. Te gusto.

—No me gustas.

—Sí, te gusto. Por eso la semana pasada me echaste de tu casa.

—No, te eché de mi casa porque mi padre estaba al otro lado de la puerta mientras hacíamos un sesenta y nueve.

Jake hace un sonido gutural.

—Tenías que sacar el tema.

—¿Cuál? ¿El de mi padre?

—No, lo que estábamos haciendo. —Le brillan los ojos de manera muy seductora—. Ahora la tengo dura.

—Me da la sensación de que siempre la tienes dura —contesto.

—Ven a comprobar esa teoría. —Se da una palmada en el regazo mientras bambolea las cejas de manera provocativa.

No puedo evitar reírme.

—¿Qué teoría? Ya has admitido que la tienes dura.

Hace chocar los tobillos mientras se mira las Converse durante unos segundos.

—Vale. O sea que me estás diciendo que me echaste porque tu padre casi nos pilla.

—Sí.

Eso no es del todo cierto. Lo eché porque me negaba a mostrarme todavía más vulnerable. En el espacio temporal de una o dos horas, le dejé ver las ganas que le tenía y lo mucho que me ponía. Le dejé escuchar una humillante conversación con mi padre, en la que me regañó como a una niña pequeña y me acusó de ser una bala perdida.

No quiero que nadie más, sobre todo, un chico, me vea como lo hace mi padre.

Noto la mirada de Jake en mí.

—¿Qué pasa? —musito.

—No me creo lo que dices. —Se le endurece el tono—. ¿Qué temes que pasará si nos seguimos viendo?

—No es eso. Es solo que no le veo el sentido si no va a llevar a ninguna parte.

—¿Solo pasas tiempo con chicos con los que crees que puede ir más allá?

—No.

Parece pensativo.

—Ven aquí.

Antes de que me dé cuenta, me levanta de la silla. Termino en su regazo y el bulto en sus tejanos es imposible de ignorar. Suspiro, resignada, y me siento a horcajadas. Su erección creciente me presiona justo en el núcleo, y me provoca tanto placer que no puedo evitar balancearme sobre ella.

Jake hace un sonido jadeante. Desliza una mano por la base de mi columna vertebral mientras enreda la otra en mi pelo.

Inclino la cabeza en contra de mi sano juicio. Mi lengua se dirige hacia sus labios, y Jake los separa para darme acceso. Gimoteo cuando mi lengua toca la suya. Sabe a chicle de menta y sus labios son muy suaves y cálidos. Pongo las manos alrededor de su cuello y me pierdo en su calor.

—Besarte me la pone tan dura —murmura.

—La tenías dura antes de que te besara.

—Sí, porque no dejaba de pensar en besarte.

Me río, y me falta un poco el aliento.

—Eres… —El sonido de un trueno me cubre la voz. Las luces parpadean durante un segundo.

Jake arquea las cejas oscuras.

—Ostras, qué locura.

Le acaricio la nuca.

—Oh, Jakey. ¿Tienes miedo?

—Estoy aterrorizado —susurra.

Nuestros labios se encuentran en el preciso instante en que las luces vuelven a titilar. Esta vez se apagan.

Nos engulle la oscuridad. Pero, en lugar de entrar en pánico, nos besamos con más intensidad. Las manos de Jake viajan por debajo de mi jersey negro. Estira la tela hacia arriba para destapar mi sujetador, pero no lo desabrocha, solo lo baja un poco para desvelar mis pechos. Un calor húmedo me envuelve un pezón. Se lo lleva a la boca con efusividad y me estremezco sin control.

Me estruja los senos a la vez que me lame y succiona el pezón hasta que se pone increíblemente duro dentro de su boca. Gimo más fuerte de lo que debería, teniendo en cuenta dónde nos encontramos.

La respuesta de Jake es capturarme el otro pezón y jugar con él hasta dejarlo insensible. Entonces, se impulsa hacia arriba y restriega la parte inferior de nuestros cuerpos. Dios. Este chico. Es una locura lo mucho que me pone.

La habitación sigue oscura, pero, justo cuando empiezo a acostumbrarme a ello, las luces fluorescentes vuelven a encenderse.

Jake alza la cabeza y los ojos le arden en deseo al obtener una buena visión de mis pechos.

—Son preciosos.

Gime y toma ambos con las manos antes de enterrar la cara en ellos.

Y, entonces, el entrenador Pedersen entra en la sala.

CAPÍTULO 25

JAKE

—¡Por el amor de Dios, Connelly!

Ante la exclamación incrédula, levanto la cabeza y le bajo el jersey a Brenna para cubrirle los pechos desnudos. Salta de mi regazo a la silla de al lado. Pero es demasiado tarde. Pedersen no es idiota. Nos ha visto y es completamente consciente de lo que hacíamos.

—Hola, entrenador. —Me aclaro la garganta—. Estábamos... —Decido no mentir. Tampoco soy idiota—. Lo siento —digo, simplemente—. Este no es el lugar.

—No me jodas —contesta—. Esperaría este tipo de comportamiento de Weston o Chilton, pero no de ti, Connelly. Tú no eres de los que hacen el imbécil cuando no toca.

El entrenador ni siquiera saluda a Brenna. Va hacia el fondo de la sala y toma uno de los portátiles. Por el rabillo del ojo, veo cómo Brenna se alisa la parte delantera del jersey. Se mueve con discreción y me percato de que intenta recolocarse las copas del sujetador.

—Tengo una reunión con los adjuntos y me había olvidado de esto —dice secamente—. Y yo que creía que eras un jugador concienzudo, que te estudiabas las grabaciones en tu tiempo libre. Pero los chicos son así, ¿no? —pronuncia cada palabra con tono tajante.

Brenna sigue cada movimiento que hace mientras se coloca el portátil bajo el brazo y se dirige hacia la puerta.

—Saca a tu invitada de aquí, Connelly. No es lugar para traer a tu novia.

—No soy su novia —se le escapa a ella.

Y sé que ha sido totalmente involuntario porque ha cerrado los ojos, como si se reprendiera por haber hablado.

Al fin, Pedersen le dirige una mirada larga e intencionada. Durante su escrutinio, frunce cada vez más la frente hasta que casi le toca las cejas.

—Eres la hija de Chad Jensen.

Mierda.

Brenna parpadea. Por primera vez, no tiene un comentario sarcástico con el que responder.

Quiero mentir y decirle que se equivoca, pero está claro que la ha reconocido. Deja el ordenador en un escritorio cercano a la puerta y se acerca despacio. Su mirada cínica asimila el jersey arrugado de Brenna, su pelo enmarañado.

—Nos conocimos en un banquete hace unos años —le dice—. En una cena de exalumnos de Yale. Todavía ibas al instituto, por aquel entonces. Chad te llevó con él.

—Oh. —Traga saliva—. Sí, me acuerdo de eso.

—Brianna, ¿verdad?

—Brenna.

—Eso. —Encoge sus hombros musculosos—. E incluso si no nos hubiéramos visto, te habría reconocido en cualquier parte. Eres la viva imagen de tu madre.

Brenna hace un pésimo trabajo al intentar ocultar su asombro. O tal vez no trata de ocultarlo. Mira al entrenador embobada.

—¿Conocía a mi madre?

—Fuimos juntos a la universidad. —Su tono de voz es inexpresivo y su expresión facial está desprovista de emoción alguna. Cosa que no es para nada extraordinaria. El repertorio emocional de Pedersen es limitado. Sus expresiones favoritas son el enfado y la desaprobación.

No deja de mirarla.

—De verdad que te pareces mucho a ella. —Entonces sacude de la cabeza y se dirige a mí—. No me habías dicho que te veías con la hija de Jensen.

Brenna responde por mí.

—Es que no lo hace. Esto es... No ha sido nada. Así que, por favor, no se lo cuente a mi padre, ¿de acuerdo?

Pedersen arquea una ceja mientras me mira, como si me preguntara qué pienso yo.

Me encojo de hombros.

—Tiene razón. Ha sido cosa de una sola vez.

—La única razón por la que estoy aquí es porque llueve a cántaros y Jake no quería que esperara bajo la lluvia a que llegara mi Uber. Hablando del cual —añade con falsa alegría. Levanta el móvil—. Ha llegado. Acabo de recibir el aviso.

La parte de atrás de su móvil está hacia el entrenador, lo que significa que puedo ver la pantalla, donde, claramente, no hay ningún aviso.

—Debería irme —dice con rapidez—. Gracias por dejarme esperar aquí a que pase la tormenta, Connelly. Un placer verle de nuevo, señor Pedersen.

—Lo mismo digo.

—Te acompaño —sugiero.

Pedersen me mira.

—Tú también deberías irte. Ya se ha ido la luz una vez. No quiero que te quedes aquí sentado en la oscuridad si la tormenta vuelve a hacer saltar los plomos. —Y con esto, se va.

Suelto el aire que no sabía que estaba aguantando.

—Joder —digo.

—Joder —repite Brenna—. ¿Crees que se lo dirá a mi padre?

—Lo dudo. No son mejores amigos.

—Exacto. ¿Qué pasa si se lo cuenta por rencor?

—No es el estilo del entrenador. Prefiere sacar toda la agresividad en la pista de hielo.

Llegamos al vestíbulo para descubrir por los enormes ventanales que el apocalipsis está en su apogeo. El cielo está casi negro. Las ramas de los árboles chocan entre ellas con cada ráfaga de viento, y una se ha estampado contra el techo del coche de alguien. Por suerte, no es el Mercedes de Weston, que he vuelto a tomar prestado. Podría empezar a decir que es mío, considerando lo poco que lo conduce Brooks.

Mi mirada va de las ventanas hacia Brenna, que se sube la cremallera de la chaqueta de cuero.

—Creo que deberías venir a mi casa —le sugiero muy seriamente.

—Claro que lo crees.

—No bromeo, tía buena. Esta tormenta parece mortal, y sabes que las carreteras estarán fatal. El mal tiempo convierte a los conductores en lunáticos. —Pongo la voz firme—. Espera en mi casa a que pase. Por favor.

Finalmente, Brenna cede.

—De acuerdo.

A las nueve, la tormenta todavía no ha amainado. Se ha ido la electricidad de la casa alrededor de las seis, así que hemos encendido unas cuantas velas y hemos cenado sobras frías de *pizza*. Brooks saca algunos juegos de mesa y los tres nos acomodamos en el comedor para jugar a uno. Brenna y Brooks se han peleado y chinchado durante toda la tarde como si fueran amigos desde hace años.

Cuando he entrado en casa con ella, a Weston se le ha desencajado la mandíbula hasta el suelo. Pero a Weston no le importa a qué universidad vaya, quién sea su padre o cuál es su equipo. Para él, una tía buena es una tía buena, y enseguida se sube al carro. Al menos, hasta que hemos tenido un momento a solas. Cuando Brenna desaparece en el pasillo para ir al baño, Brooks despliega el tablero del Scrabble y pregunta:

—¿McCarthy lo sabe?

—¿El qué?

—Lo tuyo con el bombón que tenemos en el baño.

—No —admito a regañadientes.

—¿Y no crees que deberías decírselo?

—Pues quizá sí, ¿no?

Brooks se ríe.

—Uhm. Sí. Le dijiste al pobre chaval que la dejara y ahora estáis juntos. Qué fuerte, tío.

—No estamos juntos, y ellos tampoco lo estaban —señalo.

—Pero a él le gustaba.

—Ahora está con esa chica, Katherine. —McCarthy todavía se ve con la chica a la que conoció tras la semifinal, lo que indica que es probable que Brenna no le importara tanto como el hecho de enrollarse con alguien.

—Todavía es nuestro código —argumenta Brooks—. Sé que la carta de capitán gana a todas las demás, pero deberías hacer lo correcto y decírselo.

—¿Hacer lo correcto? ¿Desde cuándo tienes conciencia? —pregunto, divertido.

—Siempre he tenido conciencia. —Salta del sofá—. Voy a buscar una cerveza. ¿Quieres una?

—No.

—¡Jensen! —grita—. ¿Una birra?

Brenna aparece por el pasillo.

—Sí, gracias. —Se sienta conmigo en el sofá y alcanza la bandejita de las letras—. Venga, vamos allá.

Al cabo de unos minutos, empieza el juego. Brooks coge unos cuantos cojines de decoración que nos compró su madre y los reparte por el suelo. Ordena las fichas de madera sobre su bandejita.

—Eh, dejad que vaya primero. Tengo la mejor palabra del mundo.

Brenna sonríe.

—A ver, lingüista.

Forma la palabra «copular».

—¿Esa es la mejor palabra del mundo? —se burla—. ¿«Copular»?

—Sí, porque copular es mi *hobby* favorito.

—Ajá. Bueno, en términos de puntos de verdad, has ganado... —Comprueba los valores de las letras—. Más la casilla de doble tanto de palabra... Catorce puntos.

Brooks protesta.

—Pues está muy bien para ser el primer turno.

—Si crees que catorce puntos están muy bien es porque nunca has jugado al Scrabble con mi padre.

Se ríe.

—¿El entrenador Jensen es un nazi del Scrabble?

—Oh, lo vuelve loco. Es el típico jugador que pone palabras de dos o tres letras en casillas de triple tanto de palabra y, cuando me doy cuenta, ya me gana por doscientos puntos.

—Eso no tiene gracia —responde Brooks—. Yo juego por las palabras, no por los puntos. Connelly, te toca.

En vertical, a partir de su «C», añado la palabra «culo».

—Como en «culo de burbuja» —explico con inocencia.

Mi compañero de piso me hace una peineta.

—Oh, vete a la mierda.

Brenna nos mira con una sonrisa.

—¿Qué me he perdido?

—Tiene culo de burbuja —le cuento.

—Tengo culo de burbuja —asume con tristeza.

—Oh, qué guay. —La mirada divertida de Brenna baja hacia sus fichas. Reordena algunas mientras piensa una palabra.

—¿Quieres verlo? —ofrece Books.

—La verdad es que no...

—Deja que te lo enseñe, pero sé sincera y dime qué te parece.

Brenna me mira.

—¿Va en serio?

—Me temo que sí. Su novia le dijo que tiene culo de burbuja y ahora está acomplejado.

—No es mi novia —objeta Weston.

Cambio la palabra.

—¿Follamiga?

—Eso te lo acepto. —Se pone en pie—. Vale, Jensen. Mira esto.

El idiota de mi compañero de piso se baja los pantalones hasta los tobillos y le muestra el culo a mi... ¿novia? ¿Follamiga? La verdad es que no sé rellenar ese espacio en blanco.

A Brenna le tiemblan los labios a la luz de las velas, como si hiciera un gran esfuerzo para no reírse.

—¿Y bien? —inquiere—. Opiniones.

Su mirada se centra en su trasero.

—Tienes un buen culo, Weston —le concede—. Yo no me preocuparía.

Se vuelve a subir el pantalón de chándal.

—¿En serio?

—Sí. Tienes un buen culo.

Se le forma una gran sonrisa en la cara.

—Vuelve a decirlo.

—No.

Dirige su sonrisa hacia mí.

—A tu chica le gusta mi culo. Le gusto.

—No —dice Brenna con alegría—. No sé cómo has concluido que «me gustas», pero te aseguro que no es así. Usa mi «L» para poner la palabra «lastre».

—Buena esa —digo.

—Gracias, Jakey.

Brooks se da la vuelta sobre su pila de cojines.

—¿Jakey? ¿Así te llamamos ahora? —Parece maravillado—. Me gusta. Pienso usarlo siempre.

—Claro que sí, Brooksy.

—Lo retiro. No me gusta.

—Eso pensaba.

A medida que avanzamos con el juego, se vuelve más competitivo de lo que esperaba, sobre todo con Brooks en medio. Nuestras puntuaciones están tan igualadas que es imposible predecir quién va a ganar. Y, aunque lo estoy pasando bien, no le presto el cien por cien de la atención al Scrabble. No dejo de mirar a Brenna. Es difícil no hacerlo. Esta chica es una bomba de relojería. Y me encanta oír su risa. Cada vez que se ríe, el tono musical hace que se me acelere el corazón.

Cuando Brooks se levanta para ir al baño, me acerco a ella y le paso la mano por debajo del jersey.

Me regala otra risa.

—¿Estamos en medio de una partida de Scrabble y has decidido meterme la mano por dentro de la camiseta?

—Sí. ¿Puedo dejarla ahí hasta que vuelva? —Con una sonrisa malvada, le estrujo el pecho izquierdo.

—Qué raro eres.

—Qué va.

Resopla.

—No puedes responder siempre «qué va» a cualquier cosa que diga la gente sobre ti.

—¿Por qué no?

—Porque…, bueno…, supongo que no sé por qué. —De repente, se detiene, con una oreja pendiente de la ventana—. Eh, ha dejado de llover.

—Pero todavía no ha vuelto la corriente —señalo.

—No me digas, ¿en serio? Creía que estábamos a la luz de las velas para calentar el ambiente para el trío.

—¡¿Vamos a hacer un trío?! —exclama Brooks cuando vuelve al salón. Parece un niño pequeño entusiasmado—. ¿De verdad, Connelly? No querías hacer un trío con Kayla, pero vas a hacer uno con tu chica y... por Dios, ¿de qué me quejo? Cállate la boca, Brooks —se riñe a sí mismo.

—¿Kayla? —repite Brenna.

—Su novia.

—No es mi novia.

—¿Ibas a hacer un trío con ellos? —Brenna entrecierra los ojos.

—Ni hablar. —Miro a mi compañero de piso—. Y asegúrate de que Kayla se entera, porque no necesito que vuelva a asaltarme desnuda en la cocina.

—¡Oh, no! ¡Una chica desnuda en la cocina! ¡Tendremos que instalar un sistema de alarma! ¡Que alguien nos consiga un perro guardián! —Pone los ojos en blanco de forma exagerada—. En fin. ¿Vamos a hacerlo o no?

Lo decepciono sin demasiado tacto.

—No vamos a hacer un trío, ni ahora ni nunca. Esta novedad de tu obsesión por los culos ya es bastante mala.

Brenna mira hacia la ventana otra vez.

—Creo que debería irme pronto.

—Espera a que vuelva la corriente —digo con voz ronca. No me gusta la idea de que vaya por la carretera así. Nos hemos encontrado con más de un semáforo apagado de camino a casa, y he visto que ha habido más de un accidente.

—¿Qué hora es? —pregunta—. Si voy a irme, será mejor que sea más pronto que tarde.

Me inclino para mirarlo en su móvil.

—Son casi las diez. Tal vez deberías...

De repente, se le ilumina la pantalla con una llamada entrante y, como la estoy mirando, no puedo ignorar el nombre que aparece.

—Te llama Eric —le digo, con el tono de voz más severo de lo que me gustaría.

Mi visión periférica capta la sonrisa de Brooks. Sí. Sabe exactamente cómo me siento al respecto.

—Deberías responder —le digo.

Está sospechosamente afectada. Toma el móvil y pulsa el botón de ignorar.

—¿Quién es Eric? —Brooks intenta sonar casual, pero no le sale. Aunque me alegro de que lo haya preguntado antes que yo, y el guiño que me hace me indica que lo ha hecho a propósito. Asiento con la cabeza; aprecio el favor.

—Nadie —responde, tensa.

Bueno, eso no me dice nada. ¿Se ve con alguien más? ¿Tiene una cantera de chicos con los que se enrolla, como un banquillo lleno de McCarthys?

La sensación de celos que me arde en el estómago no es agradable. Soy un chico competitivo, pero nunca había competido por el afecto de una mujer. Porque ninguna mujer había elegido a otro hombre antes que a mí. Eso suena pretencioso, pero no me importa. La idea de que Brenna se vea con otros chicos no me gusta nada.

Y eso me lleva a descubrir otra novedad: nunca he sido el primero en empezar la conversación de «tenemos una relación exclusiva o no». ¿Cómo se saca el tema?

Cuando recibe una notificación de un mensaje de voz, me siento todavía más irritado.

—¿Vas a ver qué dice?

—No hay ninguna necesidad. Ya sé lo que quiere.

Los desagradables celos me queman todavía más.

—¿En serio?

—Sí. ¿A quién le toca?

—A mí —responde Brooks. Pero mientras ordena las fichas en la bandejita, el móvil de Brenna suena por segunda vez.

Y después de que lo ignore, suena por tercera vez.

—Responde, anda —musito.

Con la respiración pesada, vuelve a tomar el móvil.

—Eric, hola. Ya te dije que no tengo tiempo para... —Se detiene en medio de la frase. Cuando vuelve a hablar, se le ha suavizado el tono por la preocupación—. ¿A qué te refieres con que no sabes dónde estás?

Brooks y yo intercambiamos una mirada cautelosa.

—Calma, calma. No te entiendo. ¿Dónde estás? —Hay un largo silencio—. Vale, quédate ahí —dice finalmente, y juraría que se le rompe un poco la voz. Parpadea a toda velocidad, como si luchara contra unas lágrimas que amenazan con salir—. Voy para allá.

CAPÍTULO 26

JAKE

—Muchas gracias por acompañarme.

La voz de Brenna es apenas audible, y eso que está sentada a mi lado. La tormenta se ha convertido en una llovizna fina, lo peor ya ha pasado, pero más allá del parabrisas se ven varias farolas que todavía no funcionan. Estoy al volante del Mercedes, ya que Brooks ha bebido demasiado, aunque está en el asiento trasero porque ha insistido en venir con nosotros.

—En serio —insiste—. No teníais por qué venir, chicos. Podíais haberme dejado el coche y ya está.

Le lanzo una mirada sombría.

—Claro, ¿y dejar que conduzcas bajo una tormenta...

—Ya no hay tormenta —protesta.

—... bajo una tormenta —repito— para localizar a tu exnovio?

Al menos eso es lo que he entendido de su objetivo, cuando, presa del pánico, ha suplicado a Brooks que le prestara el coche. Al parecer, salió con el tal Eric en el instituto y ahora tiene problemas.

—¿En qué tipo de problemas está metido? —pregunto.

—No estoy segura.

La miro con más intensidad.

Parece estar rechinando las muelas y que vaya a convertirlas en polvo.

—Drogas —musita finalmente.

—¿Qué tipo de drogas? —No la interrogo a propósito, pero necesito saber con exactitud con qué nos encontraremos.

En lugar de responder, mira el móvil para consultar el mapa. Amplía la imagen con dos dedos.

—Vale, pues ha dicho que ha visto el nombre de la calle: «No sé qué Bosque» —dice Brenna de forma ausente—. Cree que es el Paseo del Bosque.

—Eso lo limita mucho todo —digo, con sarcasmo—. Es posible que haya docenas de Paseos, Calles o Avenidas del Bosque por aquí.

Examina el mapa.

—Cuatro —corrige—. Hay una a diez minutos, las otras están más al norte. Creo que es probable que sea la que hay cerca de Nashua. Es la más cercana a Westlynn.

Suspiro con fuerza.

—Es decir, que vamos hasta New Hampshire.

—¿Os va bien?

No respondo, pero pongo el intermitente y paso al carril derecho para tomar la salida de la I-93.

—¿Quién es este chico, Brenna? —gruño—. Parece una persona turbia.

—Muy turbia —coincide Weston desde el asiento de atrás.

—Ya te lo he dicho, salí con él en el instituto.

—¿Y eso implica que tengas que dejarlo todo para ir a salvarle el culo?

¿Resentido, quién?

—Eric y yo hemos vivido muchas cosas juntos. Y sí, ha descarrilado, pero...

—¿De qué manera ha descarrilado? —Antes de que le dé tiempo a responder, me desvío hacia la cuneta con la luz de emergencia encendida. Recibo un bocinazo de la moto que iba detrás de nosotros, pero el resto nos esquiva bien.

—¿Qué haces? —pregunta.

—No pienso avanzar un metro más hasta que nos des más detalles. Y no solo porque me siento como en una carrera de obstáculos. Tenemos que saber con qué nos encontraremos. Este fin de semana tenemos el partido más importante de la temporada, y si nos llevas a un recóndito fumadero de *crack*...

—No está en un recóndito fumadero de *crack*. —Se frota la cara con ambas manos, derrotada—. Vale. Voy a llamarlo otra vez.

Al cabo de pocos segundos, Eric el Turbio vuelve a estar al otro lado de la línea.

—Hola, soy yo —lo saluda Brenna con suavidad—. Estamos en el coche. —Hace una pausa—. Solo son un par de amigos, no te preocupes. Estamos en el coche y vamos a buscarte, pero necesito que seas más específico sobre dónde te encuentras. Has dicho que en el Paseo del Bosque. ¿Qué más hay a tu alrededor? —Escucha durante un momento—. ¿Cómo son las casas? Vale. Casas adosadas. ¿Cómo has llegado ahí? ¿Te acuerdas? —Una pausa—. Vale. Estabas con tu amigo. Lo tengo, conducía él. Y te dejó allí. ¿Qué habéis hecho allí? —Otra pausa, esta vez llena de tensión—. Vale, habéis fumado.

Me encuentro con los ojos inquietos de Brooks en el espejo retrovisor. Espero que hablen de marihuana. Sería ideal que fueran cigarrillos, pero dudo que un paquete de Marlboro sea el responsable de esta locura.

—El mapa me muestra varias calles que tienen la palabra Bosque. ¿Estás cerca de la costa? ¿Has ido hacia Marblehead? ¿No? ¿Estás seguro? —De repente, a Brenna se le ilumina la bombilla—. Oh, vale. Ya sé dónde está eso. No, me acuerdo de Ricky. No del Paseo del Bosque, pero recuerdo el barrio. Vale. Te llamo cuando estemos cerca. Adiós.

Cuelga y dice:

—Está en Nashua. Cerca de nuestro antiguo barrio, tal y como pensaba.

Entonces, nos espera un trayecto de cuarenta y cinco minutos. O más, si de camino nos encontramos con otras intersecciones oscuras como la boca de un lobo.

—Yo voy a echarme —dice Brooks—. Despertadme cuando lleguemos.

Conducimos en silencio durante unos diez minutos hasta que no aguanto más.

—¿En serio no me vas a contar nada sobre este chaval? —le digo a Brenna con un gruñido—. ¿Me vas a meter a ciegas en la turbia situación en la que se encuentra tu ex?

—No te puedo decir cuál es la situación, Jake. —Suena cansada—. Hace mucho que no lo veo. Hace poco me llamó para pedirme dinero, pero le dije que no.

—Pero, de todos modos, vamos a rescatarlo.

—Sí, vamos a rescatarlo —me espeta—. No has oído su voz, ¿vale? Parece que está fatal. ¿Tú qué harías si alguien que te importaba te llamara en medio de un ataque de pánico y te dijera que no sabe dónde está, que tiene frío y que está empapado y tumbado en un sitio miserable? ¿Lo dejarías allí? Porque yo no puedo.

—¿Por qué? ¿Porque saliste con él en el instituto? ¿Quién es este tío? ¿Eric... Eric qué? —Cada vez estoy más frustrado—. ¿Quién es él para ti?

—Se llama Eric Royce.

Arrugo la frente, un vago recuerdo me flota en la mente. Ese nombre me resulta familiar. ¿De qué me suena su nombre?

—Cuando todavía estaba en el instituto, lo seleccionaron en la primera ronda para jugar con un equipo importante —continúa Brenna—. Con Chicago.

Eso es.

—Hostia —digo—. ¿Qué le pasó a ese chaval?

Levanta el móvil.

—Pues que está en un sitio miserable colocado de meta, Jake. Eso es lo que le pasó.

—¿Meta? —Brooks se reincorpora y olvida la siesta que iba a hacer—. ¿Vamos a conocer a un adicto a la meta?

—No lo sé —dice, triste—. Lo último que oí fue que su droga por excelencia era la metanfetamina, pero también podría ir puesto de oxicodona o estar sumamente borracho. La verdad es que no lo sé. —Se pasa ambas manos por el pelo—. Si lo preferís, podéis dejarme por ahí y ya me las apañaré. No tenéis que venir conmigo. Parad a dos bloques de distancia y ya está. Haré el resto de camino a pie y luego pediré un Uber para volver a casa.

La miro, incrédulo.

—No pienso abandonarte en un barrio de meta, Brenna.

—No es un barrio de meta. Es el pueblo que hay junto a donde me crie, y yo crecí en un pueblo normal y seguro, ¿vale? Y sí, en todos los pueblos hay un drogadicto ocasional y, en este caso, se trata de Ricky Harmon, pero supongo que hablamos de cristal. No estoy segura, y que insistas tanto no hará que descubra la respuesta por arte de magia.

Se forma un tenso silencio entre nosotros. Por el retrovisor, veo que Brooks suaviza la expresión. Alcanza el hombro de Brenna y le da un apretón.

—Todo va bien, Jensen. Estamos contigo, ¿vale?

Se muerde el labio y le lanza una mirada de agradecimiento.

Cambio de carril para adelantar a un camión que va a la mitad de la velocidad permitida, aunque ya no llueva.

—Así que saliste con Eric Royce —digo con brusquedad.

Asiente con la cabeza.

Recuerdo haber jugado contra él un par de veces en el instituto. Era muy bueno.

—Y nunca fue a la NHL —musito.

—No —dice con voz triste—. Su vida se fue al garete después de la graduación.

—¿Por qué?

—¿Quieres la versión corta? Tenía problemas emocionales y le gustaba salir de fiesta. Y, cuando se iba de fiesta, lo hacía con muchas ganas. —Titubea—. Además, rompí con él poco después de la selección. No se lo tomó demasiado bien.

—Dios —comenta Brooks—. ¿Dejaste a un tío y lo mandaste a una espiral de drogas y desesperación? Muy fuerte.

Vuelve a morderse el labio.

—Brooks —lo riño. A ella intento ofrecerle consuelo—. Estoy seguro de que no fue culpa tuya.

—No, sí que lo fue. O, por lo menos, en parte. La ruptura lo destrozó. Ya era propenso a beber y drogarse, pero, cuando lo dejamos, lo llevó a otro nivel. Bebía cada noche, se saltaba el instituto para fumar porros con Ricky Harmon y algunos chicos que se habían graduado el año anterior y no hacían nada con sus vidas. Un fin de semana, se fue a un festival de música electrónica y se colocó de tal forma que olvidó que tenía un partido crucial. Que se perdiera los entrenamientos ya era malo, pero cuando no apareció en el partido, su entrenador lo echó del equipo.

Hablando de entrenadores.

—¿Tu padre sabía que estabas con él?

—Sí. Todo era un desastre. —Deja caer la cabeza entre las manos y suelta un lamento—. Eric y yo empezamos a salir cuando yo tenía quince años. A mi padre no le importaba al principio, sobre todo porque no tenía otra opción. Sabía que no podía prohibirme verlo. Era muy terca.

—¿Eras? —me río.

Ignora la broma.

—En fin. Perderse el partido fue el comienzo del fin. Los de Chicago se enteraron de que lo habían echado del equipo y Eric todavía no había firmado el contrato. Estaban en fase de negociación.

Asiento, comprensivo. Muchos chicos no entienden que, si un equipo te selecciona, no significa que estés en el equipo. Solo significa que ese club tiene los derechos exclusivos sobre ti durante un año, mientras negociáis el contrato.

—Ya no querían firmar nada con él —continúa con tristeza—. Corrieron rumores de que era un chico fiestero, y nadie quería ficharlo. Bebía y se drogaba todavía más y comenzó a quedar con una pandilla nueva, y aquí estamos ahora.

Aquí estamos ahora. A las diez y media de la noche, de camino a otro estado, en busca del exnovio de Brenna que puede que haya fumado meta esta noche.

Genial.

Por el rabillo del ojo veo cómo Brenna se retuerce las manos. Odio que esté tan nerviosa. Y aunque me siento incómodo con la situación, alargo la mano para tomar la suya.

Me mira, agradecida.

—Gracias por ayudarme.

—No hay problema —murmuro. Y rezo porque sea verdad y porque esta noche no haya problemas.

Gracias al mal tiempo y a la hora que es, las carreteras están casi vacías, y llegamos a Nashua antes de lo previsto. Mientras dejamos atrás la autovía, Brenna vuelve a llamar a Eric.

—Hola, soy yo. El GPS indica que estamos a dos minutos del Paseo del Bosque. Vamos a girar hacia allí, pero tienes que darme una pista o algo que podamos usar para encontrarte.

—Estamos en el Paseo del Bosque —la informo mientras giro hacia allí. Por suerte, esta zona tiene electricidad y las farolas funcionan.

—Veo casas adosadas —dice al móvil—. ¿Estás sentado en una curva? ¿Una acera? —Maldice—. ¿En un arbusto? Dios santo, Eric.

De pronto, Brenna me da muchísima pena. El disgusto que trata de ocultar en su tono de voz hace que se le marquen los rasgos de la cara, y no quiero imaginar lo horrible que debe de ser sentir tanto rechazo por alguien con el que una vez tuviste tanta intimidad.

—¿Un jardín con qué? —pregunta—. ¿Una cosa enorme que gira? Una cosa metálica que gira... Eric, no sé qué...

—Ahí —dice Weston, con la cara pegada a la ventana—. A la derecha. Creo que se refiere a ese molinillo de viento que hay en aquel jardín.

Me detengo en la curva. Brenna abre la puerta antes de que haya frenado por completo.

—Espera —digo, bruscamente, pero ya se ha ido.

Mierda.

Salto del coche. Brenna va directa hacia una valla alta que separa dos jardines. La alcanzo justo cuando se deja caer sobre las rodillas.

Por encima del hombro, entreveo una figura en el suelo que se abraza las rodillas. Tiene la camiseta empapada y se le pega al pecho. Lleva el pelo largo hasta la barbilla, con unos mechones oscuros, mojados o grasientos, que le envuelven la cara. Cuando levanta la mirada, sus pupilas están tan dilatadas que parece no tener iris. Solo dos círculos negros que le brillan en los ojos.

Habla en cuanto reconoce a Brenna.

—Estás aquí, gracias a Dios, estás aquí —balbucea—. Sabía que vendrías, lo sabía, porque estábamos juntos y tú estabas ahí para mí y yo fui bueno contigo, ¿verdad? ¿Fui bueno contigo?

—Sí. —Está inexpresiva—. Fuiste genial. Vamos, Eric, arriba.— Intenta ponerlo de pie, pero él no colabora.

Doy un paso hacia delante.

Eric abre mucho los ojos, asustado.

—¿Quién es? —pregunta—. ¿Has llamado a la poli, Bren? Pensaba que...

—No he llamado a la poli —le asegura—. Es mi amigo, ¿vale? Me ha traído hasta aquí porque no tengo coche y está dispuesto a llevarte a casa. Ahora deja que te ayudemos a levantarte.

Creo que está a punto de ceder, pero entonces su mirada se centra en un punto detrás de mí. Brooks no podía ser más inoportuno.

—¿Quién es ese? —grita Eric presa del pánico. Sus ojos, con esas enormes pupilas, se mueven a toda prisa entre Brooks y yo—. Se me van a llevar, ¿verdad? ¡No pienso ir a rehabilitación, Brenna, joder! ¡No lo necesito!

—El único sitio donde te llevaremos será a tu casa —dice ella, con la voz calmada, pero la frustración de su rostro me revela que está de todo menos tranquila.

—¡Prométemelo!

—Te lo prometo. —Se inclina para retirarle un mechón de pelo mojado de la frente. Le tiemblan los dedos mientras lo hace. Ya no siento celos por este chico. Solo pena—. Vamos a llevarte a casa, ¿de acuerdo? Pero necesito que dejes que mis amigos te ayuden porque yo sola no puedo.

En silencio, le tiendo la mano al ex de Brenna.

Al cabo de un momento de duda, la acepta.

Lo levanto. Cuando está recto, descubro que mide más o menos como yo, un metro ochenta y ocho, tal vez algo más. Sospecho que antes era mucho más musculoso. Ahora está delgadísimo. No está escuálido, pero tampoco fornido como el jugador de *hockey* que fue.

Brooks examina a Eric con cara de susto. Lanza una mirada en mi dirección, y veo la misma pena que yo siento. Mi compañero de equipo se quita la cazadora y se acerca para cubrir a Eric por la espalda.

—Toma, tío, tienes que entrar en calor —murmura Brooks. Y entre los tres guiamos al chico tembloroso hacia el coche.

—Westlynn está a diez minutos de aquí —me dice Brenna cuando llegamos al Mercedes.

Esta vez, Brooks se sienta en el asiento del copiloto y Brenna va detrás con Eric, que nos da las gracias por haberlo venido a recoger durante todo el trayecto. Por lo que he entendido, fue a visitar a su amigo hace tres días.

Hace tres días.

Ese dato me hace pensar en todos esos programas y documentales sobre consumidores de drogas. La metanfetamina, en particular, es una droga horrible a la que engancharse, porque, al parecer, el colocón no dura demasiado. Esto hace que se consuma en grandes cantidades para que su efecto se prolongue. Y es, precisamente, lo que ha hecho Eric Royce: ha consumido durante setenta y dos horas seguidas. Pero ahora tiene el mono. Salió de casa de su amigo para volver a la suya a pie, se desorientó y terminó entre los arbustos de unos desconocidos.

Y a este chaval lo habían escogido durante una primera ronda de selección.

No me entra en la cabeza. Un momento estás en la cima del mundo y, al siguiente, has tocado fondo. Es aterrador lo bajo que puede llegar a caer la gente.

—Sabía que vendrías —balbucea Eric—. Y ahora estás aquí, y tal vez puedas darme cincuenta pavos y…

Levanto las cejas de golpe.

—Bueno, esto ha dado un giro interesante —musita Brooks.

—No. —Su tono mordaz no admite discusión—. No voy a darte dinero. He hecho un trayecto de casi una hora para… No, no solo yo. He arrastrado a mis amigos bajo la lluvia para venir a buscarte, para ayudarte, ¿y ahora me pides dinero? ¿Para poder comprar más drogas, que, para empezar, son la razón por la que estás así? ¿Qué cojones te pasa?

Solloza.

—Después de todo lo que hemos pasado juntos…

—¡Exacto! —estalla. Y Brooks y yo nos estremecemos ante su vehemencia—. Después de todo lo que hemos pasado juntos, no te debo nada. No te debo una mierda, Eric.

—Pero todavía te quiero —susurra él.

—Madre mía —murmura Weston.

Me trago un suspiro. Nunca había conocido a una persona tan patética y me obligo a recordarme que este hombre tiene problemas de adicción. Pero, por lo visto, es él quien se niega a ir a rehabilitación. Se niega a salvarse a sí mismo.

En cualquier caso, me siento más que aliviado cuando llegamos a su casa.

—Dejad que hable con su madre antes de llevarlo adentro —dice Brenna—. Tengo que avisar a Louisa.

Sale del coche y se apresura hacia la casa de dos pisos. La rodea un porche blanco, hay unos ventanales grandes tipo mirador y una acogedora puerta roja. Es difícil imaginar que un adicto a la meta viva aquí.

Espero a que Brenna llegue al porche y me giro para dirigirme a Eric:

—Escúchame, no sé cuál es tu historia con Brenna —digo en voz baja—, pero esta es la última vez que la llamas.

Me mira confuso.

—Pero tengo que llamarla. Es mi amiga y...

—No es tu amiga, tío. —Se me tensa tanto la mandíbula que apenas puedo pronunciar una palabra—. Acabas de poner su vida en riesgo. Has hecho que vaya en coche, bajo una tormenta, para rescatarte de la cogorza que llevabas y tu forma de agradecérselo ha sido pedirle más dinero para drogas. No eres su amigo.

Creo que un poco de culpa consigue atravesar el colocón porque le tiemblan los labios.

—Es mi amiga —repite. Pero ya no suena tan convencido.

Brenna vuelve al coche acompañada por una mujer de pelo oscuro con una bata de franela y botas de lluvia. Parece recién levantada de la cama.

La mujer abre la puerta trasera del coche.

—Eric, cielo, ven aquí. Entra en casa.

Consigue salir del coche por su propio pie. Cuando se tambalea, su madre lo agarra del brazo.

—Venga, cielo, vamos dentro. —Mira hacia el asiento del conductor—. Muchas gracias por traerlo a casa.

Mientras se lo lleva, una Brenna consternada aparece frente a la ventana bajada de Brooks.

—Tu abrigo —le recuerda.

—Deja que se lo quede. Ya me compraré otro. —La respuesta revela las ganas con las que quiere desentenderse de la situación.

No la culpo.

Cuando Brenna se pone el cinturón en el asiento de atrás, me giro y pregunto:

—¿A Hastings?

Niega con la cabeza lentamente y me asusto cuando le brotan las lágrimas.

—¿Puedo pasar la noche en vuestra casa?

CAPÍTULO 27

BRENNA

—Estoy muy avergonzada. —Me dejo caer en el centro de la cama de Jake. Llevo una de sus camisetas y también me ha prestado unos calcetines gruesos. Todavía me arden las mejillas por la humillación de haber tenido que rastrear al drogadicto de mi exnovio por las calles de New Hampshire, y por haber arrastrado a dos personas conmigo.

Jake cierra la puerta.

—No tienes que estarlo. Todos tenemos nuestros problemas.

—¿De verdad? ¿Tú también tienes una exnovia adicta a la meta que merodea por las calles en la oscuridad y puede que necesite que la rescates en cualquier momento? ¡Guay! ¡Tenemos muchas cosas en común!

Sonríe.

—Vale. Puede que mis problemas no sean tan emocionantes como los tuyos. —Se pasa una mano por el pelo, que todavía está mojado por la ducha.

Nos hemos duchado por separado en cuanto hemos llegado al piso de Jake. Tras haber estado bajo la fría lluvia de abril con Eric y haber vuelto a casa con la ropa mojada, necesitábamos entrar en calor desesperadamente. Una parte de mí todavía está desolada porque Jake y Brooks hayan hecho esto por mí esta noche. Han hecho, de lejos, mucho más de lo que les correspondía.

No me puedo sacar la cara de Eric de la cabeza. Sus pupilas dilatadas, la verborrea vertiginosa. Es horripilante saber que ha fumado meta durante tres días seguidos, se ha perdido en un barrio residencial y se ha desmayado en unos arbustos. Asustado. Solo. Gracias a Dios que su madre todavía le paga la factura del móvil y tiene los medios para comunicarse y pedir ayuda.

Pero ojalá no me hubiera llamado a mí.

—No me creo que sea el mismo Eric Royce que casi juega para Chicago —dice Jake, con pena en los ojos.

—Ya lo sé.

Se tumba en la cama.

—¿Estás bien?

—Sí. No es la primera vez que lidio con esto. —Tengo que corregir lo que he dicho—. Aunque no hasta este extremo. Normalmente, quiere dinero. El año pasado cometí el error de darle un poco, y ahora cree que puede pedirme siempre que lo necesite.

—¿Cuánto tiempo estuvisteis juntos?

—Cerca de un año y medio.

—Y cortaste tú con él.

Asiento.

—¿Por qué?

—Porque era demasiado. —Me trago el nudo de la garganta—. Se volvió demasiado intenso, y no nos aportábamos nada bueno el uno al otro. Además, mi padre ya lo odiaba, llegados a ese punto.

—¿Tu padre no odia a todo el mundo?

—Pues sí, casi. —Sonrío ligeramente—. Pero, sobre todo, odia a Eric.

—No sé si culparlo por ello.

—Yo tampoco, pero tú no estabas allí. Eric y yo pasamos por ciertas cosas que le afectaron bastante. Era inmaduro y no sabía gestionar sus emociones. Cometió muchos errores. —Me encojo de hombros—. Y mi padre no permite que se cometan errores.

Se me quiebra la voz, y espero que Jake no lo note. Porque ese es el problema: mi padre no conoce el perdón. No me ha perdonado la relación que tuve con Eric ni todos los problemas que causó. Y no creo que lo haga nunca.

Vuelvo a sentir el calor que me sube por las mejillas.

—¿Ves?, por eso te dije que no querías tener nada serio conmigo. Estoy demasiado rota por dentro.

—No estás rota —dice Jake—. En todo caso, parece que tienes las cosas bastante claras y la cabeza bien asentada. En especial, si lo comparamos con tu ex.

—Bueno, uno de los dos tenía que ser el adulto de la relación. —Siento un sabor amargo en la lengua. Me lo trago—. Hacia el final de nuestra historia, era yo quien cargaba con ella a mis espaldas. Eric se derrumbó y no pudo estar por mí cuando le necesitaba, pero esperaba que yo estuviera ahí para él, como siempre. Era agotador.

—Lo imagino.

Me froto los ojos cansados. Mi relación con Eric me enseñó lecciones muy duras; la más importante: que no puedes depender de nadie más que de ti misma. Él no estaba preparado para lidiar con mis emociones, y no sé si es algo exclusivo de Eric o de los novios en general. Pero sí que estoy segura de que no puedo volver a descuidar tanto mi corazón.

—Si alguna vez te llama de nuevo, no quiero que le respondas —añade Jake en un tono brusco.

—¿En serio? Y si está tirado en una cuneta y necesita mi ayuda, ¿dejo que se muera?

—Tal vez.

Lo miro consternada.

—No quiero ser cruel, pero a veces la gente necesita tocar fondo para intentar cambiar las cosas. No puedes rescatarlos siempre —dice Jake, sombrío—. Tienen que trepar por el agujero y salvarse a sí mismos.

—Supongo. —Suspiro—. Pero no te preocupes por si vuelve a ocurrir. Mis días de rescatar a Eric han llegado a su fin.

—Bien. —Trepa hasta el cabezal de la cama y tira de la esquina del edredón—. Ven aquí. Ha sido un día largo. Vamos a dormir un poco.

—Será la primera vez que dormimos juntos, Jakey. Qué emoción. —Mi sarcasmo es bastante más suave que de costumbre. Tiene razón. Estoy cansada. Y solo quiero eliminar el recuerdo de Eric Royce de mi cabeza. Yo estaba tan devastada como Eric cuando todo se fue al traste. Casi me muero por ese chico. Pero ya basta. Es un fantasma del pasado y ya es hora de olvidarlo.

Me meto bajo las sábanas y me acurruco junto a Jake. Está tumbado bocarriba y apoyo la cabeza sobre su pecho. Su aroma es fresco debido a la ducha y tiene la piel cálida. Oigo cómo le late el corazón. Son unos latidos constantes y tranquilizadores.

Todavía no me creo lo que ha hecho por mí esta noche. Podría haber ido a buscar a Eric sola, pero Jake no me ha dejado. Se ha preocupado por mí y, solo con pensar en ello, se me forma un nudo en la garganta, porque no recuerdo cuándo fue la última vez que alguien estuvo ahí para mí de verdad.

—¿Puedo hacerte una pregunta? —murmura en la oscuridad.

—Claro.

—¿Te puedo dar un beso o estás demasiado cansada?

—Dios, no, por favor, bésame.

Se coloca de lado y estira un brazo para acariciarme la mejilla. Se acerca unos centímetros hasta que nuestros labios se tocan. Nos besamos y me sobreviene una ola de pura emoción.

No sé si se debe a que la adrenalina se está disipando o a que me siento especialmente necesitada después de lo ocurrido esta noche. Pero la conexión emocional que hemos tenido hoy se mezcla con la necesidad física que siento cada vez que lo veo. No sé cuánto tiempo pasamos así, pero pronto no nos basta solo con besarnos. Siento cómo me pesan los pechos y me palpita el núcleo. Lo empujo para ponerlo bocarriba otra vez, me subo encima suyo y me restriego contra él en un intento desesperado por saciar las ganas que le tengo.

Me aprieta en culo y gime contra mi boca. De repente, su erección asoma por encima de los *boxers*.

—Oh, hola, tú —la saludo.

Jake sonríe.

—Perdona, ha sido sin querer, te lo juro.

Intencionado o no, son unas vistas muy agradables. Le acaricio el miembro, caliente y duro, y un escalofrío me recorre el cuerpo cuando recuerdo lo que sentí al llevármelo a la boca y la ola de satisfacción que me golpeó cuando lo acompañé hasta el clímax. Quiero volver a sentir eso.

No. Quiero más.

—Te quiero dentro de mí —le digo.

—¿Sí? —pregunta, con la voz rasgada.

—Sí. —Inspiro una bocanada de aire lenta. Ahora que he tomado la decisión, se me dispara el pulso y lo siento en los oídos. No suelo permitir que me penetren con tanta facilidad—. ¿Tienes condones?

—En el cajón de arriba.

Sin dejar de mover la mano, alcanzo la mesilla de noche con la otra. Saco la caja de condones del cajón, tomo una tira y arranco uno. Antes de abrirlo, Jake se sienta, me quita la camiseta y posa sus dos grandes manos sobre mis pechos. Y ahora soy yo la que está bocarriba, bajo su cuerpo fornido, completamente a su merced.

—Entra ya. —Lo beso con impaciencia, las caderas se me elevan por voluntad propia, en busca de alivio.

—Primero quiero que estés lista. —Sus labios viajan por mi cuerpo hacia abajo y me provocan escalofríos a su paso.

Sus yemas callosas me raspan la piel cuando me acaricia el interior de los muslos antes de separarme las piernas. Cuando su boca me toca el clítoris, el cuerpo me baila de placer.

Jake restriega la punta de un dedo por encima de mi hendidura.

—Joder —gime—. Estás muy lista.

Lo estoy. Besarlo me pone muchísimo.

—¿Lo ves? Ahora ven aquí.

—No. —Noto cómo sonríe contra mi piel. Su lengua me saborea y me lame durante varios minutos interminables, hasta que ladeo la cabeza y me aferro a las sábanas con las manos.

El hormigueo en el clítoris me avisa del orgasmo inminente. Lucho contra él, desesperada por reservarlo para cuando esté dentro de mí, porque hace mucho tiempo que no tengo sexo. ¿Y qué pasa si luego no puedo volver a correrme esta noche?

—Jake —suplico—. Por favor. —Agarro el condón de un arrebato y se lo tiro.

Con una carcajada, se lo coloca y se arrodilla entre mis piernas. La luz de la lamparita de noche es tenue, pero no necesito mucho más para admirar su torso. Le acaricio los músculos con los dedos y me encanta cómo se estremece con cada toque.

La mirada le arde por el deseo cuando me eleva el trasero y alinea nuestras caderas. Aguanto la respiración mientras espero a que se deslice hacia mi interior. Y, cuando por fin lo hace, es la sensación más dulce y exquisita del mundo. Me estira y me llena por completo.

Cuando todo su miembro se entierra dentro de mí, suelta una maldición grave y torturada.

—¿Estás bien? —pregunto enseguida.

Se le eleva el pecho al inhalar profundamente.

—¿Por qué estás tan apretada? ¿Estás segura de que no eres virgen?

Me río.

—Ya te lo dije, no hago esto a menudo.

—¿Por qué no? —pregunta. Y sacude la cabeza como si se regañara a sí mismo—. Bueno, podemos hablar de esto más tarde. Ahora estoy a tres segundos de estallar.

—Ni se te ocurra. ¡Ni siquiera hemos empezado!

Respira más fuerte.

—Haré todo lo que pueda. —Pero se le tensan los músculos de la cara. Se mueve muy lentamente. Vuelve a gemir. Y entonces, curva su cuerpo sobre el mío y estamos en la posición del misionero.

Me besa, una provocación lenta y seductora para mi boca. Mientras tanto, sus caderas se mueven a tan poca velocidad que se convierte en una tortura, y me retuerzo, impaciente.

—¿Lo haces adrede?

—No —gruñe—. Ya te lo he dicho, estoy demasiado cerca. Si me muevo, me corro.

—¿Dónde está tu aguante? —lo chincho.

—Está dentro de tu sexo apretado, nena.

Se me escapa una risa profunda.

—¿Me estás diciendo que tenga sexo más a menudo para que tú no sientas tanto placer?

—Solo si te lo hago yo. O un vibrador. Cualquier otra cosa va en contra de la ley.

—¿Qué ley?

—Mi ley —musita. Empuja hasta el fondo y los dos ahogamos un gemido.

Una capa de sudor le cubre el pecho. No ha aumentado la velocidad y me está volviendo loca. Le envuelvo los anchos hombros con los brazos y le acaricio la espalda. Se aferra a mi cuello con la boca mientras mueve las caderas de manera perezosa. Es casi insoportable. Quiero que acelere, pero tampoco quiero que acabe nunca. Estiro la mano entre nosotros y me acaricio ligeramente el clítoris.

Entonces, él deja de moverse por completo.

—¿Me estás vacilando? —me lamento—. ¿Vas a quedarte ahí dentro sin moverte?

—Solo un poco, hasta que tú estés más cerca. —Me mira a la cara mientras me masturbo—. Eres preciosa.

Trago saliva. Los ojos verdes le arden de deseo mientras me mira. Es increíblemente íntimo y, aun así, soy incapaz de romper el contacto visual. Me toco más rápido y ambos oímos cómo se me acelera la respiración.

—Eso es —me espolea—. Joder, sí, eso es.

Gimo e intento mecer las caderas.

Me pone su mano grande sobre el abdomen para que me detenga.

—Todavía no.

Así que no dejo de tocarme con su miembro dentro de mí. Me siento tan completa. Nuestras miradas siguen fijas la una en la otra. Es tan *sexy* que no puedo dejar de mirarlo. Se pasa la lengua por los labios, y ese gesto me lleva hasta el final.

—Estoy a punto —consigo decir con la voz ahogada.

Y, de repente, me da lo que le he suplicado todo el tiempo: unos movimientos profundos y rápidos, y, joder, el orgasmo es como una explosión de placer.

El resto del mundo desaparece. Somos Jake y yo. En cuerpo y alma. Se sumerge en mí hasta el final. Y, cuando llega, me muerde el cuello de verdad, con un gemido jadeante de extrema felicidad que me vibra contra la piel. Este momento precioso hace que toda la noche haya valido la pena.

CAPÍTULO 28
BRENNA

—¿Dónde has estado?

Salto como un caballo asustado cuando mi padre aparece detrás de mí. Estaba en la cocina, junto a la encimera, esperando a que se hiciera el café, y no lo he oído entrar.

Me giro para ver cómo frunce el ceño. Imito su gesto.

—Ayer por la noche te escribí para avisar de que me quedaba a dormir en Boston en casa de un amigo.

—Y cuando te pregunté qué amigo, no me contestaste.

—Porque no necesitabas más detalles. Sabías que estaba a salvo.

—¿Es una broma? Solo porque estuvieras con un amigo no significa que estuvieras a salvo. ¿Quién era ese amigo? ¿Era el chico que estuvo aquí la semana pasada?

Suspiro.

—Me prometiste que no volveríamos a hacer esto.

—Y tú que no harías nada temerario.

—¿De qué manera estoy siendo temeraria? Sí, a veces bebo con mis amigos o voy a bailar. A veces salgo de fiesta. Con tus jugadores, por cierto.

—¿Y eso debería tranquilizarme? —Hay destellos de ira en sus ojos—. La última vez que saliste con un jugador de *hockey*, casi arruinas tu vida.

La culpa me golpea. Mi padre montaría en cólera si supiera que ayer por la noche fui a ayudar a Eric. Le doy la espalda y abro el armario para coger una taza.

—Eso fue hace mucho tiempo, papá. Cinco años, para ser exactos.

—Y todavía sales a hurtadillas y pasas la noche fuera.

—Papá. —Me doy la vuelta—. Mírame. —Me señalo con las manos—. Estoy de una pieza. Estoy viva. Y ni siquiera tengo resaca porque anoche no bebí. Me quedé en Boston por la tormenta y los cortes de luz. No me sentía cómoda en la carretera. —Doy un golpe al dejar la taza sobre la encimera—. Hice lo más responsable y ahora me echas la bronca por ello. ¿Te das cuenta de lo ridículo que es?

—Ah, ¿sí? ¿O sea que estabas siendo responsable cuando fuiste en coche hasta Westlynn durante la tormenta y los cortes de luz que acabas de mencionar para rescatar a Eric Royce de una casa de *crack*?

Me congelo. ¿Cómo lo sabe?

Un sentimiento de culpa me trepa por la garganta. Inhalo lentamente y me recuerdo que no he hecho nada por lo que sentirme culpable. No estoy obligada a contarle a mi padre cada detalle de mi vida.

Espera a que diga algo. Cuando ve que no lo hago, maldice.

—Anoche me llamó Louisa Royce. No tenía tu número de teléfono y quería volver a darte las gracias por llevar a su hijo a casa sano y salvo. Y tú vas y me dices que no hacías nada temerario. ¿Por qué vuelves a verte con él, Brenna? Siempre trae problemas.

—No quedo con él. Tuvo un problema y lo ayudé.

—¿Por qué? No merece tu ayuda. No merece una mierda. —El odio crudo que hay en su voz es aterrador. Papá no es un Oso Amoroso. Nunca te cubrirá de besos ni sentirá compasión por ti, pero tampoco tiene un corazón de hielo.

—Papá, venga ya. Eric no es una mala persona. Solo está en un mal lugar.

—Y no es tu deber rescatarlo de ese lugar. —Se pasa ambas manos por el cuero cabelludo. Tiene la mirada algo salvaje—. ¿Sabes lo preocupado que estaba cuando colgué a su madre? ¿Sin saber si tú estabas bien?

—Sabías que estaba bien. Te dije que estaba con un amigo.

—¿Qué amigo? —vuelve a preguntar.

—No importa. Pero sabes que no era Eric, porque Louisa no te habría llamado para hablar conmigo si hubiera pasado la noche allí. Así que, por favor, cálmate.

—Quieres que me calme —musita—. Tenemos un encuentro crucial este fin de semana y, en lugar de prepararme, me preocupo por si mi hija se está poniendo en peligro o no.

—No estoy en peligro. —Se me tensa la garganta debido a la frustración. Quiero dar un pisotón como cuando era una niña pequeña, porque no lo entiendo. Papá tiene dos formas de ser: o me ignora por completo y no se interesa por mi vida, o me grita por cosas que ni siquiera han pasado.

Tiemblo mientras me sirvo el café.

—Solo te lo diré una vez. —Tanto la voz como las manos me tiemblan al hablar—. No tengo ningún tipo de relación con Eric, y nunca más la tendré. A veces todavía me llama, normalmente para pedirme dinero.

Me giro para mirar a mi padre. Su expresión es dura como una piedra.

—Una vez lo hice —admito—. Y, entonces, me di cuenta de que se volvería un hábito, así que no volví a darle nada. Ya no me llama tanto, tal vez dos veces al año. Anoche, cuando me llamó llorando y asustado porque no sabía dónde estaba... Disculpa si el hecho de no haber dejado que alguien a quien quise muera en la puta calle me convierte en una loca temeraria.

—Brenna —empieza mi padre, con voz ronca.

—¿Qué?

—Es que... —Suelta un suspiro irregular—. Dime con quién estás la próxima vez que pases la noche fuera. No me vuelvas a preocupar de esta manera.

Y sale de la cocina.

JAKE: ¿Estás bien?

YO: Sí y no. Mi padre vuelve a ignorarme, así que supongo que lo ha superado. Ahora voy a casa de Summer, tenemos noche de chicas.

JAKE: Joder, sí. Grábala para mí.

YO: ¿Qué crees que pasa en las noches de chicas?

JAKE: Cosas desnudas, por supuesto. Peleas de almohadas. Prácticas de besos. Espera, en realidad, olvida eso. Estamos en la universidad. Os dais clases de *cunnilingus*.

YO: Sí, eso es exactamente lo que hacemos. Vaya pervertido.

JAKE: Sí. En fin. Te llamo luego.

YO: No tienes por qué hacerlo.

JAKE: Ya sé que no tengo que hacerlo. Quiero hacerlo.

Me muerdo el labio para dejar de sonreírle al móvil, pero no puedo detener la cálida sensación que me burbujea en la barriga. La noche de ayer empezó de una forma horrible y terminó siendo... no tan horrible.

Todavía no me puedo creer que me haya acostado con Jake. Figurada y literalmente. Practiqué sexo con él y luego me dormí envuelta en sus fuertes brazos. Tengo un problema. Creo que este chico me gusta mucho y no sé con quién hablar de ello. Summer se lo contaría a Fitz al instante, y Audrey y Elisa no saben guardar secretos.

Mientras me acerco a la casa de Summer, Wendy, mi casera, me pone al día con noticias del sótano.

WENDY: El sótano todavía no está listo. Tal vez en una semana, probablemente menos. Hemos encontrado moho en el lavadero, y estamos trabajando para que no se expanda. Por ahora, envíame el inventario completo de lo que perdiste con la inundación. Esta semana rellenamos el documento para el seguro.

YO: Os lo mando luego. ¡Y por favor, diles a los chicos del moho que se den prisa! No aguanto más esto de vivir con mi padre.

WENDY: JAJAJA solo la idea de volver a vivir con mis padres me hace tener ganas de morirme.

YO: Exacto. ¡Que se den prisa!

WENDY: Haremos lo que podamos :)

Dejo el móvil en el bolso y entro en la casa sin llamar. Las carcajadas agudas del comedor me indican que las chicas ya han llegado. Veo a Summer en el sofá con Audrey. Daphne, la amiga de Summer, está hecha una bola en el sillón y, para completar el grupo, hay una cara que no veía desde aquella mañana en la cafetería. Rupi Miller. O sea, la acosadora barra novia de Hollis.

—¡Brenna! —exclama Rupi, contenta.

273

Está en el suelo medio tumbada en un cojín enorme, y lleva un modelito similar al del otro día. Un vestido acampanado de color azul claro con un cuello de encaje, medias negras y dos hebillas brillantes en el pelo negro azabache. Está muy mona y remilgada, y el azul del vestido combina genial con su tono de piel.

—Siéntate conmigo —me insta—. ¡Ay, estás preciosa! Chicas, ¿cómo puede estar tan guapa? No puedo creer que tenga la piel tan luminosa. ¿Qué productos usas? Yo tengo una mascarilla casera que me enseñó a hacer mi madre. Así es como obtengo este tono rosado. Es…

—Voy a por algo de beber —la interrumpo.

Rupi sigue hablando cuando salgo de la habitación. Ni siquiera sé con quién. ¿Con ella misma, tal vez?

Summer me sigue a la cocina.

—Madre del amor hermoso, Bren, cómo puede hablar tanto esa chica. Y yo que pensaba que era una cotorra.

—Lo eres, y ella también. Pueden coexistir dos cotorras en el mismo reino, cari. No estamos en *Highlander*.

—¿Qué es *Highlander*? No la he visto. ¿Es esa en la que hay una mujer que viaja en el tiempo?

—No, esa es *Outlander*. Que, por cierto, tenemos que verla porque el actor protagonista está como un tren.

—¡Oh! Vale. Cuando termine el semestre.

—Hecho.

Mientras me sirvo un vaso de agua, Summer arquea las cejas.

—Es una noche de chicas —me recuerda—. Bebemos margaritas.

—Primero quiero hidratarme. Apenas he bebido hoy. He pasado el día encerrada en mi habitación trabajando en el ensayo final para Teoría de la Comunicación.

Cuando volvemos al salón, Rupi todavía habla con efusividad sobre su mascarilla casera.

—Está hecha de harina de garbanzos y yogur, y os juro que es el mejor exfoliante del mundo. Te queda una piel radiante.

Audrey y Daphne escuchan cada palabra con atención.

—Estoy oficialmente intrigada —dice Daphne—. Llevo buscando un buen exfoliante. Tengo la piel fatal últimamente.

—Podríamos hacerla ahora —sugiere Audrey—. ¿Tienes harina de garbanzos y yogur?

Summer le ofrece una mirada desconcertante.

—No tengo ni idea.

—Vamos a verlo. —Rupi se apresura hacia la cocina con Audrey y Daphne pegadas a los talones.

Observo cómo se van.

—¿Se acaban de hacer amigas?

—Creo que sí.

—¿Hollis y ella tienen algo oficial? —pregunto, y le robo el sitio a Daphne. Me acomodo en el sillón y acurruco las piernas debajo de mi cuerpo.

—No tengo ni idea. Es la relación más rara que he visto nunca. —Summer baja la voz—. Cuando él no le grita a ella, es ella quien le grita a él y, cuando no gritan, es porque se están liando.

Me muerdo el labio para no reírme.

—Si lo piensas bien, es exactamente el tipo de relación que imagino que tendría Hollis.

—Yo también. Pero todo es muy raro.

—Exacto, como él.

Summer suelta una risita.

—Dijo la persona que se lio con él.

—¿Y? ¿Nunca te has enrollado con un rarito?

—¿Te liaste con Mike? —Rupi aparece en el marco de la puerta, boquiabierta.

Oh, oh.

Durante un segundo, se me pasa por la cabeza mentir, pero sería ridículo. ¿A quién le importa si besé a Hollis? Además, tampoco es que le haya puesto los cuernos conmigo ni nada.

—Sí —confirmo—. Pero no te preoc...

—¡Ja! —me interrumpe, y le brillan los ojos marrones—. ¡Ya lo sabía! Mike me lo cuenta todo.

Ah, ¿sí?

—Y no te preocupes, no estoy enfadada contigo —me asegura Rupi.

—No me importaría si lo estuvieras.

—Ja, eres muy graciosa. —Suelta unas risitas, le hace una pregunta a Summer relacionada con el yogur y sale disparada hacia la cocina.

—No era broma —le digo a Summer—. Me habría importado una mierda si estuviera enfadada conmigo.

Se ríe por la nariz.

—Ya lo sé.

Me vibra el móvil y cometo un error en una noche de chicas: compruebo la notificación.

JAKE: ¿Qué tal va por ahí? ¿Ya has tenido un orgasmo de chica contra chica?

YO: Todavía no. Qué triste.

JAKE: Yo sí que estoy triste.

La detective DiLaurentis enseguida investiga el caso.

—¿Con quién hablas?

—Con nadie.

—No digas con nadie. Literalmente acabas de escribirle a alguien. —Se le iluminan los ojos verdes—. ¿Sales en secreto con ese chaval de Harvard?

Casi se me escapa un cómo lo sabes antes de caer en la cuenta de que se refiere a McCarthy, no a Jake.

—Nunca salimos juntos —respondo, y me encojo de hombros—. Solo nos enrollamos unas cuantas veces. —Me apresuro cuando abre la boca para preguntar—. Ese era Nate, ¿vale? Cálmate.

—Oh. Salúdalo de mi parte. —Parece decepcionada por no haber descubierto con una exclusiva.

Si ella supiera.

Las chicas vuelven. Rupi lleva una bolsa de plástico en la mano repleta de un mejunje de color *beige*. Enseguida nos enseña a todas cómo hay que ponérselo.

—¿Llevas maquillaje? —me pregunta.

—No.

Daphne me lanza una mirada.

—¿Nos tomas el pelo? ¿En serio no llevas nada de maquillaje? ¿Ni siquiera corrector?

—No.

—¿Cómo tienes la piel tan bonita?

—¿Genética? —sugiero.

—Te odio —dice Daphne con sinceridad.

Bajo la atenta mirada de Rupi, nos untamos el brebaje raro de yogur en la cara.

—¿Cuánto tiempo hay que dejárselo puesto? —pregunta Summer.

—Hasta que se seque. Pero no más de diez minutos. —Rupi se deja caer sobre su trono-cojín cerca de mis pies.

Desde el sillón, le sonrío.

—Entonces, ¿qué hay entre Hollis y tú? ¿Estáis juntos?

—Claro que sí. —Me mira como si fuera de otro planeta—. Empezamos a salir después de nuestra primera cita.

—¿Y él lo sabe? —pregunta Summer, divertida.

—Claro que sí.

De verdad que no entiendo si esta chica es una ilusa o...

En realidad, no hay ningún «o». Esta chica es una ilusa y punto.

—Si llevamos siglos juntos. Ya casi somos un matrimonio viejo. —La chica de primero me sonríe—. Por eso no me importa que os hayáis enrollado. Tú no te lo tomaste en serio, de todos modos.

La chincho solo por el placer de hacerlo.

—O tal vez sí...

—No. —Su confianza me deja anonadada—. No es tu tipo.

—¿Por qué lo dices?

—Porque es un perrito faldero.

—¿Quién es un perrito faldero? —pregunta una voz masculina, y el aludido en persona aparece en el salón. Aúlla cuando nos ve la cara—. ¿Por qué tenéis las caras cubiertas de pegamento?

—De todas las cosas que podrías haber dicho, ¿por qué pegamento? —pregunta Summer, exasperada—. ¿Por qué iba a ser pegamento?

—No lo sé. —Examina la disposición de los asientos, como si realmente tuviera elección respecto a dónde sentarse.

Rupi da unas palmaditas en el cojín que hay a su lado.

Me trago la risa.

Hollis y su enorme cuerpo se sientan en el suelo. Como un perrito faldero, exactamente. Lleva unos pantalones cortos de baloncesto y una camiseta azul que le resalta el color de los ojos. La camiseta también le abraza los impresionantes músculos, algo que siempre me molesta un poco. Mike Hollis es como un niño repelente en el cuerpo de un tío bueno.

Pasa un brazo por detrás de los pequeños hombros de Rupi.

—Ey —dice.

Escondo una sonrisa. De verdad, está muy pillado.

—¿Ves?, eres un perrito faldero —le informa—. Tontito y adorable.

—No soy tontito y adorable —se queja.

—Sí, lo eres.

—No, no lo soy. No me puedes comparar con un perrito. Tienes que escoger algo bueno. Como un semental.

—No puedes ser un semental a menos que estés muy dotado —me destornillo.

Audrey se ríe por la nariz.

Rupi me lanza una mirada, horrorizada.

—¡Brenna! No puedes hacer comentarios denigrantes sobre el pene de un chico en público. Les hiere el ego. Y solo porque Mike no tenga un pene de semental, no significa que...

—¿Por qué hablas de mi pene? —la interrumpe Hollis—. Que, por cierto, todavía no has visto.

—Lo he tocado —dice, satisfecha, antes de darle una palmada en la rodilla—. Justo les contaba a las chicas que pronto es nuestro aniversario.

La confusión le inunda la cara.

—¿Tenemos aniversario?

—Sí. Nuestro aniversario de un mes.

—No ha pasado un mes.

—Bueno, ha pasado casi un mes...

—¡Dos semanas!

—¡Veinte días! Eso son casi tres semanas. —Rupi le examina la cara—. ¿Cuándo es nuestro aniversario, Mike?

—¿Qué?

Me acomodo en el asiento y disfruto del espectáculo.

—¿Cuándo fue nuestra primera cita? —insiste.

—¿Por qué iba a saber eso?

—¡Porque estabas allí! —Rupi se pone de pie y se coloca ambas manos en las caderas—. ¿No te apuntaste la fecha? ¿Qué narices te pasa?

—¿Que qué narices me pasa? ¿Qué te pasa a ti? ¿Quién se apunta la fecha de una cita?

—Era nuestra primera cita. ¿Me estás diciendo que no vale la pena recordarla?

Hollis también se levanta. Mide un metro ochenta y cinco, y es una torre junto a Rupi, que mide un metro cincuenta y dos. Sin embargo, cualquiera que los viera sabría quién tiene el poder en realidad.

—Apareciste aquí y me arrastraste a una maldita cena —le recuerda—. Ni siquiera sabía quién eras.

—De verdad que me encantaría que no usaras palabrotas al dirigirte a mí.

—Bueno, si los sueños fueran caballos, todos seríamos jinetes.

—¡Ja! —Summer suelta una carcajada aguda.

Daphne parece enormemente fascinada.

—¿A qué demonios se refiere?

—Esa frase hecha no existe —le informo.

—Claro que existe —gruñe Hollis—. Mi padre la usa constantemente.

Summer sonríe de oreja a oreja.

—Oh, Dios mío, Mike, tu padre es igual de incomprensible que tú.

La miro.

—¿A quién crees que ha salido?

Rupi no aprecia nuestro debate. Da un paso enrabiado hacia él y ahora ambos están cara a cara. La de ella, cubierta con ese mejunje, y la de él, roja de frustración.

—No puedo creer que no te importe nuestro aniversario. —Rupi se da la vuelta—. Tengo que reflexionar sobre esto —declara, por encima del hombro. Al cabo de un momento, oímos sus pasos fuertes que suben las escaleras.

Hollis se gira hacia Summer y hacia mí.

—¿Por qué me habéis hecho esto? —pregunta, triste.

—Nos cae bien —anuncia Summer.

—Claro que sí. Claro que sí, joder. —Y él también se va.

Hay un momento de silencio.

—¿Creéis que ya podemos lavarnos la cara? —pregunta Daphne, con una sonrisa.

—¿Seguramente? —responde Audrey.

Nos amontonamos en el baño del pasillo mientras, por turnos, nos deshacemos de la mascarilla. Tras secarme la cara, no puedo negar que mi piel está increíblemente suave.

—Rupi ha dicho que hay que aplicarse crema hidratante de inmediato —instruye Daphne.

—Voy a buscar algo. —Cuando Summer desaparece, las demás nos miramos en el espejo.

—Oh, Dios santo, ahora tengo un tono rosado —alaba Daphne.

—Me noto la piel perfecta —dice Audrey, entusiasmada—. Deberíamos empaquetar esta cosa y venderla.

—Lo podríamos llamar Pegamento de Cara —sugiero.

Daphne suelta una risita.

Summer regresa con crema hidratante y volvemos a la carga con la rutina facial. Aunque están arriba, oímos cómo Rupi y Hollis se gritan. Me encantaría que volvieran a bajar y lo hicieran delante de nosotras. Sería un entretenimiento genial.

En lugar de eso, el entretenimiento nos llega en forma de Hunter, que acaba de llegar a casa. Está más *sexy* de lo habitual. Quizá es porque lleva el pelo oscuro despeinado y tiene un brillo seductor en los ojos.

Está exultante, como un pavo real, así que tengo que preguntar:

—¿Has pillado cacho?

—Un caballero no cuenta sus aventuras. —Guiña un ojo antes de ir hacia la cocina.

—¿Puedes coger la jarra amarilla que hay en la nevera, por favor y gracias? —grita Summer detrás suyo—. ¡Necesitamos otra ronda!

—Sin problema, rubia.

—Oh. —Miro a Summer—. Parece que estáis mejor.

—Lo estamos —confirma—. Creo que es por todo el sexo que practica. Las endorfinas lo vuelven tierno y blandito.

Hunter reaparece con nuestro margarita en la jarra de plástico y la deja encima de la mesita del café.

—¿Y quién ha sido la suertuda esta noche? —lo provoco.

—Nadie que conozcáis. Una chica en un bar de Boston.

—Qué elegancia —dice Audrey.

Pone los ojos en blanco.

—No lo hemos hecho en el bar.

—¿Y la chica del bar tiene nombre? —pregunta Summer mientras nos rellena los vasos a todas.

—Violet. —Se encoge de hombros—. No es por ser un capullo, pero no me importa mucho recordar su nombre. Me ha echado de su casa dos minutos después de hacerlo.

No puedo evitar reírme.

—Qué mujer tan cruel.

—Qué va. Me ha facilitado la vida —admite—. Yo solo quería una noche, de todos modos.

—Qué elegancia —repite Audrey.

Esta vez se ríe.

—Sí. Soy una persona horrible por querer un rollo de una noche, pero ella no lo es por querer exactamente lo mismo. Tiene todo el sentido del mundo.

Cojo mi margarita y cambio de tema.

—¿Estáis preparados para el partido de este fin de semana? —le pregunto.

—Más preparados que nunca. Pero ganarles va a ser difícil. —La intensidad de su voz es prometedora. Al menos él sí que está concentrado en el juego y no en todas las chicas con las que se enrolla—. Si encontramos la forma de contener a Jake Connelly, si no dejamos que nos destroce, entonces sería viable ganar.

Ja. Si encuentran la manera de que Jake no los destroce, me encantaría que me la contaran. Sabe Dios que yo todavía no he dado con la solución.

CAPÍTULO 29

JAKE

Cada jugador se prepara los partidos a su manera. Algunos chicos se obsesionan con sus supersticiones, como Dmitry, que una vez se cortó con un papel y ese día paró todos los tiros a puerta del otro equipo, así que ahora se corta con un papel antes de cada partido. O Chilton, que necesita que su madre le diga: «¡Mucha mierda, Coby!», con esas palabras exactas, porque en el instituto hicieron que su equipo ganara un campeonato estatal.

Yo solo necesito mi pulsera de la suerte y algo de silencio. Necesito sentarme en un sitio tranquilo y preparar la mente, porque el *hockey* es un deporte tanto mental como físico. Requiere de una concentración precisa y de la habilidad de reaccionar a cualquier situación y a cualquier obstáculo. Y en la pista de hielo uno no puede dudar de sí mismo. Debo confiar en mi cerebro, en mis instintos y en mi memoria muscular. Tengo que crear oportunidades que lleven al resultado deseado.

Durante esta temporada no he dado discursos motivadores. Los chicos no esperan eso de mí. Saben que cuando me encorvo en un banco, sin mirarlos, sin dirigirles la palabra, es porque me estoy preparando mentalmente.

Todos prestan atención el entrenador cuando entra en el vestuario. Echa un vistazo a los cuerpos uniformados que atestan el espacio.

—Hombres —nos saluda.

Damos un toque en el suelo con los palos, un saludo de *hockey*. Tenemos que salir a calentar, pero el entrenador nos quiere decir unas palabras antes.

—Este partido es el más importante que jugaréis en toda la temporada. Si ganamos a Briar, vamos al torneo nacional.

Si ganamos a Briar, estaremos un paso más cerca de llevarnos a casa el título nacional. —Parlotea durante un minuto entero, nos motiva, nos dice que tenemos que ganar y grita que el título nos debe ser nuestro, que tenemos que llevárnoslo a casa—. ¿Qué vamos a hacer? —exclama.

—¡Llevárnoslo a casa!

—No os oigo.

—¡Llevárnoslo a casa!

El entrenador asiente en señal de aprobación. Lo que dice luego me pilla por sorpresa.

—Connelly, di unas palabras.

Levanto la cabeza, desconcertado.

—¿Entrenador?

—Eres el capitán, Jake. Dile algo a tu equipo. Este podría ser el último partido de la temporada. Tu último partido en Harvard, joder.

Mierda, no me gusta que me estropee el ritual, pero no puedo objetar, porque, al contrario que cualquier otro deportista del mundo, el entrenador no cree en la suerte ni en las supersticiones. Cree en la habilidad y en trabajar mucho. Supongo que admiro su filosofía, pero... que respete los rituales, joder.

Me aclaro la garganta.

—Los de Briar son buenos —empiezo—. Son muy buenos.

—¡Buen discurso! —Brooks estalla en aplausos—. ¡Digno de una ovación!

Coby se ríe en alto.

—Déjalo, Culo de Burbuja. No he terminado. —Me aclaro la garganta—. Los de Briar son buenos, pero nosotros somos mejores.

Mi equipo espera a que continúe.

Me encojo de hombros.

—Ahora sí que he terminado.

Se echan a reír a mi alrededor, hasta que el entrenador da unas palmadas para silenciar a todo el mundo.

—Bien. Salgamos ahí fuera.

Estoy a punto de cerrar la taquilla cuando se ilumina el móvil, que he dejado en el estante. Inclino el cuello para echar un vistazo y se me forma una sonrisa de satisfacción en los labios.

Es un mensaje de Brenna en el que me desea buena suerte. También hay uno de Hazel, que expresa lo mismo, pero el de Hazel ya me lo esperaba. Lo de Brenna no tiene precedentes.

—Entrenador, es mi padre —miento al llamar la atención a Pedersen—. Seguramente quiera desearnos suerte. Será un minuto, ¿de acuerdo?

Me lanza una mirada sospechosa antes de musitar:

—Un minuto.

Cuando él y mis compañeros se dirigen hacia el túnel, llamo a Brenna. Pero no recibo la bienvenida que espero.

—¿Por qué me llamas? —suena furiosa—. Tendrías que estar en la pista, calentando.

Me río.

—Pensaba que te alegrarías de ver que no estoy ahí.

—Espera, ¿va todo bien? Vas a jugar, ¿no? —Se la oye preocupada al otro lado de la línea.

—Sí, voy a jugar. Pero he visto tu mensaje y quería asegurarme de que no estás en peligro.

—¿Por qué iba a estar en peligro?

—Porque me has deseado buena suerte. Y he supuesto que alguien te estaba apuntando con una pistola en la cabeza.

—Oh, no seas idiota.

—¿O sea que me deseabas buena suerte de verdad?

—Sí.

—¿Pero lo decías en serio?

—No.

—¿Quién es la idiota ahora? —Titubeo—. Mira... Pase lo que pase esta noche, no quiero que dejemos de vernos. —Contengo la respiración y espero, porque no tengo ni idea de lo que va a decir.

Sé lo que quiero que diga. Quiero que diga que no ha dejado de pensar en mí desde que nos acostamos, porque yo no me la he podido sacar de la cabeza desde entonces. El sexo fue increíble. Jodidamente maravilloso. Y era nuestra primera vez. Y si es así de bueno cuando todavía no sabemos qué le pone al otro, cuando todavía no sabemos exactamente cómo hacer que el otro llegue al orgasmo, significa que solo irá a mejor. Eso hace que me explote la cabeza.

—Yo quiero seguir viéndote —insisto cuando veo que todavía no ha contestado—. ¿Tú quieres?

Tarda en contestar. Entonces suspira.

—Sí. Quiero. Y ahora sal ahí fuera para que podamos daros una paliza.

Se me dibuja una sonrisa en el rostro.

—Ya te gustaría, nena.

Cierro la taquilla y me doy la vuelta. Me asusto cuando veo al entrenador en el marco de la puerta.

Mierda.

—Nena, ¿eh? —se burla el entrenador—. ¿Llamas a tu padre «nena»?

Exhalo, cansado.

—Perdón por haber mentido.

—Connelly. —Me toma del hombro cuando llego donde está. Incluso con el protector acolchado puesto, noto la fuerza de su agarre—. Esa chica… Vayas o no en serio con ella… Recuerda que es la hija de Jensen. Debería considerar la posibilidad de que podría estar contigo.

Hazel dijo lo mismo. Pero creo que están un poco paranoicos. Brenna no hace esas cosas.

—Lo tomaré en consideración. —Fuerzo una sonrisa—. No se preocupe, no afectará a mi rendimiento sobre el hielo. Ya casi lo tenemos.

No lo tenemos.

Desde el momento en que el disco cae sobre el hielo, este partido es un completo desastre. Es velocidad y agresividad. Son dos equipos que no compiten por la victoria, sino por matar al otro. Los golpes son brutales, y sospecho que los árbitros hacen la vista gorda en muchas faltas por la intensidad del partido. Es *hockey* jugado como tiene que ser. Con total abandono.

Los fans pierden la cabeza. Nunca había visto las gradas tan vivas. Gritos, vítores y abucheos se mezclan en una sinfonía que alimenta la adrenalina que me corre por las venas.

A pesar de todo eso, los de Briar nos superan. Son rápidos, en especial, Davenport. ¿Y Nate Rhodes? No sé qué habrá desayunado, pero joder. Marca el primer gol del partido; una bala que Johansson no tiene posibilidades de parar. Me ha impresionado hasta a mí, pero lanzo una mirada a los ojos enrojecidos por la furia del entrenador y sé que no puedo dejar que vuelva a pasar.

—¿Vais a dejar que os hagan esto? —nos ruge el entrenador—. ¿Vais a dejar que os hagan esto en nuestra casa?

—¡No, señor!

La adrenalina me lleva al otro lado de la valla con Brooks y Coby. Es nuestra línea de poder, y nos llamamos así por una razón. Brooks es el Increíble Hulk sobre la pista. Lanza unos golpes que rompen huesos. Coby sabe usar los codos y batalla contra los paneles mejor que nadie. Yo gano en el saque, pero en lugar de tirar recto, le hago una finta a Fitzgerald y sigo patinando. Espero a que los otros crucen la línea azul antes de devolverle el pase a Coby, que está cerca del centro.

Patina próximo a la red, se detiene un segundo y se va a toda prisa. Dispara y falla. Davenport casi llega al rebote con su palo, pero le doy un empujón y es mi palo el que conecta con el disco. Disparo y fallo. El disco rebota hacia Brooks, que dispara y falla. Un rugido ensordecedor atraviesa las gradas.

Por el amor de Dios, joder. Tres malditos disparos: fallo, fallo, fallo. ¿Desde cuándo Corsen se ha vuelto tan bueno? Gruño de frustración cuando el entrenador nos grita «cambio» y salimos de la pista de hielo.

Respiro con dificultad y me siento en el banquillo junto a Brooks.

—¿Qué cojones pasa aquí?

—No lo sé —musita—. Corsen no suele ser tan rápido con el guante.

—Tenemos que darle, hasta que se canse.

Brooks asiente, algo sombrío.

El entrenador aparece por detrás nuestro y le pone una mano en el hombro a Weston.

—Consíguenos una jugada con ventaja —le ordena.

Me tenso, porque cada vez que el entrenador incita a Brooks a conseguir un penalti, hay una alta posibilidad de que estalle el mal humor. Nuestra línea vuelve al partido y Brooks va en busca de sangre de inmediato. En el saque, vacila a Davenport, que está agachado a la derecha de Nate Rhodes. Mike Hollis está a la izquierda de Rhodes.

Estoy demasiado concentrado en el disco para captar lo que dice Brooks, pero sea lo que sea, le arranca un feroz bramido a Davenport.

—Que te den —escupe el de segundo.

—Ya basta —grita el árbitro.

Y, de nuevo, gano el saque. Le paso el disco a Brooks, que se abre camino a base de golpes hasta la zona de Briar. Me lo vuelve a lanzar, pero no tengo ninguna posibilidad de marcar. Los defensas protegen a Corsen y su red como si fueran la maldita Guardia Real de *Juego de Tronos*. Necesito que se abran. Necesito...

Suena el silbato. No he visto qué ha pasado, pero me giro y veo que Hollis le grita a Weston.

Alza el palo a la vez que exclama, por lo que lo penalizan en la caja de los penaltis. Brooks y yo intercambiamos una mirada. Ha hecho su trabajo. Ahora me toca a mí hacer el mío.

Nuestra línea se queda fuera por la sanción, pero no necesitamos demasiado tiempo. A los de Briar les falta un jugador y, aunque se hayan llevado el disco en el saque, en cuanto lo recuperamos nosotros, están perdidos. Regateo a Davenport y lanzo un disparo que ni Corsen es capaz de parar con sus nuevas habilidades con el guante. Se enciende la lucecita y me invade una sensación de alivio.

El marcador está igualado.

—Buen trabajo —me dice el entrenador cuando paso junto a la valla.

Me quito la protección bucal, una pieza que no es obligatoria llevar, pero valoro mis dientes, por favor y gracias. Me cuesta respirar, el torso me va arriba y abajo mientras miro cómo mis compañeros se mueven a toda prisa. Eso ha sido agotador. Mi turno ha durado más de tres minutos, algo inaudito.

—Tío, céntrate, joder —le gruñe Heath a Jonah.

Los miro desde el banquillo con el ceño fruncido.

—¿Hay algún problema? —les grito a los chicos más jóvenes.

—No, todo bien —dice Heath.

No me convence. Jonah tiene la mirada llena de ira, clavada en lo que ocurre delante de nosotros, pero no sé de dónde proviene su enfado exactamente. Tal vez alguien le ha dado un golpe sucio y está enfadado con el jugador que se ha ido de rositas.

La línea de Dmitry frena a Briar. Cuando McCarthy se deja caer a mi lado, le doy un golpecito en el hombro con el guante.

—Bien jugado —ladro.

—Gracias. —Se sonroja con el cumplido, y sé que reprime la sonrisa. No los alabo a lo loco, así que mis compañeros saben que, cuando lo hago, es sincero.

Su obvia felicidad hace que la culpa se me acumule en la garganta. Brooks se me metió en la cabeza la otra noche al decirme que tenía que «hacer lo correcto» con McCarthy. Ya he tomado la decisión de contarle que me veo con Brenna, pero esperaré a que acabe el partido. No quiero arriesgarme a que la noticia lo distraiga de la final.

El entrenador vuelve a cambiar las líneas. Ahora salimos Brooks y yo, y a Coby lo cambia por Jonah, un excelente ala derecha que sabe sacar ventaja de los rebotes. Se produce un fuera de juego casi de inmediato. Al oír el silbato, patino hasta llegar a mi posición.

El saque es un desastre desde que pronuncian «ya». Empieza la tontería, pero esta vez no es cortesía de Weston, sino de Jonah.

—Davenport —ladra.

El jugador de Briar le echa un vistazo antes de concentrarse en el árbitro.

—Te hablo a ti, gilipollas. Deja de fingir que no me oyes.

—No finjo nada —le espeta Davenport—. Es que me la suda lo que digas.

Cae el disco. Lo aseguro, pero Jonah todavía está distraído por el intercambio de palabras y pierde el pase que le hago. Davenport intercepta el disco y se lo lleva por delante sin defensores. Lo perseguimos, pero es Johansson quien nos salva de ese grave error potencial. Bloquea el disparo y pasa el disco a Brooks.

—Inaceptable —le siseo a Jonah cuando paso por su lado. Este tipo de cosas no son típicas de Jonah Hemley—. Concéntrate en el juego.

Creo que no me oye. O tal vez no le importa. Cuando Davenport y él están enganchados contra los paneles en nuestro siguiente turno, Jonah vuelve a empezar.

—El jueves por la noche —gruñe—. ¿Dónde estabas?

—Que. Te. Den. —Davenport le da un codazo a Jonah y gana la batalla por el disco.

Golpeo a Davenport y le robo el disco, pero, de nuevo, Jonah está demasiado ocupado con lo que sea que está haciendo. No va hacia delante como se supone que debería, y volvemos a estar en fuera de juego. Suena el silbato.

No sé qué pasa, pero no me gusta ni un pelo.

El siguiente saque es a la izquierda de nuestra portería. Cuando nos alineamos, Jonah prosigue con su interrogatorio.

—El jueves por la noche, gilipollas —escupe—. Estabas en el Brew Factory.

—¿Y qué? —Davenport parece irritado.

—¡O sea que no lo niegas!

—¿Por qué lo negaría? Estaba en el bar. Ahora cállate la boca.

—La pelirroja con la que te fuiste: ¿te acuerdas de ella? —inquiere Jonah.

Se me cae el alma a los pies y espero que el disco también lo haga, ahora mismo, porque ya me he hecho a la idea de qué pasa, y tiene que parar. Ya.

—¿Quién? ¿Violet? ¿Y a ti qué más te da dónde meto yo la polla?

—¡Era mi novia!

Cuando Jonah se impulsa hacia delante, golpea al árbitro, que se queda despatarrado sobre el hielo en un embrollo de extremidades.

Joder. ¡Joder, joder, joder!

—¡Hemley! —vocifero, pero Jonah no me escucha.

Hace un placaje a Hunter Davenport, y vuelan los puños. Cuando Jonah se quita los guantes, me hierve la sangre de la rabia, porque, joder, esto es motivo de expulsión. Intento apartarlo de su oponente, pero tiene mucha fuerza. Le chilla a Davenport por haberse acostado con Vi mientras los silbatos estallan a nuestro alrededor.

Davenport parece muy confuso.

—¡No me dijo que tenía novio! ¡Por Dios! ¡Sal de encima mío! —Ni siquiera lucha por defenderse.

—¡No te creo! —Jonah le da un puñetazo. Los silbatos no dejan de sonar.

A Davenport le sangra la comisura de los labios. Todavía lleva los guantes puestos, y no ha dado un solo golpe. Si expulsan a alguien, será a mi chico, y no a Davenport.

Vuelvo a intentar calmar a Jonah. Nate Rhodes, el capitán rival, llega patinando e intenta echarme una mano. Juntos conseguimos poner a Jonah en pie. Todavía está muy enfadado.

—¡Se ha tirado a mi novia! —grita Jonah.

Suena otro silbato. Esto es el caos. Davenport se levanta, pero mi compañero de equipo escapa de mi agarre y vuelve a abalanzarse sobre el jugador de Briar, al que empotra contra los paneles. Y, de nuevo, caen al hielo.

Solo que, esta vez, lo acompaña un fuerte gruñido de dolor.

Vuelvo a levantar a Jonah, pero el que agoniza no es él.

Davenport se quita el casco. Tira los guantes y se sostiene una muñeca contra el pecho. Suelta una retahíla de insultos y el dolor en sus ojos es inconfundible.

—Me has roto la muñeca —ruge—. ¿Qué cojones te pasa?

—Te lo mereces —escupe Jonah y, de repente, hay un exceso de movimiento y Nate Rhodes lanza un puñetazo a la mandíbula de Jonah.

Más jugadores se tiran al hielo y el caos se convierte en catástrofe. Los silbatos suenan sin parar mientras los árbitros tratan de retomar el control. Pero el tren del control hace ya mucho tiempo que salió de la estación.

CAPÍTULO 30

BRENNA

En cuanto suena el pitido que señala el final de la primera parte, me levanto del asiento de un salto. Summer también, pero le pongo una mano en el hombro para detenerla.

—¿Cómo lo sabes? —inquiere.

—Porque conozco a mi padre. De hecho, puede que no me deje entrar ni a mí. Pero si alguien tiene más probabilidades, esa soy yo. Te prometo que te escribo en cuanto sepa algo.

—Vale. —Summer parece aturdida, pero no es la única. Todos a nuestro alrededor están estupefactos.

Nadie sabe qué ha pasado ahí abajo, solo que el partido se ha convertido en una carnicería. Hunter se ha ido antes de que la primera parte terminara con el brazo apretado contra el pecho. Nate y un jugador de Harvard, el nombre y el número de la camiseta del cual no he alcanzado a ver, también.

Durante lo que quedaba de la primera parte, faltaban dos de nuestros mejores jugadores, pero, de alguna manera, hemos contenido a Harvard hasta que ha sonado el pitido. Todavía quedan dos partes y no tengo ni idea de lo que pasa. Ni los árbitros ni los comentaristas que están en la sala de comunicaciones han revelado por qué los jugadores se han ido. En el *hockey* universitario no se permiten las peleas. Te pueden expulsar por ello. Pero Hunter ni la ha empezado ni se ha defendido. Tampoco sé por qué se ha entrometido Nate. Por lo general, sabe mantener la cabeza fría.

Me apresuro fuera de la pista de hielo para buscar respuestas. Hay más gente que se va, así que me abro paso con los codos a través de la muchedumbre y me encamino hacia los vestuarios. Mi padre siempre me da una tarjeta de autorización, por si acaso. No me garantiza la entrada a los vestuarios como tal, pero significa que puedo acceder a áreas restringidas. Le muestro la tarjeta a un guardia de seguridad y giro hacia otro pasillo.

Otro guardia vigila junto al vestuario del equipo visitante.

—Hola —lo saludo con mi salvoconducto en alto—. Soy la hija del entrenador Jensen y la mánager del equipo—. La segunda parte es mentira, pero espero que me sirva de ayuda.

Funciona. El hombre se hace a un lado enseguida.

Abro la puerta a tiempo para oír la voz de mi padre. Suena sumamente letal.

—¿Por qué cojones has tenido que intervenir y hacer eso, Rhodes?

No oigo los balbuceos de Nate.

Me acerco despacio hacia donde se amontonan los jugadores. Nadie se percata de mi presencia. ¿Por qué deberían hacerlo? Estoy escondida en un mar de cuerpos, todos más altos que yo.

—Bueno, Davenport se queda fuera. Le están haciendo una radiografía, aunque la doctora del equipo dice que no necesita verla para saber que tiene la muñeca rota.

Siento un nudo en el estómago. Mi padre no parece nada contento, y es normal. Hunter está fuera de juego.

—Y Rhodes, te han expulsado por participar en la pelea.

Hostia. ¿Nate también se queda fuera? ¡Son nuestros mejores jugadores!

—Por su parte, han expulsado a Jonah Hemley, que no resulta una gran pérdida. —Mi padre hace una mueca de desdén—. Ese chaval reemplazaba a Coby Chilton, que podría haberse desgarrado el isquiotibial, pero no ha sido así, y ahora su línea de poder vuelve a estar intacta.

Dios mío. Esto es un despropósito. Presa del pánico, siento que pierdo fuerza, pues..., ahora es bastante probable que perdamos.

Mi padre no lo menciona, pero sé que también lo piensa. Y suena encolerizado cuando se dirige a sus jugadores:

—¿Qué mierda ha pasado ahí dentro?

Se hace un largo silencio lleno de miedo. Fitz es el único que reúne el valor para hablar:

—Por lo que he entendido, Hunter se acostó con la novia de Hemley. Sin saberlo —añade.

—¿Es una maldita broma? Y si os ibais a tirar a la novia de alguno de ellos, ¿no podría haber sido la de Connelly? —ruge mi padre—. Por lo menos ahora no nos tendríamos que preocupar por él.

Aunque me sabe mal por mi equipo, debo reprimir una risotada, porque no creo que mi padre respaldara el hecho de que alguien se acostara con la novia de Connelly si supiera que soy yo.

No es que sea la novia de Jake, pero soy la chica que está en su vida y…, no. No puedo pensar en esto ahora mismo. Estamos en plena crisis.

—Por Dios, Rhodes. ¿En qué pensabas? —Mi padre está realmente furioso con su capitán.

Yo tampoco estoy demasiado contenta con él, la verdad. ¿Qué ha pasado con ser mejor que todo esto? Nate se mantuvo inflexible cuando ordenó a Wilkes que no se vengara por el incidente de la nata montada. ¿Y ahora pierde el control en la pista? ¿Ataca a Hemley por haber golpeado a Hunter? No es algo típico de él.

El tono de Nate indica que está tan enfadado y hastiado consigo mismo como mi padre.

—Ha sido un impulso —dice, avergonzado—. Ese gilipollas le ha roto la muñeca a Hunter, entrenador. Y luego ha tenido el valor de decirle que se lo merecía. Ha sido lo más repugnante que he oído en mi vida y…, se me ha ido de las manos —explica—. Lo siento, entrenador.

—Lo entiendo, chaval, pero una disculpa no te llevará de vuelta al partido.

Es decir, estamos muy jodidos.

Retrocedo para apartarme y salgo de los vestuarios.

—Parece que la cosa no va bien ahí dentro —dice el hombre de seguridad, comprensivo.

—Para nada.

Me apresuro a volver al asiento, donde informo a Summer y a los demás.

—Parece que Hunter se queda fuera, y Nate también.

Summer se queda sin aliento.

Igual que Rupi, que, como es habitual, viste como un anuncio ambulante de J. Crew. O una muñeca superrecatada de

American Girl. Me pregunto cuántos vestidos con cuello tendrá. Probablemente, miles.

—¡Qué desastre! —se lamenta Summer.

—Sí —afirmo con tristeza. Y no nos falta razón.

Cuando empieza el segundo tiempo, la diferencia en el juego de Briar se nota casi de inmediato. Es como ver a un velocista olímpico machacar la primera serie de los cien metros lisos solo para llegar a la siguiente serie y encontrar clavos en la pista. Sin Nate, el capitán del equipo, ni Hunter, nuestro mejor delantero, sufrimos desde el principio. Fitz y Collis no pueden cargar con el equipo entero. Nuestros jugadores más jóvenes no se han desarrollado del todo aún, y los mejores, Matt Anderson y Jesse Wilkes, son físicamente incapaces de seguirle el ritmo a Connelly.

Acompaño a Jake con la mirada cuando marca justo al inicio del segundo tiempo. Es un tiro precioso, una obra de arte. Ahora, Harvard gana 2-1. Y dos minutos antes del final del tiempo, Weston logra una jugada ventajosa para Harvard al conseguir que piten un penalti en contra de Fitz, que rara vez visita la caja de la sanción.

Summer esconde la cara entre las manos con manicura.

—Dios mío, esto es horrible.— Al final levanta la mirada en busca de su novio—. Parece tener la cabeza a punto de estallar.

Y tanto, Fitz está alterado y lleno de rabia en la caja de los penaltis. Tiene la cara roja y aprieta la mandíbula tan fuerte que le tiemblan los músculos de la cara.

Harvard aprovecha el penalti que ha provocado el cabrón de Weston. Que haya jugado al Scrabble con él y que me ayudara con Eric no hace que sea menos enemigo. Ahora mismo lo detesto. Tal vez, en un par de días, podremos volver a jugar al Scrabble, pero ahora mismo quiero que desaparezca de la faz de la Tierra.

Por desgracia, a Briar le faltan jugadores, y Weston marca el gol de su jugada ventajosa. Entonces Fitz entra otra vez y volvemos a respirar.

Weston intenta hacer lo mismo con Hollis en su siguiente turno, pero este no cae en la trampa, bendita sea su alma de perrito faldero. En lugar de eso, los árbitros pillan el golpe sucio de Weston y lo penalizan con dos minutos en el banquillo. Todos gritamos de pie hasta quedarnos afónicos cuando Briar marca.

Ahora vamos 3-2.

El segundo tiempo ha terminado.

—Vosotros podéis —les susurro a los chicos cuando desaparecen en el pasillo hacia los vestuarios.

Con suerte, mi padre les dará un discursito digno de un milagro y volveremos, igualaremos el marcador al principio de la tercera parte, marcaremos de nuevo y ganaremos el maldito partido.

—Todavía tenemos posibilidades, ¿verdad? —pregunta Summer con un brillo de esperanza en los ojos.

—Claro que sí. Podemos con esto —digo, con firmeza.

No ponemos de pie cuando empieza la tercera parte. Durante casi seis minutos, no se marca ningún gol, hasta que, en medio de una batalla de empujones en la zona de Harvard, Jesse Wilkes hace un tiro que pasa justo entre las piernas de Johansson. Ha sido un golpe de suerte, pero lo acepto. Los fans de Briar se vuelven locos cuando el marcador cambia a 3-3.

No puedo creer que todos mantengan el mismo nivel de velocidad con el que han empezado el partido. Tienen que estar exhaustos después de dos tiempos agotadores. Pero los dos equipos juegan como si les fuera la temporada entera en ello. Porque así es.

Me fascina ver a Jake mientras hace lo que mejor se le da. Es increíblemente rápido y no puedo evitar imaginarlo en Edmonton el año que viene. Hará una temporada brillante si juega la mitad de bien que esta noche.

—Es muy bueno —dice Summer a regañadientes cuando Jake finta a tres de nuestros chicos para llegar a la red.

Lanza un tiro. Por suerte, falla, y me avergüenza decir que experimento una ligera decepción cuando Corsen evita el posible gol de Jake.

Oh, Dios mío. ¿Dónde está mi lealtad? Quiero que gane Briar. De verdad. Y odio lo que ese jugador de Harvard les ha hecho a Hunter y a Nate.

Pero también quiero que Jake tenga éxito. Es magnífico.

Todavía estamos igualados, y el tiempo pasa rápido. Me preocupa la posibilidad de que haya una prórroga. No sé si tendremos la energía suficiente para detenerlos. Sobre todo, Corsen. Es bueno en la portería, pero no es el mejor.

A Johansson, por otro lado, lo incluiría en mi *ranking* de los tres mejores porteros universitarios. Para todos los tiros como un profesional. No entró en la selección de la NHL cuando se le pudo escoger, pero espero que intente firmar con alguien después de la universidad. Es demasiado bueno para no hacerlo.

—¡Venga, chicos! —grita Summer—. ¡Vosotros podéis! —Sus gritos de apoyo desaparecen en el alboroto que hay a nuestro alrededor.

Me pitarán los oídos después del partido, pero merece la pena. No hay nada mejor que el *hockey* en vivo. La emoción que hay en el aire es contagiosa. Adictiva. Quiero poder ganarme la vida con esto; no como jugadora, sino como participante. Quiero animar a estos deportistas, hablar con ellos cuando todavía surfeen lo que sea que les haga estar vivos en la pista de hielo. La adrenalina, el talento, el orgullo. Quiero formar parte de eso, de la mejor manera que puedo.

Quedan tres minutos y el marcador todavía va 3-3.

Vuelve la línea de Jake. Brooks todavía pone en práctica sus trucos, pero ya nadie cae en la trampa. Creo que le empieza a molestar, a juzgar por lo rígidos que tiene los hombros. Bien. Se lo merece. Harvard no ganará este partido con sus trucos sucios. Tendrá que ser por destreza. Por desgracia, tienen jugadores hábiles para dar y regalar.

Quedan exactamente dos minutos y cuarenta y seis segundos cuando Jake sale hacia delante sin defensas que lo cubran. Tengo el corazón dividido: se me detiene cuando consigue el disco y se me dispara en cuanto se acerca a nuestra red. Eleva el brazo para hacer un tiro y nos otorga otra obra de arte. Una bala preciosa. Cuando los comentaristas gritan: «¡GOOLLLLLL!», mi corazón se ha convertido en una mezcla entre una caída abismal y un ascenso desorbitado. Me sorprende no vomitar por las náuseas que me provoca.

Harvard va por delante, y solo nos quedan dos minutos y medio para igualar el marcador. Los fans de Briar gritan en las gradas. El reloj no se detiene.

Quedan dos minutos.

Un minuto y medio.

Briar sigue peleando. Fitz tira a puerta y un gruñido colectivo retumba en la mitad de las gradas cuando Johansson lo para. El portero espera, y suena el silbato.

Me cubro la boca con ambas manos.

—¡Venga, chicos! —grito cuando se alinean para el saque. Les quedan un minuto y quince segundos para hacer que pase algo.

Pero el entrenador Pedersen no es tonto. Pone a sus mejores chicos en la pista para el último minuto, como si fuera a producirse un penalti. Es el Equipo A: Will Bray y Dmitry Petrov a la defensa y Connelly, Weston y Chilton ocupan los puestos delanteros. Y son jodidamente firmes. Mantienen la posesión del disco todo el rato. Harvard ataca y Corsen es como un *ninja* que esquiva un tiro tras otro. Y, aunque nos ayude, no es lo que deberíamos estar haciendo. No tendríamos que estar parando tiros, sino disparando a la portería.

Diez segundos para terminar. Siento cómo la decepción se me forma en el estómago. Echo un vistazo al banquillo de Briar en busca de mi padre. Tiene la cara completamente inexpresiva, pero le veo la mandíbula demasiado tensa. Sabe lo que va a suceder.

¡PIIIIII!

La tercera parte ha terminado.

Briar pierde.

Harvard gana.

—No me lo puedo creer. —Summer se aparta un mechón de pelo dorado detrás de la oreja mientras esperamos en un rincón del vestíbulo—. Me sabe fatal por Fitzy.

—A mí también. Y por el resto de los chicos.

—Bueno, claro. Por ellos también. —Apoya la cabeza en mi hombro con la mirada abatida fija en la entrada del pasillo. Esperamos a que salgan los jugadores, y no somos las únicas.

Hay admiradoras y fanáticas obsesionadas amontonadas en el túnel, listas para apoyar y animar tanto a los ganadores como a los perdedores. Por lo menos, la mayoría de los chicos de Briar se acostarán con alguien esta noche sin tener que hacer mucho esfuerzo.

Como en este partido somos los visitantes, mi padre y los chicos tienen que coger el autobús para volver al campus. Empiezan a llegar algunos jugadores de Harvard, y las novias y fanáticas revolotean a su alrededor como abejas. Jake y Brooks aparecen, y no puedo negar que están muy atractivos con esos trajes oscuros. Adoro a la persona que inventara las normas de vestimenta para después de los partidos. Las chaquetas de los trajes se estiran a lo largo de sus hombros increíblemente anchos, y el corazón me da un pequeño vuelco cuando veo que el pelo de Jake sigue húmedo por la ducha, lo que me dibuja en la cabeza la imagen de un Jake desnudo en la ducha. Y es delicioso.

A Weston se le ilumina la cara cuando ve a Summer.

—¡Di Laurentis! —Se acerca tranquilamente y abre los brazos a la espera de recibir un abrazo.

Ella lo fulmina con la mirada.

—Ni se te ocurra. Nada de abrazos esta noche.

—Venga, no seas mala perdedora. —Separa todavía más los brazos.

Al cabo de un momento, Summer le da un abrazo rápido.

Jake me guiña un ojo por encima del hombro de Weston y de la cabeza de Summer.

Sonrío un poco.

—Buen partido, Connelly.

Veo cómo lucha para reprimir una sonrisa.

—Gracias, Jensen.

Summer deshace el abrazo con Weston.

—Bueno —le dice—, parece que tus intenciones de provocar un penalti no han funcionado en los siguientes dos tiempos.

—Sí, los árbitros se han puesto más estrictos después del «caso Jonah».

—¿El «caso Jonah»? —repite ella, y le da un golpe a Brooks en el centro del pecho—. ¡Ha sido algo más que un «caso»! ¡Le ha roto la muñeca a Hunter!

—Ha sido un accidente —protesta Brooks.

Mientras discuten, una cara familiar capta mi atención. Es la chica del Coffee Hut, la amiga de Jake. ¿Hazel, se llamaba? Atraviesa la muchedumbre mientras repasa las caras hasta que su mirada colisiona con la mía. Entonces, se da cuenta de que Jake está a medio metro de mí y frunce el ceño.

Me tenso por si se acerca, pero, por alguna razón, se queda donde está. Interesante. ¿No se había autoproclamado como la amiga y confidente más cercana de Jake?

Arqueo una ceja. Arruga más la frente.

Cuando rompo el contacto visual, mi visión periférica capta otra figura familiar. Me giro para ver a mi padre, que sale del pasillo. Por desgracia, su llegada coincide con la de Daryl Pedersen.

Oh, oh.

Ambos entrenadores intercambian unas pocas palabras cuando se topan el uno con el otro. Mi padre tiene la cara inexpresiva como una piedra, como siempre. Asiente como respuesta a algo que le dice Pedersen. Imagino qué se estarán diciendo: el típico «buen partido», «gracias», y más camaradería falsa. Pero, a medida que se acercan, distingo con claridad lo que dice Pedersen:

—Buen intento.

No estoy segura de a qué se refiere, y supongo que mi padre también se sorprende, porque, en lugar de seguir su camino, se detiene.

—¿Qué quieres decir con eso?

—Sabes exactamente a qué me refiero. Buen trabajo con los trucos. —Pedersen se ríe. Cuando se percata de que estoy al lado de Jake, arquea las cejas y se le forma una pequeña sonrisa de superioridad en los labios.

Las náuseas me inundan el estómago.

Como mi padre no razona cuando se trata del entrenador de Harvard, se pone terco y adopta una actitud agresiva.

—¿Qué trucos? —pregunta con tono frío.

—Solo digo que tu plan para distraer a mi jugador estrella no ha funcionado.

Por el rabillo del ojo veo que Jake frunce el ceño.

—Aunque no me lo esperaba de ti. —Pedersen se encoge de hombros—. No del Chad que yo conozco, eso seguro.

Jake da un paso hacia mí, y casi parece un gesto protector. Pero mi padre no se da cuenta. Está demasiado ocupado fulminando a Pedersen con la mirada. La interacción ha llamado la atención de varios espectadores, sobre todo de algunos jugadores de Briar.

—No sé de qué hablas —dice mi padre, irritado.

—Claro que no. —Pedersen vuelve a reírse—. Pero está bien saber que no eres tan horrible como para prostituir a tu hija.

Oh, Dios mío.

Se hace el silencio, como si se hubiera perdido la señal durante la retransmisión de las noticias. Se me acelera el corazón y estoy bastante segura de que me ha bajado la presión sanguínea, porque me he mareado.

Mi padre me echa un vistazo durante un segundo antes de dirigir una mirada glacial a su némesis.

—Como de costumbre, Daryl, hablas demasiado.

El otro hombre arquea una ceja.

—Si te soy sincero, fue extremadamente satisfactorio ver que tenía razón. Siempre había sospechado que no eras el honorable mártir que acata las normas que aparentas ser. El pilar de la honestidad y de la integridad, ¿verdad? —Pedersen pone los ojos en blanco—. Siempre pensé que era una interpretación. Y, aunque me alegre saber a qué niveles eres capaz de rebajarte, por el amor de Dios, Chad. ¿Usar a tu hija para tender una trampa a Connelly? Entiendo que me odies, pero venga ya, esa jugada es demasiado hasta para ti.

Pedersen se aleja y deja que mi padre y el resto del público absorban el impacto de su acusación. Pasan unos segundos de silencio.

Summer es la primera en preguntar sobre el tema.

—¿Brenna? —dice, con incertidumbre—. ¿Es verdad?

Y, de repente, todas las miradas se posan en Jake y en mí.

CAPÍTULO 31

BRENNA

Veinticuatro horas después del desastroso espectáculo en que se convirtió la final de la liga, todavía me enfrento a los efectos secundarios. La rabia que siento hacia Daryl Pedersen por lo que hizo no ha disminuido lo más mínimo. Ese imbécil amargado no tenía ninguna necesidad de soltar esa bomba, y menos todavía en público. Después de que lo hiciera, los jugadores de Harvard se fueron detrás de él, mi padre acompañó a los chicos de Briar en el autobús y yo volví a casa en coche con Summer, que estaba enfadada conmigo por haberle ocultado lo mío con Jake Connelly.

Pero, al menos, todavía me habla. Mi padre no me ha dicho ni una sola palabra desde ayer. Y la verdad es que no sé si está enfadado o simplemente se muestra indiferente. Pero lo que no se presta a la confusión es cómo están Nate y los demás.

Los chicos están iracundos. Anoche Hollis me llamó traidora. Nate, todavía dolido por la expulsión, estaba furioso por cómo me había atrevido a estar con un chico de Harvard después de lo que hizo Jonah Hemley durante el partido. Y cuando llegué a casa, Hunter me mandó un mensaje amargo: «Tengo la muñeca rota por dos sitios. Dale las gracias a tu novio de mi parte».

Se comportan como niños. Soy consciente de ello. Pero estos niños son mis amigos, y ayer sufrieron una derrota terrible. Una que, tal vez, no habría ocurrido si el compañero de Jake no hubiera incitado las expulsiones de Hunter y Nate.

No importa que Jake no fuera el responsable de ello personalmente. Es el capitán de Harvard, es el enemigo, y yo soy una cabrona por «elegirlo a él antes que a nosotros». Son las palabras de Hollis, no las mías.

301

—Todavía no me creo que no confíes en mí.

La voz triste de Summer me reverbera en el oído. Estoy tumbada en la cama mientras miro el techo y trato de ignorar los rugidos de mi estómago. Esperaba que la llamada de Summer me distrajera del hambre, pero no ha habido suerte. Tarde o temprano, tendré que arrastrarme al piso de abajo para comer algo. Lo que significa que deberé enfrentarme a mi padre, que ha pasado la tarde encerrado en el salón.

—Sí que confío en ti —le aseguro.

—¿De verdad? —pregunta con voz dudosa.

—Claro. Pero como te dije anoche en el coche, no quería arriesgarme. Eres de las chicas que se lo cuentan todo a su novio, y me parece bien por lo menos la mayoría de las veces. Pero ya había tensión entre Harvard y nosotros, sobre todo después de la broma tonta del coche de Jesse. Y no quería arriesgarme a que se lo contaras a Fitz, al menos, antes de la final. Ahora el partido ha terminado, y Harvard sigue adelante. Ya no hay razón para esconderlo.

—Supongo que tiene sentido —dice un poco a regañadientes. Al cabo de unos segundos, cambia de tema—. No puedo creer que ese imbécil le rompiera la muñeca a Hunter.

—Ya ves.

—Y todo porque Hunter se ha tirado a todo lo que lleva falda en las últimas semanas. Si no se hubiera acostado con esa chica, podríamos haber ganado el partido.

—Él no sabía que la chica tenía novio —señalo.

—Ya. Pero igualmente. ¿Por qué los hombres son tan estúpidos?

—Sinceramente, no lo sé.

Hay otra pausa.

—Entonces, ¿Jake Connelly es tu novio?

—No. —No puedo evitar sonreír, porque he esperado este interrogatorio exhaustivo desde anoche. Creo que Summer estaba demasiado dolida por no estar al corriente del tema como para preguntarme como es debido sobre Jake. Ahora que ya no está tan sensible, la detective Di Laurentis vuelve a la carga.

—¿Te has acostado con él?

—Sí.

—¿Y cómo fue?

—Fue bien.

—¿Solo bien?

—Fue muy bien —corrijo.

—¿Solo muy bien...

—No voy a seguir con esto, maleducada —la interrumpo.

—Perdón. —El interrogatorio se reanuda—. Entonces, te has acostado con él. Y hace siglos que os veis a escondidas...

—No hace siglos —gruño.

—¿Pero, desde mi desfile de moda? —insiste.

—Sí, más o menos por ahí.

—¿Te gusta? Espera, para qué lo pregunto. Ya sé que sí. —La ilusión se refleja cada vez más en su voz—. Creo que esto es genial, por cierto. Quiero decir, es increíblemente atractivo: podría mirarlo durante horas y horas.

Intento no reírme.

—Me alegra que lo apruebes, supongo.

Su tono se vuelve serio.

—Así es. Lo apruebo.

—Eres la única.

—Lo superarán.

Hablamos durante un par de minutos. Cuando colgamos, me vuelve a rugir el estómago, y decido que ha llegado la hora de echarle valor e ir al piso de abajo. No puedo evitar a mi padre para siempre. Además, estoy famélica.

Sé que me oye bajar por las escaleras por el horrible chirrido que hacen, pero no se gira cuando llego al marco de la puerta. Está viendo HockeyNet y, como el partido de ayer se retransmitió por ahí, no solo muestran las jugadas destacadas, sino que Kip Haskings y Trevor Trent están analizando todo el partido en su programa.

O, más concretamente, discutiendo sobre él.

—En los partidos profesionales se producen peleas —se queja Kip—. No veo por qué la Asociación Nacional Deportiva Universitaria es tan estricta con esto.

—Porque los que juegan son niños —señala Trevor.

—¿Me tomas el pelo? ¡Algunos de estos chavales son mayores que ciertos jugadores de la NHL! —argumenta Kip—.

Los de Toronto tienen a un chico de dieciocho años en la plantilla. En Minnesota van a empezar dos de diecinueve. Estos chicos pueden soportar que los metan en un ambiente altamente violento. Y qué, ¿vas a decirme que unos universitarios de veintiuno y veintidós años son demasiado delicados para darse un par de puñetazos y...?

Mi padre pausa la grabación cuando se percata de mi presencia.

—Hola —digo.

Suelta un gruñido. No sé si significa «hola» o «fuera de mi vista».

—¿Podemos hablar?

Otro gruñido.

Me trago un suspiro, entro en la habitación y me siento en el otro lado del sofá. Mi padre me mira con recelo, pero no dice ni una palabra. Espera a que empiece yo, así que lo hago.

—Perdona por no haberte contado que me veía con Connelly. —Me encojo de hombros, incómoda—. Por si te sirve de consuelo, no se lo había contado a nadie.

Se le tensa la mandíbula.

—Daryl Pedersen parecía saberlo.

—Nos vio juntos en Harvard una vez.

La ira le agudiza las facciones.

—¿Has estado cerca de Pedersen?

—Sí. Quiero decir, no. Solo una vez, durante una conversación.

Mi padre permanece en silencio durante un momento largo y tenso. Ya no soy capaz de leerle la expresión, así que no tengo ni idea de qué piensa.

—Quiero que te alejes de ese hombre —musita, finalmente.

—Papá...

—¡Va en serio, Brenna! —Alza la voz y, ahora, su expresión es más fácil de descifrar: amargura, frialdad y desaprobación. Pero ¿qué hay de nuevo?—. Daryl Pedersen es un gilipollas egoísta. Era un jugador sucio, ahora es un entrenador sucio, y no tiene honor, ni fuera ni dentro de la pista. Aléjate de él.

Sacudo la cabeza, exasperada.

—Papá. No me importa tu enemistad con el entrenador Pedersen, ¿vale? Me. Da. Igual. No tiene nada que ver conmigo y, si te preocupa que pase mi tiempo libre con él, puedo asegurarte que no es así. ¿Por qué iba a hacerlo? Con lo que respecta a Jake...

—Aléjate de él también —gruñe mi padre.

—Venga ya. —Exhalo lentamente—. Jake es un buen chico. ¿Qué tiene de malo que nos veamos?

—No pienso volver a hacer esto contigo. —Fija la mirada en la mía—. Me niego a ver cómo se repite la historia. Ya lo vivimos con Eric...

—Jake no es Eric. Y nuestra relación no tiene nada que ver con la que tuve con Eric. Tenía quince años cuando empezamos a salir. Y tenía dieciséis cuando...

—¡No volveremos a pasar por esto! —truena—. ¿Me oyes?

—Te oigo. Pero tú no me oyes a mí. —Me paso los dedos por el pelo; empiezo a ponerme nerviosa—. Jake no es para nada como Eric. Es listo, es disciplinado, no sale de fiesta. Te lo juro, este chico tiene un talento único, papá. La gente hablará de su carrera durante décadas. Y es un buen chico. Estuvo conmigo la noche que fui a ayudar a Eric...

—¿O sea que él es el amigo con el que pasaste aquella noche? —Frunce los labios—. ¿Y supongo que es el mismo al que visitas en Boston cada dos por tres? ¿Es la razón por la que las prácticas en HockeyNet se han quedado en nada? ¿Porque tienes la cabeza tan enfrascada con este chico que no te preparaste bien las entrevistas? —Se ríe sin una pizca de humor—. ¿Y me estás diciendo que esto no es para nada como lo de Eric?

Se me desencaja la mandíbula.

—¿Es una broma? Claro que me había preparado para esas entrevistas. No me dieron el puesto porque el hombre que está al cargo cree que mis conocimientos deportivos son adorables. —La rabia me quema la garganta—. Y sí, esa noche me quedé en casa de Jake, y no pienso pedir perdón por ello.

—Perfecto, entonces quizá deberías pasar unas cuántas noches más allí —espeta mi padre.

Pasa un segundo. Dos. Tres.

—¿Me estás echando? —pregunto, alucinada.

—No. —Sacude la cabeza—. De hecho, sí. Si estás segura de querer volver al comportamiento de mierda que tenías en el instituto, en el que te pasas las noches fuera y vuelves a tirar tu vida por la borda por otro jugador de *hockey*...

—No estoy tirando mi vida por la borda. No solo exageras, sino que, además, estás siendo ridículamente irracional ahora mismo.

—¿Irracional? No tienes ni idea de lo que es estar a punto de perder a tu hija —escupe—. No tienes ni idea, Brenna. Y perdóname si no soy optimista al respecto de esta relación con Connelly. Tienes un récord en tomar decisiones terribles.

Me siento como si me hubieran dado una bofetada. El corazón se me acelera más de lo habitual mientras trato de ordenar mis pensamientos. Mientras intento expresar en palabras por qué sus acusaciones son como un bofetón.

—Aunque no te lo creas, he tomado decisiones muy acertadas —digo, con rabia—. Convertí un expediente académico de instituto espantoso en una plaza en una universidad pública, donde sobresalía tanto que accedí a una universidad de la Ivy League sin que tú tuvieras que tirar de ningún hilo, sin la ayuda de nadie. ¿Qué te parecen estas decisiones terribles? Pero no, te niegas a aceptar que he crecido o madurado. ¿Quieres seguir pensando que soy la adolescente egoísta que perdió la cabeza por un chico? Vale, sigue así. —Me levanto, rígida—. Recojo mis cosas y me voy.

CAPÍTULO 32

JAKE

—Gracias por dejar que me quede aquí.

La gratitud ilumina los ojos de Brenna mientras deja caer la bolsa en el suelo junto a mi cama.

—No hay problema. —La envuelvo por detrás con los brazos y le doy un beso en el cuello—. He vaciado un cajón para que guardes tus cosas. No sabía cuánto tiempo te quedarías.

—¿Me das un cajón?

La suelto y dejo caer los brazos a los lados. Nunca he pasado más de una noche con una chica, así que no estoy muy seguro de cómo proceder. ¿Ha sido demasiado?

Pero la sorpresa de Brenna enseguida se transforma en aprobación.

—Oh, Jakey, eres el mejor de los mejores. —Me guiña un ojo.

Bien por el cajón.

La agarro por las caderas y me inclino para besarla. Me devuelve el gesto, pero es solo un besito. Entonces, se arrodilla para abrir la cremallera de la bolsa de mano negra.

—¿Y qué daños ha causado la bomba que soltó Pedersen en vuestro lado? ¿Alguno de tus chicos está enfadado contigo?

—No demasiado. O sea, a McCarthy no le entusiasmó enterarse de que me he estado viendo contigo. Sale con esa chica, Katherine, pero de todas formas me insultó. —Suelto un suspiro de arrepentimiento—. Fui un cabrón al obligarle a que terminara vuestro rollo. Para que yo estuviera contigo justo después. No lo culpo por estar enfadado.

—No, estuvo bien que lo hicieras. Empezaba a gustarle de verdad, y sabía que no había ninguna posibilidad de que aquello fuera a ninguna parte. Una vez lo llamaste perrito faldero, ¿te acuerdas? Yo no puedo estar con un perrito.

—Eso es verdad. Tú necesitas al semental.

Brenna resopla.

—¿Qué os pasa a los chicos con lo de ser un perrito o un semental? ¿Es el sistema métrico que usáis para medir vuestra masculinidad?

—No. Es el sistema que usamos para medir mi pene. —Me agarro el paquete y muevo la lengua mientras la miro.

—Puaj. Eres lo peor. —Se ríe, abre el cajón que le he asignado y guarda piezas de ropa ordenadas en montones cuidados.

—¿Ya estás deshaciendo la maleta?

—Sí. Me has cedido un cajón. ¿Por qué iba a dejar las cosas en la maleta?

—Oh, Dios mío, eres de esas personas que llega de vacaciones y saca las cosas de inmediato.

—Sí, Jake. Porque así es más fácil de encontrar —dice, con delicadeza—. ¿A quién le apetece hurgar en una enorme pila de ropa cada vez que se viste?

—Creo que no podemos estar juntos —la informo.

—Pues qué pena, porque voy a quedarme un par de días. —Y, de golpe, se le borra la sonrisa y se pone seria—. No puedo creer que mi padre me haya echado de casa.

—Es muy fuerte —coincido.

—Summer me ofreció que me quedara en su casa, pero imagínate lo incómodo que habría sido. Ninguno de esos idiotas me habla. Bueno, Fitz sí, pero porque no soporta los conflictos. Los otros son distintos.

—¿No crees que exageran un poco? —Tanteo el terreno.

—Oh, por supuesto que sí. Entiendo por qué mi padre se comporta así tanto, si tenemos en cuenta todo lo que le hice vivir durante el instituto.

Como de costumbre, su imprecisión despierta mi curiosidad, pero me obligo a no presionarla para que me dé detalles. Ya me lo contará cuando esté lista. Espero.

—Supongo que tus padres estarán tranquilos, ¿no? —pregunta Brenna con envidia.

—Sí, son geniales —confirmo—. Salvo cuando me gritan por no tener novia. Estoy seguro de que montarían una fiesta si supieran que te he dado un cajón.

Se ríe, cierra el mueble en cuestión y se gira hacia mí.

—Ya estoy. ¿Qué te apetece hacer?

—¿Quieres ver una película? —sugiero—. Puedo hacer palomitas.

—Oh, me gusta la idea. Deja que me ponga ropa cómoda y ahora voy.

A modo de broma, le doy un cachete en el culo de camino a la puerta. En la cocina, tengo una especie de *déjà vu* cuando veo a Kayla junto al fregadero mientras se sirve un vaso de agua. Esta vez lleva ropa. Y en lugar de desprender deseo, se le ensombrecen los ojos cuando los posa en mí.

—Hola —gruño.

—Hola.

Abro el armario y saco una bolsa de palomitas de microondas.

—¿Noche de peli? —Suena un poco irritada.

—Sí. Si queréis, Brooks y tú podéis venir. Haré otro bol. —Es un farol de oferta, solo lo propongo porque estoy seguro de que dirá que no.

Kayla no querrá pasar tiempo con Brenna por voluntad propia ni en broma. En cuanto mi chica ha entrado por la puerta principal, Kayla ha reaccionado como un gato territorial. Le han salido las garras y ha estado a punto de bufarle. El absoluto desinterés de Brenna por esta chica ha hecho que el encuentro fuera fantástico.

—Así que… Jake Connelly ha traído a una chica para que se quede a dormir.— Ahora suena todavía más irritada.

—Sí.

—Supongo que será algo serio.

No respondo. Le doy la espalda, meto las palomitas en el microondas y marco el tiempo.

—¿Es algo serio o no? —insiste.

Vuelvo a abstenerme de responder porque no es de su maldita incumbencia. Pero Brenna alza la voz desde el marco de la puerta.

—Oh, es algo muy serio.

Se acerca a nosotros. Incluso vestida con unos pantalones de chándal y una camiseta es tan *sexy* que mi cuerpo responde al instante. O, por lo menos, hasta que me fijo en el logo del equipo de *hockey* de Briar que lleva en el pecho.

—Eso es blasfemia —digo, y señalo su camiseta.

—No, eso es blasfemia —contesta, e imita mi gesto hacia mi camiseta.

Bajo la cabeza y recuerdo que llevo una camiseta gris con el logo carmesí sobre el pecho izquierdo.

Junto a la encimera, Kayla suelta un sonido de desdén.

Cosa que espolea a Brenna a darse la vuelta y sonreírle.

—¿Verdad que somos adorables? —dice con efusividad—. ¡Somos como Romeo y Julieta!

Durante un segundo, parece que la rubia va a soltar un bufido de verdad. En lugar de eso, pone una sonrisita de burla.

—Ajá, sois los más adorables.

—Oh, gracias, Kaylee.

—Kayla —espeta antes de irse con paso firme.

Brenna se echa a reír.

—Qué mala eres —le digo.

—Sí, pero esa chica quiere algo contigo.

—¿Y quién no?

—Pues igual ahí tienes razón. En serio, no puedo ir a ninguna parte sin encontrarme con alguien a quien le gustes. La chica de los baños, la novia de Culo de Burbuja, tu amiga Hazel.

—¿Hazel? —Frunzo el ceño—. ¿Por qué dices eso? Ni siquiera la conoces.

—Oh, ¿quieres decir que no te ha contado cómo me tendió una emboscada en el campus?

«¿Qué?».

—Perdona, ¿qué? —Muestro mi asombro. Hazel no ha mencionado nada de esto. Es cierto que no hemos hablado demasiado esta semana, pero si ha hablado con Brenna, creo que es lo bastante importante como para compartirlo conmigo.

—Me localizó en el Coffee Hut —me explica Brenna—. Y básicamente me dio la típica charla de «¿qué intenciones tienes con Jake?» y la amenaza de «te voy a partir la cara si juegas con él».

Suelto una carcajada suave.

—Sí... Es bastante protectora conmigo. Crecimos juntos.

Brenna sonríe levemente.

—Es mucho más que protectora.

—Qué va.

—¿Te acuerdas de lo que decíamos de que los hombres son estúpidos?

Pongo mala cara.

—¿Cuándo hemos dicho eso?

—Ay, es verdad. Fue con Summer. Olvida lo que acabo de decir, Jakey. —Parpadea como una niña inocente—. Los hombres no son para nada estúpidos.

Ninguno de los dos presta demasiada atención a la película. Nos acurrucamos bajo una manta y pasamos una hora entera provocándonos muchísimo. Brenna no deja de rozarme la entrepierna con la mano. En un momento, empieza a masturbarme por encima de los pantalones... hasta que vuelve a coger palomitas y me deja con el peor dolor de huevos del mundo.

Le devuelvo el favor y le acaricio los pezones a través de la camiseta hasta que están más duros que unos cubitos de hielo y me pinchan la palma de la mano. Cuando intenta empujar los pechos contra mis manos, tomo el bol de palomitas y mastico haciendo ruido.

Hacia la mitad de la película, Brenna la pausa y deja el mando en la mesa.

La miro con un enfado irónico.

—Estaba muy concentrado en eso.

—Ah, ¿sí? Cuéntame de qué va la película, Jake.

Rebusco en la memoria y no encuentro nada.

—¿De extraterrestres? —pruebo.

—Respuesta incorrecta. —Entre risas, prácticamente me arrastra hasta la habitación, donde posa las manos en las caderas y dice—: Túmbate.

Como no soy el hombre estúpido que cree que soy, me tumbo.

Y, antes de que me dé cuenta, estoy desnudo y a su merced. Me besa por todas partes. Sus labios suaves se deslizan por mi pecho, su lengua caliente me roza el abdomen durante su provocador camino hacia el sur. Me lame los músculos oblicuos, su aliento me cosquillea en la piel y, de repente, se sienta y se quita la ropa. Ahora estamos los dos desnudos y mi erección asoma entre los dos como un enorme pincho.

Gimotea feliz.

—Eres jodidamente *sexy*.

—Lo mismo digo.

Es mi turno para gemir de felicidad porque su boca desciende y, de pronto, me la está chupando. Enredo los dedos de ambas manos entre su pelo de manera perezosa y la guío por mi miembro.

—Cómo me gusta —murmuro.

—¿Solo te gusta?

—Me gusta mucho.

—¿Solo mucho?

—Por el amor de Dios, nena.

Su risa me calienta el glande.

—Es broma. Perdona. Es que Summer me ha hecho eso antes y le he dicho que era una maleducada.

—Mmhmm, ¿y ahora has decidido hacer lo mismo conmigo?

—Sí.

—¿Y los estúpidos somos los hombres?

—¿Me estás llamando estúpida mientras te hago una mamada? Porque si es así, aquí te quedas.

Mierda. Tiene razón. Los hombres somos estúpidos.

—Perdóname —ruego.

Sonríe y vuelve a torturarme. Cuando su lengua roza la parte inferior de mi miembro, me provoca una oleada de placer en las pelotas, que se estremecen. Me toma del saco, lo estruja y la cadera se me eleva de la cama.

—Oh, joder. Qué placer.

Me toca más rápido y hace un giro con la lengua alrededor de mi glande con cada movimiento hacia arriba, mientras con la otra mano me acaricia las pelotas. Empiezo a sentir un hormigueo, se me acelera el corazón y cierro el puño entre su pelo para pedirle que pare.

—No —grazno—. No quiero correrme así. Quiero estar dentro de ti.

—Yo también quiero eso.

Saca un condón de la mesita de noche y me lo pone. Pinzo la punta para asegurarme de que está bien y la seduzco con mi miembro.

—Tome asiento —digo, grácil.

—Por Dios, Jake. Eso ha sido muy cutre.

—¿En serio? ¿Esto no te excita para nada? —Vuelvo a ondear mi pene.

—Sí, me excita —cede, pero, aunque se sienta sobre mí a horcajadas, todavía no me guía hacia su interior.

Mi erección se apoya dura contra mi abdomen. Brenna me pone ambas palmas sobre el pecho y se inclina. Sus senos se mecen de forma seductora mientras acerca sus labios perfectos a los míos. Nos besamos y me arranca un gemido jadeante de la garganta. Ella se traga el sonido y, cuando su lengua toca la mía, siento una corriente eléctrica que va de la punta de la mía a la punta del glande. Joder. Esta chica me pone cachondísimo.

—Te gusta que te provoquen —dice—. Me parece interesante.

—¿Y eso por qué?

—La mayoría de los chicos no tienen paciencia para eso. —Mueve la boca hacia un lado de mi mandíbula. Frota la mejilla contra mi barba incipiente antes de dejar un rastro de besos hasta mi cuello—. Otros chicos me habrían dado la vuelta y me la habrían metido desde atrás.

—¿Qué tal si no hablamos de otros chicos? ¿Qué tal si hablamos de este chico? —Acerco su cabeza a mis labios y, esta vez, soy yo el que le llena la boca con la lengua, por lo que ella gime contra mis labios—. Pero sí —susurro—. Me gustan los preliminares. Me gusta alargarlo.

—¿Te gusta suplicar? —dice con la voz raspada.

—¿Quién suplica?

—Nadie todavía, pero lo harás. —Vuelve a besarme y a lamerme el cuello como si fuera un caramelo mientras restriega su cuerpo desnudo contra mí. Mi miembro sigue atrapado entre nosotros y solloza dentro del condón porque necesita ir a un sitio con todas sus fuerzas y...

—Por favor —ruego, y ella suelta una carcajada malévola porque ha conseguido hacer que suplique.

Se levanta un poco, me toma la erección por la base y se hunde en ella. Y, joder, es como si un puño caliente me hubiera agarrado el miembro.

El placer le oscurece la mirada. Se aparta el pelo largo por encima de un hombro, cae como una cascada y le oculta un pezón como si fuera un velo. Alcanzo ese botón rígido a través de los mechones oscuros y lo pellizco antes de murmurar:

—Móntame.

Lo hace. Pero solo con un suave balanceo de las caderas.

De nuevo, me está provocando. Y, otra vez, me encanta. Alzo la mirada hacia sus pechos y suelto un gemido cuando se los agarra con las manos. Dios, qué *sexy* es eso. Le rozo las caderas, le acaricio los muslos y le froto el clítoris con el pulgar. No puedo dejar de tocarla. Por suerte, ella tampoco se queja. Cada vez que la punta de mi dedo acaricia su carne, gime, solloza o suelta una respiración contenida.

—Me gustas, Jake —susurra.

—Y tú a mí.

Acelera el ritmo, y se me cierran los ojos. No solo me gusta, es algo más. Creo que me estoy enamorando. Pero no lo diré en voz alta, y menos todavía durante el sexo. Por lo que he oído, las chicas no se toman en serio los «te quiero» durante el sexo. Creen que está inducido por el semen.

Pero el semen no tiene nada que ver con la cálida sensación que se expande por mi pecho. Es algo que no había sentido nunca y, así, es como sé que es real. No es deseo, creedme, conozco la lujuria. Esto es algo totalmente nuevo.

Definitivamente, me estoy enamorando de esta chica.

Mientras me monta, le aparece un rubor por encima de los pechos.

—Son tan bonitos —musito, y los estrujo con cariño.

Se inclina.

—Pon tu boca encima.

Y eso hago. Acaricio el relieve de un seno suave con la nariz antes de capturar un pezón entre los labios. Su sexo se contrae a mi alrededor y empieza a moverse más rápido.

—¿Te falta poco?

Asiente en silencio. Se le acelera la respiración. Ya no me monta, sino que se restriega con furia contra mí. Tengo que agarrarla de las caderas para sujetarla, porque tiembla de manera salvaje.

—Buena chica. Vamos, dámelo.

Se deshace, colapsa sobre mi pecho y se esfuerza por tomar aire. Y mientras llega al orgasmo, coloco los dedos sobre su cadera y empujo hacia arriba. La penetro hasta que también me corro.

En cuestión de segundos tras nuestros respectivos orgasmos, Brenna levanta las caderas, agarra el condón por la base para que no se derrame nada y me saca de su interior. Entonces se tumba de lado y se acurruca contra mí. La abrazo para sentirla cerca y nos dormimos.

CAPÍTULO 33

BRENNA

Me encanta el piso de Jake. Es grande, espacioso y siempre se está cómodo y calentito, no congelado como en mi sótano de Hastings. Ya sé que no me puedo quedar para siempre, pero, de momento, me gusta estar aquí. Estar con *él*.

Es una mierda que algunos de mis amigos todavía no me hablen, pero, a decir verdad, empieza a darme igual. Jonah Hemley no pretendía romperle la muñeca a Hunter a propósito. Creo que fue un accidente. Y no, tampoco fue culpa de Hunter: no tenía ni idea de que se había acostado con la novia de Jonah. Violet, o como quiera que se llame, es la que fingió estar soltera cuando le puso los cuernos a su novio. Pero, al mismo tiempo, era la novia de Jonah, y el chaval estaba enfadado. Sí, manejó mal la situación, pero no fue con maldad.

Hablando de enfadados, hoy mis amigos sentirán una punzada de dolor. El Comité de la Primera División de *Hockey* sobre Hielo Masculino ha hecho sus selecciones, y Briar no será uno de los seis equipos que jueguen el torneo nacional. Harvard pasa directamente porque ganaron la liga. Y de nuestro campeonato, Princeton y Cornell han recibido invitaciones independientes del comité, por encima de Briar.

Ahora mismo, los presentadores de la televisión están hablando mal de la final de la liga. He estado pendiente del móvil mientras Jake veía el programa, pero levanto la cabeza cuando Kip Haskins menciona un nombre que me resulta familiar.

—¿Hablan de Nate? Sube el volumen.

Jake pulsa un botón en el mando, el sonido aumenta.

—La Universidad de Briar tendría que haber ganado ese partido —dice Kip al copresentador.

Me giro hacia Jake con una sonrisa enorme.

—¿Has oído eso, Jakey? Hasta los presentadores están de acuerdo.

—Ajá, bueno, pero no ganasteis el partido, ¿verdad?

—Shhh, cielo, intento ver esto.

Resopla.

En la pantalla, Kip plantea unas reflexiones muy interesantes.

—Sus dos mejores jugadores estaban expulsados. ¿Cómo puedes llamar a eso una confrontación igualada y quedarte con la conciencia tranquila? Es como en la temporada 83-84, cuando los Oilers jugaron la final de la Copa Stanley sin Wayne Gretzky ni Paul Coffey.

—Oh, venga ya —se mofa Jake—. ¡No pueden comparar a Hunter Davenport y a Nate Rhodes con Gretzky y Coffey!

—Son muy buenos —señalo.

Jake se queda boquiabierto.

—¿Buenos al nivel de Gretzky?

—A ver, no —concedo—. Pero nadie lo es.

—Yo sí —dice con suficiencia.

Pongo los ojos en blanco porque no quiero incentivar sus ilusiones grandilocuentes, pero, en el fondo, sospecho que puede tener razón. Además de Garrett Graham, no hay muchos jugadores que hayan salido de la universidad con el potencial de Gretzky. Y Jake es una rareza evidente.

—Jugar con los mayores es muy distinto a la universidad —le advierto.

—Oh, ¿en serio? Has jugado con muchos equipos de la NHL, ¿verdad?

—Sí, claro. Jugué varias temporadas en Nueva York: con los Islanders y con los Rangers. Dos temporadas con los Maple Leafs...

—Anda, cállate. —Me sienta en su regazo y me besa el cuello.

—Todavía no he terminado de ver el programa —protesto. Los presentadores siguen discutiendo, pero ahora es incluso más gracioso porque Trevor Trent está diciendo lo mismo que Kip Haskins. Ambos se han puesto de acuerdo en que el partido de Briar contra Harvard estaba inequívocamente desequilibrado.

—¿Ves? —exclamo, victoriosa—. ¡Incluso ellos saben la verdad! No puedes decir que ganasteis el partido.

—Por supuesto que puedo decir que ganamos el partido. —Está exasperado—. ¡Porque ganamos el partido! ¿Hola? ¿El pase directo?

—Sí, pero... Vale, no voy a discutir sobre esto —gruño—. Pero que sepas que si Hunter y Nate hubieran estado en la pista esa noche, el resultado habría sido muy diferente.

—Eso es verdad —acepta Jake.

—Oí que fue por una chica —dice Trevor, y los dos presentadores de HockeyNet se echan a reír hasta que la mirada de Kip se torna pensativa.

—Pero eso plantea una buena pregunta —reflexiona Kip—. Si eres tan inmaduro como para darte de puñetazos por una chica durante el partido más crucial de la temporada, ¿no mereces que te expulsen?

—¡A Hunter no lo expulsaron! —le chillo a la pantalla.

Trevor me apoya.

—A Davenport no lo expulsaron. Lo lesionaron. El incitador fue Jonah Hemley.

—¿Y cuál es la excusa de Rhodes? —dispara Kip a su vez—. Es el capitán del equipo. ¿Por qué se entrometió en la pelea?

—¡Es que es verdad! —Jake echa leña al fuego—. Rhodes cavó su propia tumba.

—Sabes que esos jugadores de *hockey* son de sangre caliente —contraargumenta Trevor—. Funcionan con agresividad y pasión.

Jake aúlla.

—¿Has oído eso, tía buena? Soy agresivo y pasional.

—Estoy muy cachonda ahora mismo.

—Bien. Ponte de rodillas y chúpamela. ¿Ves lo agresivo y pasional que soy?

Le doy un puñetazo en el brazo.

—Eso no me atrae nada.

—Vale, pues ábrete de piernas para que te lo coma todo.

—Eso me lo pensaré.

Me sonríe.

—Mantenme informado.

El ambiente distendido muere cuando el presentador saca a relucir el tema de mi padre.

—Jensen había tenido una buena temporada —dice Trevor—. Es una pena que no les hayan dado un puesto, pero, con suerte, el año que viene obtendrá un resultado distinto. Creo honestamente que es el mejor entrenador de *hockey* de primera división que hay ahora mismo.

La tristeza me invade la garganta. Me pregunto si debería escribirle a mi padre. Estará decepcionado porque Briar haya terminado así la temporada.

—Debería escribirle a mi padre —digo en voz alta—. Ya sabes, darle el pésame.

Jake suaviza el tono.

—Estoy seguro de que lo apreciará.

¿Sí? No tengo ni idea, pero, de todas formas, envío un mensaje corto en el que le digo que han jugado una buena temporada y que la que viene será incluso mejor. No responde de inmediato, pero no suele mandar mensajes. Simplemente espero que lo lea y que sepa que pienso en él.

Por desgracia, se me acumulan las lágrimas en los ojos.

—¿Estás...? —A Jake no se le escapa cómo se me humedecen los ojos—. ¿Estás llorando? —pregunta con una nota de preocupación.

—No. —Me froto el ojo por debajo con un dedo—. Escribirle el mensaje me ha puesto un poco triste. Odio cuando está enfadado conmigo. Quiero decir, ya no muestra demasiadas emociones cuando está cerca de mí, pero, cuando lo hace, es más bien desaprobación que enfado.

—¿Eres consciente de lo mal que suena eso? ¿Odias el enfado, pero la desaprobación te parece bien? —pregunta Jake, incrédulo.

—Bueno, no. No me parece bien. Estoy acostumbrada a ello. —Suelto un suspiro—. Y supongo que lo entiendo. Ya te dije que no he sido la hija perfecta.

—¿Por qué? ¿Porque te volviste salvaje en el instituto? ¿Y qué adolescente no lo hace?

—Hice algo más que volverme salvaje. Yo... —Se me forma un nudo en la garganta y me resulta difícil hablar—. La verdad es que creo que se avergüenza de mí.

Jake parece alarmado.

—¿Qué hiciste, nena? ¿Mataste a un profe?

—No. —Consigo formar una sonrisa débil.

—Entonces, ¿qué?

Siento cómo la duda se me acumula en el pecho. Nunca he hablado de esto con nadie, aparte de la psicóloga a la que mi padre me llevó en mi último año de instituto. Lo consultó con la terapeuta del equipo de Briar, y esta le dijo que, después de lo que había vivido, sería bueno para mí hablar del tema con alguien que no fuera mi padre. Así que fui a la terapeuta durante unos meses y, aunque me ayudó a superar algunos traumas, no supo decirme cómo arreglar la relación con mi padre. Y solo ha empeorado con el paso de los años.

Estudio la expresión paciente de Jake y su lenguaje corporal de apoyo. ¿Puedo confiar en él? Esta historia me avergüenza, pero no sería el fin del mundo si la gente se enterara. Sin embargo, no me gusta la idea de que alguien cuya opinión me importa de verdad me juzgue.

Pero Jake no me ha juzgado ni una sola vez desde que nos conocimos. No le importa si soy una zorra. No le importa que lo provoque, a él también le gusta provocarme. Ha sido muy abierto con su vida, pero, de nuevo, es muy fácil ser una persona abierta cuando no tienes fantasmas escondidos en el armario.

—¿Estás seguro de que quieres conocer a mis fantasmas? —pregunto, cautelosa.

—Oh, por favor. Mataste a alguien, ¿verdad?

—No. Pero me quedé embarazada cuando tenía dieciséis años, y casi muero.

La confesión sale disparada antes de que pueda retenerla. Y una vez fuera, flotando en el aire entre nosotros, miro incómoda los grandes ojos de Jake y oigo cómo suenan los grillos.

Deja pasar cinco segundos antes de responder y silba suavemente a través de los dientes.

—Joder. Vale. —Asiente despacio—. Te quedaste embarazada. ¿Fue Eric...?

Asiento.

—Perdí la virginidad con él. Pero, al contrario de lo que piensa mi padre, no éramos irresponsables con el sexo. Nos acostábamos con regularidad desde hacía más de un año y usábamos bien los condones. No tomaba la píldora porque me daba demasiada vergüenza pedírsela a mi padre, así que era muy estricta con los condones.

—Lo he notado —dice Jake—. Ahora entiendo el motivo.

—Cuando no me bajó la regla, me negué a aceptarlo. Pensé: «Bueno, vale, puede que solo sea el estrés». No es algo anormal que la regla se retrase y, a veces, no tiene nada que ver con el embarazo. Pero, tras el segundo mes de retraso, me hice la prueba.

Nunca olvidaré cómo se me revolvió el estómago cuando vi las dos rayitas en el palito de hacer pis. Lo primero que hice fue llamar a Eric, que no fue de mucha ayuda.

—Eric me dijo que no era para tanto y que nos encargaríamos de ello. Pero estaba en plena temporada de *playoffs,* por lo que tenía un horario caótico. Me prometió que me llevaría al hospital, pero cuando terminaran los *playoffs.*

Jake frunce el ceño.

—¿Cuánto tiempo tenías que esperar?

—Unas semanas. Investigué un poco y leí que era perfectamente seguro llevar a cabo el procedimiento al cabo de tres meses. Y antes de que me lo preguntes: sí, quería hacerlo. No deseaba un bebé. Solo tenía dieciséis años. Y Eric tampoco lo quería.

Me embarga la tristeza al recordar esos días. Estaba aterrorizada.

—No podía ir sola —explico a Jake—. Estaba demasiado asustada y me parecía humillante tener que contárselo a mis primas o a alguna de mis amigas, y, por encima de todo, a mi padre. Necesitaba que Eric me llevara, y lo teníamos todo planeado. Tendría más tiempo después de los *playoffs,* me llevaría a Boston y lo haríamos allí.

Jake me acaricia el brazo en un gesto reconfortante.

—Siento que tuvieras que pasar por eso.

—En... En realidad, no aborté —confieso—. Teníamos la cita reservada, pero no llegamos a ir. Una mañana a pocos días de la fecha, empecé a sangrar. Bueno, a manchar. Lo busqué en internet y la mayoría de las páginas web decían que manchar durante el primer trimestre era normal. Llamé a Eric, que también lo buscó, y concluyó que no parecía para tanto.

—¿Dónde estaba?

—En Newport, con sus compañeros de equipo. Jugaban la ronda de la semifinal aquella tarde. Me dijo que me llamaría para ver cómo estaba después del partido, y eso hizo. Todavía manchaba, pero no demasiado. —Sacudo la cabeza, irritada—. El equipo de Eric derrotó a su oponente, así que saldrían a celebrarlo. Le pedí que viniera a casa, pero me dijo que no tenía ningún sentido porque seguramente no era nada, y añadió que no le contara nada a mi padre.

—¿Y te quedaste en casa? ¿Sangrando? —pregunta Jake, consternado.

—Sí y no. Como he dicho, empezó de manera muy progresiva. Eric me dijo que no me preocupara por ello, incluso yo misma pensé que me estaba asustando sin razón. Así que lo ignoré con la esperanza de dejar de sangrar. Cené con mi padre, vi una peli en mi habitación. Y, al cabo de un par de horas, pasé de manchar a... no manchar. —Se me contrae la garganta—. Llamé a Eric de nuevo y le dije que estaba empeorando y que le iba a decir a mi padre que tenía que ir al hospital. Y él me dijo que ni de broma, porque no quería que mi padre se enterara y lo matara.

—Vaya cabrón egoísta.

Me mareo al revivir aquella noche terrible.

—Eric decidió que volvería y que me llevaría al hospital él mismo. Me dijo que me sentara, que venía de camino y que llegaría tan pronto como le fuera posible. Estaba a dos horas en coche.

—¿Y tu padre estaba en el piso de abajo?

La incredulidad en la expresión de Jake hace que me trague un nudo de culpabilidad.

—Lo entiendo, soy una idiota. Ya lo sé, ¿vale? —Se me saltan las lágrimas por el rabillo del ojo y me apresuro a secármelas.

—No, no creo que seas idiota —dice Jake al instante, y me toma de la mano—. Te juro que no. Lo entiendo a la perfección; estabas asustada. Tenías dieciséis años, y el chico que debía apoyarte eligió salir de fiesta con sus amigos en lugar de volver a casa en el momento en que le dijiste que creías que algo iba mal—. Jake parece furioso por mí, y me parece bastante adorable.

Asiento.

—En ese momento, no me iba a arriesgar a esperar dos horas más hasta que apareciera Eric. Si es que aparecía.

—Entonces ¿se lo dijiste a tu padre?

—No tuve ocasión. —Se me rompe la voz—. Había sangrado durante todo el día, eran las nueve de la noche y me sentía débil y aturdida. Cuando me levanté, me mareé y me desmayé en el baño. Así me encontró mi padre. —Siento náuseas en el estómago—. Tumbada en una piscina de sangre. Tuvimos que cambiar el suelo del baño después de eso porque las manchas de sangre no se iban.

—Dios.

—Mi padre me llevó al hospital. No me acuerdo de esto. Solo recuerdo que todo se volvió negro en el baño. Y, luego, me desperté en el hospital, donde me dijeron que había sufrido un aborto espontáneo y casi muero por la hemorragia.

Jake arquea las cejas, alarmado.

—¿Eso es normal?

—No. Al parecer, tuve un aborto incompleto, que es cuando no se expulsa todo el tejido fetal del útero. Por eso el sangrado se intensificaba en lugar de desaparecer.

—Joder. Lo siento mucho.

Asiento, agradecida. Pero no le cuento todo lo que pasó en la habitación del hospital. Como que sufrí una crisis nerviosa delante de mi padre, lloré como una histérica mientras le pedía perdón una y otra vez, y mi padre estaba allí, estoico, y apenas me miraba. Y, cuanto más sollozaba, más me avergonzaba. Siempre había sido muy fuerte y resistente y, de repente, lloraba como una niña delante de él.

No me ha vuelto a mirar igual desde entonces. Creo que no solo se avergonzaba porque me había quedado embarazada, sino también por cómo me rompí. Mi padre no respeta a la gente sensible, y aquella noche estaba más que sensible.

—Las cosas nunca volvieron a ser como antes entre mi padre y yo. Me sacó del instituto durante dos meses porque estaba muy sensible. Estaba deprimida y lloraba todo el rato. Le dijimos a todo el mundo que tenía mononucleosis, y Eric era el único que sabía la verdad.

—No puedo creer que todavía siguieras con él —dice Jake, sombrío.

—Oh, no lo estaba. —Suelto una risa sin humor—. Por muchas razones. Oficialmente, se había convertido en el enemigo público número uno de mi padre. Lo odiaba y, un día, casi le da una paliza porque Eric no dejaba de presentarse en nuestra puerta para intentar hablar conmigo. Mi padre me prohibió verlo, y me parecía bien. No podía perdonarlo por cómo se portó el día en que perdí al bebé. Lloré y le supliqué que viniera a casa, que me llevara al hospital, pero no le importó. —Siento cómo se me acumula la rabia en la garganta—. Podría haber muerto. Pero emborracharse con sus colegas y fumar hierba era más importante para él que asegurarse de que yo estaba bien.

Apoyo la cabeza contra el hombro de Jake, que juega con varios mechones de mi pelo.

—Mi padre se volvió sobreprotector, pero me hace gracia: estaba tan ocupado con el trabajo que no podía obligarme a cumplir todas las normas que me imponía. Así que la mayor parte del tiempo hacía lo que me daba la gana, y luego él me aleccionaba al respecto. Volví al instituto, empecé cuarto y actué como cualquier otra chica adolescente que busca la atención de sus padres. Era la típica mierda adolescente y, cuantas más cosas estúpidas hacía, más se fijaba. Así que pasaba toda la noche fuera de casa, bebía, salía de fiesta… Hacía que se preocupara a propósito.

Es humillante volver a pensar en ello, pero todos hacemos tonterías cuando somos adolescentes. Es por todas esas hormonas furiosas.

—En fin, ya han pasado cinco años y mi padre todavía me ve como una decepción, como alguien débil. Aunque hace tiempo que enmendé mis acciones. —Me encojo de hombros—. Pero es lo que hay, ¿no?

—Siento que hayas tenido que pasar por eso. —Jake me planta un beso en la coronilla—. No eres débil, Brenna. El entrenador Jensen está ciego si no lo ve. ¿Y decirle a tu hija que es una decepción porque se ha quedado embarazada sin querer? Eso es de ser un cabrón. No te lo mereces. Y por supuesto que no mereces lo que te hizo el gilipollas de Eric. No puedo creer que sigas en contacto con él, que todavía te permitas sentir pena por él.

Suspiro.

—El desajuste emocional que sufrí después del aborto no fue nada comparado con el de Eric. Perderme lo llevó a entrar en un pozo sin fondo. Se quedó sin participar en el campeonato por mi culpa.

—No, por su culpa —me corrige Jake—. No te engañes, nena, lo habrían echado del equipo al final. Incluso si hubiera participado en el campeonato. Eric Royce nunca habría ido a la NHL. Está claro que estaba desarrollando un problema de abuso de sustancias. Lo habrían detectado en una prueba de orina o le habrían echado por posesión, cualquier cosa. Te lo garantizo.

—A lo mejor tienes razón. Pero en esa época me sentía responsable de él. No quería seguir con él, pero me sentía obligada a cuidar de él. Es un lío. Ni siquiera puedo explicarlo. —Levanto la cabeza del hombro de Jake—. Eric nunca estuvo ahí para mí cuando lo necesitaba, así que ¿por qué no podía despedirme de él y dejar que se autodestruyera?

—Porque eres una buena persona.

—Supongo —titubeo—. Y tú también —le digo.

—Qué va.

Un nudo de emociones se me acumula en el pecho.

—Sí que lo eres —insisto—. Fíjate en todo lo que has hecho por mí: me ayudaste a rescatar a mi ex, que no lo merecía. Me has ofrecido un sitio donde dormir. Acabas de escuchar todo este cuento sórdido sin juzgarme. Eric fue —y es— una de las personas más egoístas del mundo. Pero tú no. Tú eres un buen chico, Jake.

Su cuerpo voluminoso cambia de postura, incómodo, y es encantador. Se podría pensar que le haría ilusión oír algunos piropos.

Trago saliva varias veces porque el nudo no deja de crecer. Esto es muy impropio de mí. No suelo ser tan sentimental. Pero, a pesar de la pizca de vergüenza que siento, todavía puedo vocalizar las palabras que me estrujan el corazón:

—Gracias por estar aquí y escucharme.

CAPÍTULO 34

JAKE

El sexo matinal es algo que habitualmente no tengo ocasión de disfrutar. Y es una pena, porque me encanta. No hay nada mejor que un orgasmo de buena mañana para llenarse de la energía necesaria para el resto del día. Pero las chicas nunca se quedan a dormir ni yo me quedo en sus casas, así que constantemente me pierdo una de mis actividades favoritas. Hasta ahora.

Durante los últimos tres días, me he levantado con el palo mañanero entre los firmes glúteos de Brenna, con una mano agarrada a su cálido pecho y la nariz enterrada en su pelo. Es la mejor sensación del mundo. No, borrad eso: la mejor sensación del mundo es cuando Brenna trepa encima de mí y se sienta sobre mi miembro. Hemos dormido desnudos desde que llegó, porque cuando estamos en la cama siempre nos acabamos quitando la ropa de todos modos.

—No me beses —me avisa, igual que todas las mañanas desde que llegó.

Tiene una norma estricta de no besarse con el aliento matinal, que supongo que me parece bien seguir. Pero también me impaciento por levantarme, ir al baño, lavarme los dientes y entonces hacérselo duro. Si por mí fuera, empezaría con el sexo.

Aunque esta mañana noto algo distinto. Parece más que sexo. Siento que es más íntimo.

Puede que sea por la confesión que me hizo anoche. Al abrirse, me dejó experimentar, aunque fuera de segunda mano, los hechos traumáticos que ha vivido. Se mostró tan vulnerable que, durante un momento, casi me sentí insuficiente. Como si aquella parte de su alma que me confió fuera mucho más de lo que yo podría soportar.

Ahora veo la misma vulnerabilidad en sus ojos, y eso hace que el sexo sea…

No, no son nuestras miradas las que lo convierten en algo mucho más íntimo. Es el hecho de que mi miembro está envuelto en calor y humedad.

No llevo condón.

—Nena —gruño, y la tomo de la cadera para detenerla—. El condón —le recuerdo.

Parece sorprendida por el hecho de que se nos haya olvidado. Y sé que es importante para ella, porque es muy rigurosa con los condones. Después de su confesión, entiendo por qué.

—Tomo la píldora —añade, con seguridad, y su expresión se torna atípicamente vergonzosa—. Me hago las pruebas dos veces al año. Mis últimos resultados estaban limpios… —Hay una pregunta que no se verbaliza.

—Los míos también —digo, enseguida.

—Pues igual podríamos… —Traga saliva—. ¿Seguir?

Se me acelera el pulso.

—¿Estás segura de que quieres hacerlo sin protección?

Asiente poco a poco.

—Sí. ¿Pero igual podrías correrte fuera, si te parece bien?

El hecho de que me permita estar dentro de ella así es un regalo precioso. Y mi madre siempre me ha dicho que a caballo regalado no le mires los dientes.

—Claro que me parece bien. —Nos hago rodar hasta que se queda debajo de mí, con el pelo oscuro repartido por toda la almohada. Dios, es preciosa.

Y como no sé cuándo volverán a bendecirme los dioses del sexo sin protección, hago que esta sensación, que me traslada a otro mundo, dure tanto tiempo como puedo. La penetro increíblemente lento. Muevo las caderas a un ritmo perezoso, igual que la lengua cuando la deslizo entre sus labios. Nos besamos y lo hacemos, y lo hacemos y nos besamos, durante lo que parece una eternidad.

Casi se vuelve demasiado para soportarlo. Entierro la cara en la curva de su cuello y la beso. Me estruja el culo, se mueve hacia arriba y se acerca más a mí con cada empujón. Cuando por fin aumento la velocidad, ambos gemimos con impaciencia.

—Joder, Connelly, deja de tomarte tu tiempo y muévete.

Me atraganto con la risa.

—Dios. Qué mandona —critico.

—Muévete —gruñe.

Me detengo por completo.

—No soy tu juguete sexual, Jensen. No follo si me lo ordenan.

—Eres un bebé. ¿Vas a hacer que nos corramos o qué?

Me encanta que diga nos y no me. Brenna no es egoísta en la cama. No se queda ahí tumbada como una estrella de mar y deja que yo haga todo el trabajo, como algunas mujeres con las que me he acostado en el pasado. Brenna es una participante equitativa, y lo adoro.

Miro hacia abajo con falsa seriedad en el rostro.

—Haré la vista gorda ante tanta insolencia. Esta vez —advierto. Y me impulso dentro de ella hasta que los dos llegamos al clímax.

Después, nos quedamos tumbados bocarriba, desnudos, y, sin mirarla, noto cómo le cambia el humor. Está tensa.

—¿Estás bien?

—Sí, perdona. Pensaba en mi padre.

—Acabamos de tener sexo y estás pensando en tu padre. Maravilloso.

—Acabamos de tener sexo. Punto. Y ahora estoy pensando en mi padre. Punto. Son dos cosas que no están relacionadas entre sí —me asegura.

—¿Qué te preocupa?

—Quiero ir a casa a hablar con él de todo esto, pero me preocupa porque tengo muy mala suerte al iniciar conversaciones sinceras y emotivas con él. Es muy difícil hablar con él. —Suspira y calienta el aire que hay entre nosotros—. Pero creo que ya es hora de que tengamos una conversación real sobre todo lo que he sentido. A lo mejor, por una vez, me escucha de verdad, ¿sabes? Quizá por fin sea capaz de hacerle entender que no soy la misma persona que fui entonces.

Le acaricio un hombro.

—Tengo una confianza ciega en que le harás ver la luz, tía buena.

—Pues eres el único, porque yo no tengo ni un ápice de confianza. Como he dicho, tengo muy mala suerte a la hora de hablar con Chad Jensen.

Frunzo los labios durante un momento.

—Tengo una idea. —Me levanto del colchón y me pongo de pie.

—¿A dónde vas? —pregunta cuando salgo de la habitación.

—Agárrate fuerte —grito por encima del hombro.

En el vestíbulo, abro la puerta del armario y saco a rastras mi bolsa de *hockey*. Abro la cremallera, ignoro el olor a calcetines sucios y hurgo un poco hasta que encuentro lo que busco. Cuando vuelvo a la habitación, un pensamiento me inquieta, pero no sé exactamente el qué.

—Estoy a punto de hacerte un favorazo —le digo a Brenna.

—Ah, ¿sí? —Se reincorpora y sus pechos desnudos captan mi atención al instante. Son redondos y firmes, y tiene los pezones duros por estar descubiertos.

Debería dejar de pensar en ello antes de que me domine el deseo.

—Voy a dejarte mi pulsera de la buena suerte —anuncio, y le muestro el brazalete rosa y lila hortera.

Se queda boquiabierta.

—¿En serio?

—Sí.

—Pero ¿cómo me ayudará a mí tu amuleto de la suerte? ¿No te corresponden todas sus buenas vibraciones?

—No funciona así, nena.

Reprime una sonrisa.

—Ajá, ¿y cómo funciona, entonces?

—Es un amuleto de la suerte. Le trae suerte a cualquiera que lo lleve, no solo a mí. Por Dios. ¿No sabes nada de amuletos y supersticiones?

—¡No! —responde—. No sé nada. —A pesar del humor en su tono de voz, se le suaviza la mirada—. Pero lo intentaré si crees que me ayudará.

—No lo creo, lo sé.

Me siento al borde de la cama, desnudo. Le tomo la mano y le pongo la pulsera con abalorios en la muñeca delicada. Le queda un poco más grande que a mí y, cuando levanta la mano para admirarla, se le desliza hasta el codo.

—Ya está —digo, y asiento con satisfacción—. Ya estás lista.

—Gracias. Pues debería ir a hablar con él mientras tú estás en... —Empalidece.

Yo también, y siento cómo el pánico asoma por mi garganta. Mierda. Mierda. Echo un vistazo al despertador, que me confirma lo que me temía. Son las nueve y media, y llego una hora tarde al entrenamiento.

El entrenador no permite que mi retraso quede impune. Después de cambiarme en el vestuario vacío, he hecho un esprint por el pasillo —sobre los patines— y, prácticamente, me he tirado sobre el hielo. Mis compañeros están haciendo un ejercicio de tiros, pero el entrenador hace sonar el silbato cuando me ve. Ni siquiera les deja terminar lo que están haciendo. Los abandona en mitad del ejercicio y patina hacia mí.

Sus ojos oscuros arden como dos pedazos de carbón enfadados.

—Más te vale tener una buena excusa, Connelly. Nos enfrentamos a Michigan en tres malditos días.

Bajo la mirada arrepentida hacia los patines. Tiene razón. Esto ha sido una cagada colosal por mi parte. Los regionales son este fin de semana en Worcester. Somos los primeros clasificados y jugamos contra Michigan, que son cuartos. Pero eso no significa que tengamos la victoria garantizada. Puede pasar cualquier cosa en el torneo nacional.

—No me ha sonado el despertador —miento, porque la alternativa no es una opción. «Estaba acostándome con la hija de Chad Jensen, de la que es muy probable que esté enamorado». Eso le causaría un aneurisma al entrenador.

—Eso es lo que ha dicho Weston que había pasado —musita el entrenador.

Me obligo a no mirar a Brooks para darle las gracias al instante. Ayer por la noche no volvió a casa, de lo contrario me habría aporreado la puerta para recordarme que tenía entrenamiento por la mañana. Y, por supuesto, Brooks sabe que Brenna duerme en nuestra casa, así que estoy más que aliviado porque se haya guardado esa información y no la haya compartido con el entrenador. Hago una nota mental para dejar de llamarlo Culo de Burbuja por casa. Por lo menos durante los próximos días.

—Lo siento. No volverá a ocurrir. Mañana me pondré tres alarmas. —Mi voz suena con fuerza. La razón que he dado por haber llegado tarde es una farsa, pero eso no altera mi determinación para no permitir que se repita.

—Más te vale. —El entrenador se gira y da tres silbidos—. ¡McCarthy! ¡Te toca!

El entrenamiento es particularmente agotador porque me estoy esforzando en ser el mejor. Necesito compensar lo que ha pasado esta mañana, para absolverme de este pecado capital.

Solo había llegado tarde a entrenar dos veces en toda mi carrera deportiva. Y para ponerlo en perspectiva, esta empezó cuando tenía cinco años. Las dos tuvieron lugar en el instituto. La primera vez, tenía una gripe estomacal, pero, de todas formas, me arrastré para salir de la cama y conduje hasta la pista de hielo. Llegaba treinta minutos tarde, el entrenador me vio y me mandó de vuelta a casa. La segunda vez, una ventisca inesperada golpeó la costa y me desperté con medio metro de nieve al otro lado de la puerta. Pasé la mayor parte de la mañana despejando el camino y tratando de sacar nuestros coches. E incluso entonces, solo llegué cuarenta minutos tarde.

¿Hoy? No ha habido ni una gripe estomacal ni una ventisca. He llegado una hora tarde por una chica.

No me malinterpretéis, no culpo a Brenna. Y a pesar de estar muy insatisfecho conmigo mismo, no me arrepiento del todo de lo que ha pasado esta mañana. El sexo ha sido espectacular. Ha sido nuestra primera vez sin preservativo, y me estremezco al recordarlo. Su calor envolviéndome..., joder. Qué fogoso y agradable.

Estoy a punto de salir de la pista cuando me fijo en una figura familiar que me saluda desde las gradas. Los fans pueden venir a ver los entrenamientos en abierto, como el de hoy.

Doy una vuelta perfecta y patino en dirección opuesta a los paneles. Hazel baja los escalones, con la trenza rubia que se balancea mientras camina. Lleva una chaqueta fina y, como de costumbre, los dedos llenos de anillos, incluido el que le regalé por Navidad. Me sonríe al otro lado del plexiglás y alcanza la puerta pequeña del panel a la vez que yo.

—Hola. ¿Qué haces aquí? —pregunto.

—No te pude felicitar como Dios manda por la victoria del fin de semana. —Su expresión se vuelve triste—. Estabas un poco ocupado con esa escenita entre tu entrenador y tu novia. —La última palabra, «novia», suena un tanto áspera.

Reprimo un suspiro.

—Sí, fue incómodo, como mínimo.

—En fin, te debo una comida de celebración, así que he pensado en darte una sorpresa y hacer un *brunch* en aquel sitio que nos gusta tanto en Central Square.

—Me parece bien. —Espero que no se dé cuenta de que no estoy tan entusiasmado como siempre con la idea de comer. Es que tengo ganas de ver a Brenna y saber si ya ha hablado con su padre—. Deja que pase por los vestuarios y te veo fuera en diez minutos.

Al cabo de poco, Hazel y yo estamos sentados el uno frente al otro en una pequeña mesa en un local muy mono de desayunos que descubrimos el año pasado. Se llama Egggggs y, aunque los platos tengan nombres ridículos y la decoración demasiado colorida sea una agresión a la vista, la comida está excelente. O «eggcelente», como le gusta decir a Hazel.

—Gracias por darme la sorpresa —le digo cuando elijo lo que voy a comer—. Pero, por favor, dime que no te has presentado a las ocho y media.

Empalidece.

—Dios, no. El mundo no existe antes de las nueve de la mañana, ¿recuerdas?

Una camarera se acerca a tomar nota del pedido. Y hace tanto tiempo que somos amigos que sé con exactitud qué va a pedir antes de que lo diga: dos huevos revueltos, una tostada integral y una salchicha, porque es la única persona del mundo a la que no le gusta el beicon. Y un café, con dos terrones de azúcar, sin leche ni nata. Y estoy seguro de que ella también sabe lo que voy a pedir: el desayuno más grande que tengan en el menú, porque soy un cerdo.

Me pregunto qué preferirá Brenna para desayunar. Ha tomado huevos y fruta desde que duerme en casa, pero me pregunto qué pediría en un sitio como este. Seguramente me convierta en un pringado, pero me hace ilusión descubrirlo. Me gusta conocerla.

Hazel y yo nos ponemos al día mientras esperamos a la comida, pero es todo muy superficial. Hablamos de las clases y de *hockey*, del nuevo novio de su madre y de cómo mis padres no se presentaron en la final de la liga. Esto último todavía me duele. Estoy acostumbrado a que no vengan a verme, pero esperaba que me sorprendieran esta vez, sobre todo porque era un partido muy importante.

Estamos a mitad del desayuno cuando Hazel deja el tenedor y pregunta:

—Entonces, ¿ahora estás con ella?

—¿Te refieres a Brenna?

—¿A quién, si no?

Me río.

—Sí. Supongo que sí. De hecho, lleva en casa, conmigo y con Brooks, desde la final.

Mi amiga se queda impactada.

—¿Estáis viviendo juntos?

—No estamos viviendo juntos —respondo enseguida—. Solo la he acogido en mi casa hasta que la suya esté lista. Sufrió una inundación.

Hazel se queda en silencio un momento. Toma la taza de café y da un sorbo largo.

—Esto es muy serio —señala, finalmente.

Me remuevo incómodo en la silla.

—No es «muy serio». Solo es... —Me apoyo en mi lema de toda la vida—. Es lo que hay.

—Sí, y lo que hay es serio, Jake. Creo que nunca habías dejado que una chica se quedara a dormir en tu casa, y mucho menos varias noches consecutivas. —Me mira, pensativa—. ¿Estás enamorado de ella?

Juego con el tenedor y muevo varias croquetas de patata por el plato. El apetito me abandona poco a poco. No me gusta hablar de esto. O, mejor dicho, no me gusta hablar de esto con Hazel. Desde hace un tiempo, tengo la sensación de que me juzga o que no está de acuerdo con mis decisiones, y en todos los años en que hemos sido amigos nunca me había sentido así. Incluso cuando hacía tonterías como emborracharme en una fiesta y vomitar en los arbustos de su casa o tener rollos de una noche, no me sentía juzgado. Ahora, en cambio, sí.

—Está bien, no tienes por qué decírmelo —añade cuando me quedo en silencio.

—No, es que… me resulta incómodo, creo —respondo, avergonzado—. Nunca había estado enamorado.

Algo similar al dolor le atraviesa el rostro y, de repente, recuerdo que Brenna insinuó que Hazel siente algo por mí. Pero eso es imposible. ¿No me habría dado alguna pista en todos estos años? Antes de que Brenna sacara el tema, ni siquiera se me habría ocurrido, porque Hazel nunca ha actuado como si yo le gustara.

—Es algo importante —dice, flojito—. Enamorarse por primera vez. Todo esto es algo monumental, quieras admitirlo o no.

—Yo no lo llamaría monumental.

—Estás en una relación. Las relaciones son algo enorme.

Dios, ojalá dejara de usar palabras como enorme y monumental.

—Tampoco es tan grande como lo pintas —digo, incómodo—. Solo nos dejamos llevar por el momento.

Mi amiga se ríe por la nariz.

—El mantra de todos los follamigos.

—No soy un follamigo —contesto con el ceño fruncido.

—Exacto. No lo eres. Lo que significa que no os estáis dejando llevar por el momento. Estás en esto. Estás dedicado a esta chica, y eso es algo serio, porque nunca antes habías estado en una relación de verdad. —Vuelve a sorber café y me mira por encima del borde de la taza—. ¿Estás seguro de que estás preparado para esto? —pregunta en un tono ligero.

Tengo las palmas de las manos inusualmente sudadas cuando tomo la taza.

—No sé si tratas de asustarme a propósito —digo secamente.

—¿Por qué ibas a asustarte? Solo te pregunto si estás listo.

—¿Listo para qué, exactamente? —respondo, suelto una carcajada patosa y espero que no se haya dado cuenta de lo confundido que estoy ahora mismo.

Tiene razón: nunca antes había tenido una relación. Me he acostado con muchas mujeres. He tenido rollos que han durado unas pocas semanas o meses. Pero nunca había sentido algo por alguien hasta que conocí a Brenna. Nunca antes había querido decirle las palabras que empiezan por «T» y «Q» a nadie hasta que he conocido a Brenna.

—Jake. —Hay un deje de pena en su voz y empieza a molestarme—. Las relaciones implican trabajo. Lo sabes, ¿no?

—¿Insinúas que soy incapaz de trabajar duro por algo? —Pongo los ojos en blanco y me señalo el pecho—. Que este chaval se va a la NHL.

—Otro tema añadido —comenta Hazel—. Y dime, ¿cómo afectará esto a la relación? Ella va a tercero. Le queda un año en Briar. Y tú estarás en Edmonton. ¿Cómo haréis que funcione?

—Mucha gente tiene relaciones a distancia que funcionan.

—Sí, es verdad, pero esas son todavía más difíciles. Ahora hablamos del doble de trabajo. El doble de esfuerzo para hacer que la otra persona no deje de sentir que es una prioridad para ti, aunque esté en otro estado. Y hay otro tema: ¿cómo se convertirá en una prioridad si tienes que concentrarte en el trabajo nuevo?

Una sensación molesta me recorre la columna. Hazel tiene razón en muchas cosas.

—Cosa que me lleva a mi siguiente preocupación —anuncia, como si estuviera presentando su tesis de *Por qué Jake Connelly sería un novio horrible*—. El *hockey* es tu vida. Es todo lo que siempre te ha importado. Has sudado la gota gorda para llegar a donde estás ahora. Y todavía tengo ciertas reservas con respecto a Brenna. A pesar de lo que tú pienses, creo que tenía un motivo oculto cuando se juntó contigo.

—Te equivocas —digo, simplemente. Por lo menos hay algo de lo que estoy seguro. De todo lo demás…, no tanto.

—Bien. Puede que sí. ¿Pero me equivoco si digo que te has centrado durante, qué, diecisiete años en el *hockey* y en prepararte para este momento? Estás a punto de hacer tu debut profesional. Te garantizo que una relación a distancia te distraerá, te frustrará y pasarás una cantidad de tiempo inapropiada pensando en esta chica, obsesionándote y asegurándole que todavía la quieres cuando lea artículos o vea fotos tuyas en los blogs de ti y la fanática de turno que se te lance encima esa semana. —Hazel se encoge de hombros y arquea una ceja—. Así que, te lo repito, ¿estás preparado para esto?

CAPÍTULO 35

BRENNA

Mientras cojo el abrigo en el recibidor, Jake entra en el apartamento. Ni siquiera era consciente de que estaba de camino a casa, así que su aparición repentina me sobresalta.

—¡Dios! —exclamo, y me río aliviada—. Me has asustado.

Se le suaviza la mirada.

—Perdona. No era mi intención.

—¿Qué tal el entrenamiento? ¿Pedersen está muy enfadado? —Todavía me siento fatal porque Jake haya llegado tarde esta mañana. Por supuesto que no ha sido culpa mía al cien por cien; se necesitan dos personas para bailar el tango en la cama. Pero, si me hubiera acordado de que tenía entreno matinal, lo habría sacado de la cama.

—Sí, no estaba nada contento. Me ha hecho entrenar más duro de lo normal, pero me lo merecía. —Jake se encoge de hombros para quitarse la chaqueta y la cuelga. Entonces se pasa ambas manos por el pelo—. Entiendo que todavía no has ido a ver a tu padre.

—No. De hecho, iba a salir ahora.

He escrito a mi padre para decirle que iba a casa y su respuesta ha sido: «Aquí estoy». Con mi padre, eso podría significar «Estoy aquí dispuesto a hablar», o bien «Estoy aquí para gritarte un poco más». Es como un juego de azar.

—¿Vas a salir ya o tienes un minuto para charlar?

Me obligo a no fruncir el ceño. ¿Charlar? ¿Y por qué no deja de pasarse la mano por el pelo? Jake no suele moverse tanto. Siento ansiedad en el estómago.

—Claro. Tengo un minuto. ¿Qué pasa?

Camina hacia el salón y me hace una seña para que lo siga. Lo hago, pero no presiento nada bueno. Porque tiene los hombros caídos. Está desprovisto de la confianza que lo caracteriza y eso me preocupa.

Dejo que mi inquietud salga a flote.

—¿Qué pasa? —pregunto casi en un susurro.

—Sabes que hoy he llegado tarde a entrenar —empieza.

¿No acabamos de comentarlo? Examino su expresión afligida.

—Sí. Has llegado tarde, ¿y...?

—Pues que eso ha perjudicado a mi equipo. —Vuelve a peinarse el pelo con los dedos largos. Los mechones oscuros están cada vez más enmarañados—. Estamos a un partido de jugar, potencialmente, en la Frozen Four. A dos partidos de, potencialmente, ganarlo todo. —Se muerde el labio—. No puedo permitirme volver a llegar tarde al entrenamiento.

La culpa vuelve a invadirme.

—Lo sé. Supongo que lo que podemos sacar de esto es... ¿no más sexo matinal? —sugiero en un intento cutre de hacer una broma.

Jake ni siquiera sonríe.

Oh, oh.

Me acomodo en el brazo del sofá. Él se queda de pie.

—Cuando empezaron las rondas de selección, les dije a todos los miembros del equipo que tenían que hacer sacrificios. Le pedí a Brooks que no saliera de fiesta. Les dije a Potts y a Bray que no podían beber. Les puse un límite de alcohol a los demás. —Me busca con la mirada—. Obligué a McCarthy que lo dejara contigo.

Tengo el estómago revuelto.

—Y todos lo hicieron sin cuestionarme. Pusieron al equipo por delante. —Sacude la cabeza, claramente destrozado—. Yo también ponía al equipo por delante. Pero he perdido la cabeza desde que te conocí.

Me empiezo a marear. No hay que ser adivina para ver hacia dónde está yendo esto, y no me lo puedo creer.

Anoche me permití ser vulnerable con él como no lo había sido nunca con nadie. Le conté lo del embarazo y lo del aborto, lo de la crisis emocional y cómo la relación con mi padre se fue al traste. Me abrí en canal y dije: «Mira, aquí está. Aquí estoy».

Por primera vez en mucho tiempo, me permití ser sensible.

¿Y este es el resultado?

Me escuecen los ojos. Aprieto los labios. No digo nada porque tengo miedo de ponerme a llorar, y me niego a mostrarme débil.

—Obligué a todo el mundo a dejar de lado sus distracciones, cosa que me convierte en un hipócrita, porque yo no estaba dispuesto a hacer lo mismo.

—¿Y supongo que la distracción soy yo? —Me sorprendo (y me enorgullezco) de lo firme que suena mi voz.

—Sí, lo eres —dice, simplemente—. Desde que te conocí, solo pienso en ti. Estoy muy pillado.

Mi pobre corazón confundido no sabe cómo reaccionar. ¿Revolotea porque Jake, un chico al que admiro y respeto y del que me he enamorado, ha admitido estar pillado por mí? ¿O se me rompe porque está actuando como si fuera algo malo?

—Y por eso creo que debemos tomárnoslo con calma.

Se rompe. Mi corazón saluda a mi estómago y me duelen ambos.

—No puedo pedir a mis chicos que pongan toda su atención y energía en el equipo si yo no estoy dispuesto a hacer lo mismo. Así que, tal vez, cuando vayas a casa de tu padre hoy... —Jake deja la frase a medias y se mete las manos en los bolsillos, incómodo—. Tal vez sería mejor si...

Otra dosis de cruda realidad aparece.

—... si te quedaras allí —termina.

—¿Quieres que me vaya? —digo, inexpresiva.

—Voy a pasar cada hora que esté despierto de los próximos tres días preparándome para ganar a Michigan. Eso es lo único en lo que tengo que pensar, Brenna. Que estés aquí me supone una distracción. Ya lo hemos comprobado esta mañana. —Su voz suena torturada—. Necesito estar ahí para mi equipo.

«¿Y yo qué?», quiero gritar. «¿Por qué no puedes estar ahí para mí?».

Pero soy mejor que eso. Ni de broma voy a revelar lo devastada que me ha dejado esto. Ayer por la noche me abrí ante él y hoy me deja.

Lección aprendida.

—El *hockey* tiene que ir primero ahora mismo.

Y aquí es cuando lo oigo: un minúsculo titileo de falsedad. ¿Está mintiendo? Sus facciones expresan tanto dolor e infelicidad que es obvio que no salta de alegría por la idea de dejarme. Pero no pienso suplicar a nadie para que esté conmigo. Me tomaré sus razones al pie de la letra porque soy una persona adulta y no me gustan los juegos. Si me dice que se ha terminado, se ha puto terminado.

—Está bien, Jake. Lo entiendo.

Flaquea.

—Ah, ¿sí?

—El *hockey* va primero —repito, y me encojo de hombros—. Y debería ser así. Has trabajado toda tu vida para esto. No espero que lo tires todo por la borda por una relación que iba a terminar de todas formas.

Se le arrugan ligeramente los labios.

—¿De verdad piensas eso?

—Sí —miento—. Ya te lo dije una vez: esto no va a ninguna parte. Te mudas a Edmonton. A mí me queda otro año de carrera. Sería estúpido intentarlo. —Me levanto del sofá—. Estoy segura de que a mi padre le parecerá bien que me mude con él. Y si no, iré a casa de Summer. Mi caseros dijeron que el sótano estaría listo cualquier día de estos. Quién sabe, a lo mejor ya lo está y no han podido llamarme todavía.

Se pasa los dedos por el pelo por millonésima vez.

—Brenna… —No continúa. Sus remordimientos son inconfundibles.

—Está bien, Jakey. No lo alarguemos más. Ha estado bien, y ahora toca pasar páginas. No pasa nada, ¿verdad?

Fingir que no me importa es una de las cosas más difíciles que he hecho en la vida. Y creo que estoy haciendo un buen trabajo porque Jake asiente con tristeza.

—En fin, voy a recoger mis cosas; será más fácil. Solo es un cajón, así que… —Se me rompe la voz.

Me ofreció el cajón y ahora me lo quita. Me siento como si alguien hubiera cogido una espada oxidada y me la hubiera clavado en el corazón cien veces.

En la habitación de Jake, me apresuro a vaciar el contenido del mueble y a echarlo todo en la bolsa de mano. Entonces, me meto en el baño del pasillo y recojo mi bolsa de aseo. Seguro que me he olvidado de algo, pero si Jake contacta conmigo al respecto, le diré que lo tire. Aunque esté sola, me obligo a no revelar ni un halo de emoción. Un desliz y me pondré a llorar. Y no puedo soltar ni una sola lágrima en esta casa.

Arrastro la maleta detrás de mí y vuelvo al salón. Me acerco a Jake y le estrujo el brazo. Tocarlo hace que me quiera morir.

Se pone rígido un segundo, levanta la mano y me toca la mejilla. Su pulgar me roza levemente el labio inferior. Lo aleja con una vaga mancha carmesí.

—Luciendo los labios rojos tan temprano por la mañana, ¿eh? —dice, un poco brusco.

—Es mi marca personal.

«Es mi arma», pienso en silencio.

Ahora mismo este arma es lo único que evita que rompa a llorar a sus pies.

CAPÍTULO 36
BRENNA

Jake me ha dejado.

Estas cuatro miserables palabras no me abandonan durante todos los trayectos en tren y autobús que hago hasta Hastings. Todavía no he llorado. Creía que lo haría, pero supongo que, cuando he enterrado mis emociones al despedirme de él, lo he hecho demasiado bien. Ahora no siento nada. Nada de nada. Estoy anestesiada. Tengo los ojos secos y el corazón de piedra.

El Jeep de mi padre está en la entrada cuando llego a la puerta, arrastrando el equipaje detrás de mí. Espero que no me vuelva a echar. Por lo menos, si me dice que no quiere que me quede, solo necesitaré buscarme un sitio donde dormir una noche. Wendy me ha llamado cuando estaba en el tren y me ha comunicado que puedo volver al sótano mañana por la mañana. Ella y Mark irán a IKEA esta tarde para comprarme algunos muebles básicos. Les he dicho que no tenían por qué hacerlo, pero, al parecer, todavía no han confirmado la reclamación del seguro y han insistido en conseguirme una cama como mínimo.

Mi padre está en la cocina sacando platos del lavavajillas. Está de espaldas a mí y, por un momento, me asusto. Es alto y ancho, tiene la constitución de un jugador de *hockey* y, desde atrás, casi se parece a Jake, solo que el pelo de papá es más corto. Irradia fuerza, y eso me recuerda que yo también tengo que ser fuerte. Siempre tengo que ser fuerte delante de mi padre.

Tomo aire.

—Hola.

Se gira y me ofrece un escueto «hola» como respuesta.

Hay un breve silencio. Nos miramos fijamente. De repente, me siento muy cansada. Ya he tenido bastantes confrontaciones emocionales hoy, y solo es la una del mediodía. Me pregunto cuántas conversaciones devastadoras me quedan por delante.

—¿Podemos sentarnos en el comedor? —sugiero.

Asiente.

Nos colocamos en lados opuestos del sofá, inhalo despacio y suelto el aire con un soplido largo y mesurado.

—Sé que aprecias que la gente vaya directa al grano, así que eso es lo que voy a hacer. —Me pongo ambas manos sobre el regazo—. Lo siento.

Papá me sonríe levemente.

—Tendrás que ser más específica. Hay varias cosas por las que podrías estar pidiendo perdón.

No contesto a su sonrisa, porque no me ha sentado bien la pulla.

—No, la verdad es que no. No voy a pedir perdón por salir con Jake, ni por tener amigos, ni por salir de fiesta de vez en cuando. No voy a pedir perdón por ninguna de estas cosas, porque lo he hecho siempre con responsabilidad. —Exhalo rápido—. Me disculpo por haberme quedado embarazada.

Toma una bocanada de aire.

—¿Qué?

Es raro pillar a mi padre con la guardia baja, pero parece estupefacto. Juego con las bolitas que tengo en la muñeca y... Mierda, la pulsera de Jake. Todavía la llevo. Significa que tendré que devolvérsela antes del partido del sábado.

Ahora mismo, sin embargo, y de forma extraña, me transmite energía. No sé si me trae suerte, pero, definitivamente, me da seguridad, que suele ser algo de lo que carezco cuando estoy cerca de mi padre.

—Perdón por haberme quedado embarazada —repito—. Y perdón por no contártelo. Si sirve de algo, realmente fue un accidente. Eric y yo siempre íbamos con cuidado, siempre. —Sacudo la cabeza, resentida—. Y por una vez que, por mala suerte, se nos rompió un estúpido condón, ahora mi padre me odia.

Pone los ojos como platos y abre la boca para hablar, pero lo interrumpo.

—Sé que te decepcioné, y también sé que... ¿Cómo es esa frase que dicen en las películas? ¿He deshonrado a nuestra familia?

Mi padre suelta un ladrido en forma de risa.

—Por Dios, Brenna...

Vuelvo a interrumpirlo.

—Sé que te avergüenzas de mí. Créeme, yo también me avergüenzo de cómo me comporté. Tendría que haberte contado que estaba embarazada y, por supuesto, tendría que haberte dicho que llevaba todo el día sangrando. En lugar de eso, tenía tanto miedo de cómo reaccionarías que dejé que Eric me convenciera de que no era para tanto. Era una niña tonta, lo sé, pero ya no lo soy. Te lo prometo.

Se me cierra la garganta, cosa que agradezco porque estaba a punto de escapárseme un sollozo. Parpadeo repetidamente, desesperada por mantener las lágrimas a raya. Sé que cuando por fin lleguen, van a ser unos lagrimones épicos.

—Te pido que me des otra oportunidad —le digo.

—Brenna...

—Por favor —suplico—. Ya sé que te decepciono constantemente, pero estoy intentando arreglarlo. Así que, por favor, solo dime cómo —«Lo hago para que vuelvas a quererme»—, lo arreglo. Ya no puedo vivir sabiendo que te avergüenzas de mí, así que necesito que me digas cómo puedo mejorar y cómo...

Mi padre se echa a llorar.

Estoy en *shock*. Sigo boquiabierta, pero ya no hablo. Por un momento, pienso que me he imaginado las lágrimas. Nunca le he visto llorar, así que es un espectáculo que me resulta totalmente desconocido. Pero... sí, son lágrimas de verdad.

—¿Papá? —digo, insegura.

Se pasa los nudillos por la cara para secársela.

—¿Eso es lo que crees que pienso? —Se atisba en sus lágrimas que está avergonzado, pero no de mí. Creo que de sí mismo—. ¿Eso es lo que te he hecho creer? ¿Que te odio? ¿Que me avergüenzo de ti?

Me muerdo el labio inferior. Si sigue llorando, yo también lo haré, y uno de los dos tiene que mantener la cabeza fría.

—¿No lo estás?

—Por Dios, por supuesto que no. —Tiene la voz muy ronca—. Y jamás te culpé por haberte quedado embarazada, Manzanita.

Esta vez me resulta imposible reprimir las lágrimas. Se me desbordan, me recorren las mejillas y su sabor salado llega a mis labios.

—Yo también fui joven —musita mi padre—. Sé que, cuando hay hormonas de por medio, hacemos estupideces, y que se puede tener un accidente. No estaba entusiasmado cuando pasó, pero no te culpé por ello. —Vuelve a frotarse los ojos.

—Después de aquello, ni siquiera me mirabas.

—Porque cada vez que te miraba, me acordaba de cómo te encontré en el baño en un charco de sangre. —Su respiración se vuelve superficial—. Por Dios, nunca había visto tanta sangre en mi vida. Y estabas blanca como un fantasma. Tenías los labios azules. Pensaba que estabas muerta. Entré y realmente pensé que estabas muerta. —Entierra la cara entre las manos, y le tiemblan los hombros.

Una parte de mí quiere acercarse a él y rodearlo con los brazos, pero hace mucho que nuestra relación se volvió tensa. Hace mucho que no existen los abrazos entre nosotros y me sentiría rara al darle uno ahora. Así que me quedo sentada y veo cómo llora mientras mis lágrimas me recorren las mejillas.

—Pensaba que estabas muerta. —Levanta la cabeza y revela una expresión devastada—. Fue como revivir lo de tu madre. Cuando recibí la llamada telefónica sobre el accidente y tuve que ir a identificar su cuerpo a la morgue.

Me quedo sin aliento. Es la primera vez que oigo esto.

Sabía que mi madre murió al chocar contra una placa de hielo con el coche y derrapar fuera de la carretera.

No sabía que mi padre tuvo que identificar su cuerpo.

—¿Sabes que tu tía Sheryl siempre dice que eres exactamente igual que tu madre? Bueno, pues es verdad. Eres su viva imagen. —Solloza—. Y cuando te encontré en el baño, eras la viva imagen de su cadáver.

Siento tantas náuseas que creo que podría vomitar. No alcanzo a imaginar cómo debió de sentirse en ese momento.

—No podía mirarte a la cara después de aquello porque estaba asustado. Casi te pierdo, y eres lo único que me importa en el mundo.

—¿Qué hay del *hockey*? —bromeo débilmente.

345

—El *hockey* es un juego. Tú eres mi vida.

Oh, por favor. Vuelven los lagrimones. Tengo la sensación de que estoy fea por haber llorado tanto, pero no puedo hacer que mis ojos paren ni que deje de chorrearme la nariz. Mi padre tampoco se acerca para darme un abrazo. Todavía no estamos en ese punto. Esto es un territorio nuevo para nosotros..., o, mejor dicho, una tierra antigua donde hay que volver a plantar.

—Estuve a punto de perderte, y no sabía cómo ayudarte a mejorar —admite, con voz ronca—. Si tu madre hubiera estado allí, habría sabido qué hacer exactamente. Cuando llorabas en el hospital, y durante todos los meses que pasaste en casa, me sentía fuera de lugar. No sabía lidiar con todo aquello, y cada vez que te miraba, veía cómo te desangrabas en el suelo. —Se estremece—. Nunca olvidaré aquella imagen. La recordaré hasta el día en que me muera.

—Perdona por haberte asustado —susurro.

—Perdona por haberte hecho creer que estaba avergonzado de ti. —Suelta una bocanada de aire—. Pero no me disculparé por todo lo que vino después. Por castigarte en casa, por el toque de queda que te impuse. Estabas descontrolada.

—Ya lo sé. —Ladeo la cabeza, arrepentida—. Pero lo he arreglado todo. He madurado y estoy en la universidad. No me porto mal para llamar tu atención. Hiciste bien en sobreprotegerme entonces, pero ahora soy una persona distinta. Me encantaría que lo vieras.

Me recorre con la mirada sombría.

—Creo que empiezo a entenderlo.

—Bien. Porque será la única forma en que podamos avanzar. —Lo miro, esperanzada—. ¿Crees que podríamos hacer borrón y cuenta nueva? ¿Olvidarnos del pasado y empezar a conocernos como adultos?

Asiente con la cabeza con un gesto rápido.

—Creo que podríamos. —Vuelve a asentir, esta vez más despacio, como si hubiera comprendido algo—. De hecho... Creo que es una idea excelente.

CAPÍTULO 37

BRENNA

Al día siguiente, por la tarde, voy a casa de Summer, porque necesito desesperadamente dejar de pensar en Jake. Estoy dispuesta a entrar en la guarida del león, a acercarme a Hollis y Hunter y, tal vez, incluso a Nate, sabiendo que todos piensan que los he traicionado por haberme acostado con el enemigo. Estoy dispuesta a lidiar con cualquier palabra hiriente que me lancen, porque es mejor que obsesionarme y agonizar por el hecho de que Jake no quiere estar conmigo.

Irónicamente, esta noche me habría parecido bien pasar el tiempo con mi padre. Tras varios años evitando estar en la misma habitación que él, por fin me hace ilusión pasar tiempo con él. Pero hoy tenía una reunión. Al parecer, el decano de Briar está interesado en comentar la idea de ampliarle el contrato con la universidad, cosa que se merece por completo. Pero eso significa que, si me quedaba en casa, iba a estar sola. Con mis pensamientos.

Para mi sorpresa, no me apedrean ni me empluman en cuanto entro por la puerta de la casa de Summer. De hecho, cuando asomo la cabeza por el comedor, Hollis me mira desde el sofá y suelta un «Hola, Jensen» que suena preocupado.

—¿Y ya está? Me esperaba más gritos.

—¿Por qué iba a gritar?

Estoy perpleja.

—¿Me estás vacilando? La última vez que hablamos me llamaste traidora.

—Ah, es verdad. —Nunca lo había oído tan apático e indiferente. Y tardo un segundo en darme cuenta de que ni siquiera está viendo la tele. Tiene la mirada fija en la pantalla negra y el móvil sobre la mesita del café.

—¿Qué pasa? —inquiero—. ¿Estás bien? ¿Dónde están Summer y Fitz? ¿Arriba?

—No, han ido a buscar la *pizza*. Summer se niega a pedirla a domicilio desde que el chaval que la traía se quejó porque le dio una propina de cinco dólares.

—¿Cinco dólares no es una propina decente? —Si no lo es, llevo años dándoles una mala propina a los repartidores de *pizza*.

—Según Don Sacos de Dinero, no.

Me bajo la cremallera de la chaqueta y paso por el recibidor para colgarla antes de sentarme con Hollis en el sofá. Su mirada vacía es alarmante, como mínimo.

—A ver, ¿qué te pasa?

Se encoge de hombros.

—Nada grave. Estoy estudiando para los exámenes finales. Rupi me ha dejado, pero no me importa demasiado.

—Espera, ¿qué? —Oír eso me sorprende mucho—. ¿En serio? ¿Por qué te ha dejado?

—Da igual. Qué más da, ¿no? —Se levanta—. Voy a por una cerveza. ¿Quieres una?

—Sí, pero esta conversación no ha terminado.

—Sí, ha terminado.

Cuando vuelve y me da una Bud Light, recuerdo la cita en la bolera con Jake y cómo tuvimos que bebernos esa cerveza acuosa. Tampoco me sorprende que sea la cerveza que le gusta a Hollis. Le pega mucho ser de Bud Light.

—Es mentira —digo.

—¿Es mentira el qué?

—Es mentira que Rupi no te importa. Claro que te importa. Te gustaba.

—No me gustaba. Es muy pesada.

—¿En serio? Entonces ¿por qué no dejabas de quedar con ella?

—Porque intentaba acostarme con ella, Brenna. Venga, a ver si te enteras.

—Ajá. O sea, ¿solo querías acostarte con alguien?

—Sí. Y ahora ya no me lo tengo que currar. Tengo una docena de chicas que hacen cola para acostarse conmigo. Así que hasta nunca. —No suena nada convincente.

348

—Admítelo, Hollis, te gusta. Te gusta su voz de pito, que sea mandona y que no deje de hablar.

—No me gusta —insiste—. Ni siquiera es mi tipo.

—No lo es —coincido—. No es una fanática del *hockey* con un cuerpo de revista, ni una de esas chicas de plástico a las que te veo tirar la caña en el Malone. Es rarita y bajita y tiene una inexplicable seguridad en sí misma. —Le sonrío—. Y te gusta. Admítelo.

Se le enrojecen las puntas de las orejas. Se pasa ambas manos por el pelo y alza la barbilla.

—Me empezaba a gustar —confiesa, al fin.

—¡Ja! —digo, victoriosa—. Lo sabía. Pues ahora llámala y díselo.

—Ni de coña. Me ha dejado. —Me mira, desafiante—. Si tu novio de Harvard te dejara, ¿irías tras él a buscarlo?

Me echo a reír, al borde de la histeria. Pero no puedo parar. Apoyo la cabeza en el hombro de Hollis y me río sin control.

—¿Qué te pasa? —pregunta, confundido—. ¿Vas fumada, Jensen?

—No, es que… —Suelto otro par de risitas nerviosas—. Me ha dejado.

Hollis se pone recto de golpe, desconcertado, y hace que se me caiga la cabeza de su hombro. Tiene los ojos azules muy abiertos por el asombro.

—¿Lo dices en serio? ¿Iba fumado?

—No iba fumado y, sí, lo digo en serio. Cortó conmigo ayer. Dijo que tenía que concentrarse en el torneo y que yo lo distraía mucho, y bla, bla, bla.

—Eso es una chorrada como la copa de un pino. Siempre he sabido que los chicos de Harvard eran estúpidos, pero esto es un nivel de estupidez extremo. ¿Te ha visto? Eres la chica más *sexy* del planeta.

Aunque el cumplido provenga de Mike Hollis, me siento halagada de verdad.

—Gracias, Hollis.

Me pasa el brazo por detrás del hombro.

—Esto me confirma algo que ya sabía. Harvard es horrible, pero Connelly es peor.

—Estoy de acuerdo con eso —dice Hunter, que entra en el salón con una cerveza en la mano. Es una Founders All Day IPA. Un segundo, ¿por qué a mí no se me ha ofrecido esta opción?

Me retuerzo cuando le veo la escayola en la muñeca izquierda. Por lo menos no es la derecha, así que todavía puede usar la mano dominante. Y ya se ha terminado la temporada, así que no es que vaya a perderse ningún partido. Aun así, el yeso me despierta una oleada de compasión.

—Hola —digo, con cuidado—. ¿Qué tal la muñeca?

—¿Qué, no lo ves? —Levanta el brazo—. Está rota. —Pero no parece enfadado. Solo resignado.

—¿La puedo firmar? —tanteo.

—Lo siento, pero Hollis ha arruinado esa opción para los demás —responde Hunter en tono seco. Se acerca al sofá para darme una mejor perspectiva de la escayola.

Alguien le ha dibujado un pene y unos testículos con un permanente negro.

Suspiro.

—Qué maduro, Hollis. Además, has puesto mucho detalle en las pelotas.

Se encoge de hombros.

—Bueno, ya sabes lo que se dice.

Arrugo la frente.

—No, ¿qué se dice?

Hunter se acomoda en el sillón.

—A mí también me pica la curiosidad.

—Madre mía. ¿En serio? No tengo nada que añadir a eso —protesta Hollis, exasperado—. Normalmente, la gente no te pregunta nada cuando dices «ya sabes lo que se dice».

Me encantaría pasar un día en el cerebro de Hollis. Pero solo uno. Si lo hiciera más tiempo, me quedaría atrapada en la dimensión del Mundo al Revés.

—Vale. Ya lo has evitado suficiente. ¿Por qué ha cortado contigo Rupi?

—¿Rupi ha cortado contigo? —repite Hunter—. ¿Eso significa que ya no os tendremos que oír gritar a altas horas de la noche? ¡Genial!

—Sé majo, Davenport. Está muy afectado por el tema.

Hunter ladea la cabeza.

—¿De verdad?

—No —dice Hollis, con firmeza—. No es verdad. No me importa lo más mínimo.

—Si no te importa, tampoco hay ninguna razón que te impida contarnos por qué se ha terminado —argumento.

—Fue por algo estúpido, ¿vale? Ni siquiera vale la pena repetirlo.

—¿Qué hiciste? —pregunta Hunter, divertido.

Hollis suelta el aire.

—Quería que nos pusiéramos motes y a mí no me apetecía. Oh. Vale.

Me esfuerzo mucho por no echarme a reír.

Hunter no lo intenta, estalla en una carcajada.

—¿Qué motes eran?

—En realidad no había ninguno. Quería que hiciéramos una lista y luego… —Hollis aprieta los dientes—…, comentarlos todos y decir cómo nos hacía sentir cada uno.

Hunter asiente de manera solemne.

—Claro. Porque es algo que suele hacerse.

Lo silencio con la mirada. Hollis se ha abierto a nosotros y no merece que nos burlemos de él.

Oh, Dios mío. ¿Quién soy? ¿Es esto el Mundo al Revés? ¿Desde cuándo dejo pasar la oportunidad de burlarme de Mike Hollis?

—¿No te gustaban las ideas que proponía? —pregunto, con cuidado.

Me mira fijamente.

—Ni siquiera la dejé empezar la lluvia de ideas. ¿Quién hace una lista de motes y vota como si estuviéramos en el maldito *American Idol*? Le dije que era una locura y que estaba loca, y entonces sugerí que, tal vez, su mote podía ser «loca», perdió los papeles y se fue enfadada. Y más tarde me escribió para decirme que no podía estar con alguien que no está, y cito, «cien por cien comprometido».

—Algo de razón tiene. Es difícil estar en una relación si ambas personas no están «cien por cien comprometidas». —Me encojo de hombros—. Además, no la culpo por dejarte tirado. ¿A quién le gusta que le llamen loco todo el rato? Le puede provocar un complejo.

—Ya tiene un complejo. Se llama demencia.

—Hollis —lo riño.

Pone cara de estar avergonzado.

—Apuesto a que la has llamado loca más veces de las que le has dicho que te gusta. De hecho, apuesto a que nunca le has dicho las palabras «Me gustas». ¿Se lo has dicho? —le reto.

—Sí.

—Hollis.

—Vale. No.

—Sé sincero: ¿quieres seguir saliendo con esta chica?

Tras un largo silencio y lleno de vergüenza, asiente.

—Vale. Pues dame tu móvil.

A pesar de los ojos recelosos, me lo pasa. Me desplazo por su lista de contactos hasta que encuentro el nombre de Rupi, con los emoticonos con los ojos en forma de corazón al lado. Responde al primer tono, lo que me dice que no toda esperanza está perdida.

—¿Qué quieres, Mike? —No muestra su alegría habitual.

—Hola, Rupi. Soy Brenna.

—¿Brenna? ¿Por qué tienes el móvil de Mike?

—Te pongo en altavoz, ¿vale? Hollis está a mi lado. Saluda, Hollis.

—Hola —musita.

—En fin, estábamos hablando un poco —prosigo—, y Hollis tiene algo que decirte.

—¿El qué? —pregunta con cautela.

—¿Hollis? —le doy pie.

No habla.

—Vale, entonces lo diré yo. A Hollis le gustas, Rupi. Finge que no, pero en el fondo le gustas. Finge que no le gustan vuestras discusiones, pero, en realidad, le encantan los dramas. Su serie favorita es *Las Kardashian,* por el amor de Dios.

Hunter resopla desde el sillón y le da un sorbo a la cerveza.

—Sí, pero su Kardashian favorita es Khloe —dice Rupi, negativa—. Todo el mundo sabe que la mejor es Kourtney.

—Kourtney ni siquiera llega al top tres —gruñe Mike al teléfono.

—¿Ves? ¡Por esto no funciona!

—Qué va —discrepo—. Por esto sí que funcionará. No tienes que estar con alguien que sea exactamente como tú. Tienes que estar con alguien que te rete, que te inspire a abrirte cuando te has cerrado durante toda la vida... —Se me rompe la voz. Oh, no. Estoy pensando en Jake otra vez, y me doy cuenta de que Hollis me mira extrañado. Lo ignoro y sigo hablando con su acosadora. Quiero decir, con su novia—. Escúchame, ya sé que siempre te llama loca, pero viniendo de él, es un cumplido.

Hunter vuelve a resoplar.

—Explícate —me ordena Rupi.

—¿Tú lo conoces? *Él* está loco. Y por lo que parece, su familia también.

—¡Ey! —protesta Hollis—. Me gustaría que no metieras a mi familia en esto.

—Si los sueños fueran caballos, todos seríamos jinetes —digo, con superioridad, y con eso le callo la boca—. Así que, en serio, Rupi, cuando te llama así, es porque reconoce a un espíritu amigo. —Le guiño el ojo a Mike—. Ve a su alma gemela.

Un suspiro flota desde el teléfono.

—¿Es verdad, Mike?

Frunce el ceño y se pasa el pulgar por la garganta como si indicara que me va a matar por utilizar el término «alma gemela». Pero, después del desastre de las Kardashian, tenía que sacar todas las armas.

—¿Mike? —pregunta Rupi.

—Es verdad —musita—. Me gustas, ¿vale? No creo que estés loca. Creo que eres genial.

—Entonces ¿por qué no quieres que nos pongamos motes adorables? —inquiere.

—Porque es muy...

Sacudo la cabeza.

—... importante. —Se salva—. Es un paso enorme para la relación.

Me preocupa que Hunter se muera de la risa. Se presiona la cara contra el antebrazo para amortiguar el sonido.

—Pero vale —dice Hollis—. Si quieres que nos pongamos motes, lo haremos. Mi primera sugerencia es «gatito».

—¡Gatito! —aúlla Hunter.

—No sé si me gusta para mí —dice Rupi despacio.

—No, ese sería para mí. También creo... de hecho, espera, voy a quitar el altavoz. —Le da un golpecito a la pantalla y se lo lleva al oído—. Subo al piso de arriba. Brenna y Hunter no tienen voz ni voto en esta conversación de los motes. —Cuando se acerca al marco de la puerta, de repente, se para. Me mira por encima del hombro y gesticula un gracias con la boca.

Se me derrite un poco el corazón. Por Hollis. Esto no puede ser.

Sonrío contenta. Cuando sale de la habitación, me giro hacia Hunter y digo:

—Mi trabajo aquí ha terminado.

Sonríe.

—Has hecho un buen trabajo.

Lo examino.

—Parece que estás de bastante buen humor, considerando que, ya sabes... —Le señalo la escayola con la mirada—. No parece que estés enfadado conmigo.

—No me había enfadado contigo.

—Me enviaste un mensaje borde para que le diera las gracias a mi novio de tu parte —le recuerdo.

—Sí, al día siguiente de que el gilipollas de Hemley me rompiera la muñeca. Todavía estaba enfadado por todo lo que había pasado durante el partido, y eras un blanco fácil.

—Dios, gracias.

Se encoge de hombros.

—Y estaba enfadado con Connelly de manera indirecta. Pero... la verdad es que no creo que hiciera nada mal. Hizo todo lo que pudo para detener la pelea. —Otro encogimiento de hombros—. Dicho esto, todavía creo que, si Nate y yo hubiéramos jugado esa noche, seríamos nosotros los que nos enfrentaríamos a Michigan este fin de semana.

—Yo también lo creo. —Suelto el aire, triste—. Fuimos por delante durante toda la primera parte, hasta que os fuisteis vosotros dos. Lo teníamos.

—Lo teníamos —repite antes de tomar un sorbo rápido de su cerveza—. Y luego perdimos por mi culpa.

—Vaya chorrada. No te lesionaste a propósito.

—No, pero mi comportamiento fuera de la pista nos costó el partido. Me he acostado con todo el campus en los últimos dos meses. Y cuando me aburrí de eso, empecé a ir a los bares de Boston y a tirarles la caña a desconocidas, y mira lo que ha pasado. —Gruñe—. Al parecer, Violet quería devolvérsela a Hemley por una pelea que habían tenido. Ella sabía quién era yo cuando nos conocimos.

—¿En serio? —Me quedo pasmada.

—Oh, sí. Y, en cuanto me fui, lo llamó para burlarse de él con el tema. Así que en cuanto Hemley entró a la pista en la final, empezó a interrogarme, y, bueno, ya conoces el resto.

Hunter sacude la cabeza, disgustado. Claramente disgustado con él mismo.

—Nunca había sido así. Tenía rollos, claro, pero nunca había pensado que mi objetivo en la vida sería acostarme con cualquier chica que se me cruzara por el camino. Perdí la cabeza, me convertí en un «donjuán de manual», como dice Hollis. —Sonríe, irónico—. Tengo que cambiar mi conducta, aclararme las ideas. Quiero llevar al equipo a la Frozen Four la temporada que viene. Nate se gradúa, y no sé si el entrenador será quien elija al nuevo capitán, o si los chicos podrán votar o qué. Pero quiero ser yo.

Silbo.

—Es una meta ambiciosa.

—Lo sé. Y trabajaré duro para conseguirla. Así que… voy a dejar de joderla por ahí. Literalmente.

—¿Y eso qué significa?

—Significa que hago voto de castidad.

Se me escapa la risa.

—Ehm. Eso no va a pasar nunca. Te doy una semana como mucho.

—¿No crees que pueda estar más de una semana sin sacármela de los pantalones? —Parece moderadamente insultado.

—Eres un jugador de *hockey* de veinte años. No, no creo que puedas aguantar más de una semana sin sacártela.

Hunter sonríe con suficiencia.

—Bien, entonces, supongo que tendré que demostrarte lo contrario.

CAPÍTULO 38
BRENNA

—¡Madre mía!

Mi padre, que está haciendo el desayuno en los fogones, se gira al instante para mirarme. Es sábado por la mañana y la pantalla del móvil me muestra la noticia más impactante e inesperada desde que Ryan Wesley, el jugador de Toronto, anunció al mundo que era gay.

—¿Todo bien? —ladra mi padre.

—Madre mía —repito cuando vuelvo a leer el mensaje—. Tansy se ha prometido.

Parpadea.

—¿Tu prima, Tansy?

—Sí.

—¿Prometida?

—Sí.

—¿Con quién?

—Con Lamar, el jugador de baloncesto con el que no deja de cortar. Según esto, anoche se arrodilló en una discoteca y se lo preguntó. Tenía un anillo y todo. —Giro el móvil para que mi padre vea la foto que me ha mandado. El diamante que lleva en el dedo no es enorme, pero es mucho más grande de lo que cabría esperar del presupuesto de un estudiante universitario.

Guau. Supongo que no era broma cuando me dijo que habían hablado sobre prometerse.

—Oh, Dios —dice mi padre—. A Sheryl le va a dar un ataque.

Me río por la nariz, y él responde con una risa alegre. Solo han pasado unos pocos días, pero nuestra relación ya es muy diferente. Es más fácil, casi no hay tensión. No, no nos abrazamos a cada minuto, pero las conversaciones fluyen mucho más, y bromeamos de verdad en lugar de lanzarnos esas pullas sarcásticas cargadas de veneno.

Estamos empezando de cero de verdad.

—Espera. Deja que le responda.

> **YO:** ¡¡¡Hola!!! No puedo hablar ahora mismo porque estoy desayunando con mi padre, pero ¡¡¡MADRE MÍA!!! ¡Felicidades! Es una noticia genial y estoy muy contenta por ti. ¡¡Vas a ser la novia más preciosa, Te!! <3 <3 <3

¿Estoy exagerando un poco? Seré sincera: sí. Todavía no me creo que una relación con su historial dure. Lamar le ha pedido matrimonio en una discoteca, por el amor de Dios. Pero Tansy es mi prima y la apoyaré pase lo que pase, así que, aunque no salte de alegría por este compromiso, estoy contenta de que ella sea feliz. Y si, por una casualidad de la vida, me equivoco y llegan al altar, de verdad creo que será una novia preciosa.

Enseguida me responde.

> **TANSY:** ¡¡Gracias, Be!! ¡¡LLÁMAME EN CUANTO ESTÉS LIBRE!!

Sonrío sin dejar de mirar el móvil y lo aparto a un lado cuando mi padre trae dos platos a la mesa. Huevos revueltos, beicon y rodajas de pepino. Le doy las gracias por el desayuno, le hinco el diente a la comida y hablo con la boca llena.

—No puedo creer que esté prometida. Esto va a ser un desastre. Es demasiado joven. O, mejor dicho, demasiado inmadura. Quiero decir, por favor, incluso yo estaría más preparada para casarme ahora mismo.

Pone una expresión irónica.

—¿Esto significa que puedo esperar que Connelly y tú anunciéis vuestro compromiso cualquier día de estos?

Me congelo. Tomo el tenedor y pincho los huevos.

—No. No tienes que preocuparte por eso.

—¿Por qué?

Mastico muy despacio para retrasar la respuesta.

—Porque lo hemos dejado.

—¿Por qué? —vuelve a decir.

—Porque sí. —Pongo los ojos en blanco—. Puede que tú y yo estemos medio bien ahora, pero eso no significa que seamos mejores amigos. No te voy a revelar mis secretos oscuros y profundos.

—En primer lugar, no estamos medio bien. Estamos bien. Y punto. Y dado que me prometiste que no volverías a darme un susto de muerte, no me gusta oír que esta ruptura ha sido oscura y profunda. —Suena bastante preocupado.

—No lo ha sido —le aseguro—. Si quieres saberlo, Jake me ha dejado porque prefiere concentrarse en el *hockey*.

Mi padre arruga la frente.

—Está bien. No íbamos a llegar a ninguna parte de todos modos. Él se muda a Edmonton, ¿recuerdas? Las relaciones a distancia nunca funcionan.

—Tu madre y yo hicimos que funcionara —dice con brusquedad.

Lo miro sorprendida.

—¿Mamá y tú tuvisteis una relación a distancia?

—Era un año más joven que yo —me recuerda—. Cuando me gradué, a ella todavía le quedaba un año en Yale. Fue el año durante el que ese imbécil se lanzó a por...

—Para el carro. Rebobina, por favor. ¿Qué imbécil? —De repente, me quedo sin aliento—. ¿Hablas de Daryl Pedersen?

—Sí. Él iba a cuarto, como tu madre. Estudiaban lo mismo. Periodismo. —Mi padre sonríe—. Como tú. En fin, esperó a que yo me graduara para lanzarse a por Marie.

Estoy horrorizada.

—¿Y mamá...?

—Dios. Por supuesto que no. Tu madre era dulce y buena como un trozo de pan. Fiel hasta más no poder.

—Entonces, el entrenador Pedersen trató de robarte a mamá y ella le dio calabazas. —Estoy totalmente cautivada por esto. Siempre sorprende recordar que tus padres tuvieron una vida completa mucho antes de que tú aparecieras.

—Daryl jugó la carta de «Voy a cuidar de tu chica mientras no estés» —dice papá, y resopla—. No éramos amigos cercanos. No me caía bien, pero lo toleraba. Tenía que hacerlo porque éramos compañeros de equipo. Tu madre, bueno, tenía una opinión distinta. Pensaba que era dulce y me acusó de ser un paranoico que desconfiaba de él. Pero yo llevaba tres años jugando con ese cabrón, así que sabía el tipo de hombre que era. Un imbécil engreído que no solo jugaba sucio y hacía trampas, también era un mujeriego, pero cerca de tu madre se hacía el santo.

Mi padre se introduce un tenedor lleno de huevos en la boca, mastica, traga y coge el café.

—Lo que me molesta no es que lo intentara con tu madre. Podría haber ido de cara con sus intenciones. Podría haberme dicho: «Ey, me atrae Marie y se lo voy a decir». Lo reconozco, me habría reído en su cara, pero luego le habría dicho: «Claro, adelante». —Mi padre sonríe, satisfecho—. Nunca dudé de los sentimientos de tu madre hacia mí.

Tengo que decir que eso debe de ser bonito. Yo tampoco dudaba de los sentimientos de Jake, pero nuestra relación ha dado un giro inesperado y me ha dejado.

—Pero lo hizo a mis espaldas. No tienen que gustarte todos tus compañeros de equipo, pero, como mínimo, deberías respetarlos. Se acercó a tu madre, planeó sesiones de estudio, salidas platónicas. Y una noche, salieron con un grupo de amigos y él la acompañó a casa. La escoltó hasta el piso de arriba y luego intentó tocarla frente a su puerta.

—Por favor, dime que paró cuando ella dijo que no.

Mi padre asiente.

—Paró. Pero no sin antes acusarla de haberle dado falsas esperanzas, de que lo había usado para que la ayudara con los estudios, de que le había hecho perder el tiempo para luego negarle lo que supongo que creía que era su derecho. Terminó el discurso diciendo que necesitaba a un hombre que la satisficiera de verdad.

—Qué asco.

—Cuando lo supe, conduje desde Burlington a New Haven en aquella época era entrenador de patinaje en la Universidad de Vermont. Tardé cuatro horas en llegar, pero valió la pena solo por oír el crujido de los huesos de Pedersen cuando le di un puñetazo en la mandíbula.

—Ole tú, papá.

—Era mi chica. No le faltes el respeto a la chica de un hombre. —Papá se encoge de hombros—. Después de eso, no volvió a acercarse a ella.

—Y eso fue hace unos veinte años y todavía lo odias.

—¿Y? —Se mete una rodaja de pepino en la boca.

—¿No crees que ya es hora de enterrar el hacha de guerra?

—¿La puedo enterrar en su cráneo?

Me río.

—Hablaba de un hacha metafórica. Del pasado y todo eso. Te quedaste con mamá, tuvisteis una hija preciosa... —Le guiño un ojo—. Eres un entrenador que ha ganado un torneo tres veces. Y él es un imbécil amargado. ¿Por qué no lo dejas ir?

—Porque no me gusta ese hombre y eso no cambiará nunca. A veces, hay gente que no nos cae bien, Manzanita. Acostúmbrate, porque es así. Habrá gente que te odiará porque les habrás hecho daño, ya sea intencionadamente o sin querer. Habrá gente que te odiará porque no les gustará tu personalidad, o tu forma de hablar, o cualquier tontería superficial que algún imbécil no pueda tolerar. Habrá gente que te odiará sin ninguna razón válida aparente, esos son raros. —Da un sorbo al café—. Pero, al final del día, es lo que hay. No le vas a caer bien a todo el mundo, ni a ti te caerá bien todo el mundo. A mí no me cae bien ese hombre. No tengo que cambiarlo.

—Me parece justo. —Bajo la mirada hacia mi plato cuando vuelvo a pensar en Jake.

—Me sabe mal por lo tuyo con Connelly. —Supongo que mi expresión triste y su causa no eran difíciles de descifrar.

—¿Desde cuándo? Me dijiste que me alejara de él, ¿te acuerdas? Lo comparaste con Eric.

—Puede que hiciera esa comparación desde el enfado —refunfuña mi padre—. Connelly tiene la cabeza bien puesta, por lo que he oído.

—Ya te lo dije. Fue él quien me ayudó a rescatar a Eric.

—Hablando de eso, ¿has tenido noticias de Eric desde entonces?

—No, y me da la sensación de que no las tendré.

—Bien. ¿Hay alguna manera de redirigir todas las llamadas que te haga a mi teléfono? ¿Para que pueda decirle cuatro cosas?

—Papá. —El destello asesino que le brilla en los ojos es un poco preocupante—. No puedes soltarle el discurso de Liam Neeson en *Venganza*. Esperemos que su madre lo haya convencido para desintoxicarse. Tal vez, terminar en los arbustos de alguien fue la llamada de atención que necesitaba.

—Es posible. —No suena muy convencido.

Yo tampoco, en realidad. Han pasado cinco años desde el instituto y Eric todavía no ha reconocido que tiene un problema.

—Pero me sabe mal por Connelly. —Papá retoma el tema de Jake.

—A mí también.

Arquea una ceja.

—Pensaba que habías dicho que eso no iba a llegar a ninguna parte.

—Sí. Bueno, eso es lo que le dije a él. Me dejó y fingí que no me importaba —confieso—. No quería que viera lo mal que estaba. Pero estaba mal. Es el primer chico que he conocido en mucho tiempo con el que imaginaba que mantendría una relación. Era bueno para mí, y era bueno conmigo. Por ejemplo, cuando estaba nerviosa por volver a casa para hablar contigo, me dejó su... ¡mierda!

—Esa boca —me riñe mi padre.

Ya he saltado del sofá. Había olvidado la pulsera de Jake. Se me olvidó devolvérsela, joder.

Después de la conversación con mi padre la otra noche, fui a ducharme al piso de arriba y guardé la pulsera en mi mesita de noche. Y pasé la mayor parte del jueves y del viernes en casa de Summer, porque, aunque mi sótano esté listo, todavía no me he mudado porque no quería estar sola. Tengo miedo de estar sola y pasarme el tiempo pensando en Jake. Durante los últimos días, lo he expulsado de mi mente. Y como no lo tenía en la cabeza, tampoco he pensado en su amuleto de la suerte.

Hoy juega contra Michigan. Mierda. ¿Por qué no me ha llamado ni me ha escrito? ¿No se ha dado cuenta de que no lleva la pulsera?

—Tengo el amuleto de la suerte de Jake —suelto—. Es una pulsera y me la dio antes de que lo dejáramos y se me olvidó devolvérsela por completo, ¡y hoy juega en Worcester!

Después de haber sido entrenador de *hockey* durante más de dos décadas, sin duda mi padre se habrá topado con una cantidad ingente de supersticiones, amuletos y rituales. Así que no me sorprende cuando se le agrava la expresión:

—Eso no es bueno.

—No, no lo es. —Me muerdo la mejilla—. ¿Qué hago?

—Me temo que no tienes elección. —Deja la taza en la mesa y aparta la silla con un crujido.

—¿Qué haces?

—Con los rituales no se juega, Brenna. —Mira el reloj—. ¿A qué hora empieza el partido?

Lo busco en el móvil.

—A la una y media —digo al cabo de un momento.

Son las once. Tardaremos una hora, más o menos, en llegar a Worcester. Una sensación de alivio me llena el pecho. Llegaré mucho antes de que empiece el partido.

Mi padre confirma lo que pensaba.

—Si salimos ahora, llegaremos con tiempo de sobra.

—¿Llegaremos?

—¿Crees que te dejaré conducir el Jeep en una situación de pánico? Por Dios. Me dan escalofríos solo de pensar en el destrozo de buzones que dejarías a tu paso. —Se ríe por la nariz—. Conduzco yo.

Jake no contesta al móvil ni responde a los mensajes. Podría haberme bloqueado, pero eso sería muy rastrero. Fue él quien me dejó. No tiene ninguna razón para bloquear mi número. ¿A menos que creyera que soy una de esas chicas que llama quinientas veces para suplicar que le des otra oportunidad? Si es así, supongo que no me conocía en absoluto.

La alternativa es que está tan concentrado en sus rituales del día de partido que no está mirando el móvil.

Hay una ligera llovizna fuera que baja perezosa por el parabrisas del Jeep. En el asiento del pasajero, me pregunto si habrá otra forma de contactar con Jake. No tengo el número de Brooks, y borré el de McCarthy. Supongo que podría hacer una investigación en internet y rastrear sus redes sociales, pero eso requiere un nivel de pánico muy superior al que siento ahora mismo.

Tengo mucho tiempo y, cuando lleguemos, seguro que encuentro a algún jugador de Harvard o a alguien que le podría dar un mensaje. Con suerte, solo tendré que darle la pulsera a alguien que se la pasará a Jake, sin ni siquiera verlo. No estoy segura de qué le diría si lo tuviera delante. Además, ya me ha acusado de ser una distracción. Verme justo antes de un partido crucial podría confundirlo.

Cuando llegamos al estadio, mi padre deja atrás el aparcamiento y va directo a la entrada.

—Baja aquí —me ordena—. Aparcaré el coche y nos vemos dentro. Estate atenta al móvil.

De repente, se me ocurre una cosa.

—Oh, no —digo, consternada—. No tenemos entradas.

—Claro que sí. He llamado a Steve Llewellyn mientras te vestías. Le he dicho que necesitaba un favor. Habrá dos entradas a tu nombre esperándonos en la taquilla. Aunque son localidades de pie. Era demasiado tarde para conseguir algo mejor.

Llewellyn es el primer entrenador de Michigan. Supongo que tener un padre con contactos ayuda.

—Eres el mejor.

Salgo del coche y corro hacia la taquilla. Cuando recojo las entradas, llamo a Jake otra vez. No responde.

Aunque el partido no empieza hasta dentro de una hora y media, hay mucha gente amontonada en el estadio y en las gradas. Veo un mar de fans de Harvard junto con los colores dorado y azul de Michigan. Echo un vistazo entre el público carmesí por si veo a alguien que me resulte familiar. *Nothing*. Entonces, busco alguna señal que me indique dónde están los vestuarios. Veo una y me encamino hacia allí.

Me acerco al pasillo cuando por fin encuentro un rostro familiar.

Es Hazel, la amiga de Jake.

Maravilloso.

—Hola —la saludo—. Busco a Jake.

Después de hacerme una evaluación fría, veo un destello de disgusto en sus ojos.

—¿Qué haces aquí?

—Te lo acabo de decir: busco a Jake. —Juego con una bolita de la pulsera. Me la he puesto en la muñeca para no perderla—. ¿Ha llegado ya el autobús?

—No.

—¿Sabes cuándo lo hará? ¿Has hablado con él hoy?

—No. —Frunce un poco el ceño—. No me contesta al móvil. Estoy aquí con sus padres...

Se me retuerce el estómago. No. No estoy celosa. No estoy celosa.

—... y ninguno de nosotros ha podido ponerse en contacto con él. A lo mejor se ha quedado sin batería. A veces, cuando se pone en modo *hockey,* se olvida de hacer cosas básicas, como cargar las cosas tecnológicas.

Odio a esta chica. No sé si lo hace a propósito, estas pullas de «yo lo conozco mejor que tú». Pero es posible que solo esté insegura. O, tal vez, ni siquiera se da cuenta de que lo hace. A lo mejor lo conoce tan bien que le sale de forma natural.

En cualquier caso, es bueno que Jake todavía no haya llegado. Ahora no tendré que verlo, ni él a mí. ¿Quiere concentrarse en el *hockey?* Felicidades, se puede concentrar en el *hockey.*

—¿Puedes darle esto cuando llegue? —Me quito la pulsera de la muñeca con torpeza.

Deshacerme de ella me provoca una punzada de tristeza. Es como decirle adiós a la última parte de Jake que me quedaba.

A Hazel se le oscurece la mirada, llena de sospecha.

—¿De dónde has sacado esto?

Aprieto la mandíbula. No me gusta esta acusación no tan velada.

—Si piensas que se lo he robado, cálmate. Jake me dejó la pulsera el otro día. Estaba nerviosa por una cosa y me dijo que me traería suerte. —Sonrío porque sí que me trajo algo bueno. Mi padre y yo hemos empezado de cero, después de todo—. En

fin, se me olvidó devolvérsela, y he venido hasta aquí, así que...
—Alargo la mano—. ¿Se la podrías dar cuando llegue?

—Jake te prestó su amuleto de la suerte. —Su tono de voz tiene una nota sombría.

—Sí. —Empiezo a enfadarme. Y todavía tengo la mano extendida como una tonta—. Mira, entiendo que no te caiga bien. Sin motivo, por cierto. Ni siquiera me conoces. Pero Jake me importa, igual que a ti. Esto... —Muevo la pulsera delante de su cara—, es importante para él. Me odiará para siempre si no la lleva puesta en la muñeca cuando el árbitro deje caer el disco. Así que, por favor, ¿puedes cogerla de una vez?

Tras un momento de duda, Hazel acepta la pulsera. Se la desliza por la muñeca y dice:

—Me aseguraré de que le llegue.

CAPÍTULO 39

JAKE

Estoy solo con mis pensamientos en los vestuarios. Oigo el eco de las voces al otro lado de la puerta, risas, cháchara y el zumbido general de la actividad, pero se me da bien bloquear todo eso. Mi ritual de silencio no requiere de silencio de verdad. Solo necesito acallar mis pensamientos. Meditar sobre lo que tengo que hacer.

El entrenador me ha dado permiso para llegar a Worcester por mi cuenta. Es inaudito, pero creo que mi rendimiento en los entrenamientos de los últimos tres días le han afectado mucho. Está preocupado porque haga que perdamos el partido. Y tiene todo el derecho a estarlo. Mi capacidad de concentración está tocada. Romper con Brenna me ha destrozado.

Cometí un error.

Cometí un error y lo supe en cuanto salió de mi apartamento. Terminar nuestra relación ha sido la cosa más estúpida que he hecho. Actué desde el miedo, no desde la lógica, y me ha salido el tiro por la culata porque ahora tengo la cabeza todavía más lejos de donde debería estar.

Es irónico. Todas las tonterías que le dije sobre tener que deshacerme de las distracciones, que, para empezar, era mentira, me ha creado una mayor disrupción en el cerebro. Brenna no era una distracción, pero la ruptura sí que lo es.

Así que el entrenador me ha dado permiso para llegar a Worcester solo. He encontrado una cafetería y he devorado un desayuno enorme y grasiento que me ha llenado de energía. En algún momento me he dado cuenta de que me he dejado el móvil en casa, pero no lo necesito. Hoy no puede existir nada más que este partido. Si ganamos, pasamos a la Frozen Four. Ya es bastante presión para que un hombre más débil se ahogue, pero

367

yo no soy ese hombre. Puede que haya sido débil respecto a mi relación con Brenna, pero no soy débil en el *hockey*. Nunca lo he sido y nunca lo seré.

Oigo unos pasos fuertes en el vestíbulo. Durante un segundo, creo que el resto del equipo ha llegado temprano, hasta que escucho un altercado. Más pasos, un golpe y un grito masculino enfadado.

—¡Ya os lo he dicho, no podéis entrar ahí!

—Solo necesitamos un minuto —insiste alguien—. En serio, ¿qué te crees que vamos a hacer ahí dentro? ¿Matar al chaval?

No reconozco la segunda voz. Supongo que la primera es del guardia de seguridad.

—Lo siento, no va a pasar, chico. No os puedo dejar entrar.

—Vamos, Hollis —insta una tercera voz—. Luego lo buscamos.

¿Hollis? O sea, ¿Mike Hollis?

Salto del banco y corro hacia la puerta.

—Espere —digo, mientras la abro—. Está bien. Los conozco.

La mirada de halcón del guardia de seguridad se posa sobre mí.

—No puede haber nadie más aquí.

—Será rápido —le aseguro—. Dos minutos como máximo.

Se aparta.

Al cabo de unos segundos, estoy en el vestuario con las últimas personas que me esperaba encontrar hoy. Mike Hollis tiene los brazos cruzados sobre el pecho fornido. Colin Fitzgerald está más relajado, con los brazos a ambos lados del cuerpo. Lleva un jersey con cuello de pico y las mangas arremangadas, y la tinta le asoma por debajo del cuello y de los puños. Resulta que el tío está totalmente tatuado.

—¿Cómo sabíais que estaba aquí? —pregunto a los jugadores de Briar.

—Nos lo ha dicho el matón —dice Hollis.

—¿El matón?

—Weston —añade Fitzgerald con una sonrisa—. Mi novia, Summer, le ha escrito.

—Ah.

—¿Hemos terminado con la charla trivial? —pregunta Hollis con educación.

Reprimo una carcajada. Me pregunto si se han repartido los papeles de poli bueno y poli malo.

—Claro, supongo que hemos terminado. —Hago un gesto cortés hacia él—. ¿Por qué estáis aquí?

—Porque queremos hacerte entrar en razón, aunque sea a golpes.

—Por favor, no lo digas en plural —objeta Fitzgerald—. Yo solo te he traído.

Hollis fulmina a su compañero de equipo con la mirada.

—¿Me estás diciendo que te da igual que le haya roto el corazón a Jensen?

Me quedo sin respiración. ¿Le he roto el corazón? ¿Les ha dicho eso?

Hollis vuelve a girarse hacia mí.

—Eres muy idiota, Connelly. Cometiste el error más grave de tu vida de idiota cuando rompiste con Brenna.

—Ya lo sé.

—En primer lugar, es preciosa. Da casi asco de lo guapa que es. Es lista, ingeniosa y graciosa y..., espera, ¿qué quieres decir con que «ya lo sabes»?

Me encojo de hombros y me dejo caer sobre el banco. Ellos se quedan de pie y, de repente, me siento como un niño al que regañan sus padres.

—Quiero decir que lo sé —digo con tristeza—. Fue un error tremendo. Y lo voy a solventar en cuanto ganemos a Michigan.

—Si sabes que fue un error, ¿por qué no lo arreglaste hace días? —inquiere Hollis.

—Porque tengo un partido que jugar.

«Porque me aterroriza enfrentarme a Brenna».

Ni de broma lo admitiría ante estos dos tontainas, pero es la verdad.

Supongo que podría tomar el camino fácil y culpar a Hazel por mis acciones. Fue ella quien me indujo el pánico con aquel interrogatorio en que me preguntó si estaba preparado y me avisó de lo difícil que sería y de lo imposibles que son las relaciones a distancia. Todos los temas que sacó me crearon tanta presión en el pecho que no podía respirar. Empecé a notar cómo las paredes me oprimían y sentía que me asfixiaba.

Sé que no lo hizo a propósito. Eran cosas que ya tendría que haber pensado, temas que debería haber anticipado.

Pero no lo había hecho, porque todavía estaba viviendo mi vida de Jake el Solitario. Ahí, puedo ser egoísta. Puedo cancelar citas por el *hockey*. Puedo concentrarme en dar palizas en la NHL. Puedo tener una sola prioridad: yo mismo.

El Jake en una relación tiene que estar ahí para alguien más que para sí mismo. O, mejor dicho, para alguien junto consigo mismo. Ser consciente de eso hizo que me aterrara. Nunca había tenido que estar ahí para nadie. ¿Y qué pasa si se me da mal? ¿Qué pasa si decepciono a Brenna de alguna manera? No puedo prometer que estaré por ella a cada segundo del día y, por el modo en que Hazel hablaba de ello, parecía que jamás volvería a tener ni un solo segundo para mí.

De verdad que no culpo a Brenna, pero el ataque de ansiedad que empezó en la cafetería me persiguió durante todo el camino a casa. Cuando la vi, el pánico me desbordó.

Me aferré a la primera excusa que me vino a la cabeza, la comprobadísima razón que solía dar a las chicas que me pedían más tiempo: el *hockey*. Le dije que tenía que estar ahí para mi equipo porque en ese momento estaba aterrorizado por la responsabilidad de estar ahí para ella.

Solo tuvo que pasar una hora, tal vez dos, hasta que me calmé y procesé mis pensamientos con claridad. Soy capaz de estar ahí para Brenna. ¿No lo he hecho ya durante más de un mes? Estuve ahí para ella con toda la farsa de Ed Mulder, con el rescate de su exnovio y le di consejos para que arreglara los problemas con el entrenador Jensen. Se estaba quedando en mi casa y, aparte de llegar tarde a un entreno (que suma un total de tres veces durante los últimos diecisiete años), era totalmente capaz de equilibrar el *hockey* y una novia.

No espero que la próxima temporada sea pan comido. Viajaré mucho, estaré agotado por todo el esfuerzo en el trabajo y no podré ver a Brenna tanto como me gustaría. Pero solo será un año. Sobreviviremos a esto. Luego se graduará y, tal vez, podría considerar mudarse a Edmonton si yo todavía juego allí.

Me estoy adelantando a los acontecimientos. Primero debo convencerla para que vuelva conmigo y después ya nos preocuparemos de si quiere mudarse a otro país conmigo.

—¿Hablarás con ella después del partido? —pregunta Hollis, expectante—. ¿O tenemos que sacar una pistola y...?

—Relájate, no tendrás que obligarme a hablar con ella a punta de pistola —digo con una risita.

—¿Qué? —Está perplejo—. Iba a decir que te daríamos en la nuca con la pistola para infundirte un poco de sentido común.

Me giro hacia Fitzgerald, que se encoge de hombros y dice:

—Su cerebro opera a un nivel que los mortales nunca comprenderemos.

Hollis parece satisfecho.

—Tío, eso es lo más bonito que me has dicho en la vida.

La inesperada visita de los chicos de Briar no es nada comparado con el *shock* que siento cuando salgo del vestuario en busca de una máquina expendedora y, en lugar de eso, me encuentro con mis padres en el pasillo. Por un momento, pienso que es una alucinación, hasta que mi madre exclama mi nombre.

—¡Jake! —Se la ve aliviada—. ¿Estás aquí? Rory, ya está aquí.

—Ya lo veo —dice mi padre, irónico.

Sacudo la cabeza, confundido, y miro a Hazel, que está junto a mi madre. Me sonríe un poco, como diciendo: «Mira a quién tenemos aquí».

—Sí. Estoy aquí. He venido antes.

—¿Por qué no contestabas al teléfono? —pregunta mi madre.

—Me lo he dejado en casa. —Observo a mis padres—. ¿Por qué estáis aquí?

—Hemos venido a apoyarte —responde mi madre.

Mi padre me da unas palmaditas en el hombro.

—Es un partido importante para ti. Y, si te soy sincero, tu madre y yo nos sentíamos mal por no habernos esforzado en venir a tus partidos. Y ahora que estarás con los profesionales, se supone que tus padres deberían hacer una aparición pública, ¿no?

—No creo que a nadie le importe si los padres de un novato cualquiera están o no en las gradas, papá.

—¿Un novato cualquiera? —repite—. ¡Para nada!

—Vas a ser una superestrella —me recuerda mi madre con una gran sonrisa en la cara—. Y estamos muy orgullosos de ti.

De repente, siento un calor en los ojos. Mierda, no me puedo echar a llorar ahora. Tengo que concentrarme en el partido.

—Gracias —digo, y sí, tengo la voz un poco rota. Me aclaro la garganta—. Ya sé que el *hockey* no os importa demasiado, pero os agradezco que hayáis venido.

—Puede que no seamos fans del *hockey*, pero somos fans de Jake —declara mi madre.

Hazel resopla.

—Eso ha sido muy cutre, señora Connelly.

—Tendríamos que ir a nuestros asientos —interrumpe mi padre—. Se está llenando mucho.

—Buena suerte, cielo —dice mi madre.

Me encuentro envuelto en un cálido abrazo de oso, seguido por otro igual de cálido, pero menos dramático, de mi padre.

—Voy con vosotros en un minuto —dice Hazel—. Antes, quiero hablar con Jake.

Cuando se van, arqueo una ceja hacia mi amiga.

—No puedo creer que hayan venido. ¿Tú lo sabías?

Asiente.

—Tu madre me llamó para que les sacara las entradas. Querían darte una sorpresa.

Me meto las manos en los bolsillos y miro hacia la puerta que hay detrás de mí. Pronto llegarán mis compañeros de equipo.

—Tendría que volver a prepararme mentalmente.

—Guay. —Parece que Hazel titubea.

—¿Estás bien?

—Sí, estoy bien. —Pero parece un poco pálida y, cuando sonríe, no se le refleja en los ojos—. Que vaya bien el partido, Jake.

CAPÍTULO 40

JAKE

Cuando vuelvo a los vestuarios, me siento centrado de inmediato. Fuerte. Motivado. Ahora que sé que mis padres estarán en las gradas, animándome, estoy todavía más seguro de que voy a jugar bien.

Hoy derrotaré a Michigan, y después me ganaré a Brenna de nuevo. No me importa si tengo que tirarme a sus pies y suplicar. Pienso recuperar a mi chica.

Aunque han traído los uniformes y el equipamiento con antelación, yo siempre traigo mi propia bolsa conmigo. Ahí guardo la cinta de *hockey* extra y otras cosas. Además, es donde suelo dejar mi pulsera. Abro la cremallera y hurgo en busca de los abalorios familiares. Pero no toco nada con los dedos.

Cuando me asalta el recuerdo, pasa un segundo hasta que me invade el terror.

Le dejé la pulsera a Brenna.

Y entonces corté con ella sin pedirle que me la devolviera.

Mierda.

«Oh, mierda, mierda, mierda».

Una voz enfadada en mi mente pregunta por qué no se ha puesto en contacto conmigo en los tres días que llevamos sin vernos para recordarme que todavía la tiene. Sabe lo importante que es para mí, ¿y ni siquiera se ha molestado en llamar? Ni siquiera me tendría que haber visto, habría enviado a Weston a buscarla.

Pero Mike Hollis ha dicho que tenía el corazón roto. Y yo soy la causa. Por supuesto que no va a esforzarse por hacerme un favor.

Se me arremolina el pánico en la boca del estómago y hago una serie de inspiraciones profundas. Me obligo a calmarme. Solo es una mísera pulsera. No necesito la pulsera de una niña para ganar este partido. No fue lo que nos llevó a las regionales. No fue lo que hizo que los Oilers ficharan por mí. No fue una pulsera…

—Jake.

Giro la mirada hacia la puerta. Hazel entra en la habitación, indecisa.

—No deberías estar aquí —grazno.

—Será rápido, lo prometo. Es que… —Camina y se detiene cuando estamos a medio metro. Se le mueve la garganta al tragar saliva y lo hace varias veces. Entonces, se quita algo de la muñeca y lo levanta.

La oleada de alivio que me sobreviene casi me tira al suelo. Le arrebato la pulsera de la mano. Hago uso de toda mi fuerza de voluntad para no mecerlo contra mi pecho y empezar a llamarlo «mi tesoro». Pero joder. Vaya susto.

—No te la iba a dar —admite Hazel, y la vergüenza que le tiñe la voz hace que yo entrecierre los ojos.

—¿De qué narices hablas? ¿De dónde la has sacado?

—Ha aparecido Brenna y me ha pedido que te la dé.

—¿Ahora mismo?

Hazel sacude la cabeza lentamente.

—Hace una media hora.

—¿Quieres decir media hora antes de que hayamos hablado ahí fuera? —La ira se me acumula en el pecho y me quema la garganta—. ¿Me estás vacilando, Hazel? ¿Tenías la pulsera en la muñeca ahora mismo cuando hemos hablado?

—Sí, pero…

—¿Y no me la has dado? Joder, ¿me has deseado suerte y me has mandado para dentro sin dármela?

—Déjame terminar —suplica—. ¿Por favor?

De nuevo, dependo de toda mi fuerza de voluntad para no abrir la boca. Voy a dejar que termine, por respeto a una amistad de dieciséis años. Pero estoy tan furioso que me tiemblan las manos.

—No te la iba a dar porque, entonces, te habrías enterado de que Brenna está aquí —susurra Hazel.

El corazón se me acelera más. Esta vez no es de ira, sino por la idea de que Brenna esté aquí. Incluso después de haberle roto el corazón, ha venido para devolverme mi amuleto de la suerte.

—Pero entonces me he dado cuenta de que no solo me convertiría en la peor amiga del mundo, sino que también significaría que soy una persona increíblemente horrible. ¿Cargarme tu ritual para mantenerte alejado de ella? ¿Porque estoy celosa de ella? —Hazel evita mi mirada incrédula—. No habría vuelta atrás.

Se me revuelve el estómago. No es una conversación que quiera tener ahora mismo. Por lo menos, no con Hazel. Ahora que sé que Brenna está en algún sitio de este estadio, es la única persona con la que quiero hablar.

—Siempre he sentido algo por ti —confiesa Hazel.

Mierda. Bueno, no me puedo ir ahora.

Y ha tenido el valor de confesarme esto, así que no puedo hacer otra cosa que admirarla.

—Hazel —digo con la voz áspera.

—Es estúpido, ya lo sé. Pero es difícil no sentir nada por el gran Jake Connelly, ¿sabes? —Eleva una comisura de la boca con media sonrisa triste—. Y soy muy consciente de que tú solo me ves como una amiga, pero supongo que una parte de mí siempre ha pensado que nos pasaría como en una de esas comedias románticas cursis y un día te despertarías para darte cuenta de que siempre me has querido. Pero eso no va a ocurrir.

«No, no va a ocurrir».

No lo confirmo en voz alta porque no quiero herirla más todavía. Pero sé que ve la verdad en mi mirada. No hay ninguna chispa entre Hazel y yo, solo un amor platónico. Incluso si no estuviera enamorado de nadie más, nunca podría haber algo entre nosotros.

—Lo siento mucho, Jake. —Se le llena la expresión de verdadero remordimiento—. Tienes todo el derecho a estar enfadado conmigo, pero espero que haber vuelto para darte la pulsera y decirte que Brenna está aquí compense que no te la haya dado antes. La he cagado. He tenido un momento egoísta, y lo reconozco. —Clava la mirada en el suelo—. No quiero perder tu amistad.

—No la perderás.

Vuelve a mirarme, estupefacta.

—¿No?

—Por supuesto que no. —Suspiro—. Nos conocemos de toda la vida, Hazel. No voy a tirar por la borda años de amistad porque la hayas cagado. Acepto tus disculpas.

Se desploma de alivio.

—Pero si de verdad eres mi amiga, haz un esfuerzo sincero por conocer a Brenna. Creo que te caerá bien, en serio. Y si no, finge que sí. —Ladeo la cabeza para retarla—. Si tú salieras con alguien que no me cayera bien, lo fingiría por ti. Te apoyaría pasara lo que pasara.

—Sé que lo harías. Eres una de las mejores personas que conozco. —Hazel rebusca el móvil en su bolsa de tela—. Sé que te has dejado el tuyo en casa, pero la puedo encontrar en redes sociales y...

—¿A quién?

—A Brenna —dice Hazel—. Ha venido hasta aquí para devolverte la pulsera, pero me la ha dado a mí en lugar de a ti, cosa que indica que hay problemas en el paraíso. Y ni de broma vas a ponerte un patín sin arreglar antes lo que haya pasado. —Desbloquea la pantalla y su anillo de plata del pulgar repiquetea contra la funda—. ¿Tiene Facebook o Instagram? Le puedes enviar un mensaje directo desde mi móvil.

—No necesitamos usar las redes sociales. Me sé su número de memoria.

—¿En serio? ¿Te has aprendido su número?

Asiento.

—Guau. Yo ni siquiera me sé el número de mi madre de memoria.

Respondo y me encojo de hombros, incómodo.

—Quería tenerlo en la cabeza por si alguna vez lo perdía.

Hazel se queda en silencio.

—¿Qué? —digo a la defensiva.

—Es que... —Parece extrañamente impresionada—. Estás realmente enamorado, ¿eh?

—Sí, lo estoy.

CAPÍTULO 41
BRENNA

Como es un sacrilegio no hacer uso de un buen par de entradas de *hockey*, al final, mi padre y yo nos quedamos en Worcester. Estamos en la sección de las localidades que ven el partido de pie, que resulta estar cerca de una de las cámaras instaladas en el perímetro de la pista de hielo para televisar el partido. Localizo a un cámara con una chaqueta de HockeyNet y me pregunto a quién habrá enviado Mulder para cubrir el partido. Kip y Trevor no trabajan en directo, así que seguramente le habrán dado el bolo a Geoff Magnolia.

Sé a quién no habrá mandado Mulder: a Georgia Barnes. Porque, vamos a ver, ¿vaginas y deportes? El horror.

Un hombre larguirucho se acerca al cámara, y maldigo por lo bajo. Al parecer, no lo bastante, porque mi padre levanta la mirada del correo electrónico que estaba respondiendo con el móvil.

—¿Qué pasa?

—Geoff Magnolia —me quejo, y señalo hacia las cámaras con discreción—. HockeyNet le ha asignado que cubra esto.

Como yo, mi padre tampoco es un gran admirador de los reportajes de Magnolia. Me sigue la mirada.

—Uf, se ha cortado el pelo. Le queda fatal.

Suelto una carcajada.

—Papá, ¿desde cuándo eres tan malévolo?

—¿Qué? De verdad que le queda fatal.

—Miau.

—Calla, Brenna.

Observo cómo Magnolia mantiene una conversación con su operador de cámara. Gesticula demasiado con las manos. Distrae mucho. Por suerte, nunca lo hace delante de las cámaras.

—¿Sabes qué? Que le den a HockeyNet —digo—. Este otoño solicitaré empleo en la ESPN. Tienen mejor historial en la contratación de mujeres. Y si hago prácticas allí, no tendré que volver a ver a Ed Mulder nunca más. Ni a ese máquina de ahí abajo.

Vuelvo a mirar a Magnolia, y oh, Dios mío: bebe café con pajita. Y si no es café, como mínimo es una bebida caliente, porque el líquido humea.

—Puaj. Retiro eso. No es un máquina. Las máquinas por lo menos sirven para algo. Ese hombre no.

—¿Y el malévolo soy yo? —pregunta mi padre—. Mírate bien al espejo, Manzanita.

—Calla, viejales.

Aúlla de la risa, y luego vuelve a sus correos electrónicos.

Cuando giro el cuello para vislumbrar alguna cara familiar entre las gradas, me suena el móvil. Bajo la vista, veo un número desconocido en la pantalla y le doy a ignorar.

Tres segundos más tarde, aparece un mensaje.

Hola, soy Hazel, la amiga de Jake. Me ha dado tu número.
Está en el vestuario y necesita verte desesperadamente.

Frunzo el ceño al ver el mensaje. No sé por qué, pero parece una trampa. Como si hubiera puesto un anzuelo en el vestuario para poder… ¿qué? ¿Pegarme con un palo de *hockey*? Reprimo las ganas de poner los ojos en blanco. Mi paranoia es un tanto absurda.

—Papá, ¿te importa si voy a hablar con Jake un momento?

Levanta la cabeza del móvil.

—¿Cómo?

Le muestro el teléfono.

—Dice que quiere hablar.

Mi padre se lo piensa un segundo. Entonces, se encoge de hombros.

—Dale guerra.

—Oh, pienso hacerlo.

—Esa es mi chica. —Hace otra pausa y su tono se vuelve brusco—. Si el resultado de esta charla termina con que mi hija vuelve aquí con novio, dile a ese novio que está invitado a cenar esta noche.

Se me desencaja la mandíbula, pero no lo cuestiono ni trato de hablar de esta invitación inesperada porque ni siquiera sé por qué Jake quiere verme.

«¿Por qué estoy corriendo para verlo?», me pregunto al cabo de un minuto, cuando ya he atravesado el segundo par de puertas. Doy un traspié en mitad del pasillo.

Jake cortó conmigo. No tendría que ir a verlo con tantas ganas. ¿Qué pasa si solo me ha llamado para darme las gracias por devolverle la pulsera? Sería muy humillante. No necesito su gratitud. Necesito su...

¿Su qué?

Ni siquiera lo sé. Es decir, mi corazón sí que sabe lo que quiere. Quiere a Jake Connelly. Pero, noticia de última hora, mi corazón es temerario y estúpido. No mira por sí mismo, lo que significa que yo tengo que mirar por él.

Cuando llego a la zona de los vestuarios, no hay ni un solo guardia de seguridad a la vista. No estoy segura de qué puerta lleva al vestuario de Harvard, así que lo llamo como una completa idiota:

—¿Jake?

Una de las puertas a mi izquierda se abre de inmediato. Parte de mí espera que Hazel esté al otro lado, pero, en su lugar, encuentro a Jake. Sus ojos verde bosque se suavizan al verme.

—Has venido. No estaba seguro de si lo harías. —Abre más la puerta para que entre.

Lo sigo al interior. Todavía faltan cuarenta y cinco minutos para que empiece el partido, pero no deja de resultarme raro ver los vestuarios vacíos. Las anchas taquillas de madera que cubren las paredes están limpias y ordenadas, con los uniformes y los protectores acolchados en las perchas, a la espera de Jake y sus compañeros.

—¿Dónde está tu amiga? —pregunto cuando mi mirada vuelve a la suya.

—En su asiento, supongo. Perdona por haber tenido que usar su móvil, me he dejado el mío en casa.

—Ah, por eso no me respondías a los mensajes sobre la pulsera. —Asiento al verle la muñeca, aliviada porque lleva los abalorios rosas y lilas que me resultan tan familiares—. Pero veo que la has recibido. Bien.

—Casi no me la da —murmura.

—¿Qué?

—Nada. No importa. No queda mucho tiempo para que llegue todo el equipo, así que no lo malgastemos en una estúpida pulsera.

Arqueo las cejas.

—¿Una estúpida pulsera? Estás hablando de tu amuleto de la suerte, Jakey. Un poco de respeto.

Una ancha sonrisa le cruza su preciosa cara.

—¿Por qué sonríes así? —pregunto, sospechosa.

—Perdona. Echaba de menos oír eso.

—¿Oír el qué?

—Jakey. —Se encoge de hombros, es adorable—. Me había acostumbrado. No me importa si es una burla. Me gusta.

Doy un paso incómodo hacia atrás.

—¿Por qué me has pedido que venga?

—Porque... —Titubea y se pasa una mano por el pelo.

Empiezo a perder la paciencia.

—Cortaste conmigo, Jake. ¿Te acuerdas? Dijiste que no querías volver a verme y que era una distracción, ¿y ahora me arrastras hasta tu vestuario justo antes de un partido crucial? ¿Y esto cómo no es una distracción? ¿Qué quieres de mí?

—A ti —suelta.

—¿A mí qué?

—Eso es lo que quiero. Te quiero a ti —dice, simplemente.

Lo miro incrédula.

—Me dejaste.

—Lo sé, y lo siento mucho. Fui un imbécil. Y un egoísta. Y... —Traga saliva—. Fui un cobarde, ¿vale? No hay otra manera de decirlo. Siempre he sido egoísta, pero jamás había sido un cobarde, y por eso rompí contigo. Porque estaba muy asustado. Nunca había estado en una relación y me sentía presionado.

—Presionado, ¿cómo? —Por un momento, estoy confusa, hasta que comprendo una verdad desoladora—. Oh, ya lo entiendo. Te conté lo del aborto y todo lo que pasó, y... me convertí en una especie de carga emocional para ti, ¿es eso?

—¿Qué? No, para nada —exclama—. Te lo prometo, no es eso. Me alegró que te abrieras a mí. Llevaba mucho tiempo esperando a que lo hicieras y, cuando por fin lo hiciste, fue como… —Se le vuelve a suavizar la mirada—. Fue bonito sentir que alguien confiaba en mí, sobre todo tú. Sé que no confías en mucha gente.

—No —enfatizo—, no lo hago.

—La presión que sentí estaba más relacionada con las relaciones en general. Me estresé por cómo haríamos que funcionara cuando estuviera en Edmonton, por cómo haría que fueras mi prioridad, por cómo lidiaríamos con no poder vernos tan a menudo. Podría añadir más cosas a la lista, pero todo se reduce a que… sufrí un ataque de pánico. —Suspira—. Los hombres son estúpidos, ¿recuerdas?

No puedo sonreír con superioridad.

—Fui un estúpido. Y ahora te pido que me perdones. —Titubea—. Y que me des otra oportunidad.

—¿Por qué iba a hacerlo?

—Porque te quiero.

El corazón se me agranda en el pecho y, por un momento, me preocupa que se me vaya a salir de la caja torácica. Oír estas tres palabras de la preciosa boca de Jake Connelly me provoca una ola de emociones que trato de reprimir desesperadamente.

—Me hiciste daño —susurro.

Esta vez, no siento que rechace mi vulnerabilidad.

—Sé que lo hice. Y no te imaginas lo mal que me siento por ello, pero puedo cambiarlo. Solo puedo decir es que lo siento y que haré todo lo que esté en mi mano para no volver a hacerte daño nunca más.

No puedo responder. Tengo la garganta bloqueada por la emoción.

—Si quieres que suplique, suplicaré. Si quieres que salte a través de unos aros, tráelos. Te demostraré lo mucho que significas para mí durante todo el tiempo que no esté en la pista de entrenamiento. —Se muerde el labio inferior—. Te demostraré que soy digno de ti.

Me empiezan a temblar los labios y rezo por no llorar.

—Joder, Jake.

—¿Qué? —dice con voz ronca.

—Nadie me había dicho algo así jamás. —Ni siquiera Eric, en todos los meses y años que se pasó intentando recupeñarme. Eric soltaba frases como: «Yo soy tu único amor» y «No me puedes hacer esto». Ni una vez demostró durante una sola fracción de segundo que *él* era digno de mí.

—Cada palabra es cierta —añade Jake—. La cagué. Te quiero. Y quiero recuperarte.

Me trago el nudo de la garganta.

—¿Aunque me quede otro año de universidad?

Me dedica una media sonrisa.

—Mi temporada de novato será horrible, cariño. Consumirá todo mi tiempo. Será mejor que te mantengas ocupada, ¿no?

Tiene razón.

—Podemos hacer que funcione. Si realmente queremos estar en una relación, haremos que funcione. La pregunta es: ¿tú quieres? —Vuelve a titubear—. ¿Tú quieres estar conmigo?

La emoción sincera que contiene esa pregunta me deja sin respiración. Son unas palabras muy crudas: «¿Tú quieres estar conmigo?». No es la confesión de horas que yo le hice la otra noche, pero tampoco lo deja menos expuesto. Sus ojos revelan todas sus inseguridades: la esperanza, el arrepentimiento, el miedo al rechazo. Y, por extraño que parezca, también atisbo algo de su familiar seguridad en sí mismo. Este hombre tiene confianza hasta cuando es inseguro y, maldita sea, esto me hace quererlo todavía más.

—Quiero estar contigo. —Me aclaro la garganta, porque sueno como si hubiera fumado sin parar durante una semana—. Claro que quiero estar contigo. —Exhalo rápidamente—. Te quiero, Jake.

El último chico al que le dije estas palabras se elegía a sí mismo antes que a mí sin parar y sin pensarlo ni un segundo.

¿Pero el hombre al que se las digo ahora? Tengo fe en que siempre me escogerá a mí, en que siempre nos escogerá a nosotros.

—Yo también te quiero —susurra.

Y lo siguiente que sé es que me está besando y, oh Dios mío, lo echaba mucho de menos.

Solo han sido unos pocos días, pero parece que hayan pasado años desde que sus cálidos labios presionaban los míos. Le envuelvo el cuello con los brazos y lo beso, sedienta, hasta que su gemido jadeante rebota contra las paredes del vestuario.

—Dios —dice, ahogado—. Tenemos que parar. Ahora. —Se mira la entrepierna—. Mierda. Demasiado tarde.

Le sigo la mirada y me río al ver la enorme erección que tiene detrás de la cremallera.

—Contrólate, Jakey. Estás a punto de jugar a *hockey*.

—¿No lo sabías? Los jugadores de *hockey* son pasionales y agresivos —dice con voz suave.

—Ja. Es verdad. Lo había olvidado. —Tengo una sonrisa enorme y tonta en la cara que se niega a desaparecer. Estoy rebosante de felicidad, un estado de ánimo completamente extraño para mí. No sé si me gusta.

Qué va.

En realidad, me encanta.

—Deberías irte —dice Jake a regañadientes—. El equipo entrará en cualquier momento. ¿Te quedas a ver el partido?

Asiento.

—Mi padre también está aquí.

—¿En serio? Oh, mierda, ¿por qué me lo dices? Ahora me siento todavía más presionado para hacer bien mi trabajo.

—No te preocupes, Jakey. Hablo desde la experiencia cuando digo que tengo toda la confianza en lo bien que haces tu trabajo.

Me guiña un ojo.

—Gracias, nena.

—Oh, y no dejes que esto te asuste todavía más, pero quiere llevarnos a cenar después del partido.

—«¿No dejes que esto te asuste todavía más?» —Jake se restriega las manos por la cara—. Por Dios. Vete, cariño. Vete antes de que ocasiones más daños.

—Te quiero —digo con una voz cantarina de camino a la puerta.

—Yo también te quiero. —Suspira detrás de mí.

Esa enorme sonrisa sigue dibujada en mi cara cuando salgo y hago un esprint repulsivamente ligero por el pasillo, como si fuera un personaje de una película de Disney. Oh, no. Tengo un problema. Brenna Jensen, la chica mala, no puede estar tan enamorada de un chico.

«Ha pasado. Supéralo».

Sí.

Supongo que ahora esto es mi vida.

Al final del pasillo, giro la esquina y mi andar feliz se ve interrumpido cuando doy un traspié al toparme de pleno con el fornido pecho de Daryl Pedersen.

—Ojo ahí, Nelly —dice con una risita, que muere al momento en que me reconoce—. Brenna. —Ahora mantiene un tono cauteloso—. Has venido para animar a Connelly, supongo.

—Sí. De hecho, he venido con mi padre. —Cuando se le ensombrece la expresión, trato de no reírme—. Hoy los dos le apoyamos, entrenador.

Aunque, por un momento, se queda desconcertado, enseguida se recupera y me sonríe con suficiencia.

—Le puedes decir a Chad que no necesito su apoyo. Nunca lo he necesitado y nunca lo necesitaré.

—Todavía es un mal perdedor después de tantos años, ¿eh, entrenador?

Su respuesta es cortante.

—No sé qué insinúas, pero…

—He oído que se intentó acostar con mi madre y que le paró los pies —lo corto, contenta—. Y no insinúo nada. Solo sugiero de manera explícita que era un mal perdedor entonces y que lo sigue siendo ahora. —Me encojo de hombros—. Dicho esto, hoy apoyo a Harvard de todas formas. Pero eso es por Jake, por supuesto. No por usted.

Pedersen entrecierra tanto los ojos que parecen dos rendijas oscuras.

—No eres como tu madre —dice, lentamente. No entiendo si eso le gusta o lo deja descorazonado—. Marie era una dulce belleza sureña. Tú eres…, tú no eres como ella para nada.

Me encuentro con su mirada angustiada y le lanzo una débil.

—Supongo que lo heredé de mi padre.

Entonces continúo por el pasillo y las piernas se me mueven con este andar odiosamente vivaz que no puedo controlar porque mi corazón contento está al mando, y solo quiero volver a la pista y gritar hasta quedarme afónica mientras veo cómo el hombre al que quiero gana el partido.

EPÍLOGO

BRENNA

St. Paul, Minnesota

La última vez que asistí a la Frozen Four fue para animar al equipo estelar de mi padre: Garrett Graham, el hermano de Summer, Dean y los dos Johns: Logan y Tucker. Y lo ganaron todo. Estaba contenta, por supuesto, pero ni de lejos tan eufórica como lo estoy ahora durante este partido entre Harvard y Ohio State.

Harvard gana por tres goles a uno. Quedan cinco minutos. Solo lleva un segundo marcar un gol, así que no, no lo tenemos ganado. No es una victoria garantizada, y no voy a vender la piel del oso antes de haberlo cazado. Pero tengo una corazonada.

A mi lado, los padres de Jake, Lily y Rory Connelly, los animan hasta quedarse sin voz. Es muy divertido ver un partido de *hockey* con ellos: Lily suspira cada vez que pasa algo, literalmente, cualquier cosa; y, después de cada golpe, Rory hace una mueca de dolor y proclama: «Bueno, eso dolerá mañana». Se nota que no son muy fans del *hockey*. No saben mucho sobre las reglas, y tampoco parece importarles. Pero cada vez que Jake tiene el disco, se levantan y gritan a pleno pulmón.

Me encantaría que mi padre estuviera aquí, pero está viendo el partido en casa, en Hastings. Sin embargo, ha llamado para que le hicieran un favor y nos ha conseguido un palco privado, lo que significa que tenemos los mejores asientos del estadio… y mucha privacidad para que los padres de Jake me evalúen por todos lados.

Durante ambos descansos, las preguntas llegan, duras y rápidas.

«¿Dónde conociste a Jake?».

«¿Cuánto tiempo lleváis juntos?».

«Sabes que se muda a Edmonton, ¿verdad?».

385

«¿Crees que tú también te mudarás allí?».

«Podrías cambiarte de universidad», dice su madre, con una expresión tan llena de esperanza que casi me echo a reír.

Cuando dirigen la atención a la pista, levanto la mirada hacia Hazel, la amiga de Jake, y le pregunto:

—¿Siempre son así?

Me sonríe, burlona, y responde:

—Es que es bastante importante para ellos. Jake nunca había tenido una novia de verdad.

Vale, de acuerdo, no voy a mentir: me derrite el corazón ser la primera chica que conoce a los padres de Jake. Hazel no cuenta: la tratan como a una hija. Y, a decir verdad, la chica está haciendo un esfuerzo. Me ha preguntado por mis clases y mis intereses, como si de verdad quisiera conocerme.

Aunque no le gusta el *hockey*, y eso siempre es un golpe bajo. Todavía no puedo creer que esté viendo el partido más importante de *hockey* universitario masculino con tres personas a las que no les gusta el *hockey*. A ver cómo se entiende esto. Por otro lado, mi padre lleva toda la tarde escribiéndome sobre qué piensa respecto al partido, cosa que está bien.

Me gusta nuestra relación actual. Es fácil. Y no he vuelto a saber nada de Eric desde la noche en que lo rescatamos. De hecho, apenas se me ha pasado por la mente. Por fin estoy dejando atrás esa parte de mi vida para concentrarme en lo que tengo por delante.

Y es increíble. Es Jake, que viaja a la velocidad de la luz sobre la brillante superficie del hielo. Ahora está en la línea del centro con el disco y, justo después, está frente al círculo de la portería lanzando para marcar.

—¡GOOLLLLLLL! —grita el comentarista.

El estadio enloquece por completo. Ahora vamos 4-1. Tal vez sí que empiezo a vender esas pieles de oso, después de todo. Por lo menos, un par. Ya casi noto la textura en las manos. Ya llegan esas pieles de oso, porque vamos 4-1 y Harvard tiene la victoria. Mi hombre tiene la victoria.

La familia de Jake vuelve a estar en pie, gritando. Yo también. Me vibra el móvil unas diez veces en el bolsillo. Quizá sea mi padre. O tal vez Summer, que también está en casa, viendo el partido con Fitz y los demás, incluido Nate, que vuelve a ser mi amigo. Joder, podrían ser incluso mensajes de Hollis. Habla mucho conmigo desde que salvé su relación con Rupi. Ahora están oficialmente juntos y parece que disfruta cuando cuenta a la gente que tiene novia.

Lo que hace que me pregunte si, como Jake, Hollis nunca había tenido una antes. Sea como sea, me alegro por él. Rupi está loca, pero en plan bien.

El tiempo llega a su fin. Lo miro con la alegría trabada en la garganta, en el pecho, en el corazón. Jake se merece terminar su carrera universitaria con una victoria como esta. Ha jugado de maravilla esta noche y sé que brillará de la misma forma en Edmonton.

Cuando suena la sirena de final de partido, el resto de los compañeros de Jake salen disparados del banco y llenan la pista y se vuelven locos de alegría. Los chicos están fuera de sí. Incluso Pedersen parece verdaderamente feliz, pero no de un modo engreído del tipo: «Hemos ganado na-na-na-na-na-na». En este momento, veo cómo Daryl Pedersen quiere a sus jugadores y este deporte. Puede que sea quien más sucio juega, pero le gusta tanto como al resto de nosotros.

Vuelve a vibrarme el móvil. Termino de abrazar a los padres de Jake y entonces saco el teléfono para mirarlo. Supongo que es mi padre, pero es un mensaje de voz, lo que me dice que las vibraciones de antes eran una llamada. Y, o estoy alucinando, o aquí pone que el remitente es la ESPN. Puede que sea un vendedor telefónico de los que te sueltan discursos como: «¿Su proveedor de televisión le da todo lo que ESPN le puede ofrecer?».

Pero un vendedor telefónico no dejaría un mensaje, ¿verdad?

—Chicos, perdonadme un segundo. —Le doy un toque a Lily en el brazo y me alejo unos metros para escuchar el mensaje.

En cuanto la persona que ha llamado se presenta, casi me desmayo.

—Brenna. Hola. Soy Georgia Barnes. Perdona por llamarte un sábado por la noche, pero estoy trabajando hasta tarde para organizar mi nuevo despacho. Quería ponerme en contacto contigo porque empiezo el lunes y estaré totalmente desbordada. He conseguido tu número de Mischa Yanikov, el regidor de escena de HockeyNet. Pero esto puede quedarse entre nosotras, porque no sé si coger tu número del currículum y dárselo a la competencia ha sido una práctica ortodoxa. Pero será nuestro pequeño secreto.

Se me acelera el corazón. ¿Por qué me llama Georgia Barnes? ¿Y qué significa que está en su nuevo despacho? ¿En la ESPN? ¿Ahora trabaja allí?

Su siguiente frase resuelve el misterio.

—En fin, todavía no ha salido la nota de prensa, pero me he ido oficialmente de HockeyNet. La ESPN me ha hecho una oferta y digamos que habría sido una estupidez no aceptarla. Me dejan contratar a mi propia asistente y me encantaría que te entrevistaras para el puesto. Si consigues el trabajo, soy consciente de que todavía estás en la universidad, así que concretaríamos un horario que te fuera bien en otoño. Podría ser un trabajo de prácticas, o... me estoy avanzando a los acontecimientos. Por el momento solo sé que las entrevistas se te dan mal y que ese fue el motivo por el que Ed Mulder te dejó marchar. Pero tengo la sensación de que no será el caso.

Su risa segura me hace sonreír.

—En fin, llámame cuando recibas esto. —Recita su número—. Me encantaría pactar una entrevista. Creo que encajas muy bien en el puesto. Bueno. Hablamos pronto. Cuídate.

El mensaje termina y miro mi móvil en estado de *shock*.

—¿Estás bien? —Hazel se acerca a mí.

—Sí. —Sacudo la cabeza un par de veces—. Todo bien.

¿Todo bien? No. Es mejor de lo que podría imaginar. Tengo una entrevista en la ESPN para trabajar como asistenta de Georgia Barnes. Y Jake acaba de ganar el campeonato nacional. Es el mejor día de mi vida.

Lo único que quiero hacer ahora es bajar para que la primera cara que Jake vea al salir de los vestuarios sea la mía. Soy oficialmente su fan. Pero está bien, porque él es mi fan. Nos apoyamos el uno al otro. Nos hacemos bien el uno al otro. Y tengo muchas ganas de descubrir qué nos depara el futuro.

NOTA DE LA AUTORA

Chicos, me he divertido mucho escribiendo este libro. La última vez que disfruté tanto con una historia trabajaba en *The Deal* (que, en aquel momento, escribía por disfrute propio y se suponía que no se publicaría). Brenna y Jake han cobrado vida para mí, y su viaje me ha hecho vivir una aventura salvaje y emocionante.

Para vuestra información, me he tomado algunas libertades con la temporada de *hockey* universitario en este libro, pues la he extendido y estirado un poco. Soy consciente de cuándo juegan los equipos de Primera División y de cómo se organiza una temporada, así que no son errores, sino decisiones propias. :)

Como siempre, este libro no estaría en vuestras manos ahora de no ser por algunas personas maravillosas:

Edie Danford, cuyas ediciones no son solo lo mejor de lo mejor, sino que también me hacen reír muchísimo.

Sarina y Nikki, por las lecturas beta y por darme algunos apuntes geniales.

Aquila Editing, por corregir este libro (¡¡perdón por todos los errores!!).

Connor McCarthy, jugador de *hockey* universitario que ha vuelto a compartir sus conocimientos de experto conmigo.

Nicole y Natasha, sin quienes no habría sobrevivido. De verdad.

Nina, mi publicista, amiga y mujercita. O sea, la mejor.

Damonza.com, ¡por la despampanante portada de la edición original!

Todos mis maravillosos amigos autores, por compartir este lanzamiento y por vuestro amor y apoyo. ¡Sois los mejores!

Y, como siempre, gracias a los blogueros, reseñadores y lectores por hablarle al mundo de mis libros. Estoy muy agradecida por vuestro amor y cariño. Sois la razón por la que sigo escribiendo estas locas historias.

Con amor,
Elle.